无声绽放

成刚　著

中国出版集团有限公司
China Publishing Group Co., Ltd.
现代出版社

楔　子

放学后，姐姐会在学校门口等他。

那天姐姐参加区里会演，一大早就来了一辆车，把合唱团的学生们拉走了。比赛一直持续到下午，姐姐她们团得了个二等奖。团里有个同学，家里特别有钱，请同学们去吃自助餐。那个年月，知道自助餐的人没几个，吃过的人更少，姐姐犹豫了一小会儿，终究还是没扛住这诱惑，跟着去了。

自助餐可以敞开肚子随便吃，着实让很多同学开了眼。姐姐吃撑了，又去取了好多，把面前食盘堆得冒了尖。不单她这样，好多同学都这样，不丢人。偏偏姐姐还往兜里塞，鼓鼓囊囊的，出门时被服务员拦下，让她拿出来，她还跟人急，说要带回去给弟弟吃。

服务员不想难为一个小女孩，但自助餐许吃不许带，这是规矩。姐姐被逼急了，忽然一把推开服务员，撒腿就跑。服务员是个小伙子，块头挺大，居然被她推个趔趄，稳住身子后，姐姐就只剩下个背影。

天已经开始黑了，雨不知什么时候落了下来，不大，毛毛雨，很细，风吹得动，斜着飘。

姐姐双手摁住口袋，拼了命地跑，途中还掉了块小蛋糕，也顾不上停步捡。她得尽快回学校，接了弟弟回家。

那时候海州城不大，南北城晃一圈，骑自行车要不了一个小时。姐姐气喘吁吁赶到学校门口，校门已经关了，没看到弟弟，弟弟不见了。

姐姐站那儿愣半天，想弟弟能去哪儿？自己回家了？

于是姐姐又开始跑，往家跑。家在果城里，也是海州主要生活区。果城里就是盘丝洞，房子连着房子，小巷套着小巷，每家每户都想尽办法向外扩张领土，小巷两边堆满了杂物，搭满了小棚子。

姐姐在小巷里跌跌撞撞地跑，还摔了一跤，膝盖破了皮，生疼。

回到家，妈妈急了，说弟弟没回来，你把弟弟弄丢了？姐姐站那儿抹眼泪，把兜里吃的全掏出来，然后掉头往外跑。后头的妈妈叫：“蓉，带把伞！”

姐姐要把弟弟找回来，她在蛛网般的巷子里四处奔走，逢人就问，看见我弟了吗？

冬季昼短夜长，没多会儿，天就黑透了。

姐姐还没找到弟弟。弟弟哪儿去了呢？

弟弟迷路了。

在学校门口没等到姐姐，又听说了合唱团去比赛的事，于是，弟弟决定自己回家。他已经八岁了，不再是个小屁孩，不能什么事都指望姐姐。再说，天快黑了，风也冷，瞧着像要下雨。没带伞，下雨就麻烦了。

打算自己回去，弟弟心里多少有点发毛。他跟别家孩子不一样，打小有种毛病，叫定向障碍，说白了就是分不清方向，记不住路。可从家到学校来回走了快两年，每回跟在姐姐后面，走得都挺轻松。他闭上眼，把沿途路线在脑子里过一遍，没问题，开始走。

弟弟还是低估了独自回家的难度，没多会儿，他就迷路了。

那晚，如果你也在果城里，会看到一个小男孩，茫然地在小巷里来回走。他背着书包，满脸惶恐，像只陷在迷宫中的小白鼠，左冲右突，寻找着出口。

最后，雨落下来，弟弟蹲在一处屋檐下，哭了，很伤心。

他想，自己也许再也回不了家了。

屋檐很浅，挡不住雨，细雨先是润湿了头发和脸，接着，衣服也变得沉甸甸的了。肚里饿，身上冷，还很怕，弟弟哭得很伤心，虽然声不大，眼泪却哗哗往下淌。

雨声还在，雨忽然没了。弟弟抬起头，看到面前站着一个小女孩，瞧着跟他一般大，穿黑棉袄，扎马尾巴辫，黑天里，模样看不太清。小女孩手里撑着把伞，此刻，刚好挡住了弟弟头上的雨。

“小孩，哭什么？谁欺负你了？”小女孩大大咧咧地问。

弟弟不知道该怎么答，继续抹眼泪。

“你倒是说话呀。”小女孩接着道，“躲这儿哭，肯定做错事，让家里人骂了。”

弟弟想想觉得挺丢脸，抹一把泪，犹豫着说：“找不到家了……”

小女孩立刻笑了，是讥笑，毫不掩饰：“你多大了，还找不着家。你是不是傻？”

弟弟很羞愧，便低了头，不打算再搭理她。没想到她却一把拉他起来，说：“我帮你找路，我带你回家。”

小女孩比弟弟还要矮半个头，她嫌弟弟走得慢，后来还牵了他的手。

弟弟越发觉得羞愧，心底却又生出些希望。他想姐姐了，想妈妈，特别想。他还有点担心，眼前这小女孩，真能带他回家吗？

小女孩一边走一边问，你家住哪儿？家里有什么人，你为什么会找不到家？

弟弟老老实实回答，生怕答错了，小女孩就会丢下他不管。

伞能挡住雨，却挡不住冷。弟弟的身子凉透了，唯一的暖，就是小女孩的手。弟弟刚开始有些害羞，后来紧紧攥住，不愿意再松开。

依着弟弟的说法，小女孩很快就把弟弟领上了“正道”，每过一个小巷岔道口，弟弟都会惊喜地说，对，没错就走这儿，他还记着路边的煤堆、塑料棚和死了花草的空花盆。

小女孩听了忍不住笑，还是讥笑，仍然毫不掩饰。弟弟沉浸在喜悦中，毫不在意。后来，弟弟指着前面一扇带着斑斑锈迹的红色铁门，欢声道：“到了，那就是我家。”

小女孩使劲甩开他的手，如释重负：“你到家了，我该走了。”

心里有些小失落，但弟弟不知道如何挽留，想说什么，又咽了回去——他本来就是个闷葫芦，在学校，常常整天都不说一句话。

小女孩倒没什么不舍，就像写完作业，或完成了件任务，直接掉头走了。

弟弟还站那儿，瞧她的背影发呆。他突然想到，也许再也见不到这小女孩了。

姐姐很晚才回来，见到弟弟，差点哭了。好在虚惊一场，但姐姐仍免不了唠叨一番，恶狠狠地训斥弟弟不听话，自己不过晚到了会儿，就差点出大事。姐姐训得有多凶，弟弟笑得就有多开心。他知道姐姐疼他，骂他是为他好。

因为淋了雨，当天夜里，弟弟发高烧，浑身烫，身子还抖。妈妈让姐姐在家，她带弟弟去医院。妈妈身子骨弱，又瘦又小，抱弟弟很吃力。姐姐便抢着背上弟弟出门，妈妈在后面举着伞，替姐弟俩挡住雨。

三人在小巷里走了好一会儿，才到最近的红旗街。那年月出租车少，拉客的机动三轮多。好不容易等来一辆三轮车，他们很快到了卫生院。

急诊室里好多发烧的小孩，都是开点药，再打退烧针。那时的退烧针打屁股，里头有激素，扎进肉里特别疼。看着前面小孩疼得哇哇哭，弟弟害怕了，嘴唇哆嗦，身子往后缩。眼看就要轮到他，不知哪来的力气，忽然挣脱了姐姐的胳膊，撒腿就跑。

很多人笑他，妈妈和姐姐挺无奈，只能在后面追。弟弟本来走路都打晃，这会儿却能健步如飞，像只逃命的小兔子。眼看他转过一个拐角，消失在视线里。妈妈和姐姐急得大声叫，却干着急，没办法。

忽然弟弟又从转角处回来了，手腕被人攥着，是个比他矮半个头的小姑娘。弟弟还在象征性地挣扎。小姑娘脸上全是笑，是讥笑，毫不掩饰。

“原来你是个怕打针的小孩。”小姑娘笑着说，“你不仅傻，胆子还小。”

弟弟嘴硬，说：“我才不怕打针呢，要不你叫医生打得再疼点。”

妈妈和姐姐赶紧凑上去，前后把弟弟夹得死死的，防止他再逃。

弟弟还有些不甘心，眼神却是软的。他冲着小姑娘道：“叫你多管闲事……”

没想到，这么快又见面了。世上的事就是这么巧，小姑娘今晚也发烧，爸妈带她来了卫生院。刚进门，就看到逃跑的弟弟，顺手把他擒了，押送回来。

弟弟打针时，眼泪在眼眶里晃，愣是没落下来。他狠狠盯着小女孩，看她换了件花棉袄，看她扎马尾的皮筋挂着两颗小菠萝，看她右边眼角处，生着一粒小小的痣，紫色的。

第二天，在学校里，弟弟又看到了小女孩，小女孩冲他笑笑，他也笑，两个小孩就这么做了朋友。

后来，他们并没有幸福地生活在一起，成年后的小女孩，死了……

1

老商是果城里派出所民警，不到五十的年纪，看着显老，满脸褶子，常有小年轻管他叫大爷。有回打车出去办事，穿便装，司机跟他闲聊，说特别羡慕你们这些退休老同志，每天悠闲自在，到日子就去领退休工资。老商当时没点破，心里多少有点郁闷。回家后对着镜子端详半天，又翻出以前照片，跟镜中人对照。不得不承认，这十年，他老得确实快了点。

老商住的地方挺简陋，是幢两层小楼顶上加盖的小阁楼，妥妥的违建。阁楼不大，五十多平方米，算个套间，里间当卧室，外面摆张餐桌吃饭。刚开始连厨房和卫生间都没有，老商搬过来后，搭了两间活动板房，这才解决了吃喝拉撒的问题。

下面两层小楼，开了家小旅馆，虽然位置偏僻，里头设施完全是糊弄，但架不住它便宜，生意还算过得去。小楼后面有个小院，院里头有棵老槐树，天气好的时候，树下会聚上几个街坊邻居打牌。老商没事时也喜欢去那儿打发时间，但他牌技差，老被对家抱怨，回回脸上纸条贴得最多。

老商这天休息，中午随便吃了点，本打算躺床上歇会儿。他睡眠一向不好，神经衰弱，挣扎好半天，终于培养出点困意，楼下有人喊他下去打牌。那点困意立马散了。老商抱着他硕大的玻璃杯下楼，跟树下那帮人鏖战到傍晚。

傍晚时，忽然起风了，风里夹杂着丝丝凉意。

这是2008年9月，酷暑还剩个尾巴，仍然闷热，加上旱了一个多月，没见半点雨星，街边好多绿植都卷了边，空气干燥得能闻出尘土的味道。天气预报说今晚有雨，谁都没当真，傍晚时风里的那丝清凉，让很多人忽然间生出些希望来。也许，真的会有场雨吧。

于是老商跟那帮人放下牌，抬头看天，讨论将来的这场雨。天空果然堆了厚厚一层云，风也大了些。各人赶紧往家赶，生怕晚了撞上雨。老商也回了阁楼，眼巴巴站门前等雨来。没多会儿，风停了，云也薄了。楼下不知哪个窗户里有人骂：这见鬼的雨啥时候来，见鬼的夏天，还让不让人活了。许是这骂起了作用，蓦然一道光劈开夜空，趁着人愣神之际，几声雷滚过，雨便泼了下来。

随即，整个城市都浸泡在雨中。久违的雨，下得酣畅淋漓。

看到雨，老商心里终于踏实了。

老商晚饭吃得简单，下了碗面，冰箱里还有昨天剩下的小包子，微波炉里转热，再来几瓣蒜，吃得还挺饱。吃完他发现里间窗户没关严实，打进来不少水，赶紧拿布去擦，忙活了好一会儿才擦干净。

站到窗户边往外看，巷子里灯还亮着，光被雨打湿，怯生生缩作一团。光晕落在冲刷干净的石板路面上，又被雨四下里溅开。

回到桌前坐下，电脑开着，老商点几下，显示器上黑乎乎的，仔细看，正是外面的雨，有道昏黄的光，湿淋淋地照着后面模糊的房子。不难看出，这是实时监控画面，应该来自小楼外的摄像头。看了会儿，画面没啥变化，老商调出回放，这回是大白天，看清楚了，小巷加平房，还有墙上盛开的凌霄花。这样的地域特征，只能来自果城里。

果城里九曲十八绕，房子连着房子，小巷套着小巷，是海州老城区。一百多年前，这里只有一户种果树的农民，有个姓白的军阀听了风水先生的话，看中了果园边上的湖，花重金买下果园和果农的房子，大兴土木，造了座大宅子。那宅子现在成了海州民俗馆，大家都管它叫白公馆。白公馆建成后，先是些有钱人跟风在周边建房子，继而吸引了更多老百姓前来定居，慢慢有了规模，就成了果城里。

时至今日，果城里还有一半老房子，很多巷子的地面仍然铺着百年前的青石板。以前果城里家家户户种凌霄，房子荒了，凌霄还活得好好的。到了春季，果城里花香四溢，小巷两边的墙上，爬满黄色的凌霄花，颇为壮观。很多外地人来海州，都会专程来这里打卡。但到了冬季，凌霄花叶散尽，只留下些褐色的枯藤缠在巷边的墙上，看起来一片萧瑟破败之相。

老商的监控视频，正对着一座青砖灰瓦的四合院。果城里至今还留存的老式四合院不多，都是市级文物保护单位，价值不菲。视频中，正是宽脊飞檐的四合院前门脸儿，两扇朱红色的木门半开着，门前不断有行人或电动车经过。

老商选择了加速播放，房子岿然不动，人影快速滑过。遇到有人停在四合院门前，老商会暂停仔细观看，继而再次加速。

查看监控是每天必修课，枯燥且乏味，还特别容易让人疲惫，疲惫到一不留神就能睡着。老商睡了，又醒了，看墙上的钟，十一点半多点，睡了三个多小时。他起身伸个懒腰，活动下腿脚，听见骨头都在响。外面的雨还没停，小了些，却仍连成片。站到窗边，老商已经没了睡意，试探着把窗户打开道缝，脸贴上去，扑面而来的清凉中，夹着雨的味道。

目光落到窗外，恰好看到一把红色的伞在巷子里飘，还有伞下一截白皙的腿。

老商有点替这个夜归的女人担心。这么晚了，这么大的雨，独自走在没人的小巷里，胆挺大。

老商去桌上摸了烟，点上，嘴对着窗户缝，吐烟，却被倒灌进来，呛了。几声咳嗽过后，再往外看，随即皱了眉。红伞已经走远，后面跟着个穿雨衣的人影，瞧身形，是个男人。

只是顺道吧，老商想。脑袋里忽然像扎进根针，隐约作痛。恍惚了一下，有种极不好的预感，挺强烈。老商怔一下，忽然冲到门边，抓起伞冲出门。

楼下旅馆的门已经关了，老板在服务台后面支了床，此刻呼噜声挺大。听见动静，老板懵懂着问了声谁，回答他的只有“咣咣”两下撞门声。

老商顶着雨向前跑，撑开的伞没几下就被风掀到了一边。小巷很长，灯光昏暗，地面上积了层水，漫过脚面。巷子两头看不见人影，红伞和雨衣人，全都消失不见了。

追下去，站在一个岔道口，老商停步，抹一把脸上的水，向两边打量，很快选择了右边巷子。因为只是瞎猜，不能确定，往前走几步，犹豫着停下，四处看，怀疑选错了方向。

身后忽然传来“噗噗”的响动，那是蹚水而行的脚步声，且颇为急促。老商迅速转身，刚好看到个人影在巷口晃了一下。未及多想，老商疾步转回到三岔道口，看到刚才那雨衣人的背影——他本来跟在红伞女人的后面，为什么会突然折返？

此刻，老商面临选择，追雨衣人，还是去左侧的巷子里查看究竟发生了什么。

必定是发生了什么吧，否则，雨衣人不会跑这么快，看起来更像逃窜。于是，老商决定，追雨衣人。

雨衣人跑得快，却快不过老商。三下五除二，老商离他只差几步远。雨衣人听见后面的动静，也看到有人追来，慌乱中摔了一跤。老商趁此良机，一个箭步冲上前，直接骑到他身上。雨衣人不想束手就擒，使劲挣扎，但他哪是老商的对手，很快就被锁住，动弹不得。

就在这时，脑子里响起清脆的玻璃碎裂声。不好，这是头疼病发作的前兆——老商脑子受过伤，被颗子弹穿过，没死算撞了大运。他在医院躺了小半年，人没事，但落下头疼的后遗症。说不清楚什么时候脑袋就会疼，痛不欲生，严重时还会晕厥。

老商来不及反应，脑子里就像扎进了无数根针，疼得他双手抱头，身子也跟着晃动起来。

雨衣男趁机翻身，把老商掀翻在地，起身后，还冲着老商狠狠踹了两脚，一脚踹肚子上，一脚踹脑袋上。老商扭了几下，便不动了。

雨衣男吃惊，又拿脚试了试，见这人真不动了，骇然退两步，继而转身狂奔而去，很快消失在雨幕中。

老商半边身子都浸在积水中，一动不动，好像死了一般。

雨仍未停，耳边尽是连成片的雨声，却又如死亡般寂静。

终于，一声咳嗽，老商动了下，随即艰难地抬起头，艰难地拿胳膊肘撑起身子。巷子前后，再无人迹，老商深知，此刻没有人能帮到自己。他缓慢拖动身子，到巷边，扶着墙，慢慢起身。倚墙立着，大口喘息。脑袋仍然疼，疼彻入骨。

他摸出手机来，发现浸了水，不能用。现在，他唯有忍着头痛，扶着墙，慢慢向前走。

他必须到左边那条巷子里，去看发生了什么事。

发生了什么事，其实已经有了预感，只是，他还要去证实。

距离并不远，却走了很久。远远的，先看到红色的伞，伞柄朝上，伞面在水中，兜住好些雨水。不远处，躺着一个女人，一动不动，昏迷着，或者已经死了？

老商怔怔站那儿，虽然已有预感，此刻成真，却仍令他心内狂跳不止。

必须报警，他自知一时无力走出这小巷，所以，踱到了最近的一家小烟酒店，用力敲窗上的玻璃。过了会儿，屋内的灯亮，窗上的帘子拉开，露出一个老头睡眼惺忪的脸……

2

韩冬下午接到魏敏电话，让他晚上给璐璐送点吃的，如果有时间，最好能陪陪她。天气预报说晚上有暴雨，璐璐一个人在家，会怕。

韩冬挂了电话，坐那儿沉默了挺长时间。他出门时，才下午四点多，跟姐姐韩蓉说晚上不回来吃了。姐姐知道他去看璐璐，还从冰箱里拿了几袋速冻水饺煎包给他带上。

魏敏现在住的地方，离韩冬家不远，都在果城里。骑电动车，十多分钟便能到。路上经过一家超市，韩冬还进去给璐璐买了好些零食。

到了魏敏家，敲门，里面没动静，韩冬摸出钥匙开门。出租屋不大，是个套间，里面大些的房间做了卧室，摆张大床，外间只有几平方米，堆着杂物和一些做饭的东西。此外，卧室还连着个狭小的卫生间。

进门没看到璐璐，韩冬轻声叫："璐璐，璐璐，我是韩叔叔……"

卫生间的门开了，璐璐探出脏兮兮的小脑袋。警觉还没从脸上褪去，她便露出了笑。

韩冬心里叹口气，还是先带璐璐到卫生间洗了把脸，又找了梳子，帮她把小辫子扎好。镜子里的璐璐，干净了，也就可爱了。

随后他简单收拾下屋子，还乱，至少能将就看了。韩冬又拿湿布，擦净了床头的相框。相框里是魏敏和璐璐的合影，俩人看起来都挺阳光，笑得灿烂。

“饿了吧，晚上想吃什么，叔叔带你去吃。”牵着璐璐的小手，韩冬心里酸酸的。

孩子喜欢吃的，无非都是那些玩意儿。韩冬骑电动车带璐璐去麦当劳，点了汉堡薯条，一大堆。吃不完没关系，可以打包。璐璐最近明显比刚见时开朗许多，嘴里吃着东西，还不忘问妈妈什么时候回来。妈妈什么时候回来呢？韩冬不知道，虽然魏敏说今晚肯定回来，但她说话向来不靠谱，听着就行，不能当真。

傍晚，天空堆积的云层越来越厚，天色也暗了下来。

韩冬赶紧带璐璐回家，刚进门，外头的雨便倒了下来，闪电劈过，雷声滚滚。璐璐吓得缩在韩冬的怀里，韩冬下意识就抱紧了她。

他抱着璐璐在窗前看了会儿雨，然后陪她坐在床上看电视。

璐璐吃饱喝足，慢慢睡了，韩冬却睡不着。屋里没开灯，只有电视画面映出的光亮。为了不扰璐璐睡觉，已经调成静音。闪烁的光影，窗外浓密的雨声，一时间，好像整个世界都静止了。韩冬把相框取在手中，盯着照片上的魏敏看，看着看着，眼睛就湿润了，赶紧伸手抹一把。

如果时光能够倒流，如果命数能够改变，如果，你不曾在青春时，喜欢过那个女孩……

蓦然响起的电话铃声，惊醒了璐璐，也扰了韩冬的梦。他并没有睡着，却能遨游在过往时光里，守护那个照亮他整个青春的女孩。

“还没回去吧，璐璐睡了吗？”电话那头的魏敏听起来带些歉疚，“我已经下出租车了，马上到家。”

韩冬尚不及说话，璐璐已经凑到电话前，一迭声叫妈妈。

“璐璐乖，听话，妈妈马上就到家。”魏敏的声音此时听来，竟是少有的温柔。

接下来，璐璐当然不会再睡，她拖了把椅子到窗前，站上去，她要看着妈妈回来。

时间一点点过去，窗前的小街上，被雨水淋湿的昏暗灯光下，始终没有看到该来的人。韩冬有些纳闷，打车到街口，步行回来要多久呢？五分钟？十分钟？就算雨天蹚水走得慢些，最多不会超过二十分钟。可现在呢，半小时，四十分钟……

韩冬给魏敏去电话，提示对方已经关机。韩冬的心沉了下去，他已经想到了另一种可能。也许，魏敏又离开了，她再一次欺骗了璐璐，欺骗了他。可是，为什么会有警笛声，稍远些的天空中，还有些红蓝的光影不停闪烁？

韩冬再也坐不住了，便想出去看个究竟。可是，外面这雨，又让他犹豫。所有的雨天，都会让他生出极端的不适，非到万不得已，他绝不出门。但今晚，他纠结了挺长时间，终于还是牵着璐璐的手出门。

街口停了好多车，警车。穿雨衣的警察看起来神情凝重，好像发生了什么严重的事。

从小巷里走过来那人，看着面熟，好像是高中时的同学展锋。

应该是他没错，同学会上，有听同学提到过他，说他在刑侦队干刑警。

于是，韩冬试探着叫：“展锋！展锋……”

展锋3个月前刚代理了队里的副队长。原来的副队长叫袁轻舟，抽调到省厅参加专案组，参与一项秘密调查，据说至少得半年时间。队长老傅已经过了知天命的年龄，干了一辈子刑侦，可谓经验丰富，近年却常有力有未逮的感觉。用他的话说，很多东西都变了。时代在变，社会在变，人在变，犯罪分子也在变。落到实处，那就是犯罪动机和犯罪手段。

老傅并不惧怕改变，但心底却已有些倦了。对镜数鬓霜，想想就算自己能力再强，还能再干几年。更重要的是，他能感觉到自己的思维日益变得迟钝，记忆也在减退，很多刚发生的事却怎么也想不起来——老傅的早衰必然跟他的从业经历有关，长期劳累，加上还受过伤。

局里考虑到老傅的具体情况，已经着手安排他的职务变动事宜。有传言年底副局长退休，老傅可能到那个位子上去享清福。

袁轻舟不在家的这段日子，老傅觉得队里需要个挑大梁的，便选了展锋。

展锋的从警经历颇为传奇，2000年时，警校毕业，他去了果城里派出所当民警。派出所辛苦，琐事多，面对的多是鸡毛蒜皮的邻里纠纷、打架斗殴、偷鸡摸狗这样的治安案件，偶尔也会配合市局分局进行一些案子的协查工作。展锋特别轴，碰上这样的协查机会，就会一脑门子扎进去，常常能有意外收获。次数多了，就入了领导的眼。2002年，因为一起案子，他被借调到市局刑侦队临时帮忙，案件侦破后，他赖在刑侦队没回去。老傅惜才，加上还有别的原因，也就顺水推舟没撵他。如此又过了一年，展锋工作表现优异，特别在刑侦方面的能力有目共睹，老傅背后又使了把力，正式把他调入刑侦队。到了2005年，刑侦六组组长工作调动，去了分局刑侦大队当队长，展锋便顶了他的位置，正式成为海州市刑侦支队六组组长。在这位置上，他干了3年，直到袁轻舟去了省厅参加专案组，老傅把他挑出来，暂代副队长的职务。

这天晚上，展锋睡得懵懂，接到电话，得知果城里出了命案，立刻出门赶往现场。他半道上得知是老商报的警，赶紧电话老商，却怎么也打不通，联系已经在现场的同事，知道老商无恙，这才放下心来。

现场勘察工作正在进行中，队里的人已经进场干活。展锋下车先找老商，进到一辆车里，老商身上裹着毛毯，正等他。

“没事吧老商？咱还是赶紧医院瞧瞧去，别撑着了。”他上下打量，“瞧你这还哆嗦呢。”

老商摆手：“没事，我再歇会儿，就能缓过劲来。”

“别逞能，老同志了，不能老跟自己较劲……”

老商拿眼瞪他，他讪笑，赶紧岔开话题：“听说您报的警，这大晚上的，没事出来瞎溜达什么呀，溜达出人命了吧。”

老商一巴掌拍他脑门上：“别跟我贫，说正事。”

不复杂，老商三言两语把今晚的事说了，展锋自然不怀疑老刑警察觉到危险时的直觉，他更关心的是那个雨衣人。

“没把人抓住，可惜了。”老商似心有不甘，“可能真老了。”

“没事老铁，交给我，保证把人擒到你面前，听候你发落。”展锋说。

老商赶紧摇头：“我发落什么呀，你抓人，跟我没关系。”

展锋笑：“哪能没关系，您可是这案子的现场目击证人，得配合我们调查。还有，这小子胆太大了，敢拿脚踹您脑袋，踹哪儿不行啊，非得踹脑袋……”

老商不耐烦地打断他：“你不用去现场吗，在这儿跟我耗？”

展锋赶紧推开车门：“那您歇着，我这办完正经事，再回来跟您唠……”

雨还在下，尸体上方搭起了雨棚，法医老海和技术队的赵禹都在雨棚里忙活。这么大的雨，到处都是水，就算凶手留下点啥痕迹，也都让雨水冲没了。展锋走过去，老海说话照例简洁：“目前只在死者胸腹部，发现两道戳刺伤，应该就是致命伤。”

也就是说，死者是被凶手拿刀扎死的。

赵禹冲展锋摇头，神情颇为无奈。这样的案发现场，技侦能做的事有限。

雨棚中央，就是半边身子浸在水里的尸体。展锋走过去，俯下身蹲到尸体边。

看清尸体的脸，他愣住。

雨水已经冲洗干净了死者脸上的妆容，眉眼五官瞧着特别清楚。展锋还使劲揉了揉眼睛，特意盯着死者右眼角那颗紫色的小痣看了半天。

有些久远的记忆瞬间涌入脑海，印象中，那是个爱跳舞的姑娘，每年班里的联欢会上，她都要跳舞，后来，她还在市里的中学生才艺大赛中，拿过舞蹈类一等奖。有那么一段时间，她就是教室里的一道光，展锋每次进到班级，第一眼看到的总会是她。直到现在，隔了十多年，展锋仍然能记得她浅浅的笑，记得自己在后排，歪着头看她鬓角细细的绒毛上，涌动的光晕。

展锋恍惚了一下，想起她的名字叫魏敏。

办案遇到熟人，常有的事，熟人成了受害人，头一次。展锋心情略显沉重，怅然起身。六组的夏薇和邵勇凑过来，简单说了下情况，黑灯瞎火的，雨又这么大，果城里排水系统跟不上，到雨季就看海，就算凶手留下点啥，这会儿也没处找去。展锋决定再回老商那里跟他聊聊，看他还能提供点啥有用的信息。

他往巷口停车的地方去，忽然听到前面有人叫他。

“展锋！展锋！”

抬头，便看到巷口有把黑伞，伞下站着个男人，三十岁左右年纪，身子骨挺单薄，边上还站着个小女娃，两三岁的样子，俩人手牵着。

男人面熟，展锋快速在脑海里搜索，定格，很快想起他的名字，韩冬。

今年春天时，高中同学搞了个同学会，展锋本来对这些就没兴趣，加上手上有案子，就没去。后来听说同学会到了二十多人，还看到聚会时的一些照片，其中就有这个韩冬。

“还真是你。”韩冬牵着小女孩，走过来，“我韩冬，还记得吗？”

展锋假模假式地跟他握手，面上挤出些热情，寒暄几句，问他怎么会在这儿，这么晚了，还带着个小女娃。

韩冬略显腼腆，摇头，说：“咱们有个女同学叫魏敏，记得吗？这是她女儿。”

展锋怔住，心里想这也太巧了点吧。

他露出些不忍的神情，说：“来吧，咱们得聊聊了。”

3

春节前，腊月二十八，韩冬去超市买了些年货，不多，家里就他跟姐姐俩人，多了也吃不完。就算这样，也装了两大塑料袋，摞起来搁电动车踏板上，车骑起来就有点费劲。到了桐花街那儿，路边围了一群人，里头有俩人在吵架，一男一女，声还挺大。韩冬打边上过，没停，他对瞧热闹没兴趣。车骑过去老远了，他忽然停下，回过头来看。

刚才吵架声听了几嗓子，韩冬依稀觉得耳熟，脑子里还跳出个人来。他犹豫了片刻，还是折返回去，捏紧了车闸，脚尖撑地，稳住身子，探头朝人堆里看。

刹那间，他的心跳加快，能听到自己急促的呼吸声。吵架那女人，浓妆艳抹，大冷的天穿小皮裙露截白生生的腿，虽然跟印象中白皙文静的女孩判若两人，但千真万确，她就是魏敏。韩冬心中百感交集，真没想到，能在这儿遇上。

多少年没见了，掐指头算，至少得有五六年了吧。2004年那会儿，听说她回来了，他还去锅炉厂宿舍找过她，她们家房子卖了，邻居也都不知道她的下落。此后，她就像人间蒸发了一样，再没有半点消息，他只当这辈子都没机会再见到她了。

韩冬呆立在人群外头，想着往事，鼻子有点酸，还湿了眼眶……

“那是断了联系之后，我头回再见到她。”韩冬说。

这是在魏敏家出租屋里，同事夏薇在里屋哄璐璐睡觉，展锋在外间，跟韩冬坐在餐桌前。韩冬还去泡了杯茶，轻车熟路，看得出来，他对这里挺熟。

“那天发生了什么事？”展锋问。

韩冬双手捧着自己的杯子，好像特别冷的样子。

“那天我在人堆外面瞧着她，还没想好该怎么办，跟她吵架那男的，急了眼，上去甩了她一大嘴巴……”

这下，韩冬不纠结了，赶紧停好车，分开人群冲进去，拦在了那男人面前。

很快弄清楚了事情的原委，魏敏偷拿了男人的钱，男人找了她挺长时间，今天终于撞上，自然不会轻易放过她。魏敏见到韩冬，挺吃惊，但还是把他拉到一边，问他身上带钱了吗。

韩冬身上有钱，但没那么多，最后还是找了家银行自助取款机，取了钱给她。

“你给了她多少？”展锋再问。

“没多少，两千块钱。”

“不少了，赶上我一月工资了。”展锋感慨，“看来，这么些年，你心里头还惦记着她。”

班里漂亮女生不多，魏敏算其中佼佼者。那些年，班里惦记魏敏的男生不少，展锋勉强也能算一个，但大家都知道，韩冬跟魏敏关系不一般，他俩打小就认识，一块儿玩了挺多年，直到上了高中，魏敏长成大姑娘，知道了避嫌，这才跟韩冬疏远了些。

韩冬沉默不语，头还低着，展锋怀疑他又要哭了。刚才得知魏敏的死讯后，他惊得目瞪口呆，眼泪一下子没憋住，接二连三地迸出来。后来还是顾及孩子，他才勉强控制住情绪。

“后来呢？”虽然同情他，但展锋还得接着问。

“那天她跟我互留了电话号码，匆匆忙忙就走了，说过段时间会联系我，还我钱。我本来还想问问她的近况，但看她着急忙慌的样子，就没问。”

接下来没几天就春节了，韩冬特别惦记魏敏，但她的电话一直没打来，他就试着给她打过去。攒了好半天的胆，才拨完整个号码，没承想刚拨通就让魏敏挂了，连着几次后，他也就没了勇气再打。

韩冬每日心神恍惚，还出现了幻听，老觉得手机响，摸出来看没动静，再揣回去。姐姐韩蓉看他每天掉了魂似的，问过他好多回，他都瞒着姐姐没说魏敏的事。姐姐也认识魏敏，小时候，魏敏没少来家里玩。

差不多过了一个多月，应该是刚出正月，魏敏终于打来电话，问他有时间吗，过去接她一下。韩冬当即兴冲冲赶去，在洋桥巷口等了大半个小时，魏敏果然来了，打了辆车，还从车上下来个两三岁的小女孩。

魏敏说小女孩是她女儿，叫璐璐。

韩冬顿觉满心失落，原来，魏敏已经结婚了，还有了孩子。可想想大家都多大岁数了，结婚不挺正常吗？难道他还能奢望魏敏跟他一样，到现在还单着？

魏敏招呼他帮忙，从出租车后备厢里往下搬行李——两个大旅行箱，还有两个大袋子。魏敏这才告诉他，自己在洋桥巷里租了房，找他来，就是帮忙搬东西。

“孩子爸呢？”韩冬终于问起了最想问的。

“离了，我现在带着璐璐过。”魏敏的语气云淡风轻。

韩冬吁了口气，这算是个好消息，能稍微弥补一下他的失落，心底也油然而生出些希望来。他跑了两趟，把东西全都搬到了出租屋里，又紧着忙活了挺长时间，跟魏敏一道，把出租屋里外打扫了一遍，好容易歇下来，就到了吃饭时间。

“街口有几家小饭馆，咱们一块儿出去吃点？”韩冬提议。

魏敏还没吱声，璐璐已经拍手叫好，然后，用可怜巴巴的小眼神盯着魏敏。魏敏抓起手机看下时间，犹豫了一下，说：“你能带璐璐去吃吗，我还有点事……”

韩冬愣住了，对于璐璐来说，他还只是个第一次见面的叔叔，魏敏究竟得有多大的事，才能把女儿丢给他？

而且，韩冬以为她很快就能回来，谁知她这一走就是一天一夜，直到第二天夜里才回来。幸好，璐璐是个乖巧懂事的孩子，韩冬和姐姐都挺喜欢她。姐姐得知这是魏敏的孩子，还感慨了挺长时间。

“此后，这种事就成了家常便饭，隔上几天，魏敏就把孩子丢家里，然后给我打电话。她知道我喜欢这孩子，不忍心让她一个人待在出租屋里……”

韩冬终于讲完了他跟魏敏之间那点事，展锋听得目瞪口呆，心里还有点惋惜，当年那么好的一个姑娘，现在居然变成了这样。

“她平时有那么忙吗，连孩子都顾不上？”他问。

这回，韩冬沉默了会儿，才带些沮丧地道：“我问过她，她不说，还冲我发脾气……”

“就算不说，这么长时间，总能感觉到点什么吧。”

韩冬想了想，说：“她没正经工作，有时候在家好几天不出门，有时候出门好几天不回来，回来也是深更半夜，有时候还喝多了酒，走路都打晃。她还常闹穷，穷到只能带着璐璐啃干面包，有两回璐璐饿到哭着打电话给我，还是我来领着璐璐去饭馆吃顿饱饭。”

韩冬抬头盯着展锋：“这都什么年代了，要说有人还吃不饱饭，谁都会觉得这是天方夜谭，可魏敏过的就是这种日子。”

展锋心情也颇沉重，想不明白魏敏怎么会沦落到这种境地。

“知道她平时跟什么人来往吗？”

韩冬摇头：“她的事，我知道的其实很少，都是接到她电话，直接来家里接孩子，她回来了，再打电话给我，把孩子送回去。”

展锋想，魏敏这是给孩子找了个免费保姆。

韩冬犹豫了一下，好像想起什么来：“有个事，我觉得该跟你说一下。”

半个月前，魏敏打来电话，说已经到家了，让把璐璐送回来。挂断电话，韩冬便带璐璐出门，路上经过超市，给她买了好些吃的。璐璐挺开心，拎着塑料袋一蹦一跳在前面走，还不时回身拉住韩冬的手。到了出租屋，还没敲门，就听见里面传来噼里啪啦的动静，好像摔了东西，还像有人在咒骂厮打。韩冬赶紧摸出钥匙开门，屋里一片狼藉，魏敏正跟个干巴瘦的男人厮打在一起，还很激烈，俩人脸上都挂了彩。

璐璐吓得哇哇哭，韩冬立马上前护住魏敏，大声嚷嚷着要报警。干巴瘦男人明显心虚，撂两句狠话赶紧溜了。

展锋来了兴趣，问那人撂啥狠话了。韩冬道：“他说，要把魏敏弄死……”

展锋还想接着问，里屋的璐璐忽然哇地哭出声来，夏薇怎么哄也没用。韩冬赶紧进去把她抱怀里，她说做梦了，梦到妈妈死了。展锋听了鼻子一酸，那边的韩冬就更别提了，泪花在眼里转，接着就吧嗒吧嗒往下掉。

现在展锋特别同情韩冬，稍微有点眼力见儿的人，都能看出来魏敏只是利用他，让他帮忙带孩子。可他一次都没拒绝过魏敏，不知道是傻，还是跟魏敏之间有啥过命的交情。

展锋还有种直觉，这案子，没准真能从韩冬身上挖出些线索来。

4

老傅这两天在县里参加县局的一个活动，这天下午回来，屁股还没焐热，就把人召集起来开了个案情碰头会。

六组的邵勇介绍了案发经过，老傅听到老商的名字，立刻两眼放光。

“老商差点抓住凶手，可惜最后还是让他跑了。黑天里，又下那么大雨，凶手还穿着雨衣，老商也没法看清凶手长什么样。事后，排查了小马巷出口街区的几处治安探头，都没啥收获。凶手要么避开了探头，要么就压根没出小马巷。要知道果城里地形非常复杂，小巷之间都连着，有些地方看着是死胡同，只要翻个墙头，就进了另一条巷子……”

接下来夏薇介绍了死者的情况。夏薇之前一直跟展锋搭档，现在六组临时由她带。

“死者名叫魏敏，三十岁，居住地为果城里洋桥巷一处出租屋。1996年，魏敏高中毕业，去了浙江一所财经学校读书，毕业后进入本地一家制药公司，在分公司里担任出纳会计。药企效益好，收入超过海州绝大多数工薪阶层，魏敏收入自然也不菲，小日子应该过得不错。随后药企发生贪腐案，魏敏受到牵连，据称是受领导胁迫伪造单据，后来自己也虚开伪造发票，非法获利十多万元。2002年，魏敏被判两年有期徒刑，在常州市一家女子监狱服刑。2004年出狱后，无正当职业，当年即与名叫何斌的男人结婚，次年女儿出生，半年后，与何斌离婚。离婚时因孩子尚处于哺乳期，魏敏顺利取得女儿的抚养权。

“何斌跟魏敏结婚前，自己开了家小饭馆儿，不大，生意一般。经人介绍认识了魏敏，魏敏向他隐瞒了坐牢的事，并对他百依百顺，俩人当年就拿了结婚证。婚后不久，何斌发现魏敏简直就像变了个人，原本素颜挺好看，偏偏要化很浓的妆，穿着打扮也开始往性感妖娆那风格上去。她还背着何斌，取光存折上的钱，偷拿饭店的营业款，跟外面一些乱七八糟的人来往密切。就这样何斌还不能说，说了她就阴阳怪气使劲闹。何斌实在忍无可忍，打算离婚，魏敏却怀上了孩子。离婚的事又拖了一年，女儿出生后，俩人才把婚离了。至于孩子，何斌曾经做过亲子鉴定，结果显示孩子跟他并无血缘关系。”

这些情况展锋都知道，再听夏薇说起，心神还是有些恍惚，脑子里老是跳出魏敏上学时的模样，干干净净的一张脸，马尾辫，安安静静地坐在窗边，阳光落在她脸上，周身都泛着青春期少女特有的明媚气息。

好端端一个人，怎么会变成现在这样？这些年，她都经历了什么？

“老海那边法医报告出了，魏敏的死因系胸腹部连续两次遭锐器戳刺，心脏穿透性损伤致死。创口平整，凶器为宽度约2.5厘米的单刃刀具，挺锋利。死者身上发现多处陈旧性损伤，形成时间并不一致，怀疑生前曾遭到过多次殴打虐待。另外，死者浅静脉萎缩，胳膊及大腿多处发现暗红色的注射痕迹，可以确定死者生前是名吸毒人员，有过长期吸食毒品的经历。”夏薇将法医报告递给老傅。

老傅敲桌子：“重点调查魏敏社会关系中可能的涉毒人员。”

“技术队那边就别指望了，现场全让雨水给泡了，什么都没给咱留下。”夏薇接着说，“果城里的治安探头本来就少，加上案发当晚雨太大，监控也别想了。”

“死者的手机浸了水，我们去通信公司，调出了她当天的通话记录。据此，找到了案发当天跟她在一块儿的那个人。俩人一大早开车去了温泉镇，说是泡温泉。大夏天的，马路上都快能煎鸡蛋了，泡温泉，谁信呀。我们找到了那个男人，他承认当天确实跟死者在温泉宾馆混了一整天，当晚大概11点，带着魏敏回到市区。他没送魏敏回果城里，在苍梧路上给魏敏打了辆车，让她自己回去，随后去参加了一场朋友的聚会。”

邵勇接过夏薇的话：“我们找到了跟他一块儿在KTV唱歌的朋友，又通过出租车公司，找到了那辆车的司机，都证实了他的话，因而他的嫌疑被排除。出租车司机把魏敏送到了小马巷巷口的街边，魏敏下车前打过一个电话，司机听到她说‘妈妈马上到家’一类的话，这与锋哥那位老同学说的能对上。”

展锋简单说了下案发现场遇到韩冬的情况：“死者的女儿璐璐，当时跟韩冬一起接的电话，此后，她一直跟韩冬待在一起，没分开过。璐璐虽然只有两岁多，但这一情况应该属实，我这老同学的嫌疑也可以排除。”

“另外，韩冬还提供了一条信息，案发前半个月，有人曾闯进魏敏的出租屋，跟她发生过厮打，还扬言要弄死她，当然这可能只是一时气话，可这人咱该查还得查。据韩冬回忆，这人刀削脸，三角眼，长得挺猥琐，中等身材，体型偏瘦。这与老商提供的犯罪嫌疑人体形特征相似。”

“老商案发当晚跟犯罪嫌疑人发生过搏斗，虽然没能看清嫌疑人的模样，却提供了他的体形特征。嫌疑人身高在175cm左右，偏瘦，至少不壮实，力气嘛，也不算大，老商跟他交手时，很轻松就能把他锁住。”

老傅边听边在小本上记，最后总结：“当务之急，得弄清楚凶手的杀人动机。凶手究竟是变态狂，暴雨之夜随机选择目标动手杀人，还是有预谋地针对魏敏，提前躲在巷子里打埋伏。”

“没错，咱们得做好两手准备。”展锋道，“如果凶手随机选取目标，那就麻烦大了，只能在果城里排查可疑人员。果城里地形复杂，不熟悉地形的人，白天进到那些巷子里都得发蒙，更别说深更半夜，还下着暴雨。所以，就算凶手不住在果城里，至少也去踩过点。如果是预谋杀人，就得详细梳理死者的社会关系，从中找到嫌疑人。”

这些都是大工程，有得忙了。

最后，邵勇拿出厚厚一沓通话记录：“通信公司那边，提供了魏敏近一年的通话记录。经过统计，通话次数最多的，除了韩冬，还有两个号码。经查，这两个号码的机主，一个叫黄丽娟，三十五岁，本市人，初中文化，十七岁辍学后便在社会上鬼混，有过多次打架伤人的案底，2000年因为抢劫，被判五年有期徒刑。刑满释放后回海州，无业至今。

“另一名机主叫许美珠，本市驼峰乡黄崖村人，也是初中文化，十八岁时与同村的男子结婚，因未到法定结婚年龄，一直没有领取结婚证。婚后不久，跟随老乡一块儿去邻省打工，名义上在家服装厂上班，实际上长期从事卖淫活动。1997年，在当地公安机关的扫黄打非行动中落网，因卖淫及容留他人卖淫罪被判六年有期徒刑。刑释出狱后，来到海州，近些年，一直在一家夜总会做公关经理。”

“几天前，缉毒那边有次大行动，端掉了一整个贩毒团伙，捎带手抓了好些从该团伙手中购买毒品的吸毒者，里面就有黄丽娟，现在人被关在戒毒所里。至于许美珠，打电话也不接，暂时联系不上。”夏薇补充。

“她们跟魏敏的共同点，都坐过牢。”展锋皱眉，“不会是号友吧？”

“还真是。她们三人的服刑地点，都是常州溧阳的女子监狱，而且，刑期有重叠。”夏薇道，“我这就跟监狱方面联系，查一下她们三人在狱中是否有交集。”

展锋点头：“不管怎么说，咱们都得去找这俩人谈谈……”

看得出来，老傅挺满意，最后给大伙儿鼓了气，便散了会。老傅冲展锋招手，把他叫到自己办公室里。

老傅紧绷的脸松弛下来，甚至还露出几许慈祥的微笑。他弯腰从抽屉里摸出两包茶叶来：“大竹园村的高山云雾，明前茶，戴局春天给了我两包，一直没舍得喝。”

展锋眼睛眨巴几下，露出些不情愿的神情：“您对我就这么没信心？”

“当然有信心，要没信心，我能老袁刚走，就让你顶了他的班？”

“有信心就行，我一准把凶手擒了扔您面前。”

“这我信，你肯定有这能耐。”老傅笑眯眯地道，“可破案这个事吧，宜早不宜迟，就算咱们不急，可上头急啊。”

展锋还是不乐意：“那饭也得一口口吃吧，还想不想让我们这些年轻同志茁壮成长了。”

“该长长，不耽误，需要我浇水施肥言语一声。”老傅有点像哄孩子，“可话说回来，成长过程中，咱不也得学习前人的宝贵经验吗？机会难得，可不能错过。”

“老傅同志，能别这么急功近利吗，咱们堂堂市局刑侦队，人才济济，这么多破案小能手。这回的案子，我想好了，自己来……”

老傅一巴掌拍桌上，笑面虎变成了冷脸兽：“你还批评起我来了，只要能把案子破了，那就是咱刑侦队有能耐。你小子，别得了便宜还卖乖，知道我这茶多少钱一斤吗。你要不乐意，我可收起来了。”

展锋苦着脸嘻嘻一笑，说：“别呀，都拿出来了，可不能辜负您的一番心意……”

终究还是拗不过老傅，纵然心里一万个不乐意，展锋还是收起茶叶出门。

5

展锋和邵勇去夜总会找许美珠，扑了个空，夜总会的人说许美珠不在这儿干了。他们问啥时候走的，回答说大概一个月前吧。为什么不干了？这些人便闪烁其词，不是说不清楚，就是让找别人问，这里头明显藏着事。

展锋问，老板呢？员工只说老板在医院，半个月前让人捅了。让谁给捅了？这回摇头的人，眼里都透着实诚，看来，是真不知道。

两人就去医院，找到了老板顾三胖。

顾三胖真的挺胖，见到警察，还一迭声追问捅他的人抓着了没有。

展锋跟他解释，他们是市局刑侦队的，找他是想了解点许美珠的情况。

顾三胖显然常跟警察打交道，老油条，该配合警察的时候，一点都不含糊。

“那娘们不是好人，幸亏发现得早，否则，迟早得把我害死。”

许美珠在他那里干了挺长时间，没出过大差错，顾三胖对她印象还挺好。

谁都知道夜总会的公关经理是干什么的，拉客户。凭什么拉客户呀，手上有姑娘。

“我那可是正经夜总会，有姑娘也就在包厢里陪客人聊天唱歌喝酒，肯定没那些乱七八糟的事。”顾三胖不忘替自己辩白，“我蹲过大牢的人，知道政策。现在日子过得不错，可不能做违法乱纪的事。宁愿少赚点，心里踏实。”

就当他说的是真的吧。

有天，顾三胖接到电话，是一个朋友打来的。朋友前两天在他的场子里玩，碰上件事，憋心里好多天，终于还是没憋住。他上来就说顾三胖你胆太大了，敢在自己的场子里“溜冰”。顾三胖老江湖，当然知道“溜冰”什么意思，当时脸就白了。

他立刻去查，就把许美珠揪了出来。

顾三胖肯定没少给许美珠上手段，许美珠很快就交代了。她有个闺密，就是黄丽娟，俩人一块儿蹲过大牢，是患过难的号友。黄丽娟先吸的粉，后来把许美珠也带下了水。那玩意儿耗钱，俩人吸着吸着，有点入不敷出。黄丽娟想出一主意，每次多拿点货，在包间里碰到合适的人，就拿出来跟客人一起分享，然后收高价。这样，既能蹭到不花钱的粉，还能落点差价贴补一下。

夜总会这种地方，到处都贴着禁止黄赌毒的宣传口号，涉黄属于打擦边球，只要不在会所里动真格的，警察来了还有回旋的余地。毒品不一样，沾了就一手屎，洗都洗不干净。谁在你场子里涉毒，那就是砸你饭碗。

顾三胖肺都气炸了，得亏没出事，真要把警察招来，场子都得黄。

他顾三胖什么人，在道上也算号人物，这种事哪能忍。当即让人把黄丽娟给弄过来，连同许美珠，一块儿丢进一间小黑屋。小黑屋里发生什么事，顾三胖没说，反正三天后，他把黄丽娟和许美珠放出来，俩人骨头架子都快散了。

“还别说，你们两位警官今天来，倒提醒我件事，捅我那小子，不会是这俩娘们找来的吧？”

顾三胖被捅这事，跟魏敏的案子没多大关系。但既然人都来了，就多待几分钟，权当听故事。

半个月前，顾三胖有晚喝多了酒，车子没法开，刚好离家又不远，便想着走几步，散散酒气。走半道上尿急，路边黑地里找根电线杆子，刚解决一半，听到后头有动静。他喝了酒，反应迟钝，啥都没看清，眼前忽地一黑，后来才知道脑袋上让人套了麻袋。正蒙着，小肚子上就被捅了一刀。待他挣扎着扯掉头上的麻袋，捅他的人早没影了。

“别让我查出来谁干的，查出来……”顾三胖话说一半紧急收住，冲着展锋笑笑，“查出来我就报警，让那孙子蹲大牢。”

那边夏薇带了个同事去了戒毒所。

黄丽娟被关了好些天，正处于戒断期，难受得要死，同事只给了她根烟，她就把跟魏敏之间的事，该说的不该说的，全说了。

警方猜得没错，她跟许美珠，还有魏敏，果真是号友。

黄丽娟和许美珠进来得早，认识在先，魏敏进来在后，被她们俩欺负，魏敏向管教打了报告，俩人受了罚，从此就算结下了梁子。此后，俩人有机会就找魏敏的麻烦，修理她。但在监狱里，她们也就俩小虾米，掀不起多大的浪来。

后来，黄丽娟和许美珠相继刑满离开监狱，不约而同都回了海州。取得联系后，俩人臭味相投，很快就混到了一块儿。

转眼到了2004年，魏敏刑满释放，回海州后，经人介绍，认识了何斌。何斌一眼就瞧上了魏敏，当年就跟她领证结了婚。那会儿的魏敏只想着安安稳稳过日子，岂料婚后不久，意外在街上撞见了黄丽娟和许美珠。

黄丽娟和许美珠那会儿混得不怎么样，不说吃了上顿没下顿，至少兜里没几个钱。刚开始她们只想从魏敏身上捞点油水，没想到魏敏新嫁的老公是开饭店的，生意瞧着还不错，应该攒了不少钱。她们知道魏敏向老公隐瞒了坐过牢的事，便以此为要挟，魏敏不想跟她们多纠缠，本着破财免灾的想法，给了她们点钱，想打发她们走人。岂料她们的胃口挺大，不把她榨干了，绝不罢手。为了控制魏敏，她们伙同社会上的混混，把魏敏关到了出租屋里，折磨了她好几天，从肉体到精神上，一举把魏敏给摧垮了。

所以何斌会说，魏敏婚后像变了个人。实际上，魏敏真的已经变了个人。

没有人知道魏敏那段时间都经历了什么，就连黄丽娟和许美珠，现在都回忆不起来完整的细节。反正那以后，魏敏见到她们就怕，怕得瑟瑟发抖，当然更不敢忤逆她们的任何意愿。她们也很满意，更是使出浑身解数，要把魏敏身上每一滴血都榨干。

最要命的是，她们还用魏敏的身份证借了高利贷，到了还钱的日子，魏敏被逼无奈，只能偷拿家里的钱，偷拿饭店的营业款。何斌发现后，跟她大吵了几次。魏敏破罐子破摔，已经回不了头了。丈夫何斌再也无法忍受，打算跟她离婚，却意外发现她怀孕了。

怀孕期间，黄丽娟和许美珠消停了些，直到她生完孩子，才再次找上了她。没有任何悬念，魏敏跟何斌离了婚，分家产落了些钱，她想用来养孩子，但架不住黄丽娟和许美珠的盘剥压榨，很快就挥霍一空。此后，没了经济来源的魏敏，只能跟着黄丽娟和许美珠厮混，想方设法从不同的男人那里混些钱来度日。

再后来，黄丽娟和许美珠相继开始“溜冰”。这爱好费钱，入不敷出时，她们便用魏敏去换“货”。怎么换？当冰妹。冰妹是什么？“溜冰”过后，会有各种症状，其中便包括欲望强烈。冰妹除了陪着一块儿“溜冰”，还能帮着降火。有些女人以此为职业，还有些人只为能吸上不要钱的冰。

曾经有段时间，黄丽娟和许美珠就靠着魏敏当冰妹换来的毒品度日。为了继续控制魏敏，在她们的强迫下，魏敏也开始沾染毒品，成为一名“瘾君子”。

黄丽娟讲述往事时，满不在乎的神情，着实让人愤怒，以至于夏薇不得不暂停问话，到外面平静了好一会儿，才能再次面对她。

夏薇无法理解，黄丽娟和许美珠这两个女人，两名刑释人员，没钱，没势力，混迹在社会最底层，她们究竟用什么手段，控制并摧毁了魏敏的整个人生。也许，那就是恶吧，在彻头彻尾的恶面前，普通人毫无抵抗能力，根本无路可逃。

得知魏敏的死讯，黄丽娟多少有些吃惊，她实在想不出，这个毫无存在感的女人，对任何人都构不成意义的女人，谁会想着去杀死她？

“她死了，找我干吗，肯定跟我没关系。”她替自己辩解。

也许是真的，魏敏被人杀死时，她已经进了戒毒所。至于许美珠，前几天搭上了一个暴发户，在魏敏遇害前便去了外地。而且，她们确实没有杀死魏敏的动机——她们会留着魏敏，榨干她的每一滴血。

“最近一次跟魏敏联系，是什么时候？”夏薇问。

黄丽娟装着回想的样子，说有些日子没跟她联系了。夏薇直接甩出魏敏的手机通话记录，她马上记起来，大约半个月前，找过魏敏一次。

“其实找她也没什么事，就是有些日子不见了，想问问她在干吗。”黄丽娟说。

她的话并不可信，但死无对证，她不想说，一时间还真拿她们没办法。

已经不想再待下去了，面对这个女人，夏薇会产生极度的心理不适。正打算结束问话时，展锋的电话打了过来，问她还在戒毒所吗，让她捎带着问件事。随后，夏薇又把合上的本子摊开来，问起一个月前，她们在顾三胖夜总会发生的事。

这回，黄丽娟不言语了。

“都已经查到顾三胖那儿了，还有什么不能说的。你说不说，有区别吗？问你，不过是给你个机会。”

夏薇几句话便打消了黄丽娟的顾虑，她交代了自己跟许美珠在顾三胖的夜总会溜冰的事，更是控诉了顾三胖把她和许美珠丢进小黑屋后，对她们的折磨——这是否就是世事有轮回？当年，她们想必也是这样，把魏敏关进小黑屋的吧。

“半个月之后，顾三胖回家路上，让人捅了一刀，这事，跟你们有关系吗？”

黄丽娟立刻摇头，连声说她哪有那胆儿。顾三胖是个狠人，落他手里，不死也得掉层皮。她被顾三胖折磨了好几天，死的心都有，现在，只想离得他远远的，哪还敢主动去招惹他。

她说得好像挺有道理，但她闪烁的小眼神，让夏薇觉得她并没有说实话。

6

这一天忙下来，了解到的信息挺多，弄清楚了魏敏这些年的经历，找到了让她堕落沉沦的元凶，但对案子，却没多少推进作用。

展锋让大家都回去歇了，养好精神，明天接着干活。

坐在车里，看着面前老傅给的两包茶叶，正纠结着要不要去找老商，老商的电话先打来了。

“有俩人打架，民警把人弄回来了。有个人认识你，说想见见你。”老商的声音。

“谁啊？他想见我，我就得去？”展锋适时地展示了一下自己的小傲骄。

“见不见随你，我就知会你一声。”老商用漫不经心的语气道，“他说他叫韩冬，跟你是高中同学，还说只要提他名字，你肯定会来。”

韩冬？展锋脑子里又冒出那天刚看到韩冬的画面，瘦巴巴的身子骨，举着把黑伞，牵着个小女孩，一副怯生生的模样。

他会跟人打架？他那小身板，跟谁打架不吃亏呀，他是不是傻？

老商这天中午眯了大半个小时，醒来后又在窗边坐了会儿。他的目光落在窗外，晴空万里，蓝天白云，远处是这些年新建的楼房，鳞次栉比，崭新簇亮。视线往回拉，有片灰色区域，平房和层数不一的老式楼房间杂，瞧着灰头土脸的，多少年没啥变化。这就是果城里，海州老城区。

老商的视线最后落在窗子斜对面的四合院上。

果城里这样的四合院本就不多，重新修缮且精装过的更少，因而，楼下的这幢院落就像落在沙砾中的一块金子，看了，便会让人开始揣度院落的主人。

看一眼墙上的挂钟，时间差不多了。老商起身，去边上简陋的卫生间，洗脸，刮胡子，再把头发梳整齐了，回来换身衣服。

镜子里的老商身着警察制服，看起来虽仍面有菜色，却整齐利落了许多。

走在小巷里，两边不断有人跟他打招呼，他脸上浮着笑回应，随和，却绝不敷衍。从小马巷出来步行20多分钟，他便到了果城里派出所。

没错，老商是个警察，果城里派出所的民警，他在这里，已经工作快10个年头了。

老商原名商铁城，1996年，商铁城刚过而立之年，还是市局刑侦队的副支队长，当时袁轻舟是重案一组组长，俩人并称海州警界双雄，联手侦办了许多大案。

那年夏天，市局成立专案组，针对本地黑恶势力展开专项整治行动。商铁城作为刑侦队业务骨干，加入了专案组。市局把最难啃的一块骨头交给了他，那就是盘踞本地多年的花铁龙黑恶势力犯罪团伙。

花铁龙本名曹金龙，本地人，初中毕业开始混社会。刚开始就是最底层的小混混，大哥指哪儿他打哪儿，且心狠手辣，没多久，就把自己打进了监狱，蹲了好几年。出来后学乖了，自己拉了票人，摸黑干倒多个本地大哥，闯出些名气，随后，傍上几个老板，帮老板抢工程干黑活，赚了些钱。再后来自己干，最初从海上走私香烟，然后成立工程公司，竞标抢工程，几年下来，赚得盆满钵满。有了钱，手下小弟越来越多，可以干的坏事也更多。最近几年，曹金龙开夜店放高利贷，还偷偷摸摸搞赌场，黑恶势力越来越大，犯下的案子也越来越多。

打掉花铁龙犯罪团伙势在必行。吸取之前办案经验，警方行动前，必须尽量多地掌握曹金龙本人的涉案证据，否则，就算抓再多的人，也奈何不了曹金龙。

商铁城带着自己那队人，历时数月，终于取证完毕，随即，市局统一部署，开始收网行动。曹金龙负隅顽抗，带着几个人驾车逃窜，被拦下后，又劫持了几名路人当人质。关键时候，商铁城亲自上前与之周旋，最后更是果断开枪，击毙曹金龙。

行动取得圆满成功，商铁城也因为此役受到市里嘉奖。

但商铁城心里极不踏实，花铁龙犯罪团伙还有些漏网之鱼，特别是曹金龙的亲弟弟曹玉虎仍然在逃。曹玉虎绰号花豹，也是个心狠手辣的货，曹金龙的地下赌场就是他在经营。想想吧，经营赌场，面对的都是些什么样的人，手上没几把刷子，肯定罩不住。

还真是越担心什么越来什么，这天晚上，商铁城去医院看望一个前段时间受伤的同事，出来时，迎面撞上一个人，商铁城没当回事，那人却叫住他，还递过来一只当时不多见的大哥大手机。

商铁城立刻警觉，但还是接过电话放到耳边，里面传来老婆唐宁的哭泣声。

没错，商铁城结婚了，妻子名叫唐宁，是名中学教师。俩人结婚3年，感情一向挺好。唐宁想要个孩子，商铁城却拿不定主意，主要是怕唐宁太辛苦。自己工作忙，时间上更是没个准点儿，就算深更半夜接到电话，也得屁颠屁颠爬起来出任务。为这事，俩人闹了点不愉快，后来商铁城终于松了口，说等忙完这次行动，就听唐宁的，要个娃。

听见唐宁的哭泣，商铁城心中狂跳，愤怒让他瞬间上了头。他一把掐住那男人脖子，把他抵到墙上，厉声质问他把唐宁怎么了。

随后，电话那头传来另一个男人的声音，自称他就是曹玉虎。

“想要老婆，就照我说的做……”

明白了，商铁城怏怏放开面前的男人，手脚都已变得冰凉。

最担心的事，还是发生了。罪犯报复警察家属，是所有警察的噩梦。现在，他唯一能做的，就是拼了性命，也要救回唐宁。

他乖乖跟在那男人后面，上了辆车。曹玉虎专门派人过来，自然就是监视他，不给他叫增援的机会。曹玉虎告诉商铁城，只要手机通话断了，他就再也见不到老婆了。

商铁城不敢造次，只能老老实实照曹玉虎说的做。身边那男人摸出他腰间的枪，他也没敢反抗。车子很快到了市郊一处叫作老铁桥的地方。许多年前，铁路改道，原本的铁路线废弃，包括这座铁道桥。时间稍久，这里便荒了。

下车，上桥，果真看到了曹玉虎和他的两名手下，唐宁被捆了手脚倒在桥面上。商铁城又惊又恐，但还是竭力让自己保持冷静。

“这事跟她没关系，把她放了，我留下。”他央求曹玉虎。

带他来的那个男人站到了曹玉虎边上，还把商铁城的枪递了过去。曹玉虎接过枪在手上掂量，忽然直指商铁城，恶狠狠地道：“你杀了我哥。”

商铁城慌了：“你哥死了，还有你，我能帮你逃出去。”

“真的？”曹玉虎似乎动了心。

商铁城连连点头。

曹玉虎忽然笑了：“我的生死，就不劳你费心了。今天找你来，我只想做一件事。”

商铁城的心都提到了嗓子眼儿，双拳已经握紧。他已经猜到了曹玉虎接下来要说什么了。果然，曹玉虎笑得越来越放肆，拿枪的手因为用力，都在轻微颤动。

曹玉虎低声嘶吼：“你杀了我哥，你就得死……”

凭着多年从警的经验，商铁城知道此刻已到了生死关头。曹玉虎找他来，别无所求，只想杀了他替曹金龙报仇。既然无回旋余地，那就只能跟他拼了。

曹玉虎话音未落，商铁城已经向他直扑过去。

枪声骤响，让商铁城身子一顿。曹玉虎的这一枪没有对准他，而是射向了桥面上的唐宁。唐宁额间中弹，瞬间就没了声息。商铁城目眦尽裂，厉声吼叫，张开双臂再度扑向曹玉虎——愤怒已经让他失去了理智，他脑中只有一个念头，杀了曹玉虎，杀死他！

枪声再起，鲜血从商铁城的头上喷溅而出。他脚下踉跄，随即便重重倒地。

他的眼睛还睁着，里面却再无生气。他的目光落在不远处的唐宁身上，摊开的手动了动，似乎想抓住些什么。随后，黑暗袭来，整个世界变得黑漆漆的了……

那一次，商铁城以为自己死了，实际上，他昏迷半个月后，终于醒来。子弹穿过他的颅骨，残留的弹片取出，他的生命体征已经趋于稳定。但唐宁却死了，再也不会回来。

那晚过后，曹玉虎便再没出现过。警方此后通缉他多年，都未有结果。

商铁城在医院卧床数月，终于康复出院，脑伤却留下了后遗症，脑袋经常突发性疼痛，每回都痛不欲生，而且，情绪过于激动时，还会突然晕厥。鉴于他的身体情况，局里给他办理了长期病假，打算把他养起来。商铁城回去将养了两个月，忽然有天到局里申请，希望调职到果城里派出所做个普通民警。

这个要求不过分，很快落实到位。虽然离开了刑侦队，但领导惜才，知道他天生是块干刑侦的料，特意在刑侦队给他留了个尾巴，聘他为刑侦队特别顾问。领导这其实是留后手，往后但凡碰上解决不了的疑难杂症，也好有个由头去找他帮忙。

完事之后，领导才想起来，商铁城自愿下沉到派出所，能理解，但为什么会是果城里？

去果城里上班后，商铁城马上去小马巷里的小马庄旅馆，从老板手上，租下了楼顶一间废弃的小阁楼，并在那里一住就是十二年。

如果你去过商铁城的阁楼，坐到他常坐的那扇窗前，看到窗外巷子边那座四合院，便能明白商铁城的良苦用心。

四合院主人姓曹，没错，它正是曹家兄弟的老宅，现在，他们的父母仍然住在那里。

很多人都知道，曹家兄弟虽然做了很多坏事，却是出了名的孝子。商铁城相信，潜逃在外的曹玉虎，终有一天会回来。而抓住曹玉虎，就是他余生必须做的事。

果城里派出所上上下下，都知道商铁城的经历，知道他是警界大神，自然特别尊重他，只安排他做些轻闲的工作。商铁城没架子，跟谁都挺客气，却也跟谁都保持着点若有若无的距离。所里专门给他安排了个搭档，是个年轻小伙，所长特别嘱咐小伙，商铁城身体不好，不管工作生活，都得多照顾他。小伙激动坏了，开始那几天走路有点飘，睡觉都能一夜乐醒好多回。

跟警界大神搭档，够他吹上好几年了。好在，他有自知之明，吹牛的时候，位置摆得挺正，只说自己是商铁城的徒弟。

没错，那小伙便是展锋，后来，他真的做了商铁城的徒弟，还一路干到了刑侦队。

7

韩蓉在菜市街开了个炸鸡铺子，不是你们想的那种小饭馆，就是临街租个几平方米的小门面，门口摆上炸锅，炸鸡柳鸡排鸡叉骨，顾客来了，打包带走。

菜市街上，有果城里最大的菜市场，人流量还挺大。街两边的铺子，大多卖吃的，大饼油条包子，各种冷菜熟食，还有几家打包菜。韩蓉的炸鸡铺位置不算好，有点边边角，生意马马虎虎。以前忙不过来时，韩冬会过来帮忙，半年前韩蓉雇了个退休大妈，韩冬来的次数就少了。

这天下午，韩冬带着璐璐来了，让她照看下孩子，他要去趟电脑城，家里电脑电源出了问题，他要去配个新的。

韩蓉叮嘱他别太晚回家，这些日子，果城里不太平。

几天前，下暴雨那晚，韩冬下半夜才回来，还带着璐璐，她就猜到肯定有事发生。韩冬什么话也没说，把璐璐交给她，便自己躲屋里去，还把门关得紧紧的，当时她的心就揪了起来。

第二天，大家都在说洋桥巷死人的事，有人趁着大暴雨，杀了一个女人。关于那女人，有各种传闻，大多挺不堪。当韩蓉知道死去的女人是魏敏时，内心狂跳不止，甚至还躲到卫生间里干呕了半天。

魏敏，真的死了吗？那个在夏天喜欢穿白裙子，走路蹦蹦跳跳，见到她就喊姐的小姑娘，真的不在了？她到底在外面招惹了什么人，竟给自己惹来杀身之祸？

璐璐虽然年纪小，却挺懂事，吃饭时，怯生生地问："姨，妈妈是不是不回来了？"

韩蓉鼻子酸，不知道怎么答。

"姨，妈妈是不是死了？"泪水在璐璐的眼眶里打转，终于落了下来。

韩蓉依旧无言以对，转过头，悄悄抹了把泪。

可怜的孩子。

韩蓉知道韩冬又跟魏敏联系上后，劝过他几回，不听，便不再说什么了。她知道弟弟的性子，认定了的事，九头牛都拉不回头。这么些年，韩冬好像还没对什么人上过心。心里有点念想，也算是件好事吧。只是，她悄悄打听过魏敏，得到的信息挺让她无奈的。韩冬想做什么，她不会干涉，只希望魏敏别把韩冬牵扯进什么是非里去。

算起来得有二十年了吧，那时候魏敏家还住老锅炉厂宿舍，两家离得不算远，弟弟经常带她来家里玩。那会儿家中的院子里，有株长了十多年的栀子花树，一人多高，枝繁叶茂，到了夏天，一夜间满树都开了白色的花，隔老远就能闻到沁鼻的花香。弟弟每天都早起，摘很多栀子花带到学校去，送给魏敏。周末时，魏敏会来家里，跟弟弟一起写作业，在院子里追逐嬉闹，临走时，再摘一袋栀子花回去。夏天的栀子花摘不完，摘了，第二天又会再开新的。韩蓉至今还记得，穿白裙子的魏敏站在满树洁白的栀子花前，好像她也变成了一朵大大的花。

可惜了，那么好的一个姑娘，韩蓉想想就替她惋惜。

暴雨之夜，到底发生了什么？

那晚韩冬带着璐璐回来，把自己关在屋里。隔着门，能听到屋里的呜咽声，整宿都没停过。现在才隔了两天，这就缓过来了？

不会的，她太了解弟弟了。她担心韩冬知道些什么，怕他会做什么出格的事。

这天下午，韩冬丢下璐璐，独自走了，韩蓉探头看着他的背影，总觉得心里不踏实。果然，到了傍晚，正是炸鸡铺人多的时候，韩蓉正忙着，来了一位熟人，告诉她，韩冬跟人打架，被带到派出所去了。

韩冬跟人打架？韩蓉不敢相信，弟弟怎么会跟人打架？不可能。

于是她赶紧把铺子交给老阿姨，自己往派出所赶。走了很远，回头看到璐璐居然跟在后头。她懊丧地拍脑门，这一着急，居然把璐璐给忘了。于是她牵了璐璐的手往前去，刚开始还一溜小跑，后来步子慢了下来，远远看到派出所，身子就绷紧了。璐璐在前面拉着她，她犹豫了，忽然蹲到路边，想吐。

过了好一会儿，她才平静下来，最后还是带着璐璐进到派出所里。接待室里民警挺客气，说韩冬确实被带回来了，正在里头问话。她怯生生地问："为什么打架？事大吗？"

"正在处理，等着呗。"民警说，"最好回去等，一时半会儿完不了。"

韩蓉更紧张了，坐那儿六神无主，手握成拳，拳里头攥着汗。璐璐抱着她的胳膊，整个身子都贴到她身上，好像这样，就能安慰到她似的。真是个懂事的孩子。

没多会儿，外头院子里进来辆车，车上下来一人。璐璐眼尖，瞧见了，不待韩蓉反应过来，便一溜小跑出了接待室，跑到那人面前，一迭声“叔叔”叫着。那人蹲下身，抱住她，说了些什么，璐璐便回头指了指接待室。

韩蓉只能出来，站到门边。那人牵着璐璐的手走到她跟前。

“韩冬姐姐吧，我叫展锋，韩冬高中同学……”

这是韩蓉第一次见到展锋。

暴雨之夜，展锋见过璐璐，还抱过她。最近忙案子，没顾得上这孩子。今晚在派出所遇上，才知道魏敏死后，孩子一直跟着韩冬姐弟俩。他知道韩冬有个姐姐，头回见，下意识多瞧了两眼。是个看起来温婉的小女人，目光带些畏缩，说话声音低，不留神都听不清她说什么。

记得当年韩冬也这样，跟人说话低着头，跟谁都保持着些距离。

寒暄几句后，展锋让韩蓉继续在接待室里坐会儿，他去看看什么情况。

他进去找到老商，老商简单说了发生的事。傍晚时，派出所接到指挥中心转过来的报警电话，说是南广场北门口，有人打架。

派出所巡逻车就在附近，他直接过去，把打架的俩人带了回来。这种打架斗殴的事，一般不会劳烦老商，自有派出所的年轻同志处理。没多会儿，同事过来找他，说打架的一个小子，说认识刑侦队的展锋，还想见他。所里人都知道老商和展锋的关系，所以过来问他。

“指着展锋来捞他出去？”老商漫不经心地道，也没当回事。

同事摇头：“他说只要跟展锋说他叫韩冬，展锋就会过来。”

老商微怔，他亲历了暴雨之夜杀人事件，知道展锋有个叫韩冬的同学，知道这韩冬当晚曾带着魏敏的女儿出现在案发现场。

于是他一边打电话给展锋，一边到走廊里，隔着玻璃窗，依次看了打架那俩人。

果真是那晚带着小女孩的韩冬，这人眼神空洞，眉峰间总拧成个“川”字，一副苦大仇深的样子。再去看跟他打架那人，他忽然愣了一下……

展锋来后，他先向展锋介绍跟韩冬打架那人。

“咱派出所好多人都认识他，他叫钱四奎，在果城里南广场巷算是个名人，去打听，没人不知道他。这小子是个刑释人员，无业，全靠偷鸡摸狗混日子。他干的那些事，上不了台面，就算最底层的小混混，听人说起他时都要呸一声，尽量撇清跟他的关系。”

“他都干什么了，这么招人恨？”

“坊间传言，这货最喜欢干的就是兜里没钱时拿刀子在胳膊上拉口子，也不包扎，血淋淋的然后找一排铺子，从头家开始，进去要钱。不给就赖着不走，胳膊还甩来甩去，血溅得到处都是。做生意的人，谁都不想触这霉头，赶紧给点钱打发他走人。给多少，得看他心情，高兴了三十二十不嫌少，不高兴时，没个百儿八十的肯定不会挪窝。”

“那他肯定吸粉溜冰，毒瘾犯了才会干这种事。”展锋说。

“没错，这货进过两回戒毒所，还因为吸毒被关了挺长一段时间。”老商接着道，“这小子还有更龌龊的事，据说没钱吃饭的时候，又不想把自己搞得血淋淋的，他会跑菜市场，还得是城乡接合部，农民可以随便摆摊的那种。他手里抓块砖，专往卖鸡蛋的跟前凑。蹲到人摊子前，砖头在手里来回掂量，开口就问人要钱。不多，十块二十就能把他打发了，但一溜下去，攒个两三百小意思。碰上不愿给钱的，他还真能拿砖往人鸡蛋上拍。”

“这就是一无赖，谁见他不得绕着走。”展锋咂嘴，“我那同学是个老实人，要不把他逼急了，俩人肯定打不起来。”

老商沉吟了一下：“今天这场架，是你那同学主动找的钱四奎。”

展锋愣一下，不过转念一想，这都十年过去了，没准韩冬转了性子也难说。

“你这老同学，肯定知道点什么。”

“知道什么？”展锋没反应过来。

“魏敏的案子。”

展锋吃惊，再问：“你发现什么了？”

“从你这同学身上倒没发现什么，但跟他打架的钱四奎，我瞧着像一个人。”

“像谁？”

老商不答，却回身冲着路过的同事道：“所里还有雨衣吗？找一件来……”

天正晴着，要雨衣干吗？展锋眼珠一转，便知道了答案。没错，个不高，干巴瘦，钱四奎像那晚红旗巷里逃窜的雨衣男。

展锋精神振奋，甚至有点心花怒放。他怎么都没想到，还能在这儿，捡一这么大的漏子。

8

可能这辈子头回进派出所，韩冬坐那儿心神不宁，焦躁不安。

展锋进门坐他对面，他有些小激动："我就知道你会来。"

"其实吧，早该找你聊聊，但这两天忙案子，没逮着空。"展锋说的倒是真心话，他对韩冬跟魏敏的关系挺好奇，"就这两天吧，我找你。"

韩冬点头："行，我都有空，看你时间。"

"今天这怎么回事，几年没见，学会打架了？"

韩冬低下头，一副做错事的样子。他犹豫了一下，才低声道："下午，我碰到那人了……"

下午，韩冬买完东西，打算回菜市街接璐璐，经过南广场时，在路边看到一人，正是那天在出租屋里与魏敏厮打，临走时说要弄死魏敏那人。韩冬知道警察正四处找他，没想到今天意外遇上了。

韩冬血往上涌，心跳加速。本想着给展锋打电话，可想想等展锋赶过来，人早没了。纠结了好一会儿，终于有了决定，上前拦下他，张嘴就问是不是他杀了魏敏。换谁冷不丁被人冲上来说这种话，都得急眼。钱四奎当然也不惯着他，俩人就这么打了起来。

“打架之前，我先报了警，警察把我们俩全抓起来，他就跑不了了。”韩冬说。

展锋听了愣住，没想到韩冬还有这小心机：“以后可不能这么干了，万一他真是凶手，你往他跟前这么一凑，他给你一刀子，你哭都没地哭去。”

韩冬喉咙里嗫嚅几声，似想辩解什么，又语塞，只能低下头，不吱声。

看他这模样，展锋心软了。想到他跟魏敏的关系，心里叹口气，柔声安慰他：“幸好没出事。这样，你也别着急，我都来了，肯定不能把你丢这儿不管。你先安心待会儿，我出去找人聊聊，要没什么大事，今晚就能让你回去。”

韩冬立刻露出期待的小眼神。

临出门时，展锋又加一句：“你姐来了，在外头等到现在。”

韩冬怔住，下意识起身，随即又坐下，说：“麻烦你出去跟我姐说一声，说我没事……”

展锋是个急性子，惦记着那头的钱四奎，暂时没心思帮韩冬带话，出门直接去找老商。

老商正跟钱四奎待在房间里，钱四奎穿着雨衣，来回走，已经不知走了多少趟，满脸不耐烦：“警官，能停了吗，你这是打算累死我呀……”

老商面无表情，牙缝里挤出两个字来：“继续。”

展锋推门进来，凑在老商耳朵边告诉他钱四奎就是扬言要弄死魏敏的人。老商点头，做个手势，示意人就交给他了。展锋也不客气，大大咧咧坐到了钱四奎的正对面，开门见山，上来就问他跟魏敏的关系。

“魏敏谁呀？”钱四奎装糊涂。

“钱四奎，你摊上大事了。”展锋吓唬他，“不瞒你说，我是市局刑侦队的，专门为你来的这派出所。前两天，小马巷里发生凶杀案，魏敏让人给杀了。现在我们怀疑，你就是杀死魏敏的凶手。”

钱四奎眼睛眨巴几下，可能意识到了问题的严重性：“警官，别听那小子瞎说，别扣我这屎盆子。说我犯啥事都行，我可没杀人。杀人是要枪毙的，我哪有那胆儿。”

“可人家亲眼看见案发前半个月，你闯进魏敏家，殴打魏敏，临了还说要弄死她……”

“别听那鳖崽子胡说，我就是吓唬吓唬她。”钱四奎大声叫，“那娘们儿不是好人，说话不算话，翻脸不认人，我没办法，只能找到她门上。”

“她怎么说话不算话了？”展锋拍桌子，训斥，“有事说事，别嚷嚷。”

钱四奎耷拉着脑袋坐那儿，眼珠还滴溜溜转。

“说吧，这儿说，还是待会儿跟我回刑侦队说，随便你，我不着急。”展锋慢条斯理地道，“你不说，我们也能查清楚。你掂量掂量，就你这点花花肠子，经得起查吗？”

钱四奎脑门上渗出了汗，他伸手抹一把，冲着边上抱着保温杯喝水的老商道：“我能先把这雨衣给脱了吗？”

“不能。”老商挺干脆，“让你穿，自然有让你穿的道理，心里就没点数？”

钱四奎狐疑地瞧着老商，更慌了，脑门上渗出了汗。

“是不是瞧我有点面熟？你这是记性不好，还是那晚杀完人太慌张，没看清抓你那人长什么样？”老商喝口水，“你小子那晚还踢了我两脚，我这可记着呢。”

钱四奎彻底慌了，盯着老商看，似乎这才认出对方就是那晚小马巷里突然晕倒的男人。他无比懊丧，刚才民警让他穿雨衣，就知道事情不妙，但还抱有一丝侥幸。现在老商给他亮了底牌，他就知道彻底完了。

“警官，冤枉啊，我没杀魏敏，那晚，我就打算把魏敏劫了，给她点教训，没想到，她却让人给杀了。警官，我看到凶手了，我看到凶手杀死了魏敏……”

就算老商如老狐狸，闻言都吃了一惊。展锋更是意外，难道凶手不是钱四奎？

“说吧，把你知道的，全都说出来。”展锋说。

钱四奎手有点哆嗦，问老商讨了根烟，点上，深吸一口，这才道：“前段时间，缉毒那边有大行动，风声紧，货特别紧张。有俩女的找到我，让我匀点粉给她们。我答应了，但提出条件，让她们给找个冰妹。那俩女的问我相中谁了，我说就琪琪吧。”

钱四奎的三角眼眨巴几下：“琪琪就是你们说的魏敏，出来混，没几个人用真名。那俩女人打包票说肯定没问题，我信了她们的话，就把货分了两包给她们。谁知道没几天，那俩女的都没影了，我就去找琪琪——找魏敏，结果她不认账，说不知道这回事。我不能吃这哑巴亏，那天跟着她，把她堵家里。结果不巧，让那小鳖崽子撞上了……”

这就是韩冬那天送璐璐回家看到的情形。

展锋跟老商对个眼色，老商嘴角上挑，露出丝冷笑，展锋看了，便知这钱四奎又撒了谎。

“你说的那俩女人，就是黄丽娟和许美珠吧？”

钱四奎惶恐地点头。

“黄丽娟被拘了，这会儿就在戒毒所，我下午刚从她那边过来。”

钱四奎这回不吱声了，脑门上渗出更多的汗。

“市面上货源紧张，你都混到拿板砖拍鸡蛋了，手上还能有存货？要不要我现在打个电话到戒毒所，让你俩当面对质一下？下午黄丽娟可不是这样跟我说的。”

展锋摸出电话来，装模作样找号码。

钱四奎彻底搭了，这种事，经不起查：“别打了，我说还不行吗？黄丽娟和许美珠找我，让我帮她做件事，答应事成之后，给我两包货，还帮我找冰妹。”

这就全对上了。

“你帮黄丽娟做什么了？背后敲黑棍，还扎人一刀？”展锋调侃道。

钱四奎又惊了：“你们怎么什么都知道？”

展锋不屑：“就你那点花花肠子，能经得起查吗？”

“黄丽娟让我去扎顾三胖，顾三胖什么人，落他手里，不死也得掉层皮。黄丽娟说又不是让你当面跟他干，背后捅刀子，神不知鬼不觉。顾三胖仇人多，到时谁知道是你干的。想想也是，我是跟顾三胖八竿子打不着的人，谁也想不到捅他的人是我。所以，我就答应了。”

展锋点头："没看出来，你这事办得挺利落，顾三胖到现在还在猜捅他的人是谁。"

"可不能让他知道是我，他知道了，我就完了……"

"接着说，说魏敏死那晚的事。"展锋催促。

"在魏敏家那次，没讨着好，我不甘心，就想着再找机会。下大雨那晚，睡不着，鬼迷心窍，我想再到她那儿碰碰运气，结果刚到小马巷巷口，就见到她从出租车上下来。我觉得机会来了，跟在她后面，打算等她到家进门的时候再动手。"

钱四奎哆嗦了两下，神情也变得惊恐："然后，然后我就看到魏敏死了，让人杀死了。"

展锋紧张："你看到凶手了？"

钱四奎点头，又讨了根烟，哆嗦着点上："本来魏敏在前头走得好好的，我眨巴下眼的工夫，她面前凭空多了个穿雨衣的人。我眼睁睁看着他扎了魏敏好几刀。我腿都软了，差点吓尿，更过分的是，那人还看到了我，丢下魏敏就朝我这边扑过来。我只能转身撒腿就跑，没想到那人跑得比我快，没多会儿就追上来，还把我扑倒在地……"

追上来把他扑倒的人其实是老商，老商旧疾发作晕倒后，钱四奎也发现这人不是凶手，连雨衣都没穿。但他那时已是惊弓之鸟，只想着逃得越远越好。

这就是那晚发生的事，都到这会儿了，钱四奎应该不敢再编瞎话。展锋难掩心中失望，本以为能发现大线索，结果只是个瓜，小瓜。而且，这几天的调查方向显然出了问题。黄丽娟和许美珠这条线算是到此为止了，虽然全员恶人，但他们都跟这案子没啥关系。

当然也不能说没有收获。虽说钱四奎没有看清楚凶手的模样，但还是看出对方块头挺大，挺壮实，走路的姿势有点怪，右脚落地时，身子会微微往右侧倾。

这就跟老商之前提及的凶手特征明显相悖，排查工作，还要重新开始。

9

韩冬的事不大，打架，谁也没把谁伤着，谁也没想追究谁的责任，最后处理结果，也不外乎批评教育一番，再让家里来人带回去。办完手续，韩冬跟在展锋后头出来，璐璐一溜小跑到跟前，拉住他的手，韩冬顺势将她抱起。韩蓉不声不响地站在边上，冲着展锋想说些感激的话，最后还是只憋出来俩字“谢谢”。

“天不早了，回去吧。过几天，我找你，咱们好好叙叙。”展锋本想借这机会跟韩冬多聊聊，但韩蓉已经等了他老半天，便想着还是另找时间。

韩冬犹豫了下，问：“那人，是凶手吗？”

展锋摇摇头，接着道：“这事你就别操心了，放心吧，咱们警察都不是吃素的，抓到凶手，迟早的事……”

韩冬姐弟俩领着璐璐走了，展锋盯着他们的背影，总觉得哪儿怪怪的。想了好一会儿，才想明白。按说弟弟刚从派出所出来，姐姐又在外头守了这么长时间，俩人不该说点什么吗？可是，韩冬姐弟俩太安静了，至少在走出展锋视线前，俩人都只沉默着走路，竟然一句话都没有。这姐弟俩，有点怪。

去车上取了老傅给的两袋茶叶，回屋递到老商面前。老商拿手上端详：“这老傅，又来这手？”

展锋苦笑："动机虽然不纯，但其心可鉴。"

老商把茶推到一边："你呢，怎么想？"

"想什么？这案子？"展锋锁了眉，"目前为止，现有的线索全断了……"

"没跟你说案子的事，说这茶叶。"

展锋愣一下，沉默了会儿，这才道："茶叶，您喝，这回的案子，我自己来。"

老商盯着他："想好了？"

展锋点头："早该下这决心了，这都多少年了，饭，总得我自己吃，我总得掂量掂量，自己到底几斤几两。"

老商没说话，却起身找来杯子，泡了两杯茶，推一杯到展锋面前："这茶，你也尝尝……"

茶刚送到嘴边，电话铃声响，是队里值班的同事，又有案子了。这回，是死者家属报的警，案发地为新月小区。

茶是喝不成了，老商冲他摆手："去吧，茶我给你留着，下回有空，咱慢慢喝。"

韩蓉姐弟领着璐璐回家，俩人都是闷葫芦，一路无言，反倒是璐璐挺开心，一会儿拉着韩冬的手，一会儿又去抱住韩蓉。短短几天时间，她好像已经忘了那个经常不回家的妈妈。

回到家，韩蓉带璐璐洗完澡，韩冬已经做好了饭菜，很简单，粥、馒头、蒜黄炒鸡蛋，还有瓶装的莴笋榨菜。璐璐胃口好，吃得香，韩蓉和韩冬慢慢吃，从头到尾，闷头吃，不吱声。吃完饭，三人在客厅看了会儿电视，韩蓉便带璐璐回屋睡了。好一会儿，韩蓉从卧室出来，韩冬仍然坐在客厅沙发上。

韩蓉过去坐他边上，低声道：“说说吧。”

“说什么？”韩冬装糊涂。

“打架的事。”韩蓉叹口气，“你长这么大，我都不知道你还会跟人打架。”

韩冬苦笑：“没事了姐，都过去了。倒是你，不该去找我，不该去派出所。”

“你是我亲弟，你进了派出所，我能不去找你吗？”韩蓉道，“我知道，这些年你挺不容易的，守着我，守着咱们两个人的家。这些日子我在想，你也老大不小了，该正儿八经找个女朋友了。过几天，我托咱们隔壁馒头店的赵婆婆，给你介绍个姑娘认识……”

“别忘了你是我姐，你比我大。你也得考虑下自己的事。”

“我这情况，你又不是不知道。”

“我就知道姐还年轻，长得又漂亮，只要你愿意，不愁没人来咱家当我姐夫。”

韩蓉怔了怔，忽然悠悠一声叹息。

“算了，不说这个了。”韩蓉苦笑，“孩子怎么办？你就打算这么一直带着璐璐？”

“我咨询过了，这种情况，就算我们想收养，都不够条件。”

“其实，我也舍不得璐璐。她是个好孩子。”

“我知道。”

随后，俩人沉默了一会儿，韩蓉很想问魏敏的事，但终于还是忍住。后来，还是韩冬问：“不睡吗？”

“不困，睡不着。”

“要不，玩牌吧。”韩冬嘴角浮上些笑意。

韩蓉也笑：“行，那就玩会儿。”

韩冬摸出副扑克牌，俩人在沙发前玩起来。

两个人，只能玩“小猫钓鱼”，特别幼稚，但俩人玩得都挺认真，偶尔，还会相视一笑。

牌已经很老了，边角都磨毛了，还舍不得扔。这副牌，陪伴了他们十多年，他们习惯了用纸牌来打发漫漫长夜。两人都是闷葫芦，就算坐在一起，也不知道该说什么，他们必须找点事做，让自己变得从容。于是，玩牌，玩“小猫钓鱼”，你出一张，我出一张，一局可以玩上好几个小时，赢了，弹俩脑崩，输了，刮两下鼻子，像两个孩子。

越是简单的游戏，越能让人放松。而且，玩牌时，他们会知道，原来，自己并不是一个人——他们早已习惯彼此的陪伴。

时间回到1994年，那时的韩蓉跟现在判若两人，她留着一头张扬的短发，浓重的黑眼圈，猩红的血嘴唇，胳膊上有文身，是朵莲花。就她这副模样，任谁见了，都会把她当成个问题少女。

那是个秋天的夜晚，一身皮衣皮裤的韩蓉坐在辆摩托车后座上，骑车的小伙很壮实，入秋的天了，还只穿件毛边的牛仔背心。摩托车穿越小巷，停在家门前，韩蓉亲昵地拍了下小伙肩膀，算是告别，小伙洒脱地掉转车头，离开前还冲着韩蓉挥了挥手臂。月光下，他臂上的莲花文身清晰可见。

韩蓉进到院中，回家。她已经记不清多久没有回来了，回来，只是因为想到了韩冬。

那时的韩冬有多大呢，16岁，还在念高一。韩蓉打开房门，便看到了独自蜷缩在脏兮兮沙发上玩牌的韩冬。谁见过一个16岁的孩子深夜独自玩牌？一个人的扑克牌玩法不多，韩冬玩的是接龙游戏，枯燥却能打发时间。

看见姐姐，韩冬兴奋地叫出声来，赤脚跳下沙发，拉住韩蓉的手，再看到韩蓉手里打包的馄饨和包子，肚子适时地“咕咕”叫了两声。他不好意思地笑，还低下了头。韩蓉亲昵地伸手挠他凌乱的头发，将馄饨递到他手上。

“赶紧吃，趁热。晚饭吃了吗？你这长身体的时候，不吃饭可不行。”看着弟弟秋衣内隐约可见的瘦小身子，韩蓉挺心疼。

韩冬不善言谈，就算跟最亲近的姐姐，也只会用笑容来表达心情。馄饨和包子很快进到了肚里，韩蓉摸出几张纸币，塞到他的手上。

韩冬忽然紧张起来，问：“姐，今晚还走吗？”

韩蓉想了想，再伸手挠挠他的头，说：“不走了，姐今晚陪你。”

于是，笑容重新绽放在韩冬脸上。

夜已深，韩蓉道：“明天还要上学，去睡吧。”

韩冬却摇头：“睡了，就看不到姐姐了。”

恍惚间，眼睛有些润，韩蓉笑着，润着，忽然看到了沙发上的扑克。她说：“不睡，那咱们玩牌吧。”

韩冬立刻使劲点头：“行，咱们玩牌。”

两个人玩牌，只能玩“小猫钓鱼”。姐弟俩蜷着腿，面对面坐在沙发上玩起来。那是他们第一次玩牌，当时谁也没料到，这一玩就玩了十多年。

夜色透过窗帘的缝隙渗进来，缓缓流淌在他们身边。困意不知什么时候袭来。韩冬在晨光里醒来，想不起自己究竟何时睡去。姐姐呢，他茫然四顾，又去了别的房间找。姐姐不见了，姐姐又离开了。姐姐什么时候还会再回来？

韩冬刷牙时，眼泪忽然不争气地流了出来。

他换了身干净衣服，背上书包，手在兜里，紧紧攥着姐姐昨晚留给他的纸币，出门上学。

途中，停在一条巷口，等了一会儿，就见到个穿黄色卫衣的女孩，背着书包打巷子里出来。女孩的眉眼五官依稀透着眼熟，右边眼角处，有颗小小的痣。没错，她正是少女时代的魏敏。魏敏显然也看见了他，却脚下未停，径自沿着小街走下去。

韩冬跟在后面，始终和她保持着一段距离。不远不近。

忽然间，两辆自行车从身边急速驶过，停在魏敏身边。骑车人是两个和他们同龄的少年，他们打着哈哈，还一齐回头指点着韩冬，好像说了些什么。

然后，魏敏就坐到了一个少年的车后座上，还扭头朝韩冬这边看了一眼。

车子载着俩人很快向前驶去，另一个胖乎乎的少年却在这关键时候掉了链子，是真的车链子掉了。他急得推车向前跑，还一迭声大叫。

“吴龙辉，别跑，等等我……”

骑车载了魏敏的少年，名叫吴龙辉。多年后，他躺在展锋面前，已经是个死人。

10

尸体的喉管被切开，胸腹部还有几道戳刺创口，上半身找不到丁点干净地方，全是血，血还流到地上，在尸体周围铺了一大摊。

任何人看到尸体，都能感觉到凶手满满的恨意。不管是胸腹部的戳刺伤，还是切开喉管，都足以致吴龙辉死亡，但凶手在他死后，仍然要再次补刀。除了泄愤，实在想不出还能有什么别的理由。

展锋脑子里嗡嗡响，熟人的尸体，多少还是让他有点不适。

其实也算不上熟人吧，展锋想起跟吴龙辉最后一次见面是什么时候。大概四五年前，在家面馆，俩人互相瞅了半天，才认出对方来。随后，俩人热情地坐到一起攀谈，简单询问了对方这些年都在干什么。那时展锋刚到刑侦队，还是说自己是个派出所小民警。吴龙辉倒没嫌弃，只是举止间多了些优越感。他说这么些年他一直做古董生意，在海州也算小有名气，还在民主路花鸟市场开了家店，让展锋有空找他玩去。

吃完面，吴龙辉抢着替展锋付了面钱，特别豪爽。

那次俩人倒是互相留了电话，但展锋没跟他联系过，甚至从没想起过这个人。直到今年初，展锋被拉到一个群里，都是当年班上的老同学，这里头就有吴龙辉。1996年毕业，到现在有十二年了，好多同学都失联了，这回在群里见了，互相寒暄问候打探底细，反正挺热闹，撒个尿的工夫，消息就能冒好几百条。

展锋嫌吵，加上对高中那会儿的事没啥兴趣，甚至有些排斥，便把消息屏蔽了。

这种同学群，你刚开始不吱声，往后就会越来越沉默，别人也会慢慢把你忽略。展锋就是这种境况。后来不知哪天，蹲厕所那工夫，想起这个群来，下意识点开看，发现群里也没几个人说话，竟是不知不觉间冷清下来。偶尔冒的几条消息，也多是些图片表情。

展锋有回跟夏薇聊起过这事，夏薇说都一样，一多半的群刚开始都如沸腾之水，没多久就成了凉白开，特别是这种怀旧群。大家分开多年，各自都有生活圈子，除非一直有联系，否则，硬把这些人圈到一块儿，谁都戴着面具，把自己藏得严严实实的。

戴面具表演其实很累，累着累着，就想歇了，群也就荒了。

夏薇这姑娘年纪不大，说话一套一套的，听着还挺有道理。

回到案发现场，吴龙辉家是套两居室，外面客厅不大，沙发茶几加电视柜挤一头，另一头是餐桌和四人桌椅，都是中式家具。屋里明显疏于打扫整理，物品归置得有些乱。

现在展锋了解到的情况是，吴龙辉两年前跟老婆离了婚，此后独居。他真的在民主路花鸟市场开了家古玩铺子，因为贩卖假货多次遭人投诉，但这丝毫不影响他赚钱。现在的房子是离婚后买的，装修风格符合他的职业，纯中式，家具物件看起来挺复古，质地却多是普通木材，价格相对低廉。这也从侧面说明，吴龙辉这些年赚了点钱，但也不会太多。

报案者自称是他女朋友，3个月前相亲认识的，目前俩人交往中。女友本来今晚没打算过来，刚好路过这小区，顺手给他打了个电话，却无人接听。女友起了疑心，便上门瞧瞧他有没有背着她干坏事，结果到楼上发现门虚掩着，推门进来，就看到了尸体。

技术队的赵禹随后也证实，门锁并无撬凿过的痕迹，怀疑是熟人作案，至少也是死者开门放凶手进门的。

展锋把组里人全放出去，走访周边群众，很快便有了收获。

楼上有位邻居，傍晚大约6点过几分，曾目睹吴龙辉上楼，手里还拎着几袋熟食冷菜。按说回到家第一件事，就该放下手里的冷菜，但现在冷菜却散落在地板上，袋口打了结，没撒出来。这显然说明，吴龙辉刚回来便遇了害。

凶手躲在房里？或者跟在吴龙辉后面，在他开门的瞬间，冲进来行凶杀人？

这一猜想，很快得到证实。那位看到吴龙辉的邻居反映，当时吴龙辉后面跟着一个人，头上戴着棒球帽，压得很低，脸上捂个大口罩，完全看不到脸。现在回想，确实挺可疑。

他赶紧去小区物业查监控，果真有这么个人，跟吴龙辉差不多前后脚进的小区。

监控视频照例挺模糊，但聊胜于无。那人块头挺大，也壮实，就是走路有点怪，右腿落地时，身子会向右侧倾斜那么一丁点，很轻微，得仔细看才能看得出来，展锋怀疑他右腿受过伤，或者，比左腿要短上一截。

看过视频，展锋心跳加快。这人特征太明显了，不久前，在果城里派出所，他曾听钱四奎说过小马巷里的凶手，也这么走路。

那么，杀死魏敏和吴龙辉的，会是同一个凶手？

展锋让邵勇去果城里派出所，把钱四奎带回队里，再让夏薇把视频拷贝一份带回去。剩下的人，全派出去，继续在小区里走访群众，看还有谁跟这戴棒球帽的男人打过照面。

完事后，他脑袋里又开始嗡嗡响，有点紧张，还有点兴奋。如果凶手真是同一个人，那这案子可就闹大了。

展锋找了个僻静点的地方，摸出手机来，打开班级群。里头静悄悄的。找到吴龙辉的号，点开个人资料，空间里都是些鸡汤文和不知真假的古玩图片，很难找到跟生活相关的内容。他又把群成员从头到尾撸一遍，没有魏敏，却有韩冬。看韩冬空间，一片空白。

展锋发现自己有些小冲动，很想把魏敏和吴龙辉的消息发到群里。当然不会真的发，违反纪律，但他的冲动，却让他心跳加速。

只要发了魏敏跟吴龙辉的消息，相信这个荒群立马就能死灰复燃，他也马上就能成为焦点，存在感爆棚。他很不满意自己的这点小虚荣，太幼稚，群里那些人，说是老同学，实际上和他现在的生活八竿子打不着。之所以会冲动，可能是因为记忆中，他当年在班上一直是个可有可无的小透明。小透明的意思，就是普通得扔学生堆里连个泡都不起，因而现在展锋回忆高中时代，竟没几件能想得起来的事。

当然，使使劲，还是能想起来点。就像此刻，展锋脑子里忽然就跳出那次期末考试，几个班的学生欢呼雀跃着冲出考场，监考老师想拦都拦不住。

这算是美好的回忆吗？如果算，那也是因为吴龙辉。

如果没记错，那应该是1994年冬天，高二上学期期末。每学期的期中期末两次大考，都是全市统考，学校一向挺重视。到了考试的日子，每个考场安排两个老师监考。那年的数学卷特别难，展锋学习还算不错，瞧着都头皮发麻，成绩差的学生，更是直接摆烂，趴那儿熬时间。

本该是场枯燥的考试，却因为突然传来的鞭炮声，成了好多人的记忆。

谁在考试时放鞭炮？骤来的响声让很多同学直接愣住，没闹明白怎么回事。但鞭炮声扰了学生考试是真，有监考老师冲出教室，循声而去，很快找到发出声响的地方，根本没人，只有一长串挂起的鞭炮撒着欢儿地响。

没等老师反应过来，更多的鞭炮声响起，也就是说，那天响鞭的地方不止一处。老师们疲于奔命，来回跑，学生们反应过来，在几个人的带领下，嗷嗷叫着冲出考场。

想想挺刺激的，严肃紧张的考试，生生让鞭炮整出这么大动静，就像提前过年，又像庆祝即将到来的一整个寒假。

事后，校方对鞭炮事件展开调查，很快弄明白了“作案”手法。有人把鞭炮挂在各个不起眼的地方，用点燃的蚊香当定时器，算好时间燃放了这些鞭炮。手法盘出来，谁干的却成了难题。学校把各班调皮捣蛋的学生全都筛了一遍，还是找不出这个人来。

调查持续了好几天，本来考完试就应该放假，学校宣布放假推迟，各班还召开家长会，让家长回去给自家孩子施压，铁了心要把肇事者揪出来示众。

校方最终还是侦破了这桩“疑案”，元凶就是吴龙辉。

放假前，吴龙辉被押上主席台念检讨，他昂首阔步拾级而上，倒像英雄归来，赢得台下学生掌声无数……

那应该是吴龙辉高中校园生涯中最风光的时刻吧。展锋想。

一次高光时刻，并不能改变吴龙辉泼皮的本质，他的存在，放在任何学校，都算是奇葩。学习差，常年班里垫底不说，关键他真的什么都不在乎，老师批评教育，家长打骂训斥，于他全都是耳边风，吹过即散，不留一点痕迹。他还热衷于在同学间扮丑耍宝，以一人之力承担了班里的各种欢笑，虽然有些颇为恶俗。

原来记忆之间串着根线，你拉出一桩事来，后头线上还连着一串……

展锋这边正在记忆里挖掘，夏薇来电话，问他在哪儿，现场勘察结束，收队回去。展锋回到现场，法医老海过来说死者胸腹部的戳刺创口，跟小马巷的死者魏敏很像，怀疑是同一把凶器所致。老海干了二十多年法医，经验丰富，他这样说，那就八九不离十。当然，这还需要尸检后才能确证。

回到队里，邵勇已经把钱四奎带了回来，展锋一刻没歇，直接让钱四奎看拷贝回来的监控视频，问他戴棒球帽那人，跟他那晚在小马巷里看到的凶手是否是同一个人。

“我哪看得出来这个。”钱四奎倒想认真看，无奈毒瘾上来了，一个哈欠带出一串眼泪鼻涕，“戴这么大一口罩，我又没透视眼，看不了。”

展锋耐着性子引导他：“你看这人走路的姿势。”

钱四奎眯缝着眼又瞧半天，还是不能确定：“倒是有点像，不过谁知道呢……”

展锋没好气地让人把他带回羁押室。

现在，只等老海那边的尸检报告，如果确证魏敏和吴龙辉身上的创口来自同一把凶器，就可以申请将这两起案子并案调查。接下来，案件侦破方向挺明确，凶手既然找上魏敏和吴龙辉，那么他们生活中一定有交集点，找到它，就能明确凶手的作案动机。

虽然还不知道凶手的模样，但钱四奎和那邻居都跟凶手打过照面，凶手的体态特征明显，走路的姿势有异于常人，抓到他，早晚的事。

11

老海知道队里人都在眼巴巴等他的尸检报告，第二天一上班就开始忙活，尸检还没结束，先让人来通知展锋，杀死吴龙辉和魏敏的是同一规格的凶器，疑似为一把宽约2.5厘米的单刃利器。当然，不排除两名凶手碰巧使用了同一种匕首，但概率极低。

现在几乎可以确定，杀死魏敏和吴龙辉的是同一名凶手。

案件侦破方向明确，一方面，根据已经掌握的犯罪嫌疑人特征，警方在全市范围内展开排查工作。这属于大海捞针，工作量极大。另一条线，调查魏敏和吴龙辉的社会关系，寻找其中的交集点。

吴龙辉的手机里没有魏敏的联系方式，邵勇之前从通信公司调取的魏敏近一年的通话记录里，也没吴龙辉的号码，这其实已经能说明些问题了。

吴龙辉两年前离了婚，前妻已经嫁人，早就离开了海州。警方电话联系上了她，她表示跟吴龙辉离婚后就没了联系，根本不知道他现在的状况。吴龙辉现在的女朋友，是3个月前相亲认识的，俩人联系并不频繁，属于那种彼此既不是特别满意，但又能将就的关系。因为相识时间不长，她表示对吴龙辉并不算很了解。

队里人走访吴龙辉的亲戚朋友家人，总结出吴龙辉生活其实挺规律的，每天除了在家，就是混在花鸟市场一条街。街上很多人跟他熟，都说他人还不错，没见跟谁红过脸，更别提结怨了。至于卖假货被人投诉，这一排古玩店，谁家不卖假货，不卖假货能赚钱吗？而且，说是古玩店，其实他主营磨珠子穿手串，就是买来各种木料，在店里加工成珠子。所谓的假货，不过是水檀柳冒充黄花梨，老松枝冒充太行崖柏，多不过千儿八百，少则只有百八十块，谁也不至于为了这点钱，就干杀人越货的事。

吴龙辉的生活圈子跟魏敏完全不搭界，俩人自然也就没啥交集之处。一番查访下来，忙活好几天，没得到半点有用线索，连嫌疑人都没找到一个。

排查工作也没啥进展，身材魁梧算不上特征，现在的人营养好，十几岁的小孩都能长得人高马大。至于走路姿势，倒是排查出那么些人，但他们的身形明显与视频中的人不符，且都有案发时不在场证明。

连续两起凶杀案，还是同一个凶手，局领导很重视，分管刑侦的赵副局长专门来参加了案情分析会。会上，各部门把了解到的情况全都说了一遍。这案子有点让人上火，明明线索挺多，目击证人、监控视频、嫌疑人的体貌特征全都有，感觉就差抓人了，可排查下来，却是拳拳抡空，无处使力。赵局老刑侦出身，自然明白这回碰上难啃的硬骨头了，不能苛责刑侦队的办案能力。但他还是提出要求，尽快破案。

队里的人全派出去，把各辖区派出所、街道居委会全都动员起来，排查工作继续进行。

老傅把展锋叫到办公室，关上门，东拉西扯半天，展锋跟他装傻，最后老傅摊牌了，不行咱们一块儿弄点水果点心啥的，去果城里转转？展锋继续装傻，说已经找过老商了，老商脑袋让钱四奎踹了两脚，到现在还没缓过劲来，每天都头疼，能生活自理已经不错了，根本没那精神头琢磨案子的事。

最后展锋双手一摊："要觉得我不行，那您把袁队召回来吧。"

袁轻舟去执行省厅的任务，哪是老傅能调得动的。老傅拿展锋没办法，只能由着他。展锋宽慰老傅，说自己其实还有条线，魏敏和吴龙辉是高中同学，小马巷魏敏被杀那晚，还有另外一个叫韩冬的人出现在案发现场，也是同学，再加上自己，已经四个高中同学了。老傅眼睛一亮，凑过来问："有戏？"

展锋老老实实回答："不知道，我就是觉得，有枣没枣，都得抡一竿子试试。"

老傅点头："该抡……"

展锋在老傅面前不愿提老商，实际上，他背后给老商去过一个电话，简单提了一嘴吴龙辉的案子，那边老商沉默了一下，这才说："魏敏跟吴龙辉现在的生活没交集，那就往前倒。"

往前倒，倒多长时间呢？显而易见，倒到他们之间有交集的时候。

唯一能把魏敏和吴龙辉联系到一起的，就是曾经的同学关系。

展锋想到了春天时的同学会，魏敏和吴龙辉都去了，会不会他们在聚会上，发生了什么？

思谋良久，他在面前的小本上，写了几个名字，笔尖在名字上来回点，最后留在一个名字下面，还给名字画了个圈。

被圈起来的名字叫杜超，高中时，这人跟吴龙辉算是死党。

吴龙辉的事，他肯定全知道。

新孔南路上有家麻记面馆，麻老板刚把做好的面端给客人，外头忽然闯进来一帮人，全都张牙舞爪，晃着膀子走路，一看就不是啥好人。老板吓得一哆嗦，但也只能硬着头皮招呼：“吃点啥？”

没人搭理他，还有人把他往边上推。

这帮人围住刚拿起筷子，一口面还没吃的客人。

“躲这来了老皮，害得兄弟们这一通找。”那帮人为首的是个大胖子，光头，脖子上戴大金链子，胳膊上文着龙，满脸杀气。

叫老皮的客人抬头瞄他一眼，筷子在面里翻，翻着翻着，面没了，再抬头时，光头胖子正端着面笑眯眯瞧着他，还没反应过来，整碗面兜头浇他脑袋上。大热天，刚上的面，得有多烫？这老皮被烫得手舞足蹈，嘴里还“啊啊”一通叫。围着他的人全都笑，光头胖子笑得最开心。

老皮显然被烫急了眼，指着光头骂：“小鳖崽子，老子出来混的时候，你毛还没褪干净了……”

话没说完，光头胖子一大嘴巴抽得他转圈圈，他有点蒙，刚稳住身子，又是一大嘴巴，这回身子晃了两下，直接摔地上去。

光头胖子骂：“混得早有屁用，把钱还了才算你有本事。”

老皮蔫巴了，说：“我这就给老四打个电话，让他再容我几天。”

又是一个大嘴巴甩过来，老皮捂着脸又想骂，话到嘴边生生咽了回去。

“你再老四老四地叫，抽死你。”光头胖子凑过来，恶狠狠地道，“没四哥发话，兄弟们能这么满世界找你吗？四哥说了，今天不把账平了，卸你条腿。”

老皮骂：“这老四，当年跟我混的时候，我可没少照顾他……”

光头胖子巴掌又扬了起来，没抽下去，因为面馆里又进来一人，进门就嚷嚷：“老板，今晚生意挺好呀……”

有人上前把他往外推，他还不乐意：“干吗呢，我不插队，你们先来……”

那帮人围了上去，很快又退了回来，退得还挺远，退到了光头胖子后面。胖子挺诧异，舍了老皮转过身，便看到了竖在眼前的警官证。

光头胖子秒㞞，赶紧低下头，手在下面晃两下，也不打算卸老皮腿了，便想带着这帮人赶紧撤。那人也没阻拦，直到人都到门口了，才在后头叫：“杜超！”

光头胖子愣住，停步回身，盯着那人上下打量，还是不能确定，试探着问：“展锋？”

没错，来人正是展锋。

屋里的人呼啦一下撤得差不多了，就连老皮都溜了。展锋和杜超面对面坐下，还招呼老板上两碗面。杜超这会儿不紧张了，脸上堆着笑，胖乎乎的脸蛋也没了杀气，看上去还有几分慈眉善目。

“这都多少年没见了，见面就吓我一大跳。”杜超说，“出息了，当警察了，以后可得多照顾点哥们……”

展锋板着脸：“我当警察，还得谢谢你。”

“不能吧，”杜超还堆着笑，“我连你啥时候当的警察都不知道，知道了，早约你出来喝大酒了。”

“你忘了咱们打架那事？”展锋还是冰冷的语气。

“有吗？”杜超的笑变得勉强，歪着头那儿想，好半天，才拍下桌子，显然想起来了，神情也变得有些尴尬，“多少年前的事了，现在谁还记着。你今天找我，不会还记着仇吧？”

展锋这下不端着了，笑笑：“过去的事了，早忘了……”

真的忘了吗？展锋以为自己忘了，可是，当他那晚在小马巷里看到魏敏的尸体，便又想起了她当年浅浅的笑，记起她坐在窗口时，鬓角细细的绒毛，还有绒毛上涌动的光晕。有那么一段时间，魏敏是他心里的一道光，每天进教室，总会下意识地看她在不在。她在，一整天的心情都会变得愉快。

每个人的青春时光里，总会留下一个人的影子，即使你们之间什么都没发生，即使对方根本不知道你曾喜欢过她。

展锋的这场暗恋并没有持续多久，他唯一做过的事，就是有次体育课测试长跑过后，将一瓶汽水递到了魏敏的手里。当天晚上放学，还没出教室，有个又高又壮的男生站到了他的面前。

没错，那人就是杜超。他来找展锋打架，而且，根本不给他拒绝的机会。上学那会儿，展锋还是个豆芽菜，哪是杜超的对手，很快就被杜超打倒在地。展锋倔，打不过也要打，打倒了还要爬起来，打到最后，倒让杜超有点迟疑。后来，还是吴龙辉过来拉架，把俩人分开。

吴龙辉凑到展锋耳朵边，小声说：“以后别再往魏敏跟前凑……”

年轻时为女孩打架，打输了也不丢人，可当着全班那么多人的面被揍了一顿，还是让展锋觉得羞愧。更让他难受的是，打架时，魏敏一直在边上看着，一副云淡风轻的神情，就好像这事跟她一点关系都没有。

在那之后，展锋就彻底断了对魏敏的念想，倒不是因为畏惧大胖子杜超，而是明白了魏敏根本对他没丁点意思，继续想下去，只会徒增烦恼。而且，他还发现，魏敏跟杜超、吴龙辉那帮人玩得挺嗨，再看到魏敏时，隐约觉得她并非自己想象中那么单纯。

那会儿的杜超经常打架，仗着有个哥混社会，在学校里晃着膀子走路，一副谁都不放在眼里的架势。吴龙辉初中跟他就是同学，两家住得还挺近，都在果城里天池巷，算是邻居，俩人成天勾肩搭背混在一起。因为有了杜超这个死党，吴龙辉也成了没人敢惹的人。

“那几年，咱班里好多人都让你揍过吧，你简直就是个小霸王。”展锋半开玩笑半认真，“我那会儿就在想，如果当了警察，就能锄奸惩恶，保护同学不被你欺负了。”

杜超继续尴尬：“我有那么坏吗？谁上学没打过架，不打架，好意思说自己上过学吗？”

展锋不搭理他，继续说：“就是当时这么个小念头，后来，我报考了警官学校，再后来，就当了警察。你说，我当警察，是不是得谢谢你？”

杜超连连摆手：“不能，不能，又开玩笑……”

本来是开玩笑，展锋忽然想到，也许，当警察的念头，真的就是从那会儿开始的。

12

来之前，展锋查过杜超。1996年高中毕业后，就没再上学，跟着他哥混社会。他哥2004年跟人打架，被开了瓢，伤了脑袋，成了二傻子，只能在家吃闲饭，杜超则跟了一个叫杨阿四的社会大哥。杨阿四开了家典当行，实际上放高利贷。你随便弄一堆破铜烂铁过去，胡乱估个价，就能借到一笔钱，然后，你悲惨的生活就此开始。杨阿四手底下养的那帮小弟，都是职业讨债人，会把你折腾到怀疑人生。

杜超就是那帮小弟中的佼佼者，近来深得杨阿四器重，还当了一个小头头。

“说说吧，刚才的事。”展锋开始吃面，还招呼老板拿点蒜来。

“刚才什么事？”杜超装糊涂，“没什么事，那人欠了我老板钱，我刚好撞上他，就问问他什么时候还钱。”

“有你这么问的吗，问人一脑袋面条？”展锋没好气地道，“那人瞧着面熟，皮五吧。”

“你认识？”这回轮到杜超吃惊了。

“也不看我干什么的。”展锋道，“当年这皮五，也算号人物，跟着曹金龙混，后来蹲了八年大牢，估算时间，他出来应该有些日子了。”

展锋感慨：“真没想到，皮五这样的人，也有被你修理的一天。当年他风光的时候，你现在的老大杨阿四，都跟在他后头屁颠屁颠的，你这样的，根本入不了他的眼。”

杜超不服气：“这都哪年的老皇历了……”

展锋埋头吃面，一口面一口蒜，吃得还挺香。杜超坐他对面，浑身不自在：“你这冷不丁冒出来，不会真是赶巧吧？”

“明白人。”展锋咽下口中的面，“向你打听两个人，吴龙辉和魏敏，当年，你们熟。”

“他们俩怎么了，犯啥事了？”杜超脑袋凑过来。

“别瞎打听，当年你跟他们俩玩得都挺好，他们的事，你肯定都知道。”

“吴龙辉这小子吧，好多年没联系了，今年开春咱班不是搞了个同学会吗，见过他一回，知道他在民主路上开了家小破店，还送了我串珠子，说是海南黄花梨，老值钱了。这货满嘴跑火车，看着就不靠谱，同学会之后，就再没见过。”

“魏敏呢？还有联系吗？”

杜超摇头：“毕业之后，她去外地上了大学，就没了消息。上次的同学会，她也来了，多少年没见，就跟完全变了个人似的。怎么说呢，虽然穿着打扮还挺像那么回事，但说话那小眼神，透着股风尘味儿。而且，她还趁着没人的时候，问我借钱。”

借钱？这倒是个新情况，想想也不奇怪，魏敏没个正经工作，全靠着从不同的男人那儿混点钱过日子，她还有毒瘾。

“你借了吗？”展锋问。

杜超摇头：“这娘们不地道，借钱就借钱吧，身子尽着往你跟前靠，摆明了就是有借无还那架势，我又不傻，才不当这冤大头了……”

脑子里灵光闪现，展锋忽然想到，魏敏既能向杜超借钱，会不会也问其他人借过？吴龙辉呢？

杜超呵呵笑：“保不准的事，能问我借，就能找吴龙辉。吴龙辉那老色批，老婆跟人跑了，这两年一直单着，魏敏那小身板儿往他身上那么一靠，肯定魂都没了。”

或许，这就是吴龙辉和魏敏交集的点。可是，就算如此，这又意味着什么呢？他们俩你情我愿，各取所需，这又碍着别人什么事了？可随即，展锋脑子里又闪出那晚初见到韩冬的画面——瘦巴巴的身子骨，举着把黑伞，牵着个小女孩，一副怯生生的模样。他在眼巴巴等魏敏回来，这样的等待对他来说一定已经是家常便饭，而那些时候，魏敏在干什么呢？跟不同的男人厮混在一起，甚至是吴龙辉这样的老同学。

展锋的心怦怦跳着，感觉伸手就能触碰到什么，但那东西却又缥缈着，看不清楚。

“要说念书那会儿，我倒是天天跟吴龙辉混一块儿。我们两家近，都住天池巷，打小就认识。吴龙辉挺能闹腾，到哪儿带上他，肯定不会闷。但他㞞，但凡跟人掐架，肯定报我名，没我罩着他，他指不定得挨多少打。”

“魏敏呢？”展锋问，“我记得当年她跟你们玩得挺好的。”

杜超小眼神里透着些揶揄：“你觉得魏敏咋样？那会儿。”

展锋想了想，小心地回答：“挺漂亮，有点小气质。”

“咱班漂亮女生没几个，大美人李娅琳还记得吗？”杜超忽然岔开了话题。

当然记得，班里最漂亮的女生，五官精致到无可挑剔，身材也好，每天来上学都打扮得花枝招展，走路走直线，跟模特似的。展锋不喜欢，李娅琳美是真美，就是美得太招摇，好像随时都在抠造型，端着。而且吧，相比同龄女生，她太成熟了些。记得有年夏天，她穿着外头流行的白衬衫来学校。白衬衫倒没什么，就是布料特别薄特别透，里头的内衣清晰可见。那一天，班级窗户外头晃悠着无数小脑袋，全是来看她的男生。后来，班主任把她叫到办公室，然后她就离开了学校，下午才回来，换了身衣服。

“你觉得魏敏跟李娅琳比怎么样？”杜超问。

“没法比，她们压根就不是一类人。”

“没错，李娅琳那会儿瞧着就跟交际花似的，魏敏像你说的，有点小气质。她还会跳舞，在全市中学生才艺比赛里拿过奖，所以，眼界挺高的，有点小傲骄，一般人，她根本瞧不上。”

展锋回想，还真是。印象中，魏敏确实不太爱搭理人。

“你觉得，魏敏那样的，能瞧得上我跟吴龙辉？”

杜超兜了那么大一圈子，原来在这儿等着展锋了。

“可我记得那会儿你们确实玩得挺好，上下学都一起，她还坐你跟吴龙辉的车。”

“那还不是因为大少……”

大少，本名叫张松，人长得帅气，家里做水产品生意，特别有钱，典型的高富帅。

“大少这人倒是不坏，不差钱，也大方，隔三岔五带一堆好吃的到学校，课间还会领着咱们去学校小卖部喝汽水。我跟吴龙辉当时都贴着他，不单我们俩，当时班上好多人都想往他跟前凑。大美人李娅琳，多自恋一人，谁跟她多说一句话，她都觉得人家在占她便宜。可她到大少面前，马上就没了脾气，还捏着嗓子说话，嗲得人起一身鸡皮疙瘩。”

“你是说，魏敏跟你和吴龙辉走得近，是为了接近张松？”

“算是吧，也不全是。”杜超想了想，“当年班上人都觉得我跟吴龙辉是大少的狗腿子，我帮他打架，吴龙辉是狗头军师。这话倒没错，大少这种既有钱长得又帅的小白脸，难免遭人嫉恨，碰上有人找他麻烦，他就得靠我们帮他摆平。当然，他也没亏待过我们，经常送我们东西，还带我们下馆子。当年，跟我们玩得好的，除了大美人李娅琳，还有梁军。梁军还记得吗，戴眼镜，学霸，后来咱那一届唯一考上985的高材生。”

杜超话有点多，但也勾起了展锋不少回忆。这个叫梁军的同学印象不深，三年间跟他几乎没啥交流，学霸都这样，低调，不爱说话，一门心思扑在学习上。只是不知道他怎么跟大少杜超这帮人混一块儿了。

“有段时间，大少好像喜欢上了魏敏。天天跟李娅琳那种大红大绿的混一起，时间长了难免会腻，想换换口味，尝尝清淡点的。他跟我和吴龙辉说，有时间把魏敏拉过来一起玩。魏敏当时住老锅炉厂宿舍，跟天池巷紧挨着，我们以前打过她主意，没得逞，她压根就不搭理我们。这回，我们找上她，跟她说，大少想找她一起玩，本来还怕她拒绝，想好了一堆词等着劝她，没想到她居然一口答应了。”

杜超哼一声：“什么清高，什么气质，搁有钱人面前，全是屁。”

展锋倒是听明白了："也就是说，你俩当时跟魏敏混一块儿，全是沾了大少的光。"

"没错，那以后，她就跟我们这帮人玩到了一起。因为家离得近，上下学都一起。她本来步行，后来天天坐我跟吴龙辉的车。"

"吴龙辉呢，他跟魏敏之间，就没发生点什么？"

"你怎么老盯着他们俩啊，他们俩能发生什么？"杜超明显起了疑心，"吴龙辉那孱货，最多上下学路上嘴上调戏调戏魏敏。那会儿，我们最爱开的玩笑，就是问她究竟跟大少那个了没，每回她都跟我们急，还骂我们流氓……他俩怎么了？犯啥事了？"

展锋继续吃面，心里有点小惆怅，还有点小庆幸。没法从杜超这儿打听到啥有用的信息，又让他有点小沮丧。忽然间，他想到了韩冬。

"韩冬还记得吗？"他问。

"忘了谁也不能忘了他呀，小变态嘛。"提起他，杜超挺不屑的。

展锋头回知道，韩冬还有这么个绰号。这绰号听起来，多少让人有些不适。

"他怎么就小变态了，印象中，挺老实一人。"展锋问。

"他的事多了，那些年没少被我教训。"杜超来了精神，"咱就先说那次期末考试，记得吗，考到一半的时候，外头四处鞭响，学校尽着查谁干的，最后把吴龙辉给揪了出来。"

展锋点头，那是他对吴龙辉印象最深的记忆。

"那就是韩冬告的密。"

"真的？"展锋吃惊，没想到这事居然跟韩冬也能扯上关系。

"他还不是看魏敏常坐吴龙辉的车上下学，嫉妒呗。"杜超又道，“再跟你说个事，大美人李娅琳，书包里爬了一堆洋毛辣子，她一只手被辣得肿了好几天。这事，也是韩冬干的。”

洋毛辣子是一种毛毛虫，皮肤接触后，会又痒又痛。展锋虽然不知道这事，但已经能想象出李娅琳惊慌失措，失声尖叫的场面。

“为什么呀，韩冬为什么要针对李娅琳？”

“还不是因为魏敏。大少跟魏敏玩得好了，李娅琳打翻了醋坛子，找碴儿跟魏敏干了一架。韩冬应该是为魏敏出头，报复李娅琳。可关键是，魏敏根本没找过他，压根就不领他的情，甚至都不想搭理他。”

“不是说他俩打小一块儿长大，青梅竹马吗？魏敏怎么会不搭理韩冬？”

“俩人早就认识不假，小学初中也确实玩得挺好，上到高中，魏敏就不太爱搭理韩冬了。我们问过魏敏，这小子是不是做啥缺德事了，魏敏也不说。”

“就这？”展锋故意轻蔑地道，“就这你们就管人家叫变态？”

“何止呀，他隔三岔五在魏敏家外头晃悠，还都深更半夜。周末或者节假日，我们一帮人约好了出去玩，他也老偷偷跟在后面。毕业那年夏天，我们去爬鹧鸪山，你猜怎么着，居然在半山腰碰到了他。问他怎么在这儿，他说碰巧了。你听听他这话，碰巧了，鹧鸪山，半山腰。这小子脑袋进水了，编瞎话都编不顺溜……”

展锋不吱声了，韩冬这些事，是有点猥琐，在当年十七八岁的杜超等人眼中，说变态也不过分。他和魏敏的关系，也有些扑朔迷离，不知道那些年，他们之间都发生了什么。

可是，这些究竟和案子能有多大关系？

当年那些事，让韩冬看起来颇为可疑，可魏敏和吴龙辉遇害时，他都有明确的不在场证明，吴龙辉死那晚，他还在果城里派出所，就在展锋眼皮子底下。杀死魏敏和吴龙辉的凶手，现场都有目击证人，还有监控拍下的视频，全都确定跟韩冬无关。

今晚跟杜超的谈话，虽然了解到了许多信息，但显然对案情并无帮助。

13

夏薇在车里等展锋，刚才杜超那帮人冲进麻记面馆时，她本打算跟展锋一块儿进去，却被展锋拦下："你在外头盯着，我进去就行。"

夏薇冰雪聪明，马上猜到了他的那点小心思："是不是以前念书时，有什么不光彩的事，不想让人知道？"

展锋瞪她一眼，也不否认："就算是吧……"

夏薇在车里等，等了挺长时间，都等困了，才看到展锋从店里出来，往车子这边来。

"聊什么了，这么长时间。"夏薇带点抱怨，"知道刚才我看见谁了吗？"

"谁？"展锋随口问，点火，发动车子。

"老商，商铁城。"

展锋愣一下，这儿跟果城里隔着七八条街，这么晚了，他不在家歇着，怎么跑这儿来了？

"你刚才进去的时候，那帮小混混全撤了出来，然后我就看到老商跟在一个人的后头，往那边去了。"夏薇顺手指了一个方向。

脑子转得飞快，展锋立刻想明白了，老商在跟踪皮五。皮五是曹金龙的人，老商这十年间心心念念的事就是抓住曹玉虎。现在他盯梢皮五，莫非从皮五身上发现了什么线索？

展锋不放心，给老商打电话。那头老商的声音听起来挺虚弱：“忙完了吗？忙完过来接我……”

车子开得风驰电掣，夏薇看展锋紧张的神情，就知道老商那头肯定碰上啥事了。

展锋真紧张了，老商主动向他开口求助，印象里还是头一回。

车子进入条小街，没多久，就看到老商坐在路边马路牙子上冲他招手。

幸好只是虚惊一场，老商没事，就是累了。但看老商惨白的脸，展锋知道他没说实话。见鬼的头疼病，肯定又发作了，它硬生生把当年一个铮铮铁汉，折磨成了一个病夫。

他赶紧下车搀扶老商进到车里，夏薇在老商面前明显有点拘谨。展锋介绍，这是咱队唯一的女刑警夏薇，来队里两年多了，学刑侦的研究生。平时挺爽朗的夏薇，被他说得不好意思起来，赶紧谦虚几句，还表达了对老商的景仰之情。

送老商回果城里，老商缓过来些，也可能是硬撑着。他主动说起在麻记面馆外头看见展锋进去了，问他今晚的目标是谁，那个胖子？

展锋略感奇怪，老商向来寡言，能不说话的时候，肯定闭嘴，今晚有点反常。

“那胖子叫杜超，我高中时的同学。今晚，他跟我说了好多当年的事，但跟手上的案子好像都没啥关系。唯一的收获，就是魏敏和吴龙辉当年有个小圈子，我打算接下来，再找小圈子里其他人聊聊，看能不能了解到些有用的信息。”

展锋问起老商今晚是不是在盯皮五，老商知道瞒不住，大方地点头承认。

“中午睡了一觉，起来就看到皮五在四合院外头晃悠……”

皮五当年是曹金龙的得力干将，还是老商亲手拘的他。他出来将近两年，从没来过曹家老宅。三天前，老商晚上看监控视频的回放，就看到过皮五一次。当时他打门前过，瞄了两眼就过去了。老商虽然警觉，但也只是把这情况记在小本上。这回皮五又来了，不禁让人生疑。而且，今天皮五第一次经过四合院时，脚下没有停留，只探头朝着院里看了看，很快走了过去。没多会儿，再次折返回来，仍然只是探头朝院里看，这回停留了几秒钟，还是很快走开。

老商坐不住了，老刑警的直觉告诉他，这里头肯定有事。于是，他即刻离开阁楼，悄悄跟在了皮五的后头。本来晚上值夜班，也打电话找同事调了班。

“皮五整个下午，都在市民广场看人打牌，天黑以后，就去了麻记面馆……”

老商亲眼看到展锋在杜超那帮人后面进了面馆，就知道今晚肯定没戏了。皮五这种人，见到警察，肯定警觉，就算接下来打算做什么，也会放弃。但他还是不甘心，继续跟在皮五后头，直到他回了家。

老商折腾到现在，连口水都没顾得上喝，放松下来后，才感觉有点撑不住了，恰好这时展锋打了电话来。听说老商饭还没吃，展锋提议找个饭馆吃点，老商拒绝，累了，只想回去歇着。展锋拗不过他，路边打包了些吃的给他带上。车到小马巷外头，进不去，老商便步行回去，展锋要送，也被老商拒绝："真觉得我几步路都走不了了？"

这样说，只能让他一个人回。老商欲言又止，终于还是什么都没说，往巷子里去。看他渐显佝偻的背影，展锋挺辛酸。边上的夏薇更是一通感慨："想不到当年咱海州的警界传奇，现在成了这样。"

展锋还呆坐车上，夏薇问："想什么呢？"

"感觉到没有，老商刚才好像有话要说。"

夏薇点头："你这一说，还真是。"

"你觉得他打算对我们说什么？"

"咱们的案子？"

"案子有什么不能说的，用得着话到嘴边又咽回去吗？"

夏薇锁了眉，歪着脑袋在那儿想。

"知道老商当年的事吗？"展锋问。

夏薇点头："听说了一些，大概，差不多，算知道吧。"

"老商申请下沉到果城里派出所，还住到曹家老宅对面的阁楼上，就为了有一天能发现曹玉虎的线索，抓住他，为妻子报仇。这一晃就过了十二年，我都不敢想这些年他是怎么过来的。今天的这个皮五，虽然可疑，但备不住就是突发奇想，神经走脚丫上了，来曹家老宅瞧瞧，反正他也没个正经事。可老商就像抓住了救命稻草，死咬住不放。"

"我能理解老商现在的心情，他等了这么久，再不抓住点什么，只怕他快绷不住了。"

展锋忽然话锋一转："你来队里两年，肯定也听到了些风声，有人说我办的那些案子，背后都有老商在指点，还说，要没老商，我现在肯定还在下面派出所开警车巡逻。”

“嘴长在别人脸上，想说就让他们说呗。案子破了，抓到犯人，这就叫本事。”

“可实际上，大家说得对，这些年我办的案子，一多半都有老商在背后指点我，要没老商，我都怀疑我还能干什么……”

夏薇忧心忡忡地盯着他：“锋哥，你别这么说，这两年我跟你学到好多东西。”

“老商帮我这么多，再看他现在这模样，心里特别不是滋味。你猜不到老商刚才想说什么，可我却知道。”

“他想说什么？”夏薇真的挺好奇。

展锋沉默了一会儿，才说：“他想向我求助，以他现在的身体状况，就算发现了什么，也未必能查下去。在得到确凿的线索证据之前，他也没法获得官方的支持……”

夏薇愣住，这显然是她没有想到的。

“老商知道我们现在手上案子紧，有心求助，但终究还是没能开这个口。我想，接下来就算再苦再累再危险，他也会拼了命去查。”

“那我们，我们能帮他做点什么？”夏薇露出不忍的神色。

展锋忽然下了决心：“你能自己打车回去吗？”

“为什么？你要去找老商？我跟你一起。”夏薇脑子转得快。

“这我们师徒俩的事，跟你没关系。”展锋眼中有光，“老商一直不让我管他叫师父，说他就是个派出所普通民警，又不查案，带什么徒弟，可他实际上就是我师父。现在，终于轮到我这当徒弟的为师父做点什么了。”

夏薇眼睛眨巴了几下，忽然露出些小狡黠来：“锋哥，你说，如果我这次跟你一起去帮老商，往后，咱俩会不会成为同门师兄妹？”

展锋愣一下，随即摇头苦笑：“就你脑子转得快……这得看你的造化了。”

很快，他们就来到了小旅馆的阁楼上，敲开了老商的门。老商看到展锋，先是愣一下，随后，便展颜一笑，笑得虽然勉强，却是展锋多年仅见。

“我就知道你会来……”老商说。

随后，又看到夏薇，愣住：“你还带了个人来？”

夏薇立正行礼：“商队，市局刑侦支队刑侦六组探员夏薇，特来报到。”

老商赶紧摆手：“我早就不是什么商队了，不用向我报到。”

夏薇嘻嘻一笑：“那我就换个称呼？”

看老商没反应过来，夏薇接着道：“师哥跟我说，这是你们师徒俩的事，不让我瞎掺和。我想，如果我也能有您这么个师父，那这就是我们师徒三个人的事了。我怕您不答应，所以，在拜师之前，先把师哥认下了，这样，甭管您答不答应，您都是我师父。”

展锋站边上也嘻嘻笑道：“那我以后是不是也该改口叫师父？”

老商愣了一会儿，随后眉眼全都舒展开来，这回，终于笑得不再勉强。

“都进来吧，咱进屋慢慢说……”

14

老商向展锋和夏薇讲述了曹家老宅的基本情况。

外头的四合院本是曹家祖宅，曹氏兄弟发迹后，在别处购置了多处房产，但父母年纪大了，在果城里待了一辈子，不想离开。曹金龙便花重金将老宅从里到外重新修缮一番。因为四合院并非用赃款购置，且在曹父名下，所以兄弟俩出事后，名下产业俱被查封，老宅却得以保留。

现在曹家老宅里，只有曹金龙父母二人居住。父亲曹卫国，为本市水表厂退休职工，今年七十二岁，当年为兄弟俩的事，一夜白头。三年前中过风，从医院回来后，腿脚开始不利落，脑子也变得糊涂。现在差不多每天都只能坐轮椅，在院子里晃悠几圈，晒晒太阳。母亲刘桂英，以前是水泥厂职工，做各种预制板，退休后在家照顾曹卫国。刘桂英特别能干，手脚又勤快，每天买菜做饭做家务，把曹卫国和曹家老宅照顾得都挺好。

因为曹氏兄弟的事，老两口退休后深居简出，每天大部时间都守在老宅里，跟街坊邻居很少来往。

“如果曹玉虎回海州，一定会想办法回家看望父母。离开这么久，他并不知道家里的情况，也肯定不会打电话，不会让父母提前知道他回了海州——他的父母都是普通人，突然接到儿子的电话，得知至今仍被通缉的儿子要来看他们，一定不会保持冷静。他们的任何异常举止，都可能暴露曹玉虎回来的信息。所以，我猜曹玉虎会在确定安全的前提下，突然登门，或者想办法把父母带至别处相见。那么，他怎样才能确定是否安全？”

夏薇想到了皮五，边上的展锋已经抢先开口：“如果我是曹玉虎，我会先找个信任的人，来了解一下家里的情况。这个皮五，当年是曹金龙的亲信，是个合适的人选。”

“曹玉虎被通缉多年，仍未落网，说明他有很强的反侦察能力。就算他觉得皮五值得信任，也不会全信，他得替自己留个后手。所以，他即使跟皮五取得了联系，安排皮五打探家里的情况，也不代表他已经回了海州。”老商说。

“但也不能保证他没有回来。”夏薇插了一句。

“没错。”老商点头，“不管曹玉虎回没回海州，他总要跟皮五见面，也许是明天，也许还要再等上几个月……”

展锋和夏薇都听明白了老商的意思，必须盯紧皮五，才有机会找到曹玉虎。

“有没有这样一种可能，皮五只是凑巧来曹家老宅外晃悠了两趟？”展锋还是说出了疑虑，这其实也是他和夏薇都担心的事。

“当然可能。”老商面露戚然，“所有还没发生的事都存在多种可能性，我们必须在这些可能性面前选择自己相信会发生的。”

老商已经做出了选择，他相信曹玉虎必定会回来，也相信自己必定能抓到他。

而展锋和夏薇则选择了相信老商。

“我知道你们手上有案子，也不想占用你们太多时间，盯皮五，我自己来。只是，我担心我这身体，有时候会撑不住，所以，我需要你们来做我的后援，在必要时，能给到我些帮助，就像今晚。”

展锋当即拍胸脯保证肯定没问题，夏薇也使劲点头以示决心。

“明天，我会去所里请假……”老商面色凝重，“希望这次，能有收获。”

从老商那儿出来，天已经很晚了。展锋开车送夏薇回家，途中，夏薇掩饰不住地兴奋。今晚是她从警以来，最特别的一次经历，不仅认了老商这个师父，还能参与到老商的秘密行动中：“锋哥，以后我可得管你叫师哥了。咱们是不是得想办法，多帮帮咱师父。”

“你改口倒改得挺快。”展锋笑道，“你不说，我也会想办法……”

突然一个急刹，车子猛地停下，要不是系着安全带，夏薇差点飞出去。

“怎么了这是？”夏薇不解。

“我想到个办法。”展锋露出得意的笑，“知道什么叫一箭双雕吗？”

不待夏薇回答，他摸出电话来：“老商，我有个主意……”

第二天一大早，展锋醒过来，想着今天将要发生的事，暗自窃喜。就在这时，接到队里值班同事的电话，榆林街发生凶杀案，这回，死的人是杜超。

杜超昨晚从麻记面馆出来就开始打电话，那帮撤了的小兄弟其实没走远，都在不远处猫着，接到电话，当即赶来，一迭声问那警察找你干吗，犯什么事了？杜超得意扬扬：“那警察我哥们，老同学，专程来找我叙旧。往后，咱哥们也算警局里有人了。”

于是有人提出找地方喝酒庆祝，那就盐河巷夜市撸串去。

盐河巷夜市其实就是排档一条街，每晚天擦黑就热闹起来。杜超一帮人赶到那儿，常去的几家店都满座，杜超想起一个地方，当即领着大伙儿往西头去，来到一家烧烤排档。这里也满满当当的，杜超晃着膀子走到正烤串的中年男人面前，拍他的肩膀：“老罗，生意这么好，给兄弟们安排个座呗。”

老罗不老，也就三十多岁年纪，块头挺大，上身穿背心，胳膊上还文着条龙，一看就知道混过社会，不好惹。他对杜超挺客气，当即就招呼伙计新架起张桌子，都快摆到隔壁摊位跟前了。隔壁摊位老板想抗议，看了看老罗胳膊上的腱子肉，再加上杜超那帮人大大咧咧已经围着桌子坐下，只能忍了。

这一场酒喝得昏天黑地，一共七个人，啤酒已经拿到了第六箱。老罗中途过来敬酒，杜超让小兄弟管他叫罗汉哥，还说罗汉哥当年可是响当当的人物，跟四哥是兄弟，现在靠手艺吃饭。杜超边说话边眨巴眼，小兄弟们纷纷起身过来敬酒。一圈过后，老罗说忙完再回来陪哥几个喝。老罗走后，杜超低声说什么罗哥，就是一卖烤串的尿货，给四哥提鞋都不配。

喝到下半夜两点，杜超这帮人才散，临走前，杜超拍了一百块钱给老罗，老罗想说什么，但终于还是赔了笑，转过头便恨声骂这帮鳖崽子都不得好死。

杜超跟小兄弟们到前面街口便散了。他想打车回家，晃晃悠悠走了老半天，也没见一辆车。走了会儿，他忽然酒气上涌，赶紧蹲到路边花坛跟前，干呕半天没吐出来，想起身时，天旋地转，身子不听使唤，倒在了地上。迷迷糊糊中，感觉有人慢慢走到他边上，他抬起头想看看是谁，眼皮却重得睁不开……

凌晨时分，早起的清洁工发现路边躺着的尸体，报了案。

站在尸体前，展锋意识到自己犯了一个错。在此之前，他只想着找到魏敏与吴龙辉生活中的交集点，却没想到，也许，凶手针对的并非只是他们两个。

杜超死在榆林街一处花坛边，跟吴龙辉一样，喉管被切开，胸腹部还有两道戳刺创口，血流了一地。法医老海初步判断，死亡时间在凌晨一点到三点之间，凶手使用的凶器与杀死魏敏和吴龙辉的一致，手法也完全相同。

榆林街是条小街，新修不久，一侧是个小区的栅栏围墙，另一侧是块工地，要盖商品房，还没有开工。白天这条街上人都不多，更别提晚上了。尸体所处位置，在靠近栅栏围墙一侧的花坛边。死者生前明显喝了不少酒，死后仍能闻到很重的酒味。榆林街不远处，就是盐河巷夜市排档，因而，很容易就能联想到，死者在排档喝完酒后，独自行走到榆林街时被人杀死。

盐河巷夜市，这会儿没人，显得特别空旷。展锋去了夜市管理办公室，调取前晚夜市监控视频，很快确定了死者跟一帮人，在一家烧烤排档吃喝到下半夜，凌晨1∶50方才散去。他们一共七个人，分成两拨，死者跟其中两人向着榆林街方向走去。顺着沿路治安探头，确定死者在前面街口跟两名同伴分手，独自进入榆林街。榆林街新建不久，只临时设置了几盏路灯，尚未安装监控探头，因而无法得知死者进入榆林街后发生了什么。

警方立刻找到那家烧烤排档的老板，此人名叫罗强，罗强讲述了昨晚杜超带人来他这里喝酒撸串的经过，听说杜超死了，还露出些幸灾乐祸的神情。他说杜超那帮人昨晚光啤酒就喝了八箱，结账时就给了一百块钱，他本想发作，但知道这小子是杨阿四的人，强行忍住。

罗强的伙计证实，杜超等人离开后，罗强跟他们一块儿收摊回了盐河巷边上的出租屋，一通洗刷，忙活了一个多小时才各自散去。罗强显然不具备作案时间，排除嫌疑。

赵禹带着技术队在现场发现多枚脚印，有一组脚印疑似犯罪嫌疑人留下的。鞋印为四十二码运动鞋留下，右脚外侧纹理较浅，明显磨损更为严重。结合脚步之间的距离，大概可以判断犯罪嫌疑人身高在一米七八以上，右脚有陈年旧伤，行走时需要承受更多的负重，这才导致鞋底花纹磨损严重。

这与前两起案件中凶手的特征吻合，基本可以确定杜超案是上两起案件的延续。

回到队里，屁股还没焐热，老傅就火急火燎地把人召到会议室里，打算开个案情碰头会。人都到齐了，却迟迟不见展锋来。老傅让夏薇去找，夏薇出去晃了一圈，回来说，商队来了。

商队？哪个商队？

蓦然醒悟，老傅不及说话，一个箭步起身冲出门去，抬眼就看到展锋正跟一个穿制服的人从走廊那头走过来。那人瞧着眼熟，正是阔别多年的老商。

老傅又惊又喜，要知道，自打老商去了果城里派出所，十二年间未曾踏入过刑侦队。他一溜小跑迎上去，到跟前，握住老商的手，竟有些哽咽。

“你终于又来咱队里了……”

老商也略显激动，却只是笑笑：“回来看看，看看傅队，看看老朋友。”

屋里队员们已经全部涌到了走廊里，老队员们争相涌过来，跟商铁城握手问好，年轻些的队员全都静立在一旁，带着微笑，凝望他们已经听人说起过无数回的传奇人物。

“傅队，我有件重要的事情需要向您汇报。”展锋一本正经地道，“鉴于最近发生的这几起性质极其恶劣的凶杀案，我现在郑重向您提出申请，邀请商铁城同志回队里，协助并指导我们展开案件侦破工作……”

“真的？”老傅似不相信，转问老商。

“我记得当初走的时候，队里还给我留了个特别顾问的头衔。惭愧，这么些年，一直没顾得上问。这次来，心里多少有点忐忑，不知道我这顾问还作不作数。”

“当然作数。”老傅满脸兴奋，“只要你愿意回来，我这个队长的位置都让给你。”

“傅队这是迫不及待要搬楼上办公室吧。”展锋调笑道。

老傅一巴掌拍过去，继而转身冲着那些新队员道：“还愣着干什么，还不赶紧欢迎商队重回咱刑侦队。”

掌声响起时，老商终于还是哽咽了。又回到曾经战斗过的地方，心中自是感慨万千。回来，便会想起往事，而往事总会让他心里有抑制不住的痛，经年不散。昨晚展锋电话里跟他说起这事时，他起初是排斥的，离开这么久，再回去，好吗？思来想去，又觉这是唯一能解决当前问题的办法。

纠结了一晚上，今天早上，他才打电话给展锋，答应以特别顾问的身份，重回刑侦队。

他们一回来便赶上了杜超案，赶上了案情碰头会。

会上，各组汇报完毕，展锋起身，在身后白板上写下了六个人的名字。随后，详细讲述了昨晚与杜超见面的经过。

“在前两起案件中，工作重心是寻找魏敏与吴龙辉生活中的交集点，虽经努力，却并无收获。现在，又多了杜超案。虽然没有证据支持，但有理由相信，凶手针对的，或许并非仅是这三人。当年高中时，白板上这六个人都是一个小圈子里的人，经常聚在一块玩。毕业之后，大家各奔东西，这小圈子也就散了。就目前情况看，高中生活，是三名死者所能发现的唯一交集之处。如果真是他们三人当年做过什么，导致凶手多年后行凶杀人，那么，他们当年做的事，另外三人会不会也有参与？他们会不会也成为凶手接下来的行动目标？”

这是新情况，展锋的推测也合乎情理，自然就成了接下来案件侦破的主要方向。

展锋分配任务，针对犯罪嫌疑人体貌特征的排查工作继续进行；立刻联系名单中的另外三个人，获取当年他们六人小圈子的一些可能触发凶案的往事，同时，如果需要，对他们提供保护；杜超的身份特殊，名义上是典当行的员工，实际上是杨阿四的手下。杨阿四混社会放高利贷，杜超跟着他没少干坏事。所以，另派一组人详查杜超的社会关系，看能否从中找到具有杀人动机的人。

有人对第三项任务提出疑问，展锋给出的答案是，不放过任何一种可能性。老商提出，杨阿四当年是曹金龙犯罪团伙的外围成员，他的那些大哥们他都熟。所以，这条线，他跟。

老傅赶紧阻拦："你回队里当顾问，可不能让你干跑腿的差事。"

老商摆手示意无妨："多少年没跟案子了，有点生。多跑跑，兴许能找回些感觉来。"

他这样说，别人自然不好再说什么，更不会再有人对跟进杜超这条线有异议。最后，展锋把夏薇配给商铁城，特别叮嘱："办案归办案，一定要照顾好咱商队。"

夏薇满面笑意："放心吧师哥，师父就交给我了。"

师哥？师父？这又哪儿跟哪儿啊？看着同事们满面狐疑的表情，夏薇心里乐开了花。

15

笔尖在小本上三个名字间来回移动，最后停在张松的名字下面。张松是那个小圈子核心成员，当年六人做的所有事，他应该都有参与。电话拨过去，提示对方已关机。什么情况，他们这些当老板的，按说都很忙，日理万机，电话还能关机?

展锋立刻有了些不祥的预感，当即带着邵勇去张松的公司。

龙鑫水产品批发公司看起来更像个货场，里头停着几辆大柜子冷藏车，很多人在忙。办公区就是一排平房，他们进门找张总，有个秘书样的小姑娘说张总不在。邵勇亮了证件，问怎样才能联系上张总。小姑娘摇头说电话打不通，那就只能去家里找了。

“张总几天没来公司了？”展锋问。

小姑娘掰着手指算：“挺长时间了，十天八天总是有了吧。”

“张总这么长时间不来上班，你们都不觉得奇怪？”

小姑娘笑：“常有的事。咱们公司有固定客户，收货发货有固定流程，张总来不来，都一样做生意。而且，张总喜欢旅游，兴致来了，背上包就能出去玩个十天半月才回来。”

“以前他不来上班，手机也关机？”

这回，小姑娘想了想，摇头。

不对劲，这时候张松没了消息，让人担心。于是他们立马去了张松家，玉龙花园别墅区，张松的爹妈都在，他们也说得有个把星期没见张松了。不过，他们并不担心，这么大儿子，总不会丢了吧。他们的说辞和秘书小姑娘一样，没准张松跟朋友出去旅游了。直到邵勇提到手机关机，他们才察觉出些异样，露出不安的神情。

“张松老婆不跟你们住一块儿？”展锋问。

提到那儿媳妇，老两口一肚子怨气，说他俩闹离婚都闹两年了，现在谁也不搭理谁，儿媳妇在娘家住。展锋问离个婚怎么要这么长时间，老头说条件没谈好呗，那女人当初进咱这个家门，就是冲着钱来的，幸亏公司和房子都在自己名下，要不肯定亏大了。

他们很快联系上张松的老婆，约出来见了面。如想象般是个漂亮女人，身上那味隔老远就熏鼻子。大波浪的卷鬈发，低领小西装，过膝小短裙，一路晃过来，身上落满注目礼。

看到她，展锋立马想到了李娅琳。现在的李娅琳，应该也是这种风格吧。

女人坐到对面，邵勇两眼发直，说话有点结巴。展锋狠狠瞪他一眼，暗骂没出息。他开门见山问：“知道张松在哪儿吗？”就算面对俩警察，女人还是适时地表现出了些小傲骄。

“你们找张松，不该去他家找吗，找我干吗？”

“张松家、公司，我们都去了，张松爹妈还给常跟张松一块儿玩的几个朋友打了电话，没人知道张松在哪儿。所以，我们来问问你。”

“他这是犯了什么事吗？”女人明显来了兴趣，“你们这么大张旗鼓地找他，肯定有事。”

展锋不答，再次问她是否知道张松下落，或者去哪儿能找到张松。

“那可就没准了，他要带哪个女人躲起来，谁也别想找到他……”

看来，这就是他们俩闹离婚的原因吧。

“你知道最近谁跟他混得比较近吗？没个名没个姓的，我们大海捞针，没法找。”

“我也有些日子没见到他了，他身边的女人老换，我知道的那些，都老皇历了。”

不知道这女人是真不知道，还是不想说，但瞧她云淡风轻的神情，肯定还没意识到问题的严重性。展锋想了想，神情严肃地告诉他，张松牵涉到一起案子，其中跟他有关系的几个人全都死了。现在怀疑他可能也有危险，所以必须找到他。

女人果然有点紧张，这次没有过多纠结，就给出了一个女人的名字。

“你们去找周倩问问看……”

张松老婆看来没少花心思在张松身上，提供的周倩信息很翔实，电话号码、工作单位、家庭住址全都有。难怪有人说，离婚就是场战斗，只有做到知己知彼，才能百战不殆。

周倩，24岁，康尔乐健身俱乐部教练。展锋提前打电话过去，周倩说正在去健身房的路上，让他们到健身房等。展锋和邵勇到达健身房时，周倩还没到，他们在墙上先看到了周倩的照片，毫不意外是个小美女，穿着紧身衣，身材看上去无可挑剔，模样还有几分清纯。

邵勇啧啧赞叹："可惜了，可惜了……"

没多会儿，周倩来了，比照片上还漂亮。她可能这辈子头回面对警察，略有些紧张。他们找了个安静些的小房间，展锋也不拐弯抹角，直接问起她和张松的关系。笑容很快就从年轻的面孔上消失，她低下头，不停地搓衣角，就像个做错事被老师发现的学生。

她和张松之间的事挺俗套，张松常来这里健身，瞧上了她，开始各种勾搭。周倩起初像所有涉世未深的女孩一样，对这种油腻已婚男根本没兴趣，但架不住张松的钞能力，帮她冲业绩，送各种昂贵礼物，再带她去高档酒店吃饭，替她打开一扇窗，让她看到了原来人还有另外一种活法。沦陷不可避免，且心甘情愿，她甚至还幻想着张松能够离婚娶她。

这样的小姑娘值得同情，但想想，也许她们还觉得这是一种成功。这世上有钱人究竟有多少，又有多少女人指望着他们平步青云改变人生？或许碰上就是运气，抢到就是赚到。

展锋无意对她进行道德方面的批判，只想从她嘴里问到些有用的信息。

"最后一次见到张松是什么时候？"

"这个月四号，十天之前。"周倩不假思索，脱口而出。

记得这么清楚，想必，张松这些日子没来找她，她很难受，才会眼巴巴算日子。

"说说具体情况。"

那天的张松看起来确实有点不对劲。过程没什么好说的，中午两点，周倩去酒店，轻车熟路进到房里，张松已经在等她。张松不在状态，行事略显敷衍，说着话的工夫都会走神，一副心不在焉的模样。周倩有些生气，闹了会儿小脾气，张松也不来哄，还特别不耐烦。本来周倩时间都安排好了，以为至少能和他腻上一下午，谁知没多会儿，张松便要走。周倩终究年轻，在这样的游戏中还能付出真情，她越发生气，张松可能也觉得自己做得有点过，终于过来安慰她，还说待会儿有重要的事……

“然后他就走了，那晚过后，就没了消息。”周倩一脸幽怨。

算一下时间，能对得上，差不多就是那之后，再没有人见过张松。于是他们问了哪家酒店以及张松离开的具体时间。邵勇联系队里，让人去交管部门调取当天张松车子离开酒店后的沿途监控信息。

时间还早，展锋还想着再从周倩这里挖点东西，杂七杂八又聊了会儿，没想到还真聊出条关键线索。那应该是在十多天前，上个月29号，张松带着周倩去吃饭，吃完出来去到地下停车场，车子刚驶出停车位，忽然有个人拦在了车头前面。张松当然很生气，落下车窗斥责了几句，那人还不走，张松下车驱赶，结果俩人交头接耳说了大半个小时，周倩按了两回喇叭催，张松根本不搭理她。回来后，张松情绪特别低落，本来吃完饭还有节目，他也没了心思，直接就把周倩送了回去。

记得那人长啥样吗，周倩想了想：“看不清，戴着棒球帽，帽檐压得很低，脸上还有个大口罩，但感觉这人年纪应该不小了吧。”

展锋和邵勇都精神一振，邵勇掏出吴龙辉家小区监控视频中截取的照片，周倩盯着看半天，不能确认，但觉得很像，那天的人也是大块头。

“仔细想想，这人是否有什么特别的地方？”展锋问。

周倩皱着眉使劲想，好一会儿，才一拍大腿，说那人两边肩膀不一般高，走路会轻微向右侧倾斜，不算严重，得特别留意才能看出来。

确定了，案发前，张松曾跟犯罪嫌疑人见过面。找到张松，就能确定嫌疑人的身份。可越是这样，张松的失踪越让人担心。邵勇问现在怎么办，展锋说找：“不管怎么着，也得把张松给找出来。”

同事那边，还在查找张松失踪前的行车轨迹，展锋又安排人去银行调取张松信用卡刷卡记录，并在全市范围内排查宾馆酒店的入住登记信息。

只要张松还在本市，就算掘地三尺，也要把他找出来。

初战告捷，回到队里的展锋不禁又惦记起名单中还剩下的俩人。

他去同学群里问来李娅琳电话，打过去很快接通了。展锋自报家门，难得李娅琳还能想起他这个同学，简单寒暄几句后，问他有什么事。

“这事有点复杂，电话里说不清楚，咱们最好当面谈。”展锋说。

“这好像有点难度……”

一问之下，才知道李娅琳在一座南方城市，几天后就将跟着老公出国，而且是移民，指不定哪天才能再回来。展锋一听着急了，改口说电话里聊也行，就是可能得费点时间。

李娅琳满口答应没问题，但她现在有点事，得去忙。等她空闲的时候，再给展锋打回来。

展锋根本没有拒绝的机会，人家那头礼貌地说声“再见”便挂断了电话。

好半天，展锋还拿着电话发愣，怀疑电话接通了吗，通了，又好像没通，心里有点窝火，没处撒气去。他把小本再拿过来，上面只剩下最后一个名字：梁军。

展锋扭头看邵勇坐在边上，正竖着耳朵偷听他这边动静。唤他过来，说：“咱们打个赌，还剩下这个叫梁军的，你说，能顺利找到他吗？”

邵勇说：“肯定能，就算再背，也事不过三。”

“行，那咱们小石桥火锅，不带反悔的。”

办公室里留守的几个人，听到火锅全围了过来。展锋拨通号码，很快那头就传来一声“喂”，邵勇兴奋地冲围观者摆出剪刀手。

“梁军吗？我展锋，咱们高中同学。”

声听着不对，展锋也没在意，毕竟这都十多年过去了。那头随后沉默了片刻，才有个特别沧桑的声音说：“展同学你好，我不是梁军，我是梁军爸爸……”

邵勇耷拉着脑袋连声叹息：“这究竟得多背，才能连中三元。”

墙上的照片正是梁军，相框外头，围着黑纱。

展锋盯着照片看，就算跟梁军不熟，但还是能感觉到些许悲伤。

当年高考，梁军是那届唯一考上985的学霸，毕业后本有机会留在省城，但他不放心年迈的父母，选择回了海州，进入一家国企。因为能力出色，又有极强的责任心，两年过后，他便升职加薪，深得领导器重，未来可期。同年，他认识了后来的妻子，二人婚后不久，便有了一个女儿。正当小日子过得红红火火之际，一次单位体检，梁军发现身体异常，复查过后，确诊患上了肝癌，发现时，已经是晚期。他挣扎了将近一年，撑到今年夏天，终于还是走了。

梁军父母白发人送黑发人，自是伤心不已，时隔数月，仍未能走出悲伤。看他们憔悴的面孔，就知道他们这些日子一定过得挺艰难。展锋本来还想问他们些问题，话到嘴边又全都咽了回去。

经过梁军父母同意，展锋和邵勇进到梁军房间。梁军婚后这间房便一直空着，但父母仍然勤于打扫，至今仍保留着原来的样子。在窗前的书桌上，展锋看到一张合影照片，正是高中时他们小圈子里那六个人，看背景应该在山上，后面还有个水潭。

展锋想起杜超曾说起，毕业那年夏天，他们六人曾一起去爬鹧鸪山，还在半山腰偶遇了韩冬。这张照片，想必就是那次登山时拍的吧。时隔十二年，想不到，还能在梁军这里见到这张照片。

离开梁军家，回到车里，展锋忽然觉得有些恍惚，好像错过了什么。想半天，还是没想起来。梁军之死，显然与案子无关，但还要派人去医院，调取梁军的就医资料来确认。

或是因为这场病，让梁军能够免受这场凶案的纷扰，这对他来说，不知是幸还是不幸。

就在这时，接到队里同事来电，张松的车子最后出现在人民路的十字路口，向北转入大浦路，却并没有驶出另一侧大浦路的出口。他立刻拿出地图查看，大浦路属于近郊，路两侧除了自建房和旷野，还有一个占地极广的月牙岛生态公园。

展锋把车子掉头，向大浦路方向疾驶。同时，他召了两组人，并联系辖区派出所及景区管理处，即刻对月牙岛生态公园展开搜寻。

月牙岛公园再大，终究不是深山老林，这么多人一通搜，很快就在一个僻静处发现了张松的车。最不想看到的情况还是发生了，张松已经死去多日，尸体都已开始腐烂。

法医老海查验过尸体后，告诉展锋，张松被割喉，胸腹部有戳刺伤，与前面三起案件的受害人如出一辙。按照死亡时间推断，张松才是这起连环杀人案的第一位受害人。

16

隔着临街的窗，能看到皮五跟个留寸头的中年男人在喝酒。老商坐在对面的车里，盯着他们看。夏薇拉开车门进来，手上拎俩大塑料袋。

“师父，饿了吧，看他们吃喝半天了，想不饿都不行。”

老商肚子适时叫了两声，“不饿”俩字到嘴边又咽了回去。夏薇把塑料袋里吃的摆到驾驶台上，老商一样样看，皱眉：“这都什么呀。”

夏薇笑着先递杯奶茶到老商手上：“师父，先喝口奶茶，香芋味的，不知合您口味不。您看，这是炸鸡，这是寿司，这是烤鱿鱼，这是小龙虾……”

老商直接看傻了，说话都有点结巴：“现在的警察蹲点加班，都吃这个？”

夏薇还是笑，拿起串烤鱿鱼往老商手里送：“甭管吃什么，咱们这么辛苦工作，总不能亏待了自己。再说了，也没规定警察加班就必须得盒饭泡面吧。”

这倒是。老商有心再客气几句，肚子又不争气地咕咕叫。那就吃吧，反正都买来了，吃不完也浪费。难得今天有胃口，吃完一看，几个盒子全空了。打个嗝，又打一个，抬头，看到夏薇正盯着他。

这回轮到夏薇看傻了："师父，您全吃了？"

老商有点难为情，嗫嚅地说："吃撑了，不好意思，没给你再留点。"

"我早就饱了，就是被您这胃口惊住了。我这可是四个人的量，本打算吃不完给您打包回去当夜宵。看来，下回得再加俩人的量……"

"抱歉，见笑。平时我都对付着吃，也没觉得自己多能吃。"老商挠头，"今晚有点反常，下回我注意，下回我请你。"

夏薇笑得开心，笑得灿烂："下回您就敞开了吃，吃得多，我开心。"

心情竟然莫名有些小愉快，老商再吸口奶茶，甜的。

老傅那边动作效率还蛮高，当天便向局领导提交了申请老商回队里当顾问协助破案的报告。局领导当然没意见，都知道老商是人才，他愿意回来帮忙，是好事。老傅又跟果城里派出所那边对接，把借调手续给办了。现在，老商可以名正言顺地参与到案件侦破工作中来。而老商实际上要做的，就是盯紧皮五。

今天盯了皮五一天，并无收获。晚上，皮五进到这家小酒馆跟人喝酒。这边夏薇买了吃的，老商吃饱喝足之后，展锋的电话打了过来。

夏薇开了免提，展锋说："在哪儿了？过去找你们？"

夏薇刚想说好，老商已经抢着开口："别过来了，回小马庄吧，我们也马上回。"

"今晚不盯了？"夏薇略感奇怪，"我这睡袋可都准备好了。"

“回吧，今晚肯定没戏。”老商再看一眼外头，“皮五这都喝了快三小时了，真要有事，哪敢这种喝法。而且，昨晚展锋惊到了他，这两天，他肯定比谁都老实。”

想想还真是，既然老商这样说，夏薇当然没意见。

“回得有点早，感觉对不住你这顿饭……”

夏薇又想笑了，之前展锋提醒过她，老商心事重，给你甩个脸啥的，别往心里去。没想到这才相处一天，鼎鼎大名的商铁城，竟也有孩子气的时候。

车子很快到了小马巷巷口，老商问夏薇上去不，忙活一天了，累了就回去歇着。夏薇说展队都来了，我还不得在领导面前表现表现。

于是她跟老商回了小马庄旅馆，上到阁楼，展锋果然已经在等了。

“还没吃了吧，我叫了三碗面，一会儿就到，咱们对付一顿……”

老商适时地回他一个饱嗝，展锋愣一下：“看来是吃了。”

他们开始交换今天两边的情况。

老商在墙边的白板上写下一个名字：“今天皮五又晃悠了大半天，傍晚时去见了这个绰号叫‘大锤’的人，晚上，跟大锤找了家小酒馆喝酒，我们回来时，他们还在喝。”

“大锤？”展锋手指在桌上快速敲，“这名字熟，我想想。”

“大锤本名叫程振江，前花铁龙犯罪团伙成员。此人头脑相对简单，街头混混出身，打打杀杀是强项，不太适合钩心斗角，所以在该犯罪团伙中不属于核心成员。当年曹金龙看出他重情义，在他最困难时曾帮助过他，他也由此对曹金龙忠心耿耿，算是曹金龙的心腹。花铁龙犯罪团伙覆灭后，他因为并无大恶，只被判了六年有期徒刑，刑释出狱后，跟人合伙开了家汽修铺子，生意惨淡。半年前，汽修铺子倒闭，据说还欠了一屁股债，现在靠帮人开车跑货运为生。”

夏薇听得目瞪口呆，展锋看她的表情冲她乐，凑她耳边低声说：“别一副没见过世面的样子，给你十二年的时间，你也能把这些人的资料记得滚瓜烂熟。”

老商继续说：“皮五找上程振江，不知道是单纯找老朋友叙旧，还是另有目的，这里先给他记上。”

这就是老商和夏薇一整天的收获，也等于没收获。

蹲守就是这样，长时间的等待就为了一瞬间的发现，当警察的都明白这道理。

接下来，展锋说了他那头今天发生的事。

他联系了那小圈子里的另外三个人，梁军两个月前病逝，李娅琳人在外地，张松的尸体在月牙岛生态公园被发现，死亡时间大概在十天前，同样被人割喉捅了刀子，可以肯定为同一凶手所为。

月牙岛生态公园在市区最北边，原本有块挺大的湿地，特别荒，开发过后起劲宣传，也吸引了不少市民前来。但因为交通不便，特别是通往公园的一条必经之路发生过塌陷，露出一个深不见底的天坑，坊间开始各种传言，都说公园毗邻一个早已荒废的磷矿，因早些年过度开采，回填工作不到位，导致地下密布的矿洞随时都有塌陷的可能。政府出面多次辟谣，没人当回事，这也让搞了一半的月牙岛公园后续开发工作陷入停滞，管理人员越来越少，最后只剩下几个保安轮班巡视做做样子。

没了人气的月牙岛生态公园，实际上已经荒了，张松的车在那儿停了十天，都无人过问。

张松被发现时，坐在驾驶座上，没有系安全带，无明显抵抗伤，根据喉管被切开的位置和形状，可以确认凶手当时坐在副驾驶座上。

行车记录仪内的内存卡已被取出，应该是凶手拿走了。

车内提取到多枚指纹及毛发，尚不能确定是否是凶手留下的。

张松随身带的背包留在后座上，里面除了钱包、香烟、打火机等常用物品，还发现一张金额为五万元的银行取款凭证，日期为9月4日上午，也就是周倩最后见到他的那天。

车内并未发现这五万元，疑似已被凶手取走。

梳理已知的时间线，上个月29号，张松曾在某酒店的地下停车场，与疑似犯罪嫌疑人见过面，俩人聊了大概快一小时才分开。那一次，嫌疑人并未对张松做什么，猜测嫌疑人应该是告知张松什么重要的事，结合后面的取款凭证，也可能是嫌疑人在勒索张松。

此后隔了一周，9月4日下午，张松独自驾车前往月牙岛公园，应该是与犯罪嫌疑人见面，上午取的五万块钱，或许就是嫌疑人向他勒索的款项。

随后，9月8日，魏敏在小马巷里遇害。9月12日，吴龙辉被人杀死在家中。9月15日凌晨，杜超死亡。9月16日，也就是今天，张松的尸体被发现。

“案件的核心问题，还是得回到凶手的杀人动机上。几名受害人因何成为凶手的目标？弄清楚这点，应该很快就能找到凶手。”展锋说了自己的计划，“当年那个六人小团体，现在仅剩下李娅琳一个人，但人在外地，暂时无法见面。我打算明天起，对当年班上所有同学进行走访，参加过今年春天同学会的人优先，尽量多地了解几名受害人当年做过的事，希望能从中找到线索”。

展锋和夏薇全都看着老商，老商捧着自己的大保温杯，沉吟了一下，这才慢条斯理地说：“侦破工作的大方向没问题，我有三点意见想补充……”

展锋赶紧抓起白板前的笔递到夏薇手里，夏薇会意，站到白板前。

“春天的同学会时，都发生了什么？”老商忽然问。

“聚会时间是今年的5月，地点在龙湖山庄，这是一处靠近螺髻山的度假村。聚会的流程大致是这样，下午大家陆续赶往山庄，晚上聚餐，然后在山庄的多功能厅进行联欢，当晚就住在山庄里。第二天早餐过后，大家各自离开。我当时因为手上有案子，没能参加，但事后在班级群里听大家聊天，看他们发出来的照片，感觉聚会还是挺成功的，大家都挺开心，没听说发生什么不愉快的事。”

“那个小团体的六个人，都有参加聚会？”老商再问。

“我看过名单，李娅琳和梁军没去。李娅琳长期在外地，梁军那时已经病得挺严重了，其他四人和韩冬都有参加。”

老商沉吟了会儿：“所有的案子，都是在同学会之后发生的。”

展锋立刻顺着这思路去想：“现在可以确定，同学会上并没发生什么了不得的大事，去的也都是同学，凶手的杀人动机应该不会因为同学会。但所有案子都发生在同学会之后，也许是巧合，也许……”

“也许是同学会上的某件事，触发了凶手的杀机。”夏薇脑子转得快，“比如，当年六人小团体曾做过什么事，但一直没人知道。同学会上，他们的秘密被人发现。”

展锋点头：“所以咱们得弄清楚同学会期间，究竟都发生了什么。晚上聚餐和联欢，所有人都在一起，这期间应该不会有事发生。那么，联欢结束呢？大家各自散去，这样，就有了私下里活动的空间。”

夏薇赶紧在白板上记下“同学会”三个字。

老商接着说第二点。

“犯罪嫌疑人跟张松见过面后，间隔一周才动手杀了他，这一周时间里，都发生了什么？仅是为了勒索他五万块钱？杀死张松之后，凶手明显加快了行动的速度，在接下来的一个星期里，连续杀死了三个人。是什么原因让凶手加快了速度？”

展锋和夏薇面面相觑，这问题是他们之前都没想过的。

夏薇在白板上写下：张松遇害前做了什么？

“凶手一共杀了四个人，除了张松疑似跟凶手约好见面后被杀，其他三名死者，全都是在猝不及防时遇害，特别是魏敏……”

回想魏敏遇害当晚，暴雨之夜，从温泉镇回来，男人开车将她丢在苍梧路，她打车回果城里，经小马巷回家，凶手已经在巷里等着她了。

这简直就是精准打击。凶手如何知道魏敏会在那时出现？知道魏敏当晚一定会回家？

展锋脑子里轰隆隆响，有个名字呼之欲出。而那边的夏薇，已经在白板上写下了一个名字：韩冬。

没错，就是韩冬。男人带魏敏去温泉镇偷情，行事一定很小心，不会让别人知道。魏敏则给韩冬打去电话，让他帮着照看一下独自在家的璐璐，预报说晚上有雨，怕璐璐会害怕。韩冬知道魏敏当晚会回来，否则，按照以往惯例，他会带璐璐回家，根本不用在魏敏家等到那么晚。

兜兜转转一圈过后，韩冬始终是绕不开的那个人。

17

技术队从张松的车里提取了多枚指纹，鉴定过后，确定分属于三人，除了张松和周倩，剩下一组指纹在数据库中比对，配上了一个叫作杨涛的人。

杨涛，男，29岁，是个社会人，多次因打架斗殴被拘留，还因此坐过两年牢。出狱后无正当职业，仍然在社会上厮混，但也没再做什么违法乱纪的事。经过走访调查，得知杨涛差不多两年前结识了张松，此后俩人便成了朋友，也有人说，其实杨涛做了张松的小跟班。张松算是典型的富二代，有钱人，没少干花天酒地骄奢淫逸的事。但这社会不是你有钱到哪儿都能横着走，难免会碰上几个狠人、遇到些上不了台面的麻烦，这时候，有个混社会的人帮你解决问题，能省很多事。

这杨涛自己没多大本事，但跟杨阿四是亲戚。杨阿四这两年在道上混得风生水起，一般出来混的听到四哥的名字，大多都会给个面子。杨涛便打着杨阿四的招牌四处招摇。

张松的车每隔三天会定期清洗，里外都擦得很干净，案发时能在车内留下指纹，至少说明三天内，杨涛上过张松的车。另外，警方去通信公司调取张松的通话记录，发现案发前半个月，张松跟杨涛通话次数频繁，高达十多次。而且，张松还曾在9月2日，也就是跟周倩在地下停车场遇见犯罪嫌疑人的三天之后，通过网银给杨涛转过两万块钱。

如果张松遇害前那一周，真做过些什么，那么这个杨涛，很可能会知道。他们当即决定把杨涛找来问话。但不管是电话还是上他们家，都找不到这个人。

真要找这种小虾米，上手段，肯定不是难事，但展锋还有更直接的办法。

展锋带着邵勇直接去了典当行，找上了杨阿四。杨阿四听说市局刑侦队来人，自然不敢怠慢。他跟展锋以前打过交道，算是熟人，上来先恭喜展锋当上了副队长，还说早就想约他出来坐坐了，一直没得空。

"您这趟来，为杜超的事吧。杀杜超那凶手，找着了？"杨阿四问。

"还在查，没那么快，到时候可能还需要找你配合调查……"

听说配合调查，杨阿四赶紧闭了嘴，不言语了。

展锋直接问他认识杨涛吗？杨阿四想都没想说认识，亲戚，算本家，这小子是不是闯祸了？展锋没接他的茬，问他知道杨涛这两年一直在外面打着他的招牌招摇撞骗吗？杨阿四摇头说不知道，并再三保证，这小子无论在外头惹了什么麻烦，肯定跟他没关系。

"现在，我们在找杨涛，但联系不上他，想来想去，就来问你要人了。"展锋说。

"我哪知道那小子在哪儿。"杨阿四摇头苦笑，"我都多长时间没见过这人了。"

“但你肯定有办法找到他，他在外头可是逢人就说他是你的人。”展锋说，“听说你手底下有帮人最擅长找人，谁要欠了你们钱，甭管人躲在哪个犄角旮旯，没有他们找不到的……”

杨阿四的办事效率真高，这边展锋还在回队里的路上，他那边就来消息了。杨涛这小子混夜店，泡了个娘们，后来才知道是西城金三的老婆。金三在西城开了家棋牌室，是个狠人，这会儿正带着人满世界找杨涛。杨涛听到消息，躲了起来。最后，杨阿四给了展锋一个地址，说去这儿，肯定能把人揪出来。

展锋当即掉转车头。杨涛果真在那儿，听见动静，翻窗逃了。展锋和邵勇前堵后追，费了点事，终于把他给截下。听说不是金三的人，杨涛放下心来，还一迭声埋怨怎么不早亮身份，早说就不用跑这些路累个半死了。

展锋把杨涛带回车里，问他跟张松的关系。杨涛先说是朋友，后来又承认帮着张松处理些私事，算是拿钱办事。问起前段时间，张松给他转了两万块钱，杨涛马上点头承认：“那也不是什么违法的事，张松就是让我帮着他查几个人。”

“查谁？”展锋问。

杨涛摸出手机来：“人有点多，我怕忘了，全记手机上了。”

都是些熟悉的名字，魏敏、杜超、吴龙辉，还有李娅琳。展锋和邵勇对视一眼，颇觉欣慰，至少这趟没白跑。

“你都查出来什么了？”

“真没什么，都是些最基本的信息。这些人住在哪儿，家里都有什么人，在哪儿上班，不上班的话靠什么谋生。这些都不是啥秘密，只要稍微用点心，全能打听到。”

张松要这些信息干吗？他只要打个电话，跟这些人联系一下，这些人自己都会告诉他。为什么还要这么麻烦，给了杨涛两万块钱专门打听这些事？

“你都帮张松打听到什么了？”展锋再问。

杨涛挠头想了想：“有个叫吴龙辉的，两年前离了婚，现在一个人过，住在新月小区，自己在民主路花鸟市场开了家古董店，是个卖假货的；杜超我认识，四哥的人，跟父母住一块儿，还有个哥哥，前些年跟人打架伤了脑子，现在傻乎乎的；有个女的叫李娅琳，看照片像个交际花，常年不在海州，听说是找了个有钱男人，正在办理移民；还有个娘们叫魏敏，坐过牢，带着个女儿，住在果城里洋桥巷的出租屋里，每天都跟不同男人混在一起，一看就靠男人吃饭……”

果真没什么特别的，都是些最基本的信息。关键是，张松要这些信息打算干什么。

杨涛没犯什么事，邵勇警告他别不接电话，后面兴许还有事要问他，便放他走了。展锋开车回队里，邵勇说：“张松在停车场跟凶手见过面后，隔了一天，就让杨涛帮着打听魏敏他们几个人的情况，会不会这些信息是凶手要的。”

邵勇都能想到，展锋自然也想到了。再结合9月4号张松独自驾车去往月牙岛公园，随身携带五万块钱现金，很容易便能想到，凶手对他提出的要求，除了钱，应该还有其他几个人的信息。

“现在的问题是，张松知不知道凶手要对他们几个动手？如果知道，张松就是协同犯罪。”

“要知道的话，他就不会死了。”展锋说，“凶手为什么要勒索张松五万块钱？为的就是让他放松警惕。在这些有钱人眼里，能用钱解决的问题都不算事，何况对方开口只要区区五万块钱。这也是他为什么敢独自去见凶手的原因。”

“合理。”邵勇点头，“假若我是凶手，我会对张松说，要这些人的信息，是为了用同样的方法勒索他们。五万块钱的事，张松肯定也不会往心里去，甚至，还会有些幸灾乐祸。大伙儿一块儿干的事，凭什么只勒索我一个人。”

“那么问题又回来了，他们这帮人，到底都做了什么，才让凶手抓住他们的把柄。”

邵勇闭了嘴，这是案子最核心的问题，也是案件侦破的关键所在。

“没觉得哪儿奇怪吗？”展锋忽然问。

邵勇使劲想，摇头。

“张松让杨涛去查这几个人，为什么偏偏漏了梁军？”

“梁军死了，查了也没用。”

“张松怎么知道梁军死了？要知道，我也在班级群里，没见有人提过梁军的事。”

“私底下有联系？”

“当年他们那小团体，张松跟杜超和吴龙辉走得最近。现在，他连杜超和吴龙辉的情况都要杨涛去打听，又怎么会私下里跟梁军有联系？”

“那也没准的事。”邵勇嘟囔，“偶然知道不行吗？”

展锋点头，不排除这种可能性，但他还想再往梁军家跑一趟。

梁军父母见到他们俩，略有些奇怪，这才刚来过没两天，怎么又来了？这回，展锋亮明身份，市局刑侦队警察，因为有起案子涉及梁军的几名同学，所以过来了解些情况。

“我们家梁军都去世好几个月了，就算他知道什么，也没法跟你们说了。”梁母还是难掩悲伤。

展锋劝慰几句，问起梁军去世后，家里是否来过当年高中同学。

梁军父母闻言对视了一眼，同时点头。梁父说：“大半个月前吧，家里来了个人，自称是梁军高中同学……”

展锋和邵勇俱都精神一振，立刻取出张松的照片，问是否是这个人。老两口端详片刻，给出了肯定的答案。再追问具体时间。梁父想起来那天下午，老两口去社区医院做理疗，因而确定了时间是8月30号。

也就是说，张松29号在停车场跟凶手碰过面后，第二天便来到了梁军家。为什么是梁军而不是别人？凶手在停车场跟张松说起的事，是否跟梁军有关？他既然能上门来找梁军，为什么不能去找杜超和吴龙辉等人？

再次进到梁军的房间，展锋深呼吸，目光缓慢移动。上次离开后，他就觉得好像错过了什么，却又闹不清楚这感觉打哪儿来。这回，他不想再错过。很快，他的目光再次落在桌上那张照片上——照片正是1996年毕业那年夏天，梁军跟张松等人去爬鹧鸪山的合影。

展锋将相框抓在手中，终于想明白自己错过了什么。毕业至今已经过去了十二年，如果还念着昔日友情，有的是机会跟照片里的人联系。事实上，他们这个六人小团体，毕业之后便散了，要说有多深的感情，他们自己都不信。那么，梁军为什么要将这张照片摆放到桌上？

试想一下，你摆放在家里或者办公室桌上的照片，照片中的人，一定对你非常重要，通常会是父母、爱人或者孩子，如果是朋友，也一定会是感情极深的那种。

梁军摆出这张照片，多少有点奇怪。

“这张照片，一直摆在这儿？”展锋问梁军父母。

梁军母亲摇头：“以前没有，也不知道什么时候，梁军把它翻出来摆到了桌上。”

“大概时间呢？”展锋还不死心。

“差不多今年春天吧，5月，我进来收拾屋子，看到这张照片，还问梁军怎么把这老照片翻出来了，梁军说就是突然想起这些老同学了。当时我也没在意，没再继续问下去。”

春天。同学会也在春天，梁军虽然没有参加同学会，却在跟同学会差不多的时间，翻出十二年前的老照片，还把它摆放到了显眼的位置。

难道，这仅仅是巧合？又或者，梁军想用这张照片留下些什么信息？

于是他向梁军父母提出想把照片带回去，等到案子查清楚了再还回来。梁军父母同意了。于是，展锋示意邵勇将照片从相框中取出。邵勇拆下相框后，忽然叫展锋过来看，相框里居然还有一张照片，跟那张合影照片叠在一起。

照片上，是块草丛中的石头。石头差不多占据了一多半的画面，呈不规则状，材质看起来也挺普通。石头边上延伸进来一些杂草和几根树藤，背景虚化得挺厉害，但还是能感觉到石头的位置应该在山上。

展锋对着照片锁了眉，看起来，这就是块普通的石头，梁军为什么要把这块石头的照片叠加到合影后面？他究竟想通过照片传递些什么样的信息？

18

阁楼里，展锋在上次夏薇写的“韩冬”名字下面，添上了“鹧鸪山”三个字。

“1996年高考过后，张松的六人小团体最后一次集体活动，就是去爬鹧鸪山，这张照片是他们当时拍的合影。给他们拍照片的人，猜测应该就是韩冬。那次爬山，本来没有韩冬，但韩冬听到了他们的计划，在爬山当天，独自乘坐公交车去了鹧鸪山，并且在半山腰上跟他们偶遇。这种事要发生在别人身上，会略显奇葩，但韩冬高中三年，一直心心念念想着魏敏，为了魏敏做出任何事来，都不稀奇。”

老商还抱着他的大保温杯，很认真地听。夏薇站在边上看手中的两张照片。

展锋继续往下说：“鹧鸪山和螺髻山是云台山脉中的两座山峰，螺髻山多年前已经开发成景区，各种配套设施比较完善。鹧鸪山则是座野山，风景不错，山势陡峭，山上有个老龙潭，老龙潭边上还有当年下放知青住的石头房子，是个扎营的好去处。山下的村子叫大竹乡村，村里这些年也在尝试开发鹧鸪山，但因为资金问题，项目一直被搁置。直到去年，市里终于把开发鹧鸪山提上日程，通过招商引资，确定了开发计划。今年年初，第一期南坡开发工程已经开始动工。”

“鹁鸪山上还有处防空洞，深挖洞广积粮那年代的产物，荒了好多年。”老商忽然说。

展锋一拍脑门，想起来了：“我怎么忘了这茬儿。当年曹金龙犯罪团伙的地下赌场就设在鹁鸪山的防空洞里，还是您亲自带队，扫了他们的场子。”

老商神情变得有些凝重，当年鹁鸪山地下赌场就是曹玉虎在打理，那次行动虽然成功捣毁了地下赌场，但百密一疏，还是让曹玉虎逃了。如果当时拿下曹玉虎，后面所有的事情都不会发生。

展锋不愿触及老商痛处，赶紧岔开话题。他招呼那边的夏薇别光低头看照片：“合影照片背景里露出的半截水潭，可以确定就是老龙潭。至于另一张照片上的石头，猜测应该就在老龙潭附近。但是，为什么会有这张石头照片，却令人费解。现在只能猜测，这块石头或许是个地标，在石头附近曾发生过什么事，或者，有人在石头边藏了什么东西。”

“还有，这两张照片，材质明显不同，合影那一张是老照片，明显有些年头了，纸质偏黄，褪色严重，猜测应该是当年他们爬完山回来冲印的。这张石头照片，很新，颜色鲜艳，且没有一点折损的痕迹，应该冲印的时间不长。明天我会让赵禹那边做一下鉴定，看能否确定照片冲印的大致时间。另外，照片后面都有些字母和数字编码，不知道根据这些编码，能不能找到冲印照片的地方。”

“当年去登山的七个人，现在就剩下韩冬跟李娅琳，李娅琳不在海州，联系不上，能给出答案的，只有韩冬了。”展锋道。

夏薇皱眉：“现在越来越觉得这个韩冬有问题，怎么哪儿都有他？同学会、鹧鸪山。”

“还真是，看来，是时候找我这位老同学好好聊聊了。”展锋说。

这案子其实侦破方向简单明了，找出凶手杀人动机，即可确定凶手的身份。而那动机，必定藏在当年的一桩往事里。现在，唯有拨开岁月的迷雾，弄清楚当年六人小团体究竟做了什么，才能使案情真相大白。

“李娅琳那边，也得尽快逼她现身，要等她去了国外，就晚了。”展锋说，“她不接我电话，故意避着我，但她父母还在海州，一定有办法跟她联系上。明天我就跟邵勇上她们家去，狠下心来给她父母撂狠话。李娅琳再不回消息，咱们就上手段，组织一队人去南方城市把她揪出来。”

“皮五那边呢，有啥新情况？”展锋问夏薇。

夏薇说：“看到我们这么早回来，不奇怪吗？”

是有点奇怪，按说这会儿夏薇本应该和老商盯着皮五才对。夏薇嬉嬉笑道：“老傅怕师父辛苦，今天派了俩人过来，两组人轮换着蹲点，就不用那么辛苦了。”

展锋更诧异了，老傅主动派人过来支援？他这是搭错了哪根筋，全队人都在忙连环杀人案，难道他看不出盯皮五实际上跟眼下的案子并无多大关系？

那边老商叹口气，说：“傅队是个明白人，你们真觉得咱们那点小伎俩，能瞒过他？”

想想也是，十多年了，老商要是想回队里帮忙，哪用等到今天。现在他冷不丁主动回来当顾问，不用问也知道怎么回事。能让老商上心的事，只有一件，那就是抓捕曹玉虎。老商瞒着不说，一定是还没掌握确凿的证据。老傅年纪虽然大了点，但不糊涂，索性，顺水推舟，佯装不知，能帮一点是一点。毕竟，谁不希望老商能达成夙愿呢。而且，万一真要抓住曹玉虎，那也是队里的功劳，他老傅脸上也光彩。

“这只老狐狸。”展锋摇头慨叹，“既卖了咱一个人情，又能坐收渔翁之利，反正横竖他都不吃亏。”

这两天，夏薇跟老商一直在盯皮五，皮五还像以前那样四处游荡无所事事。其间他又分别见了三个人，夏微示意展锋看白板上的字。大锤的名字下面，又多了俩名字，还有个问号。

展锋纳闷：“这问号怎么回事？”

“皮五昨晚见的人叫刘华勇，是当年曹金龙手下头号打手，判了十年，刚出来没多久。最近听说身体出了点状况，得了黄疸型肝炎，瘦得快不成人形了；今天下午见的人叫赵华成，曾经是曹玉虎的小弟，跟着曹玉虎一块儿打理赌场生意，被判了八年，出来后不知怎么得罪了杨阿四，前段时间刚让杨阿四的人收拾了一顿。今晚皮五又见了一个人，是个生面孔，我想了挺长时间，还是没印象。”老商说。

“兴许就是个普通朋友，也没规定皮五认识的人就得全是曹金龙的人。”展锋说。

老商点头：“也许吧……”

时间尚早，本想在老商这儿多聊会儿，但展锋看时间，说今晚约了几个同学碰面，都参加过春天的同学会。他想在找上韩冬之前，先从侧面了解一下那晚发生的事。

他离开果城里，赶到与同学们约好的茶楼，进到一个包间里，里头已经坐了好几个人。看见展锋进门，立刻有人跟他打招呼，还有人上来握手、拥抱。展锋记忆中，当年跟这些人未必有多熟悉，更谈不上亲近，但阔别多年之后，再见面，竟无端感到亲切，内心还有那么些小激动。

毕竟，大家共同经历了人生中最难忘的那段青春岁月，即使毕业后散落四方再无交集，但能有这么个偶然时刻，重新聚首，忆往昔峥嵘岁月，倒也是件挺美好的事。

这一晚，他跟大家聊了很久，笑着笑着，又不知何时湿润了双眼。原本记忆中最不起眼的一件小事，当大家共同回忆起时，竟然会变得如此有趣，又弥足珍贵。有那么一段时间，展锋甚至忘了今晚约大家出来见面的目的，忘了手上的案子。

后来，终于提到了春天时的同学会。

大家的话匣子被打开，热聊了同学会上的各种趣闻，但都是些插科打诨、互相逗乐的事，那晚大家一直折腾到下半夜，方才各自回房休息。同学会一共到了二十八人，联欢结束后，大家分别去到五幢楼里休息。整个度假村共有十五幢这样的小楼，造型别致，有两层的，也有三层的，每幢楼里的房间数也不等。

大家的回忆拼凑出了当晚房间分配情况，张松、杜超、吴龙辉、魏敏，再加上韩冬，住在6号楼里。大家那晚都喝了不少酒，回房后大都很快睡去，因而对于6号楼里发生了什么，都不得而知。

而展锋心情却略感沉重，这几个人住到了一幢楼里，就算想不发生点什么，都很难吧。

现在，只有韩冬能告诉他答案。

19

起了个大早，韩蓉出去买了璐璐最爱吃的豆浆油条。吃完饭，给璐璐梳小辫，辫梢上挂着两个粉色的小草莓，走起路来一晃一晃的，瞧着特别可爱。璐璐很开心，因为叔和姨说，今天要带她去动物园。

璐璐很开心，韩冬和韩蓉姐弟俩却情绪低落。民政部门下午就会来人把璐璐接走，这是他们和璐璐在一起的最后一天。算起来得有大半年了吧，璐璐在他们家的时间，比跟魏敏在一起的时间都多，他们喜欢上这孩子毫不意外，原本安安静静的家里，因为多了璐璐，一下子变得不同。

习惯总是在潜移默化中形成，他们习惯了这个家里有璐璐。同时，习惯很多时候又是用来被打破的，就像璐璐终究会离开……

动物园里，看猴子、看梅花鹿、看大灰熊，璐璐踮着脚尖一蹦一跳来回跑，不时发出惊讶的尖叫，还拉着韩冬姐弟俩的手，用夸张的表情向他们讲述刚才的发现。

多少有些辛酸，才多大点孩子，往后，她还会笑得如此灿烂吗？

中午，他们去了美食广场，给孩子点了好多吃的。吃饱喝足，璐璐累了，趴在韩冬怀里睡着了。姐弟俩不说话，面对面坐着，就像沉默在他们之间是件很自然的事，而且，他们很享受这样坐在一起时的安静。

终于到了约定时间，福利院的车停到了他们面前，璐璐意识到自己要离开韩冬和韩蓉后，哇的一声大哭起来，怎么哄都没用。最后，她被工作人员抱上了车，居然又挣脱开来，奔下车抱住韩冬的腿，哭喊着要跟韩冬回去……

车子终于还是驶离，带走了璐璐。韩蓉早已泪湿了双眼，几度哽咽。红了眼圈的韩冬过来安慰姐姐："我们以后还可以去看她。"

韩蓉点头："嗯，我们还能去看她。"

终究还是要回到以前的生活中去，璐璐对于他们来说，不过是个过客，犹如她的母亲魏敏。姐弟俩慢慢步行回果城里，走得很慢。

离炸鸡铺还有老远，他们就看到卷帘门前坐着一个人，正是展锋，他跷着二郎腿，屁股下的小圆凳也不知从哪儿找来的。看见他们回来，展锋起身，冲他们挥手。

韩蓉止步，韩冬则紧走两步到跟前："啥时候来的？怎不先打个电话，等很久了吧。"

展锋笑笑说没事，现在看到你们这些老同学，会觉得特别欣慰。韩冬初时不解这句话的含义，很快，当他听到吴龙辉等人遇害的消息后，瞬间惊呆了。他也终于明白，为什么展锋说看到老同学会觉得欣慰了。欣慰的也许不是老同学，而是活着。

展锋问附近哪儿有可以坐下来聊天的地方，韩冬说前面有个市民小花园，里头有长椅，可以坐。展锋随他去了，小花园里围了好几拨老头打牌下象棋，特别吵。展锋说还是找个僻静点的地方吧，今天咱们聊的时间可能会有点长。

韩冬怔一下，马上说，要不回家里坐吧，你去过，不远，步行十多分钟就能到。

菜市街尽头就是大庙巷，大庙巷往里去不多远，有座老君堂，是个道观，里头供着太上老君。老君堂身处闹市，来往方便，每天早晨都会有很多老头老太太来烧香，算得上香火鼎盛。进到大庙巷，立刻便能闻到浓烈的香火味。

展锋使劲嗅鼻子："我就喜欢闻这香火味，以前在果城里派出所当民警的时候，我就常晃悠到这儿来，不为别的，就为闻这味儿。"

稍歇，展锋笑道："那会儿咱们怎么没碰上。"

"那你还是来得少了，来多了，肯定能遇上。"韩冬说。

"那会儿咱们要遇上，兴许就没今天这么些事了……"

韩冬神色有些黯然，也许，他又想到了魏敏吧。

家里的沙发有些年头了，坐垫和靠背还有点硬。韩冬泡了杯茶，带些歉意说家里没人喝茶，仅有的一袋茶都忘记放了多长时间。

看得出来，这个家里已经很久没来外人了。展锋啜了口茶，果然挺涩，有股陈年的味道。

"最近几天，我一直忙着去见当年咱班上那些同学。咱班一共四十六个人，还留在海州的一半多点，再除去魏敏他们五个，除去你和我，还剩下二十一个人。每个人我都跟他们聊了挺长时间，知道了很多当年发生在身边的事，有些还挺有趣。"展锋慢条斯理地道。

“我是最后一个？”韩冬问。

展锋点头：“虽然很多情况我已经了解了，但还是想听你再说一遍。”

韩冬低头坐那儿，这回沉吟了挺长时间，才深吸口气，问：“你想知道什么？”

“今天，咱们不说案子的事，就当老同学好久没见了，聊聊天。”展锋故作轻松，“那就说说你和魏敏吧，我听说，你们很小的时候就在一起玩了。”

很小是多小呢？韩冬想，其实也不小了吧，那年他八岁，上二年级。但要说清楚他跟魏敏相识的真正原委，还得再往前追溯几年。

“姐姐说，有回她带我出去玩，没看住我，我让车给撞了，自行车车把撞到了脑袋，还留下了后遗症。医生说，那叫定向障碍，就是没有方向感，记不住路。

“姐姐知道我这毛病，每天上下学，都会跟我一起。有一次，她们合唱团在校外有比赛，放学后，没来得及回来接我。我在校门口等了挺长时间，后来想我都八岁了，都上二年级了，回家那条路走了都快两年了，自己回家，肯定没问题。

“后来，我还是迷路了。”韩冬自嘲地苦笑，“那天还下了雨，我在果城里的小巷子里来来回回兜圈子，最后累得实在走不动了，只能蹲在路边屋檐下。雨越下越大，天也黑了，我又冷又饿，生平头回感到了绝望。

“然后，有个撑伞的小姑娘走到了我的面前，说她愿意带我回家……”

往昔的记忆，已经被翻看过无数回，历久弥新。

第二天，韩冬在学校里又见到了那个小女孩，他当时也不知道自己想干什么，却下意识地跟在她的后面。小女孩后来冲他挥了挥手，他一溜小跑到女孩跟前。女孩说："跟屁虫，你又想让我带你回家吗？"

韩冬连连摇头："姐姐会带我回家，用不着你带。"

小女孩说："那你还跟着我干吗，我可不喜欢跟你这种没用的小孩交朋友。"

韩冬当时傻傻地笑，说："我也没想跟你交朋友，我就是觉得你好看，你是这个学校最好看的女生……"

展锋冲他竖大拇指："人才，才二年级就能有这水平。哪个小姑娘能经得住你这样夸。"

韩冬露出些羞涩："那个女生就是魏敏，我们小学在一个学校，果城里实验小学，只是不在一个班。我们这样就算认识了，她嘴上说不想交我这个朋友，实际上在后来那些日子里，我成了她最好的朋友。"

放学时，姐姐还像往常一样在校门口等，韩冬背着书包过来了，姐姐上来拉着他的手要带他回家，他却站那儿不动，说再等会儿。姐姐很好奇，等什么？过了会儿，有个小女孩翘着脚尖颠着小碎步到了韩冬跟前。这时，韩冬才冲姐姐笑，说："走吧。"

两个小娃娃背着书包并肩在前头走，姐姐跟在后头。晚上，姐姐对妈妈说："弟弟交上新朋友了，就是那天在医院把弟弟抓回来的那小姑娘。夏天过后我上初中，就不用每天再去学校接他了。"

妈妈听了笑着说："那小姑娘真好看，有时间带家里来玩吧，院子里的花又要开了。"

魏敏第一次来韩冬家，正是栀子花开的时候，满树绽放的白色花朵，和弥漫在整个院子里的花香，让她开心得不停地围着花树转圈。

"栀子花每天都会开，你想摘多少都行。"韩冬特别大方。

魏敏喜欢栀子花，此后，每年花季她都会来摘。韩冬去过她家，进过她的房间，房间里摆了好多她收集的各种瓶子，瓶里装着水，瓶口插着栀子花。魏敏还给韩冬下任务，花季里，每天上学都要给她带花，带好多好多的花，要能插满她房间里的所有瓶子。

韩冬本来每天早上叫不醒，现在，姐姐醒来时，他已经在院子里开始摘花了。那些栀子花，盛开在韩冬的记忆里，盛开在他和魏敏的故事中。

韩蓉上了初中后，送韩冬回家的任务就落到了魏敏身上。忽然有一天，魏敏说："以后要没了我，你该怎么办呢？"

韩冬说："怎么会呢，怎么会没有你呢。"

魏敏说："假如，我是说假如，假如没了我，你要怎么回家呢？"

放学后，魏敏有了主意，她说："你走前头，我跟着你。"

看韩冬不解的眼神，又说："你自己回家，别怕，我在你后头呢，迷路也没关系。"

韩冬当即说好："你可得跟上了，别把我丢了……"

韩冬在前头走，走几步就回下头，看到魏敏跟在后头，才安心。多年以后，韩冬已经忘了定向障碍到底怎么回事，明明记得很清楚的路，明明记得每个转角处，真的走下去，还是会走错方向。他每次走错，后面的魏敏都会叫住他，告诉他正确方向，还让他闭上眼睛，记住这个路口的所有特征。下回再到这个路口，韩冬犹豫时，魏敏便让他闭上眼，问他还记得这个路口的样子吗，背出来。韩冬记性其实挺好，每回都背得很完整。魏敏再让他睁开眼，问他："现在知道往哪边走了吗？"

韩冬很开心，他终于能自己从学校走回家了。跟在他后面的魏敏拍手以示鼓励，还说："你真行，你不是没用的小孩。"

为了巩固成果，接下来一段时间，魏敏仍然坚持跟在韩冬后头，让他自己回家。韩冬进步很快，最后，在路口已经不用选择，直接就能走向正确的方向。他很开心，回头时，发现魏敏并没有跟在后面。他慌了，魏敏哪儿去了呢？他大声叫，还往回走，四处寻找魏敏。遍寻不见后，他忽然想到，这一定是魏敏对他的考验，他不是没用的小孩，就算魏敏不跟着，他也能找到家。

于是他振作起来，虽然内心仍有些慌乱，经过路口时还有些犹豫，但他闭上眼，背诵当时魏敏让他记下的路口特征，再睁开眼，选择便变得轻松起来。

远远看见自家锈迹斑斑的红色铁门，韩冬激动得要飞起来，他加快速度往前跑，他想告诉爸爸妈妈，还有姐姐，今天自己一个人回来的，魏敏没有跟着。谁知还没到门前，忽然有个人拦在了他面前，正是笑吟吟的魏敏。

刹那间，不争气的眼泪流了出来，本来一肚子抱怨，这会儿全都变成了庆幸。韩冬停到她面前，抹一把眼泪，开心地说："原来，你没有把我丢下。"

魏敏笑得开心，伸手刮他的鼻子："这么大人了，没事就淌眼泪，不像话……”

院子里的栀子花开了又谢，转眼间，韩冬和魏敏小学毕业了。魏敏就在这时开始喜欢上了跳舞，每个周末，她都会去文化宫的舞蹈班学跳舞，韩冬每回都跟着。不让进教室，他就趴在窗户外头看，魏敏时不时就会跟他对个小眼神，还冲他笑。

魏敏本来个子矮，突然间就像种子萌了芽，一不留神就跟韩冬一般高了。加上她身材纤瘦，穿上舞蹈服，别提有多好看了。晚上回到家，韩冬会学着她的样子，摆出些动作来逗妈妈和姐姐开心。晚上，睡着后，他又趴到了教室外的窗户后面，教室里只有魏敏一个人，她旋转着身子，她舒展双臂，就像一只飞翔的鸟。

上了初中，韩冬惊喜地发现，他跟魏敏分到了同一个班。他本来以为可以延续以往跟魏敏的快乐时光，却不承想，在那三年里，所有事情都变了。甚至，他认为决不会丢下他的魏敏，也真的像只鸟，从他的生活中飞走了。

而所有这一切的改变，都来自一个男人。他叫韩卫平，是韩冬的父亲。

20

邵勇去了果城里街道办，回来后直接拉把椅子坐到了展锋对面：“你那老同学，够可怜的，他经历的那些事，估计换一般人，肯定扛不住。不对，他也没扛住，光四院就住了两回。知道四院吗，振华路上那家，脑子有点问题的病人，都往那儿送……”

展锋知道四院收治的都是些患有精神类疾病的患者。

邵勇这一天下来，不仅去了果城里街道办，还走访了果城里好些老人，最后又去了趟四院，他带回来的消息，着实惊到了展锋。

“韩冬的父亲叫韩卫平，1990年冬天，开车撞死了人，还一下死了四个……”

邵勇带回来一份报纸复印件，里头有条新闻，说的就是这个事。

“自己看吧，写得很详细。”邵勇说。

几天之后，在韩冬家，展锋稍微犹豫了一下，还是从包里取出那张新闻报纸复印件，慢慢推了过去：“这件事，还记得吧。”

韩冬很认真地看，神情看不出异样，但展锋能感觉到他瞬间绷紧了身子。

新闻很简洁，事情说得挺清楚。本市一名货车司机，跑长途，深夜行驶，途经一座桥时，与迎面而来的一辆小车相撞。两车行驶速度都很快，小车损毁严重，车内一共四人，全部当场死亡，大货车司机只受了轻微伤。交警部门很快查明事故原因，小车超速逆行，驾驶员还涉嫌无照驾驶，因而判定小车负全责。

韩冬看完，木然地将复印件放回到展锋跟前："这也跟案子有关系？"

"没有没有。"展锋赶紧摇头，"说了，咱们今天不说案子，纯闲聊。"

这话连展锋自己都不信，但有时候明知道你知道，还得继续装下去。

"事情就是这样，我知道的不比这新闻里的多……"

父亲韩卫平是机电厂的驾驶员，开大货车。在那个年代，开车是件挺让人羡慕的事，特别是开大货车，满世界跑，虽然经常不在家，但每次回来，都能给姐弟俩带各种小礼物。韩蓉的多是些女孩喜欢的小饰品，韩冬的则多是零食和小玩具，不值多少钱，很多在本地小商品市场也能买到，可它们是爸爸走南闯北的见证，意义不同。

那时候，每逢父亲出差，妈妈和他们姐弟俩都要掰着手指头算日子，算他哪天回来。到了日子，妈妈会提前去菜市场，晚上做几道好菜，一家人围坐在一起，等爸爸回来。爸爸知道他们在家等，交了车也总会第一时间赶回家，拍拍姐姐小脑门，捏捏韩冬小脸蛋，再和妈妈相视一笑，这家里就有了幸福的味道。

1990年冬天，那晚韩卫平本应该早就到家了，但妈妈领着姐弟俩一直等到快10点，他还没回来。妈妈说不等了，爸爸肯定有事耽搁了，咱们吃饭。吃完饭，姐弟俩又眼巴巴守在窗边个把小时，中间还不时到门口去张望。11点多那会儿，妈妈命令他们赶紧睡觉，明天还要上学。

韩冬辗转了一会儿，便睡了，也不知道过了多久，懵懂中听到有人敲门，还大声叫妈妈的名字。醒来，跟姐姐怯生生跟在妈妈后头去开门。来人是机电厂的人，是个主任还是科长什么的。他看了眼姐弟俩，拉着妈妈到边上说了几句话，妈妈身子立刻晃了晃，好像站不稳的样子，神情也变得异常惶急。

妈妈回来叮嘱姐姐带好弟弟，她得跟机电厂的叔叔出去办点急事，可能得要一两天。妈妈走了，留下一脸狐疑的姐弟俩。

妈妈这一去就是两天，虽然不知道发生了什么事，但姐弟俩还是从街坊邻居的议论中听到些消息，爸爸出了车祸，幸好人没事。姐弟俩惴惴不安等了两天，终于见到妈妈和爸爸一起回来。俩人看起来都很累，都很憔悴。妈妈一回来就搂着韩冬，一迭声说没事了没事了，全都过去了。

好像是过去了，又恢复到了以前的生活。韩卫平在家里歇了几天后，照常去上班，只是好长时间都没再跑车。不知过了多久，韩冬忽然感觉到，有些事跟以前不一样了。他小心翼翼地寻找，终于发现，原来，是爸爸不会笑了。

韩卫平成天板着张脸，不苟言笑，就连对姐弟俩都失去了耐心。韩冬本想逗他开心，坐到他的腿上，他没像以前一样顺势跟儿子嬉闹一番，反而一使劲把他推一边去；姐姐懂事，晚上他看电视时，泡了茶给他端去。要换以前，他肯定会夸姐姐几句，还会拉着她一起看会儿电视——姐姐已经读高中，学习压力很大，平时只有每个周末能看上一两回电视。但现在，韩卫平嘴里嘟囔着让姐姐赶紧闪开，不要挡着他看电视。对端上来冒着热气的茶，他竟是连看都不看一眼。

看得出来，韩卫平很烦，对身边所有人所有事都很烦。

日子就这么一天天过去，虽然爸爸变得冷漠和麻木，但至少这个家还是平静的。韩冬放学回来，躲在屋里看书写作业，累了乏了，还有姐姐陪他。姐姐悄悄告诉他，那次车祸，爸爸轧死人了，还是四个，虽然警察判定不怪爸爸，全都是逆行小车惹的祸，但再怎么说，那也是四条人命，谁摊上这种事，肯定都得闹心一段时间。

“慢慢会好的，再过段时间，熟悉的爸爸还会回来。”姐姐说。

到了来年春天，韩卫平忽然被机电厂开除了。听消息说，那次车祸过后，他好几个月没出车，连方向盘都没摸过。厂里效益本来就不好，不能养闲人，几次做工作，韩卫平终于又坐到了驾驶座上，车子晃晃悠悠向前，中间都不带停顿的，直接撞上了另一辆车。再看车上的韩卫平，全身哆嗦个不停，眼神里满是恐惧。

许多年之后，韩冬才知道，那大概就是创伤后应激障碍吧，但那会儿的人不懂这些，领导赶来冲着韩卫平就是一顿骂。起初，韩卫平耷拉着脑袋，像只被拔了毛的公鸡，或者离了水的鱼，半死不活的样子。领导越骂越来劲，没留神韩卫平不知啥时笔直地站到他面前，还目露凶光。领导有点蒙，有点怯，但当着众人面，不能失了威风，只能硬着头皮继续骂。

然后，所有人都看到韩卫平直接一拳砸在领导脸上，血光四溅……

韩卫平刚失业那段时间，晚上睡觉老做噩梦，半夜大呼小叫地把家里人吵醒。他说梦到浑身带血的人来找他，他转身跑，那人在后面追，到最后，他发现四个方向都有人，他被堵在了中间，无路可逃。

韩卫平开始害怕睡觉，整晚整晚睁着眼，独自坐在客厅看电视。所有的节目都结束了，就算剩下满屏雪花他也看。妈妈实在看不下去了，会劝他，他大发雷霆，还摔东西，说他不敢闭眼，闭眼就会看到那几个死鬼。明明是他们逆行，还超速，跟他一点关系都没有，他们为什么要来缠着他呢？

长时间缺少睡眠，韩卫平很快就撑不住了，精神萎靡，双颊瘦削，大大的黑眼圈，看着跟刚抽过大烟似的。他的脾气也越来越暴躁，看什么都烦，见谁都不顺眼，跟街坊邻居吵，跟老婆孩子闹，渐渐变成了大庙巷里出名的滚刀肉。

那段日子，妈妈领着韩冬姐弟俩过得挺艰难。别人碰上那种撒泼牛二，还能绕着走，他们跟韩卫平同处一间屋檐下，根本无处可避。起初，姐弟俩一回来就把自己关在房里，妈妈做好了饭，他们都端回房吃，尽量不跟韩卫平打照面。韩卫平在外面骂骂咧咧摔摔打打，他们也可以用棉花堵了耳朵，佯装不闻，掩耳盗铃换取一刻的安宁。

妈妈就没这么好运了，她唯一躲避韩卫平的方法就是加班。那时候，妈妈在一家塑料制品厂当工人，下了班之后，她会主动帮同事加班，实在没班可加了，她会去盐河边的古城楼上坐会儿。回家时，她只希望韩卫平出去了，或者已经睡了。事实上，她的希望每次都会落空，每次回家，都会见到韩卫平，还有他恶狠狠的面孔。

别以为这就是噩梦的全部，真正的噩梦还没有开始。

到了第二年的夏天，韩冬升入初二，姐姐韩蓉读高三，那时的韩卫平终于找到了摆脱噩梦的方法，那就是酗酒买醉。只要醉了，他就能睡得踏实，就能一夜无梦。但他在醉后，也彻底变成了这个家里的恶魔。

所以，他真正摆脱噩梦的方式，不是酗酒，而是让自己成为别人的噩梦。

就在韩卫平蜕变成滚刀肉时，魏敏仍然跟韩冬是好朋友。她会在放学后，领着韩冬去她家里做功课，留他在家里吃晚饭，写完作业，再送他回大庙巷。那时候，还有很多人挺同情韩卫平，他本身并没做错什么，那几个年轻人赶着去投胎，硬往他车轱辘下钻，他也没办法。之所以变成现在这样，算他倒霉，谁轧死了四个人，要还能跟没事人似的，那才叫真正的冷血。至于后来被厂里开除，因为那位被揍的领导口碑向来不好，韩卫平反而落了个不畏强权、勇于反抗的好名声。

魏敏的父母都是通情达理之人，同情韩卫平，更同情韩冬，并不反对女儿跟韩冬交朋友，反正他们俩那时在大人眼里，还都是孩子。只是，初中以后，魏敏极少再到韩冬家去，就算偶尔进去坐会儿，也要先侦查清楚韩卫平在不在家。

那时候，韩冬家的经济问题已经开始浮现。韩卫平没了工作，全靠韩妈妈一个人的工资，日子过得日渐窘迫。魏敏隔三岔五给韩冬带早饭，自己买文具和教科书，也会多买上一份。更让韩冬对她心存感激的是，她总会在韩冬沮丧落寞时，陪在他身边。

“没事，等我们长大了，就不用去管这些糟心事了。”她总会这样安慰韩冬。

因而，韩冬对成长总怀有一种迫切感，在他的认知中，只要长大了，就可以永远摆脱韩卫平，就能天天跟魏敏在一起。

有一次，天黑之后，韩冬才回大庙巷，推开门，就闻到了极重的酒气。看到韩卫平像摊烂泥样倒在沙发上时，他还有些庆幸。那时候韩卫平刚刚喜欢上了酒，韩冬还没有意识到，这对于他，对于这个家究竟意味着什么。

那晚，回到房间，姐姐还在灯下做功课。家里房子小，他跟姐姐只能共用一个房间，床是上下铺，姐姐把下铺留给他，自己睡上铺。那天，家里出奇地安静，除了客厅里的呼噜声。妈妈又加班了，到现在还没回来。按照经验，她这算是小夜班，至少要下半夜才能回来。

半夜，已经睡着的姐弟俩忽然被一声巨响吵醒，懵懂中，他们听到外面传来韩卫平的咒骂和咆哮。姐弟俩赶紧起身打开门，看到妈妈倒在地上，嘴角挂着血丝，而韩卫平正抬起脚，狠狠朝向妈妈踹过去。

那是韩卫平第一次动手打妈妈，也正是从那天起，他变成了一个真正的恶魔。

21

果城里最初都是些平房，外面带个小院子。到了20世纪80年代，才开始有人家推倒平房，盖了两层小楼。以前的人家，会在院子里挖上一个地窖，冬天用来储存大白菜和土豆。地窖一般都不大，两米见方，高也不会超过两米，以人站在里面不用低头为标准。时至今日，家家户户都添置了冰箱，地窖丧失了储物的功能，有人会把地窖填上，有些人家会弃之不管，任它荒着。

韩冬家便有这么个地窖，荒废多年。1993年夏天，海州连续下了十多天的暴雨，城市排水系统近乎瘫痪，除了几条主干道，其他街道全都积水严重。果城里这样的老城区，更是重灾区，家家户户都忙着在门口堆沙包，筑起一道道小水坝。水还是慢慢渗到了房子里，于是，全家总动员，锅碗瓢盆齐上阵，开始无休止的排水工作。

果城里的小巷积水深处过膝，浅些的地方，也能到脚脖子。事后，据官方数据显示，那一年是海州近50年间洪涝灾害最严重的一次。

雨季过后，积水还未退尽，果城里街头巷尾开始流传这样一件事，韩疯子家小儿子差点死在自家地窖里。各种版本细节处稍有不同，但不争的事实就是，韩疯子丧心病狂，把小儿子关到地窖里，并且很快就忘了这件事。雨水疯狂倒灌进地窖，小儿子活活被困在地窖里三天。当时各家各户都忙着抗洪，加上雨声哗哗响，周边邻居都没听到小儿子的呼救。直到韩疯子的女儿回家，才发现地窖中的弟弟，救了他一命。

邵勇在大庙巷里走访群众时，很多老人都还记得这段往事。他们说，韩疯子家小儿子虽然命大没死，但脑子却坏了，被送进四院，住了挺长一段时间。

韩疯子就是韩卫平，差点被淹死在地窖中的自然就是韩冬。

邵勇去到四院，顺利查到了十五年前的住院病历。病历显示，韩冬当时的诊断结果为双相障碍，说白了就是抑郁和躁狂两种症状兼于一身，抑郁和躁狂可在一次发作中同时出现，也可快速转换。

韩冬住院差不多有一个月时间，学校开学的前几天，他办理了出院手续。

看到邵勇带回来的病历复印件，展锋心情复杂，没想到韩冬还有这样一段经历。而且，他还想到杜超说过，韩冬和魏敏在小学初中玩得挺好，上到高中，魏敏就不太爱搭理韩冬了。

1993年夏天过后，正是韩冬和魏敏升入高中时。也许，这就是魏敏突然不爱搭理韩冬的原因吧。要知道早些年，普通人对四院多少有些偏见，极避讳四院这个词，他们都把去四院治疗的患者简单粗暴地叫作精神病人。

展锋很想知道那些年里发生了什么事，又怕刺激到韩冬，所以，当他坐到韩冬对面时，极为纠结，不知道跟他一道回忆往事，对他是否是种伤害。

就算不说，那些记忆也深烙在韩冬心间，任凭岁月磨砺，也难将之抹去。

开始酗酒的韩卫平变成了疯子，家暴已经成为家常便饭。妈妈借口加班不回来，韩卫平便把目光落在了韩冬姐弟俩身上。1992年，韩蓉正读高三，已经是个大姑娘了，家里唯有她，面对韩卫平时并无惧意，当韩卫平拳头冲她挥过去时，她还能奋力反抗，跟他扭打在一起。韩冬胆小，每次都是畏缩地躲在房间，听着外面的厮打声，瑟瑟发抖。

多年以后的韩冬非常懊丧自己当时的懦弱，如果再给他一次机会，他一定会勇敢地冲到姐姐面前，跟她一起反抗韩卫平，而不是看着姐姐孤身奋战。

第一个被关进地窖的，不是韩冬，而是韩蓉。韩蓉像只落入陷阱的小兽，疯狂尖叫，动用地窖中所有的物品，试图打开地窖门脱困而出。喊叫声惊动了邻居，邻居报了警，派出所民警上门，砸开地窖的锁，才将她放了出来。

民警也只能对韩卫平批评教育一番，拿他根本没有办法。那年月，大人教育自家小孩，体罚并不罕见。有些小孩不学好，脾气暴躁的家长甚至会把小孩绑起来用皮带抽、用棍子夯。

那次过后，韩蓉毫不犹豫地离开了这个家，还主动放弃了即将到来的高考。

姐姐离家出走，显然刺激到了韩卫平，他毫不犹豫地把愤怒转嫁到妈妈和韩冬身上。妈妈明知道自己在外躲避，只会连累韩冬，但她没有办法。她已经伤痕累累，就算回去，也不能保护韩冬。现在，见到韩卫平她就瑟瑟发抖，怕到骨子里，她宁愿深夜在外四处游荡，也不想回那个家。

韩卫平的拳脚只能招呼到韩冬身上。

韩卫平每天总会睡到中午，起床后出门晃悠一下午，为他晚上的那顿酒四处奔走。家里早就没钱了，想喝酒需要动点脑子。他到街上往人车上撞，到人店门口拿脑袋磕玻璃门，人至贱则无敌，韩疯子的名头迅速在果城里打响，所有知道他的人，都对他避之唯恐不及。真要不幸被他盯上，也只能自认倒霉，给他仨瓜俩枣打发他走人。

韩卫平兜里钱多时会去酒馆，实在没钱，拿塑料桶打二斤散装高粱酒对付。酒到酣畅处，就是韩冬倒霉时。韩冬回家后一定躲进房间里，还拿东西抵住门。房门不可避免地被砸坏，每天只能虚掩着。听外面渐近的脚步声，韩冬就开始发抖，能听见自己牙齿打战的声响。然后，那个山一样重的影子便会落下来，将他碾碎。

此时，他连最后的避风港都已沦陷。姐姐刚离家出走那会儿，放学后，他还能跟着魏敏回家，天黑后再回来。如果实在害怕，他会找个避风的地方躲到深夜。运气好时，半夜回到家，韩卫平已经睡了，他就算逃过了一劫。但不知什么时候开始，魏敏父母看他的眼神有些不对了，对他的态度也冷漠了许多。不用问，他们开始担心韩冬会给他们惹麻烦。此后，再去魏敏家，韩冬会有些犹豫。

魏敏倒不在意，说："没事，别管他们……"

那时，魏敏是唯一还愿意留在韩冬身边的人。学校里，韩冬极度抑郁，不苟言笑，也不参与同学间的任何活动。他家里的情况渐渐被人知晓，背后的议论在所难免。既知他的父亲是果城里著名的韩疯子，谁都不想触这霉头，也不愿跟他扯上关系，因而，韩冬就是个小透明，除了魏敏，别人就当身边没有这个人存在。

晚上，魏敏送他回大庙巷，韩冬会故意磨蹭时间，魏敏看出来了，便拉着他去盐河边的古城楼广场，看一帮白头发老头老太太唱淮海戏。听不懂戏文，没关系，就图个热闹。身在人群中，且不被人关注的感觉，挺好。小广场周围，还有很多小吃摊，魏敏爱吃种叫“娃娃鱼”的小吃，她喜欢吃酸，韩冬喜欢吃辣，她常会趁着韩冬不注意，在他的碗里倒上醋，看他酸得龇牙咧嘴，她会开心地笑。然后，韩冬收起表情，若无其事地把带醋的娃娃鱼吃完，还说，魏敏倒的醋，不酸。

如果时间还早，他们会沿着河边小路慢慢走上一圈，看人钓鱼，看人划小船，看小情侣躲在草丛里亲热……这算是韩冬那些年悲惨生活中仅有的美好。

只是，这份仅有的美好也将很快消失。

有天放学后，他又跟着魏敏回家，魏敏父母互相递眼色，还把魏敏叫出去说了通什么。这天魏敏父母早早把晚饭端上桌，说天看着要下雨，吃完赶紧回家吧。韩冬像做了错事般低着头，不敢看他们，只想着赶紧吃完这顿饭，能和魏敏出去。

饭吃一半，外面忽然有人“咚咚”敲门，很大声，不待反应过来，已经听到韩卫平扯着嗓子在叫韩冬的名字。就在那一刻，韩冬的眼泪唰地流了出来，他已经预感到了后面可能发生的所有事。

韩卫平来找儿子，嚷嚷着这家人背后唆使小孩不回家。韩冬不想多事，直接抓起书包出门，但韩卫平却拉着他不让走，非要找这家人问个清楚，为什么要留着孩子不让他回家。韩冬大声说人家没让他不回家，是自己不想回去。韩卫平更大声地叫，这家人还给孩子洗脑了。

韩卫平明显又喝多了酒，一张嘴往外喷酒气，围观的人越多，他越嚣张跋扈，还摆出一副为了儿子要跟人拼命的架势。大家都知道他的臭德性，也没人上来劝，魏敏父母更不想跟他多纠缠，直接选择了大门紧闭。韩卫平岂肯轻易罢休，上前照着大门拿脚踹，踹到铁皮院门都变了形。

魏爸爸忍无可忍，抄起把铁锨冲了出来，指着韩卫平开骂："摊上你这当爹的，孩子算倒了八辈子血霉。我们家娃可怜你们家小孩，领他回来吃饱喝足再送回去，你不念声好也就罢了，还这里倒打一耙乱咬人。就你这样的，出门不让车撞死，都算老天爷不开眼……"

魏爸爸骂得越狠，韩卫平越开心，他嘴里骂骂咧咧冲着铁锨直冲过去。

铁锨高高举起，远远拍下来，本意只想吓唬他，岂料韩卫平速度快了点，眨巴下眼的工夫就到了跟前，魏爸爸的铁锨鬼使神差般拍在了他的脑袋上。

血顺着脑门流了下来，韩卫平兴奋得嗷嗷叫，手在脑门上抹几下，看起来满脸都是血。他冲着魏爸爸吼："老鳖崽子，打我，跟你拼了……"

酗酒掏空了韩卫平的身子，若真要跟人打架，打十场他得输九场。但他本来就没想赢，根本不怕被别人揍，被人揍了还兴奋。

这就愁人了，你要碰上这么个对手，这场架还怎么打？

派出所的民警来了，能有什么办法？先动手的是魏爸爸，受了伤的人是韩卫平。片区民警都知道韩卫平属癞蛤蟆，咬不了人，专往人身上蹦跶，恶心人。事情最后怎么处理的，韩冬无从知晓，但看当晚韩卫平回家后得意的模样，就知道，肯定又遂了他的意。

那以后，韩冬再没去过魏敏家，虽然放学后，魏敏仍会和他一块儿回果城里，但俩人之间，明显隔了些什么。魏敏的眼神开始躲闪，即使笑着，总觉有几分勉强。

魏敏说："坏的是你爸，不是你，你别多想，咱们还是好朋友。"

"快点长大吧，长大了，你就不用待在那个家里，不用面对那个人了。"魏敏又说。

这算是在韩冬心里埋下了一颗种子，它终究会在成长的过程中萌芽，且枝繁叶茂。但现在的情况就是，韩冬放学后不再去魏敏家，俩人会在某个巷口分开，韩冬回大庙巷，魏敏去锅炉厂宿舍。韩冬的定向障碍不知好了没有，反正自己回家已经不成问题。独自走在小巷里，他时常会屏气凝息，忽然间停下脚步，慢慢回过身。

他希望能在身后看到她，看到她嘻嘻笑着跑过来，说："我跟着你呢，别怕……"

22

1992年深秋，韩妈妈去世，她的尸体在冰冷的盐河水里泡了两天才被发现。警方调查过后，找到了目击者。当晚，韩妈妈在河边一条长椅上坐了很长时间，目击者在稍远些的地方钓鱼，看到那边的女人，当时还觉得奇怪。深更半夜的，一个女人独自坐在河边，该不会想不开吧。可想想这世上伤心的人多了去了，真想不开的没几个。而且，后来，他还看到那女人在喝酒，拎个酒瓶子，对口吹。她是在借酒浇愁吧，把自己灌醉，就能忘了这世间愁苦。

钓鱼人在这干坐了半宿，好容易有条鱼咬钩，忙活半天，把鱼扔桶里，再抬头，那边长椅上的女人已经不见了。走了吗？还是已经醉倒起不了身？

钓鱼人没再多想，那终究是个跟他不相干的人。

两天后，有人在盐河下游的一片芦苇荡里发现了韩妈妈的尸体，尸体周身遍布淤青和各种挫裂伤，多为陈旧伤。警察一度怀疑碰上了刑事案件，后核实了死者身份，弄清楚了死者身上伤痕的由来。那个钓鱼人又带着民警到了那晚女人坐的长椅前，在地上发现了一个空酒瓶和一些零星的物品：钱包、钥匙，还有一张照片。照片上是两个孩子，女孩大些，不到十岁的样子，搂着比她矮上一个头的小男孩，正是年幼的韩蓉和韩冬，俩人全都笑得很开心。

警方根据各种情况，排除了他杀的可能性，韩妈妈系自行选择离开了这个世界。

民警联系死者家人，去家里找，没人，又去果城里实验中学，找到了正在上课的韩冬。韩冬独自面对妈妈的尸体，虽然哭了，眼泪止不住地流，神色间却并无多少悲戚。而且，他还很冷静，并没有想象中撕心裂肺的哭号。

民警并不觉得奇怪，也许，那一刻，他们与韩冬都有一样的心思：这个女人，终于解脱了。

天知道韩妈妈在最后那些日子里，都经历了什么。她带着新添的伤痕去厂里上班，下班后会想各种借口在外面逗留。韩卫平显然识破了她的小伎俩，在她下班前去工厂门口堵，当着韩妈妈那些同事的面上前撕扯，还放出各种污蔑，虚构出韩妈妈下班后不回家的各种故事，有些还极其不堪。厂里人多知道他的秉性，有时会帮着韩妈妈脱身。随后，韩卫平整个夜晚，都会在果城里周边像个疯子般寻找韩妈妈，找到了，不由分说上前就是一顿拳脚。他还放出风来，韩妈妈回不回家都没关系，反正家里还有儿子。

韩妈妈失了分寸，既不敢回家，又不愿儿子被伤害。最后，在喝光一整瓶酒后，她将自己沉入了水底。于她而言，唯有死亡才能得到彻底解脱。虽然对不起儿女，但死亡就是终结，无知无觉，没有遗憾，没有愧疚与愤恨。

韩卫平得知韩妈妈的死讯，带着满身酒气，过来匆匆看了两眼，没有流露一丝悲伤，相反还有些愤怒。在他眼中，韩妈妈的死意味着对他的背叛。民警实在看不下去，明知死猪不怕开水烫，还是对他批评教育一番，甚至威胁他，逼死了老婆，如果继续对孩子实施家暴，就要把他抓起来，关进大牢。

韩卫平那次显得特别无辜，诚恳地对民警说："我总得做点什么，才能让那几个死鬼不来找我吧。"

所有人都看出来，韩卫平精神有些不正常了。

1990年车祸之后，他发现只要喝醉就能摆脱噩梦，因而开始酗酒。时间长了，酗酒已经不能阻止那些浑身是血的人进到他的梦里。就算烂醉如泥，他还是会在梦里逃，躲避那几个死鬼对他的纠缠。他为此绞尽脑汁，尝试了各种办法，终于，发现唯有把自己折腾到筋疲力尽，唯有向死鬼展示自己的力量，才能摆脱他们。

那时起，这个家庭的所有人，都被他的噩梦笼罩。

韩妈妈去世后，有段时间，韩卫平对韩冬失去了兴趣，他开始整晚不回家，在海州城四处游荡。醉了，随便找个地方躺倒，街边长椅、公共厕所、街心花园，处处都能见到他的身影。不消多久，他便蓬头垢面，衣衫褴褛，看起来就是个街边流浪汉。

韩冬总算得到了难得的安宁，却又像当初的韩卫平一样，整夜被噩梦困扰。他会梦到沉入水底，在一片袅绕如烟的水草中，看到母亲。母亲肤色苍白，头发如水草般轻柔地浮起。每次，她都会冲着韩冬招手，好像还说了些什么，韩冬听不清，只能看到她口中冒出一串水泡。他不由自主地靠近母亲，母亲会突然抱住他，抱得越来越紧，他用尽全力都无法挣脱。马上就要窒息了，可母亲还不松手。在梦醒前的一刻，他突然意识到，母亲这是要留下他，陪着她……

这样的噩梦不断重复，每次细节处略有不同，但最后无不以他的窒息结束。醒来那一刻，他竟真的无法呼吸，就像在梦中，在水里，仍然被母亲紧紧抱住。

无法想象，年仅十五岁的韩冬，如何独自挨过了接下来的漫长冬季。幸而他的身边，还有个朋友。魏敏知道韩卫平长时间不回来后，会偷偷背着父母来看他，还给他带些吃的。知道了韩冬被噩梦困扰，她也会宽慰韩冬，那么好的妈妈，怎么会伤害自己的孩子呢？她抱住你，只是太想你了吧，又或者，她在为自己没能保护你，感到内疚吧。

韩冬回想妈妈在世时的时光，无比确定她真的是个好妈妈。

没错，妈妈才不会像韩卫平那样伤害他。于是，在接下来的梦中，在他感到窒息时，妈妈果然松了手，他像条鱼般在水里游动，浮出水面，呼吸着清凉的空气，看到水面波光粼粼，一轮圆月正悬在水的上方。

那个冬天，许久未见的姐姐也有了消息，她隔上段时间，便会回来看他，每次来，都会塞些钱给他，当作接下来几天的生活费。姐姐明显长大了许多，从她身上，依稀能看到些妈妈的影子。姐姐还将从民警那里拿回来的照片留给韩冬，照片是姐姐十岁生日那年，韩卫平带姐弟俩去红梅照相馆拍的，那时候的韩卫平还是个正常人，还是个好爸爸。

转眼间到了1993年春天，又是栀子花开的季节，因为没有了韩卫平，魏敏又能来韩冬家里摘栀子花了。在满院的花香里，魏敏的笑容看起来似乎又恢复了以前的纯净。韩冬也很开心，以为这样的生活可以延续下去，直到自己长大。

中考过后，韩冬和魏敏成绩不错，顺利升入同一所高中，只等着9月开学，便能再次成为同学。他们都期望着还能再分到一个班，还能继续陪伴着一起长大。

但那个傍晚发生的事，彻底改变了他们的命运。

韩疯子回来了，仍然喝得醉醺醺的，走路都打晃。进到院子里，他开心地四处看，嘴里一迭声叫着“回来了终于回来了”。看到已经吓得缩在边上的韩冬，他还激动得冲到他面前，说这段时间他一直在找回家的路，找了很久很久，现在终于回来了。

另一边的魏敏见势不妙，冲着韩冬摆摆手，便想开溜，却被韩卫平挡住去路。韩卫平大声叫：“老婆，赶紧做饭去，老子快要饿死了……”

魏敏一脸蒙，韩冬也怔住，他们俩很快明白过来，韩卫平真的疯了，他这是把魏敏当成了已经去世的韩妈妈。魏敏吓坏了，大声叫着韩冬，希望韩冬能上来帮她。韩冬却缩着脖子站在一边，全身筛糠样抖个不停。

他跟在世时的韩妈妈一样，怕韩卫平怕到了骨子里，见到他就瑟瑟发抖。他听到了魏敏的呼叫，也想过去帮她，腿却不听使唤，根本移动不了分毫。

那边的魏敏眼见指望不上韩冬，牙一咬心一横，便想绕开韩卫平，或者直接撞开他。韩卫平喝多了酒，站那儿都打晃。但她还是低估了一个成年男人的力量，韩卫平一把抓过她，顺手一拽一推，她就摔到了墙上。一声尖叫过后，血从脑门上流了下来，也不知是看到血吓得，还是这一下摔得真挺重，她的身子瘫软下来，整个人都伏到了地上。

韩卫平骂骂咧咧上前，瞧了瞧倒地的魏敏，竟舍了她，转身进到屋里。韩冬这才反应过来，赶紧上前扶住魏敏。魏敏睁开眼，眼神竟是韩冬从未见过的冷漠。

魏敏挣扎着起身，虽然还虚弱，却能大力甩开韩冬的手，慢慢向外走去。

韩冬隐约感到了失去的痛，他不甘心，追上前拉住她。魏敏回身，眼神已经陌生到让他害怕，而且，那一刻，他还从魏敏的神情中看到了厌恶。

没错，不是失望和愤怒，而是厌恶。

魏敏头也不回地走了，顶着一脑门的血。韩冬失神落魄地站那儿，看着她的背影远去消失，巨大的羞耻感瞬间涌上来，继而变成了愤怒，变成了力量。

这个韩疯子，竟连他最后拥有的都要打碎，他就是个该死的人。只有他死了，这个世界才会变得清静，他才能活下去，不被伤害。

韩冬总算想明白了，不能永远生活在恐惧中，而打破恐惧的方法，就是抄起地上一根棍子，冲进屋去。

韩冬还是高估了自己的勇气，韩卫平甚至什么都没做，只回身瞪他一眼，骂一声“鳖崽子想找死”，手中的棍子便掉落在地，双腿再次不受控地软了下来。

当韩卫平的拳脚落下时，韩冬才明白，原来一切都没有改变，自己仍是最可怜的那一个。

当晚，海州城上空阴云密布，风里夹杂着些清凉，雨季就要来了。

韩卫平并没有在家逗留多久，他临走时，将已经蜷缩成一团的韩冬丢到了地窖里……

后来的事，已经在果城里广为流传。韩卫平这次离家，又不知蹿到了哪儿，照他那疯疯癫癫的性子，肯定早把儿子在地窖的事给忘了。而且，正值雨季，连天带夜的雨下起来没完没了，街坊邻居们都在忙着筑坝抗洪，谁也没留意到风雨中夹杂着的那点呼救声。

还是姐姐韩蓉惦念独自在家的弟弟，这天冒雨回到大庙巷。家里的门没锁，却四处不见人。雨水已经灌到了屋里，很多东西都飘起来。韩蓉不免着急，这么大的雨，弟弟能去哪儿呢？

很快，像是得到了某种感应，韩蓉冲向了院中的地窖。地窖口的锁挂在铰链上，打开，一眼便看到了韩冬。

果城里的地窖考虑到防涝问题，在入口处都会砌上一个半米高的地台，也就是说，地窖的入口会比地面高出半米左右，看起来就像个方形的井。按照往年的经验，就算雨季汛期，水也不会漫过地台。但韩冬家的地窖，早已荒废多年，地台破损严重，特别是与地面连接处的石块，早就出现了指宽的缝隙。第一天，雨水只是零星渗入，第二天，水漫过了肩膀，第三天，雨水已经彻底淹没了地窖。但地窖口尚有半米高的地台，因而在整个地窖中，唯有地窖口的位置留有十多厘米的空隙。韩冬紧紧抱住通往地窖口的木梯子，仰起头，让口鼻露出水面。

韩冬已经三天没有吃东西，又在水中泡了这么久，体力透支得厉害。韩蓉将他救出时，他身体已经失温，陷入昏迷状态，仅靠着一点求生意志，借着浮力，才将自己挂在梯子上，呼吸着那十多厘米空间里的空气。

韩冬被送往卫生院，经过治疗，生命体征稳定下来，只是还很虚弱，需要将养几天才能恢复。韩蓉守在医院里，直到他醒来。

醒来的韩冬一声不吭，眼神里满是惊恐和不安。只要病房里出现其他人，他就会下意识地蜷缩起身子，像只濒死的小兽般发出凄厉的嚎叫。随后，不管医生问什么，他都耷拉着脑袋，一声不吭，而他的身子，则在不停地瑟瑟抖动。

医生说，韩冬的精神出了问题，建议家人等他身体恢复后，带他去四院……

23

“我在地窖里，又看到了妈妈。妈妈跟梦中一模一样，肤色苍白，头发像水草，向上漂着。那次，她又抱住了我，我不再挣扎，还对她说想留下来，留下来陪她。妈妈哭了，她的眼泪在水中，变成了一串串气泡，簇拥着我，朝向水面漂去。妈妈在水底冲我挥手，就像在跟我道别。但这次，我真的不想再离开了，我想陪在妈妈身边，永远都不和她分开……”

房间里有些暗，唯有西向的窗户透进来一道光，恰好斜落在韩冬身上，他的面庞在光影里，身子却在阴影中。此刻，他有些激动，呼吸也显急促，眼中更是闪烁着些晶莹。那些应该是他最不愿回首的记忆，如此强行揭开他的伤疤，就连展锋都觉自己有些残忍。

“抱歉，让你回忆起这些不愉快的事。”展锋真心表达自己的歉意。

韩冬摇头，示意无妨：“都过去了，那一次，我在四院待了将近一个月，姐姐每天都会去陪我。只有跟姐姐单独在一起，我才能真正平静下来。后来康复出院，我一直坚信，是姐姐的陪伴治好了我，而不是医生给我吃的那些乱七八糟的药。”

真的康复了吗？要知道精神类疾病，可是很难痊愈的。就算能够康复，那也需要数年时间，有些人甚至要用一生来与心魔抗争。

从四院那边了解到的情况是，韩冬自己坚持要求出院，到了开学时间，他必须去新学校报到。加上他的病情确实有很大好转，更重要的是，就算在医院再多待十天半个月，对他的病情也起不到多大作用。

“我知道，没有人相信我恢复了，去到新的学校，班里的同学都用异样的眼光看我，跟我保持距离，就好像靠近我，就能从我身上沾上晦气。你信吗？其实我一点都不在意这些，甚至，跟人保持足够远的距离，反而能让我安心。”

展锋信，又不信，至少班里还有个韩冬在意的人。

“我知道，你想问我跟魏敏后来的事。”韩冬苦笑，“那次在我们家，我彻底伤了她的心，我在她最危急的时候，竟然懦弱到只能远远地看着她被伤害。我一直想找个机会向她道歉，我那么迫切地要求出院，很大程度上，就是想走到她面前，跟她说声对不起。”

他根本没有机会，那时的魏敏，已经连看都不想再看到他了。

“就算她不再理我，但我还当她是我最好的朋友。我还必须站在她后面，关心她，保护她，尽我所能去弥补我因为懦弱对她犯下的过错……”

韩冬固执地上下学时跟在魏敏的后面，希望能用执着打动她。晚上，他也会游荡在魏敏家周围，只想着能等到她出来，跟她说上几句话。后来，不知什么原因，魏敏跟张松那伙人混到了一起，每天上下学，都坐吴龙辉的车。吴龙辉在韩冬眼里是个奸猾小人，调戏魏敏借机揩油的事经常发生。他由此怀恨在心，这才向老师举报吴龙辉考试时私放鞭炮，让吴龙辉背了个处分。李娅琳嫉妒张松跟魏敏走得近，带人欺负了魏敏，他看在眼中，偷偷在李娅琳书包里放上几个洋毛辣子，为魏敏报仇……

种种在别人眼中极为怪异，甚至有些小变态的行径，在韩冬这里却完全合乎情理。她要守护魏敏，即使魏敏根本不需要他。即使魏敏对他的这些行为极端厌恶。

或正是因为他的纠缠，魏敏才会选择跟张松一帮人玩到一起，这样才能摆脱他。那次吴龙辉私放鞭炮被人举报，很快就有人通风报信，是韩冬向老师告的密。于是杜超便帮吴龙辉出头，放学后拦下韩冬，对他进行了殴打；李娅琳洋毛辣子事件，很轻易便查出系韩冬所为，于是，张松、杜超和吴龙辉，在李娅琳哭哭啼啼之下，再次出手，教训了韩冬。类似这样的事，三年里还发生很多次，例如他们周末一起出去玩，发现韩冬在后面偷偷尾随；他们在魏敏的请求下，晚上躲在魏敏家外面，将鬼鬼祟祟的韩冬逮个正着……

每次教训过后，他们都会威胁韩冬，别再骚扰魏敏，否则，下次有你好看。下次的次数多了，最后反而是张松等人怯了，这韩冬真的是不怕死不要命了吗？而且，每次被打倒在地，他那小眼神里透露出的坚忍和不屈，让他们心里都有些发毛。

于是，接下来很长一段时间，他们不再关注韩冬，像班里其他人一样，当他隐了形。

展锋问过班上其他同学，没有人觉得张松他们是坏人。他们教训韩冬，在别人眼里，也大多是韩冬咎由自取。张松在班里的口碑其实挺好，即使他有些富家公子哥的骄横跋扈，还挺虚荣，喜欢人围着他转，说些恭维他的话。他的脾气不算好，惹恼了他，他会当众让你下不来台，事后也会想方设法算计你。这种时候，你会觉得他挺坏，每个毛孔里都往外冒坏水。但只要你不惹着他，他就是个普通公子哥，很少主动跟人结怨，更不要说欺负人。而且，他还特别大方，乐于助人，以彰显自己的优越感，所以，在班上，他的人缘挺不错，大多数人都喜欢跟他一起玩。

至于杜超和吴龙辉，各有各的毛病，杜超爱打架，但从来不打无缘由的架，遇到班上同学被人欺负，他还能仗义出手相助；吴龙辉偷奸耍滑是把好手，脸皮厚，鬼点子多，特别爱往女生堆里扎，小眯缝眼看着色色的。高中三年，几乎就是他跟老师斗智斗勇的三年，同时，他也承包了班里一半以上的欢乐。这样的人，你可以给他任何评价，但绝对称不上坏。

至于梁军，是存在感极弱的学霸，张松带着他玩，完全是因为李娅琳。李娅琳父母对她期望很高，特别介意她的学习成绩。考试成绩好，那就万般皆好，考试成绩差，就给她上紧箍咒。偏偏李娅琳脑子里却是团糨糊。她的成绩，全靠梁军暗中输送。吴龙辉那次考试时用蚊香燃放鞭炮，实际上就是制造混乱以便李娅琳能取得好成绩。有人怀疑梁军甘于当绿叶，是他偷偷喜欢李娅琳。他不敢奢望能够跟李娅琳怎么样，只要能常留在她身边，就心满意足了。

最后还剩下个魏敏，浑身上下全是优点，长得漂亮身材好，跳舞还拿过奖，高中三年就没看她跟人红过脸。

这就是以张松为首的六人小团体，你不能说他们有多好，但至少不算坏。

韩冬那时候沉默寡言，眼神阴郁，不同于常人的过往经历，以及骚扰魏敏的那些行径，让他在别人眼中多少有些另类，且不值得同情。

虽然无法感知所有的细节，但展锋知道，在韩冬与六人团体这场力量悬殊的较量中，所有人都是无辜者，但韩冬却要遭受更大的非议与误解，甚至被人叫作怪胎与变态。

现在，展锋同情地看着他，取出自梁军家里拿到的两张照片，递了过去。

“还记得那次去鹧鸪山吗？”展锋问。

韩冬接过照片，看一眼，脱口而出：“你们去过梁军家了……”

展锋瞬间警觉，韩冬一眼就认出照片来自梁军，只能说明，他看过这张照片，他去过梁军的房间。

像是自觉失言，韩冬接着道：“同学会之后，我接到梁军电话，他说患了绝症，希望能跟我聊点事。本来他打算来果城里，考虑到他是个病人，身子非常虚弱，我便提出去他们家。他没有拒绝，给了我地址。”

“那次，你们都聊什么了？”韩冬在梁军生前跟他见过面，这是个新情况。

韩冬苦笑，将手上的照片晃了晃：“聊那次爬鹧鸪山，他说，他要向我道歉……”

“道歉，为什么？那次你们在鹧鸪山上，都做了什么？”

韩冬沉吟了一下，说：“既然你拿这张照片给我看，一定知道我跟着他们去了鹧鸪山，但一定没人跟你说，我为什么要跟着去。”

“杜超说，你在半山腰上跟他们偶遇。”

“偶遇？”韩冬苦笑，“你信吗？肯定不会。没错，我无意中知道了他们爬山的事，所以，那天偷偷跟了去。本来没打算跟他们碰面，但在半山腰上，被他们发现……”

高考结束，不用再去学校，韩冬有些日子没见到魏敏。这天晚上，鬼使神差，他出门再次溜达到了魏敏家外面，无意中看到张松领着杜超和吴龙辉，正在巷口跟魏敏说话。听他们谈笑风生，韩冬心里挺不是滋味，多少有些嫉妒。他便想着，等张松他们离开后，他再上前叫住魏敏。

没多大会儿工夫，那边的人散了，魏敏独自朝着巷里走去，张松则跟杜超吴龙辉往韩冬这边来。韩冬挺紧张，不想被他们发现，便隐身到了一堆杂物后面，不是很隐蔽，很容易被发现。但张松他们三人经过他身边时，只顾着自己说话，谁都没留意到杂物后面有人。

“哪儿不能去，干吗非得去鹧鸪山，那么远，爬山又那么累。”抱怨的人是杜超。

吴龙辉嘻嘻笑道：“这都毕业了，再不给自己创造点机会，煮熟的鸭子都要飞了。还有比爬野山更好的安排吗？四处都是荒山野岭，还能换上泳衣游泳，就问你想不想吧。”

吴龙辉说得既露骨又含蓄，不同的人听了，一定会有不同的解读。但这落在韩冬耳中，便成了一种危险的信号。

张松他们很快过去了，韩冬起身疾步往小巷里去，想追上魏敏，还是晚了一步，眼睁睁看着前头的魏敏进了家门。他不敢敲门，在外头晃悠了挺长时间，最后只得悻悻回家。

韩冬躺在床上，左思右想，心里都不踏实，眼前已经现出他们明天在山上可能发生的各种状况。吴龙辉色色的小眯缝眼，跃跃欲试的小兴奋，尤其让韩冬不安。

他终于有了主意，明天也去鹧鸪山，暗中跟着他们。如果他们想做不好的事，一定要阻止他们。于是他给自己设定好了闹钟，又熬了些时间，方才睡去。

第二天一早，他比张松他们更早来到鹧鸪山下，选了一个稍微隐蔽的地方，盯着路口，等待他们到来。

这就是韩冬跟六人小团体在鹧鸪山偶遇的来龙去脉，杜超将之归结为韩冬的跟踪狂、小变态，现在听韩冬讲述经过，其实也挺合乎情理。展锋看着面前的韩冬想，他究竟做错了什么呢？想了半天，终于想明白了，他对魏敏的迷恋，多少还是有些病态吧。

24

1996年6月20日，鹧鸪山。

山脚下的韩冬，终于等来了张松等人。他们从一辆中巴车上下来，说说笑笑间，沿着进山的小路向前走。上山前，要先穿过山下的村子，村子里有好几条小道可以上山，听村民说，每条道都能通往老龙潭，因而他们也未纠结，随便选了一条。

韩冬跟在他们后面，刚开始还保持着两三百米的距离，进山后，距离不断缩短。前面几个人中，只有吴龙辉和梁军的体力好些，其他几人都是走几步便要歇一下，没走多远，就已经气喘吁吁。

初次爬山的人，都会在刚开始半小时内极度不适，很多人会因此而放弃，其实只要坚持下来，过了最初那段时间，身体便能适应爬山的节奏，后面反而不会像刚开始那么累。

韩冬的速度肯定要比那六人快些，而且，进入野路子后，四处杂草丛生，小道蜿蜒曲折，根本不用刻意隐藏行踪。因而，韩冬跟他们的距离越来越近，近到能看到他们的一些小动作，听到他们互相打趣逗乐的说话声。

吴龙辉果然是个小色批，从头到尾一直逗留在李娅琳和魏敏身边，不管是伸手拉一把，还是后面推一下，都有揩油的嫌疑。

他的嘴里不时往外冒黄段子，虽然还算含蓄，不知道李娅琳和魏敏听明白了没有，反正张松和杜超听了会笑，不怀好意的那种笑。

后面的韩冬很生气，但想想这也不是什么大不了的事，就算不爬山，生活里这样的场景也随处可见。

前面几人又停在树荫下休息，韩冬也躲在块大石头后面，坐下歇会儿。过了会儿，他正奇怪那边怎么没了声音，探头想看他们在干吗，冷不丁跟一个人对了脸，正是吴龙辉。

“韩冬，果然是你。”吴龙辉大声嚷嚷，那边的张松、杜超和梁军也随即跟了上来。

吴龙辉得意扬扬：“我就说后面有动静吧，你们还不信。”

杜超上来一巴掌先拍韩冬脑门上：“你小子够变态，跟着我们来的吧。”

张松瞧着倒挺开心：“没想到，咱们今天还能活捉到小变态一枚，有意思。”

只有梁军站在边上没吱声。

于是四人押着韩冬到前面跟李娅琳魏敏会合，李娅琳哈哈笑着挤对魏敏：“还是你魅力大，把人都招山上来了。你俩不如找个僻静的地方，谈会儿情说会儿爱，别着急，咱们等你们。”

魏敏恼怒地瞪一眼韩冬，转过身去。

那边几个男生开始审问韩冬：“是不是跟着咱们来的？”

韩冬死活不承认：“我来爬山，没想到能撞上你们。”

“当我们傻呀，这种瞎话你自己能信吗？”吴龙辉的小巴掌不断地落在韩冬脑壳上。

“信不信随你们，我又没要你们信。”

杜超从后面踹了他一脚，韩冬向前倒在地上。杜超骂："跟这小变态废什么话呀，直接找个山头，扔下去，死活都不关咱们的事。"

倒是张松嘻嘻一笑："大家都是同学，又没什么深仇大恨，既然来了，一块儿玩呗。"

杜超和吴龙辉都瞪大眼睛："一块儿玩？跟他？"

后来，张松跟他俩说："不一块儿玩，还能咋样，这来都来了，咱们不如慢慢跟他玩……"

杜超和吴龙辉二人立刻会意，点头赞同："那就一块儿玩，咱们一块儿爬山。"

韩冬当然知道这些人没安好心，可既然被他们发现，又不想离开魏敏，除了跟他们一起，也没别的选择。两个女生的背包全都转移到了他的身上，过些沟沟坎坎时，杜超和吴龙辉会偷偷给他使绊儿，害他趔趄一下摔上一跤，他们便会开心地哈哈笑。

韩冬在意的只有魏敏，魏敏始终气鼓鼓地走在前头，韩冬就想，得找个机会警告她防备着点这几个人，他们今天带她来爬山，没安好心。

害怕杜超和吴龙辉再使坏，他便躲得他们远远的，往梁军身边靠。梁军冲他只笑笑，也不说话，自顾自爬山。梁军倒是个好人，没取笑过他，没欺负过他，过些陡峭的地段时，还能伸手拉他一把。

中午时，他们一行七人，终于看到一排石头房子，那里就是传说中的知青点了。

当年下放知青上山垦荒，山下的村民帮他们在这儿搭建了两排石头房子。后来知青撤了，石头房子便荒了。荒归荒，石头房子没那么容易倒，至今仍顽强屹立，只是门窗全毁了，有几间顶塌了。房内长出了草，外墙覆满爬山虎的叶。

石头屋前面是片开阔的空地，不知哪个年月让人种上了茶，后来又被人放弃不再管理。茶林野蛮疯长，枝叶茂盛。茶林边上，就是老龙潭，实际上是个两亩多地的水塘，上下都有活水，水质清澈。

大家又累又饿，正好赶上饭点，便决定先吃饭。韩冬临时起意来爬山，根本没想到还有午餐这回事。只能眼巴巴看他们那边铺开地垫，各自从包里往外掏吃的。肚子适时叫了两声，韩冬转过头去，不看，就能不受诱惑。他包里还有两瓶水，摸出来，喝水。

那边几人边吃喝边闹腾，韩冬起身，想走远点，忽然有人叫他，回头看，是张松。张松笑嘻嘻过来拉他："一块儿吃呗。"

韩冬起初不敢信，后来坐到野餐垫跟前，张松还把他塞到魏敏边上，才发觉竟是真的。同时，他又心生警觉，这帮人不会这么好心，肯定又在哪儿给他下套了。

食物比想的还丰盛，猪头肉、烧鸡、凉拌菜，还有各种面包和小点心。在那个年代，一般人家过年过节餐桌上也没这么多菜。韩冬有点眼晕，偷看边上的魏敏，魏敏虽然不看他，神色却很平静，好像对他待在身边，也没啥意见。

他的心情莫名好了起来，加上梁军还给他撕了块鸡胸肉，杜超给他抓了把花生米，吴龙辉直接将一袋五香豆干推到他面前，他忽然感觉，这些人也许没自己想的那么坏。

他们居然还带了啤酒来，罐装的，看着挺高级。男生每人开了一罐，李娅琳和魏敏喝黄色的果汁。张松说：“兄弟们，干一个。”

韩冬头回被人叫“兄弟们”，看他们都喝了一大口，便学着他们，也仰头喝酒，嘴里还要发出“丝丝”声。这是韩冬头回喝酒，难喝得要死，酸不啦叽的，还苦。但看他们几个喝得挺开心，便管住表情，他们冲他举罐子时，还得继续往嘴里灌。

一罐很快见了底，杜超又给他开了罐。韩冬摆手，示意不能喝了，这玩意儿不好喝，喝了还喘不上气，头晕。杜超搂着他脖子嚷嚷：“不给面子？不想一块儿玩了？”

稀里糊涂又接着喝，后面的事记不太清了。好像是尿急，找个地方完事回来，头特别晕，就想倚着石头墙歇会儿。阳光透过树叶，斑驳地落在身上，耳边蝉鸣声连绵起伏，不知名的鸟在叫。那边仍围坐在一起的人影，渐渐变得模糊……

再次清醒过来，已经在水中，韩冬随即发出一声撕心裂肺的惨叫。

当时的情形是，杜超和吴龙辉架着他往水中去，张松和梁军穿着泳裤跟在边上，李娅琳和魏敏也换了泳装，站在岸边观望。老龙潭的水，清澈带些凉意，韩冬就是被这凉意刺激到清醒。而他那声撕心裂肺的惨叫，着实吓到了众人，杜超和吴龙辉还没反应过来，韩冬已经挣脱他们，转身朝着岸边飞奔。

还原事情经过，很简单。韩冬头回喝酒，两罐啤酒便已不胜酒力，他找了个地方歇会儿，一下子睡了过去。那边的张松等人酒足饭饱，去老龙潭玩水。不管出于什么目的，他们没有丢下韩冬。韩冬在迷迷糊糊状态下被架到了老龙潭边，下到水中才被惊醒。

虽然不明白韩冬反应为什么那么大，但看他仓皇逃窜的模样，水中的四名男生都觉有趣。张松招呼一声，四人一齐去追韩冬。岸边的李娅琳，也下到水里，拦在韩冬前面。

韩冬很快便被堵住，四人合力，将他拖拽向水中。

韩冬拼命挣扎，口中接连发出凄厉的惨叫，甚至当他发现根本无力摆脱四人后，“哇”的一声哭了，眼泪鼻涕全出来了。他挣扎得越厉害，叫得越凄惨，架住他的四人越兴奋。

带着这个小怪胎一起玩，还给他吃的，跟他喝啤酒，把他纳入队伍中，本就令人费解，现在，他们毫不犹豫地把韩冬带入深水区，看他手忙脚乱，哭泣哀号，整件事才变得合乎情理。这就是猫捉老鼠的游戏，猫逮到老鼠，不吃，留着玩。

他们离岸已经挺远了，脚下早已触不到底，他们喊着一二三齐齐撒手，失去束缚的韩冬竟不再挣扎，他高举双臂，毫无阻碍地沉到水中。

水边的魏敏蓦然想到些什么，神情随即变得慌张起来。她冲着水中的男生大叫，见无人理睬，情急之下，竟直接跳到水里。

水中的韩冬已经变得平静。他看到身边不知何时多了些水草，如烟般袅袅晃动。水草后面，有个模糊的影子慢慢靠近。妈妈，那是你吗？影子变得清晰，烟灰色的肤色，头发如水草般向上浮动，果真是水中的妈妈。韩妈妈嘴边冒起一串水泡，像是在喃喃说着什么，又像是在念叨韩冬的名字。韩冬慢慢向她靠近，心情居然如此平静。韩妈妈张开双臂，抱住了他。韩冬说：“妈妈，我好想你，要我留下来陪你吗……”

韩冬在水边醒来，魏敏救起了他，还学着电影里的样子，按压他的胸口，往他口中吹气。

张松等人全都略带紧张地站在边上，并不上来帮忙。直到韩冬剧烈咳嗽过后，吐出些水来，他们才吁了口气，放下心来。但他们都闹不明白，本来对韩冬深恶痛绝的魏敏，为什么会突然下水救他上来，还如此紧张，甚至给他做人工呼吸——这在那个年纪的他们眼中，人工呼吸可是件能让人浮想联翩的事。

醒来后的韩冬并不起身，而是蜷缩起身子，惊慌畏惧地看着面前这些人，随即全身如筛糠样抖个不停。还是魏敏将他抱住，在他耳边不停地低喃："没事了，没事了，韩冬，别怕，我在呢，没事了，没事了……"

韩冬渐渐安静下来，他想到了果城里悠长又悠长的小巷，想到当年那个少年胆怯地向前走，迟疑不定时，回头，便能看到那个她。

女孩说："别怕，我在你后头呢……"

25

邵勇去四院调取韩冬的住院档案，意外发现，韩冬有两次住院记录。第一次，就是1993年被韩蓉从地窖中救出来之后，住院时长为一个月；第二次则是1996年6月23号，这次住院时间长达半年。

当年韩冬的主治医生姓李，已经退休，去了外省跟女儿住，邵勇没能跟他见面，只能通过电话联系上了他。李医生经邵勇提示，终于记起那个叫韩冬的少年。

“韩冬第一次住院治疗并不彻底，但出院时，大部分时间能够控制自己的情绪，病情相对稳定。他的经历挺特别，属于受到外界强烈刺激引发的应激性精神障碍。一般人都会认为他的刺激源是被父亲关进地窖差点淹死的经历，实际上，还应该叠加母亲投河自杀这件事。

“当年，韩冬母亲投河自杀，已经在他心里造成了极大的创伤，他的行为已经有了抑郁的倾向，只是被人当成了沉默寡言不合群。等到后来发生地窖事件，他在漆黑的地窖里待了三天，差点被淹死。濒死时刻，他一定感知到了母亲死亡时的恐惧，双重刺激之下，他的应激障碍症状化，不得不送来四院接受治疗。

“经过治疗，病症得到缓解，基本上可以控制自己的情绪，却落下了后遗症，那就是对水产生了恐惧症。这种病症多由过往一些溺水的相关经历引发，重症患者甚至连喝水都成问题，症状轻些的，也无法面对大面积的水，包括雨天。

“我还能记起韩冬第二次来医院时的情形，送他来的是个年轻姑娘，应该是他的姐姐。他第一次住院时，就是这个姑娘每天都来陪着他，我印象特别深刻。

“姐姐说韩冬跟同学一块儿出去郊游，不慎落水，导致病情复发。我当时还责怪他怎么会这么不小心。而且，对水有恐惧症的人，应该远离水才对，又怎么会不慎落水呢？

“韩冬第二次住院时间较长，还是姐姐每天来陪他。看得出来，姐弟俩感情挺深，姐姐对弟弟的照顾非常周到。病情稳定之后，她又特意要求多住些日子，巩固治疗成果……”

邵勇将李医生的话，尽数背给展锋听。展锋仔细看了韩冬第二次住院病历档案的复印件，接着取出从梁军家拿到的照片。照片右下角，赫然留有拍摄照片的日期，6月20日。也就是说，韩冬那次爬完鹧鸪山回来没几天，便再次住进四院接受治疗。

当时展锋就在想，难道，韩冬住院和那次鹧鸪山之行有关？

韩冬的讲述，证实了展锋的猜测。但展锋还是觉得，张松等人在鹧鸪山上对韩冬做的事，很难说有多恶。从他们的主观视角出发，那不过是场恶作剧，谁知道会给韩冬带来那么严重的后果。

屋里的光线已经昏暗，那抹落在韩冬身上的光影，转到了他身后高些的墙面上。此刻的韩冬看起来稍有些激动，展锋能听到他抑制过后仍显急促的呼吸。

“你会因为他们当年对你做的那些事，恨他们吗？”展锋问。

韩冬沉默，起身开了灯，屋里一下子亮堂起来。他进了卧室，很快又出来，将取出的东西递给展锋。接过来看，那是家省城重点大学的录取通知书，落款的时间正是1996年。

“那年，我考上了这所大学，本该是件高兴的事，却因为那次住院治疗，错过了。”

展锋惊愕。要知道，在那个年代，考上大学是件多么不容易的事，何况是这样的名校。韩冬错过的，绝不仅是所学校，而是他本该有的人生。

“你问我恨不恨他们，我现在可以明确地告诉你，恨，非常恨。你以为那只是场恶作剧？他们处心积虑地带着我一起爬山，吃饭时还让我喝酒，为的就是把我带到水中。你以为他们不知道我畏水？魏敏早就把我当年经历的那些事跟他们说了，他们知道我差点在地窖中淹死，也知道我为此去了四院接受治疗。他们就是想要刺激到我，想让我崩溃……”

展锋吃惊。真的吗？倘若真如韩冬所言，那么，张松他们的行为，就不是恶作剧那么简单了，而是怀着极深的恶。韩冬情绪随之更加激动，展锋忽然开始担心，自己今天来找他，会不会刺激到他本就脆弱的神经，会不会对他造成意想不到的伤害？

“在那之后，他们就成了我的噩梦……”

在梦中，他们是四条巨大的鱼，有着巨大尖锐的牙齿，狰狞可怖的面孔，它们撕咬着他，将他拖拽向更深的水底。

面前的韩冬瘦小单薄，展锋怀疑这副瘦弱的身体，怎么能承受那么多的噩运。

“后来呢，你跟他们还有联系吗？”其实展锋想问的是，鹧鸪山回来后，那些人是否来看过他，是否对自己做的事感到愧疚。

“那天只有魏敏送我回家，她好像又变成了我印象中的那个人，柔声细语地跟我说话，不停地安慰我说没事了，有她在，她会陪着我。那时候我爸已经挺长时间没回来了，姐姐仍然在外面生活，家里只有我一个人。魏敏给我做饭，晚上在我睡着后才离开。第二天一大早又会过来，还给我买我喜欢吃的小笼包。我很开心，魏敏终于原谅我了，以后，我们又能像以前那样在一起了。那天晚上，姐姐回来了，魏敏拉着姐姐出去说了些什么，我眼巴巴在屋里等，她却再也没有回来……”

后面的记忆略显模糊，但韩冬仍然记得，就是在魏敏消失之后，他的梦里，才出现那四条凶恶的鱼。此后过了好多年，他都没有再见过魏敏，只听说她考取了外省一家财经大学。至于张松他们几个，从鹧鸪山回来后，他们就从韩冬的生活中消失了，再没出现过，直到今年春天的同学会。

韩冬在四院待了半年，出院后一直跟姐姐生活在大庙巷里的老房子里。这些年，他们一直平淡且安静地生活。姐弟俩一起打理菜市街上的炸鸡铺，日子虽然过得不算富裕，却也不愁吃喝。韩冬后来在魏敏大学毕业时，去锅炉厂宿舍找过她，邻居说，老魏家卖了房子，早就搬走了。此后，韩冬再没有刻意打听过魏敏的下落，甚至在很长一段时间里，都不再想起她。

生活好像打算放过他，给了他十二年的悠闲时光。此时的韩冬，看起来已经跟常人无异了，虽然仍有些寡言，却能正常跟人相处。那些不堪回首的往事，与他渐行渐远。他希望永远都不要再与之相逢，希望能彻底将它们遗忘。

直到今年春节前，他去超市购物，回来经过桐花街，看到街边围了好些人，里头有两个人在吵架，他的电动车都骑过去好远了，忽然停住。

吵架的声音有点耳熟，好像许多年前的一个朋友……

26

展锋又有了奇怪的感觉，好像错过了什么。上一次出现这样的感觉，还是第一次去梁军家。他原本对张松六人小团体爬鹧鸪山抱有希望，以为能从中找到些与案件相关的线索。现在，虽然知道那次爬山导致韩冬在四院待了半年，但这对于案子的推进并无实质性帮助。

展锋不甘心，目光再次落到梁军留下的照片上。

“你说梁军给你打电话，跟你见面，是为了向你道歉？”展锋说。

“梁军这些年对当时的事一直耿耿于怀，特别是患了绝症之后。他本想借同学会的机会向我道歉，但因为身体的原因，没能参加。所以，才会在之后打电话给我。”

难道这就是梁军重新翻出那张合影照片的原因？好像还是说不通，假设此时的梁军真为当年的事感到后悔，他难道不怕照片会刺激到韩冬？

“除了道歉，他还跟你说了别的事吗？比如这张照片。”展锋指着那张石头照片问。

韩冬已经仔细端详过那张石头照片，闻言摇头：“那次我们虽然聊了挺多，但大多说的都是各自这些年的生活。这张照片，我也是第一次见。”

“那依你看，梁军为什么要把这张石头照片，放在合影照片后面？”

“如果梁军故意这么做，我现在能想到的，就是这块石头应该在鹧鸪山上，在老龙潭附近。”韩冬皱眉想，“难道这块石头有什么特别的地方？”

在展锋的再三要求下，韩冬努力回想跟梁军见面的情景。那时的梁军气色很差，但看起来倒不像病危之人，也能自如行动。梁军解释他现在隔上段时间就会住院接受治疗，无非用各种药剂把指标降下来，尽量让自己多活些时日。每次出院，他的身体状况都会好一些，但持续时间越来越短。

韩冬接受了他的道歉，这是个病入膏肓的人，且态度诚恳，韩冬根本无法再苛责于他，何况，当年他也仅是个跟随者，根本无法主导事情的发生。

明知道韩冬不愿回忆当年的事，但梁军还是多次提到了鹧鸪山。

“那天在山上，好像还真发生了点别的事……”韩冬忽然想起了什么，“梁军说，李娅琳和魏敏碰上了流氓。”

边上的展锋微怔：“山上怎么会有流氓？而且，他们那么多人在一起。”

韩冬摇头：“我也不是太清楚，梁军只是随口冒了那么一句。好像是魏敏和李娅琳去石头房子后面换衣服，有人躲在小树林里偷看。”

“然后呢？”不管怎么说，这都是个新情况。

“李娅琳发现了偷窥的人，跟魏敏一起大声叫，张松他们几个冲了过去，把偷窥的人赶跑了。”韩冬道，“那应该是我喝了两罐啤酒睡着后发生的事，所以我一点印象都没有。”

“详细经过，梁军跟你说了吗？”展锋再问。

韩冬摇头：“我知道的就这些，梁军也只是随口一说。那应该不是什么大不了的事，赶跑了偷窥者，他们又接着到老龙潭里玩水……”

这倒是，如果真发生了什么大事，这些人不会再有心思玩水，更不会想到去折腾韩冬。而且，魏敏和李娅琳后来还是换好了泳衣，可见偷窥对她们并无多大影响。可是，如果这是他们那次爬山发生的唯一意外，那么，直觉告诉展锋，再小的事都不能忽略。

展锋心里再次冒出一个人的名字。没错，李娅琳，当年山上那些人，除了不知情的韩冬，还有李娅琳。找到她，就能问出详情。

展锋性子急，当即摸出电话来打给邵勇，叮嘱他李娅琳那边，还得再跟进一下。

展锋已经去过两回李娅琳家。李娅琳的父母都是纺织厂的退休工人，年龄偏大，他们四十岁那年才生了李娅琳，对这个迟来的女儿极其溺爱。李娅琳也没有辜负他们的期望，生得貌美如花，虽然高考落榜，却并未影响她奔赴大好前程。李娅琳瞧不上海州这种小地方，早早便去南方城市打拼，折腾一番后，终于给他们找到了如意快婿，还是个外籍华人。这外籍华人答应带李娅琳移民出国，只是手续烦琐了些，忙活了挺长时间，至今仍在办理中。

老两口没少在街坊邻居面前炫耀，只是女儿出国手续迟迟没有办好，近来低调了许多。

展锋带着邵勇上门，要求联系李娅琳。老两口说他们只有李娅琳电话，但很少打，平时都是李娅琳主动打电话回来。看那个号码，正是展锋怎么打也打不通那个。

老两口对于警察上门特别忐忑，追问事由。展锋不便说出张松等人已死的消息，怕吓着李娅琳，她更不敢出来，只说有件案子需要找她调查。又说，现在已经联系了李娅琳所在南方城市出入境管理处，并给南方城市的警方发了协查通告，就算李娅琳自己不出来，警察迟早也会找到她。

看得出来，老两口吓得不轻。

如此又过了两天，李娅琳电话还是打不通。展锋分析，李娅琳到底为什么躲着警方，无非一次问话，又不是什么大不了的事。而且，如果真是为了移民出国不想惹麻烦，展锋连出入境管理处都搬出来了，她就不怕因此摊上更大的麻烦？

第二次上门，展锋直接下狠手，拿那张六人合影给老两口看。他们对另外五人还有印象，特别是张松和吴龙辉，上学那会儿，两人常来家里玩。展锋一脸严肃地告诉他们，除了李娅琳，其他五个人都死了，而且是让人杀死的。现在警方严重怀疑李娅琳会是凶手下一个目标，更有甚者，这么长时间联系不上李娅琳，怀疑李娅琳已经遇害。

李妈妈脱口而出：“别瞎说，我们家娅琳好好的呢……”

说出口的话，就没法收回了。展锋由此确定了老两口这两天必定跟李娅琳联系过，于是他进一步施压，声称要调取这两天家里电话的通话记录，很快就能确定李娅琳另一部电话，届时，只要让她所在城市警方对该号码进行实时监控，很快就能找到李娅琳所在位置。

当然，李娅琳不是犯罪嫌疑人，警方找她只是调查核实些信息，所以，还是愿意再给她最后一次机会。她最好主动联系警方，否则，大动干戈之下，只怕事会越闹越大。

老两口嗫嚅着商量了一会儿，说还要最后征询一下李娅琳的意见。

展锋也不勉强，答应再给他们两天时间。

现在，李娅琳成了唯一知道那天发生了什么事的人，展锋有点坐不住了，后悔给李娅琳父母两天时间有点长。

韩冬这边，还有最后一件他感兴趣的事，就是同学会当晚，他们几个住在同一幢小楼里，是否有事发生。

外头天已经黑下来，韩冬提议展锋晚上留在家里吃饭，他这就给姐姐打个电话，让她回来带些熟食卤货。展锋婉拒，推说晚上还有安排，推不掉，下次他请韩冬出去吃。韩冬也不勉强，主动问展锋还有什么想知道的。

“春天的同学会，听说赞助的人是张松。我实在想不明白，你为什么要去参加。”

韩冬苦笑：“我不想参加，可魏敏非得拉着我去，我能有什么办法？”

原来如此。韩冬在魏敏面前，从来不懂得拒绝，所以，就算知道魏敏在外面和别的男人厮混，他仍然心甘情愿地为她照顾璐璐。

“魏敏明知道你不想见到张松等人，居然还要拉你去？”展锋不解。

韩冬沉吟，明显有话想说，又犹豫。

“你们一定调查过魏敏的情况，这些年她过得很不好，经常缺钱。遇到熟人，她最先想的，就是能不能问这人借点钱来。就像春节前她遇见我。”

杜超也说过，同学会上，魏敏曾向他借钱，他没答应。

“同学会筹备期间，唯一跟她有联系的人就是张松。她向张松借钱，张松提出的条件，就是带我一起去参加同学会。”韩冬说。

展锋奇怪，脑子里又冒出问号来。

“我也纳闷，想知道张松葫芦里卖的什么药，所以，就跟魏敏去了。当然，去之前我纠结了挺长时间，还偷偷在兜里藏了把刀。我发誓，如果他还打算像以前那样对我，那么，我一定不会让他得逞，我一定会让他付出代价……”

展锋惊呆了，已经能想到韩冬将刀子揣入兜中时的悲壮。也许，这才是韩冬答应参加同学会的真正原因，又或者，他对此还隐约怀有期待。

积聚了十多年的怨恨，从来没有消散，它们会在合适的时机寻找出口，奔涌而出。

因而，展锋更加好奇，同学会那晚，究竟发生了什么？

27

2008年5月10号，小长假之后的第一个周末，螺髻山下，龙湖山庄。门口的易拉宝喷绘上，显示这里正在举行一场毕业十二年后的同学会。

韩冬跟魏敏一块儿打车来到山庄，魏敏丢下他先进去了。韩冬在门边站了好一会儿，他需要积攒更多的勇气，才能走到昔日那帮同学面前，直视曾经伤害过他的张松、杜超，还有吴龙辉。

签到时，戴眼镜的女生冲他露出敷衍的微笑，甚至懒得问他的近况。

韩冬无心多言，接过她递上的房卡，径自进入后面的多功能厅。人挺多，差不多得有十几个人，有人跟他打招呼，还亲热地拍他的肩膀，他僵硬地堆起些笑容，如同门口戴眼镜的女生一样敷衍。

实在不习惯这样的场面，人多，让他生出极大的不适感。但既然来了，又不能马上离开，所以，他选择坐到了稍微偏僻的位置，离得众人有些远，这样，既能注视全场，又不用被那些或真或假的热情波及。

魏敏今天打扮得还算得体，妩媚中带些含蓄，她风情万种地周旋在人群中，脸上的笑容看起来纯美而真挚。很快，韩冬就看到了张松，他依然是最受欢迎的那一个，众人轮流跟他打招呼、握手、近乎夸张地拥抱，扑面而来一股浓浓的同窗情谊。

多年未见，张松还是老样子，好像一点都没有改变。他俨然已是位成功人士，成熟稳重，又不失开朗。他的目光扫过角落里的韩冬，并未过多停留，只象征性地点了点头，算是打招呼。

就像他们之间什么事都不曾发生过。

接着杜超和吴龙辉一起进门，他们还像当年一样，很快跟张松嬉闹在一起。杜超更胖了，吴龙辉还是尖嘴猴腮眯缝眼，俩人勾肩搭背，还跟上学那会儿一样。张松说了句什么，他们三个一齐探头朝韩冬这边看。韩冬紧张到双手攥拳，手心里都是汗，既期盼能发生什么，又害怕期盼的事真的会发生。

时间一点点过去，什么都没有发生。绝大多数同学的目光从他身上划过，只象征性地挥挥手，点点头，甚至没有人想起走到他身边。带他来的魏敏，被一众男同学簇拥着，看起来光彩照人，风光无限。今晚她注定会有个忙碌的夜晚，根本无暇顾及角落里的韩冬。

韩冬木然地看着欢乐的人群，只觉这一切都跟他没有关系。

到了聚餐时，满桌的人谈笑嬉闹，仍无人关注到他。大家说得最多的都是当年班里的那些事，韩冬闻所未闻，更不曾参与。他茫然地听着，又根本不知道听了些什么。有人过来敬酒，他随着众人端起杯子又放下，滴酒不沾唇。

后来，他悄悄离开了宴会厅，独自在山庄里四处走。山庄的景观做得挺别致，亭台楼阁，花草树木，处处不同，处处都是风景。隐约间听到些水声，韩冬身子立刻绷紧，小心地四处观察。

不远处，有处人工挖掘的水潭，中间还架起了廊桥。韩冬停步，下意识转身就想逃，紧走两步后，复又停下。手在兜里握紧了折叠刀，再次转身，面向水潭的方向。

对水的恐惧仍在，就算是雨天，他都会关紧门窗，躲在屋里，甚至要塞上耳朵，让雨声消失。不看，不听，这世上便没有了水，梦里那些獠牙狰面的鱼便不会来。

今天，他又看到了那些鱼，看到他们一如往昔般狰狞。

而他已逃避得太久，他不想再逃。他步履沉重，慢慢朝着水潭方向走去。

刀子已经攥在手里，每当恐惧袭来时，他就胡乱挥动手臂，向前刺去，好像这样，就能给自己勇气，就能杀死挡在他前面的恶魔。

已经能看见水面的波光粼粼，水中一轮满月，随波荡漾开来。水中的月华折射出水面，落在韩冬身上。这一刻，他再也坚持不住，脚下一个踉跄，手中的刀落下，人也摔倒在地。没有犹豫，没有思考，他起身后，撒腿狂奔，背向水潭的方向。

他终究还是在这场战斗中败下阵来，他转身逃离的那一刻，噩梦又从四面八方向他涌来……

他没有再回宴会厅，对后面的联欢更是毫无兴趣，甚至心生恐惧。

他的兜里有张房卡，他拿着它仓皇找到房间，躲进房里，关上房门，方才心下稍定。现在，他只想睡上一觉，待这长夜过尽，便立刻离开这里。

他不想再跟这些人扯上任何关系，只想过回自己平静的生活。

也不知睡了还是醒着，倏然被些动静惊扰，他下意识竖起耳朵，听到了些细微的呼吸声。正惊诧间，分辨着是真是幻，便听到了魏敏的声音："是我。"

不待他做出反应，一具温热的身子便贴了过来，如藤样缠绕住他。

明明房门紧闭，窗帘都已拉上，可月光还是不知从哪渗透进来，身边的魏敏面孔模糊，只剩下个大概的轮廓，身子却如皎月般光洁，甚至能看到她肌肤上细微的纹理。

她趴伏在韩冬胸前，驱使着一股温热的力量在他身上游走。韩冬惊诧中透着更多的慌乱，呼吸已变得急促，却不敢动，怕动了，这个梦便会溜走。

这样的场景，似曾相识，在那些懵懂的青春岁月中，它们会毫无征兆地潜入他的梦里，让他变得炙热滚烫，并在事后备感羞愧。难道是那时的梦穿越了时空，重新归来？又或者，它们仍然潜伏在他心里，从未离开？

他试探着伸出手去，温热中带些凉意，一如想象中丝滑。她的气息从唇齿之间倾泻而出，很快就将他淹没。他终于不再挣扎，彻底把自己交给欲望。

那些延绵了漫长岁月的渴望，终能在这一刻成为美好……

当所有的力量消退，韩冬仍然惊悸着。此刻，魏敏就躺在他的怀中，安静得像那个梦中女孩。韩冬双手将她环抱，慢慢闭上眼睛去感受。

唯愿能身在梦中，再不醒来。

怀中的魏敏忽然快速起身，灯光也随即亮起。韩冬恍惚了一下，这才想起自己身处龙湖山庄的客房中，今天来参加同学会。魏敏也真的站在床边，还光着身子。如此真实，反倒让他有些恍惚，这真实得未免也太不合乎情理了。

灯光下，他看到魏敏妆容后的面孔无比憔悴，她的身子瘦且粗糙，呈现出种奇怪的病态。韩冬开始怀疑，她跟适才黑暗中的女人是否是同一个人。

魏敏很随意地开始穿衣服，面上还略带讥诮地问："满意吗？"

韩冬更加愕然，不知道该如何回答。

"只要你能满意，我就满意了。"魏敏语气轻佻，很快就穿好了衣服走到门边。

看她打算离开，韩冬再也按捺不住心中的疑问，叫住她："到底怎么回事？"

魏敏停步，想了想，居然回身坐回到床边，伸手在他脸上摸了一把："韩冬，你是个好人，只是运气差了点。如果能够回到过去，我宁愿这辈子能跟你生活在一起。可是，再也回不去了，我也根本不配留在你身边。"

韩冬更加愕然，不知道魏敏怎么会反差如此之大。

"没关系，反正就这样了。今晚的事别放在心上，就当它从没发生过。我知道你念着当年的情意才会对我这么好，这些日子，你帮了我不少忙，今晚就算我报答你，咱们两不相欠……"

韩冬知道这不是实话，如果为了报答，魏敏根本不会选择这个时候。

魏敏根本不给他说话的机会，拉开门出去了。房间里重新恢复了安静，韩冬却心潮澎湃，再也无法让自己平静。他回想起了下午在多功能厅，张松等人窃窃私语后看向他的眼神，以及他们随后忍俊不禁的笑意，很快便断定了，今晚的事，一定跟他们有关。

他感觉有张网正将他裹住，无论他如何挣扎，都摆脱不开。他再次感觉到了窒息，就像在水中。他必须做点什么来让自己解脱。而他那晚唯一能做的，就是连夜逃离了龙湖山庄。

龙湖山庄离着市区20多公里，他在公路上奋力狂奔，直到力竭……

两天之后，韩冬又接到魏敏电话，让他帮着照看下璐璐。她的语气平淡，就好像那一夜根本没有发生过。韩冬纠结了许久，这才再次前往洋桥巷。

生活又恢复到了以前的模样，韩冬和魏敏谁都不提那晚的事，直到有天深夜，魏敏醉酒回来，在出租屋里，见到了等她许久的韩冬。

韩冬扶她躺到床上，湿了毛巾替她擦拭嘴边的秽物，她却忽然一下抱住韩冬，哭了，还求他不要走，求他抱住她。韩冬木然地问起同学会那晚的事，魏敏或是真的喝多了酒，很快就说出了实情。

“去陪你，是张松借钱给我的又一个条件。本来两万，陪完你，四万。”

韩冬面无表情，身子却变得冰冷。心更冷。

“张松还说，现在他们几个都挺后悔的，当初不该那么对你，害你去了四院，还没上成大学。他们想跟你道个歉，想补偿你。他们知道你这些年心里一直放不下我，所以，我就是他们对你的补偿，我就是他们的道歉……”

不待魏敏说完，韩冬已经丢下她，摔门而去。

他的愤怒来得如此强烈，强烈到他整个人都要被怒火燃烧。魏敏曾是他心中最美好的存在，她在那些日子里，曾无数次温暖过他孤寂的心。即使高中三年，魏敏不再理睬他，他仍执着地守护着她，守护心中的美好。

他苦求而不得的美好，却是别人眼中廉价的一个道歉，一次补偿。更讽刺的是，那竟然是他生平唯一的一次拥有……

28

韩冬送展锋到巷口。俩人今天聊了挺多，韩冬说他这一年说的话加起来，都没今天多。

展锋同情地看着他，看得出来，他是个孤独的人，孤独到在这城市里，连个说话的朋友都没有。

当他讲完同学会那晚的事，展锋搜肠刮肚也想不出该说些什么才能安慰到他。他猜到同学会当晚会发生些事，却没料到竟是这种狗血剧情。

展锋倒能理解张松，此举未必带有恶意，或是真心想给韩冬些补偿。韩冬当年执着于魏敏，在班里人尽皆知，同学会当晚，张松将魏敏送上韩冬的床，或许还觉得这是件成人之美的好事，哪知道这对韩冬的伤害，不亚于再次将他扔进老龙潭。

那么，韩冬会不会因此对张松等人越发憎恨，从而生出杀机？

至少存在这种可能吧。

韩冬的过往经历，加上他的精神病史，注定他和普通人有些不同。如果套用犯罪心理学教科书上的理论，他成为连环杀手的概率，更是要高于常人。

可如果韩冬涉案，他不是应该隐藏自己对张松等人的憎恨吗，又怎会对展锋如此坦诚？

仅仅因为孤独得太久，需要有个人倾诉？

巷口，韩冬说：“我知道你们怀疑我，但我没杀人。”

展锋一愣，没想到韩冬会这么直接：“魏敏遇害那晚，你跟璐璐在一起。吴龙辉死那天，你在派出所，没有杀人时间。我找你，只是了解些情况。”

“没事，不用解释。怀疑我挺正常。再说，我真的很希望杀死他们的人是我。”

展锋怔怔地盯着他：“你想过要杀死他们？”

“想过。”

“什么时候？”

“下午，刚知道他们死的时候。”韩冬很认真地说道，“当时我就在想，为什么我就没有想到呢？如果是我杀死了他们，会怎样？”

展锋停步，盯着他：“你这样说，不怕我更怀疑你？”

“如果我不说，你更怀疑。”韩冬勉强笑笑，“何况，就算我不说，你也能从别的地方查到。不如你想知道什么，我全告诉你，查清楚了，找到凶手，我自然也就清白了。”

展锋感慨，“放心吧，凶手我们一定会抓到，到时候，你就要庆幸，杀人的不是你了。”

“也许吧。”韩冬再笑笑，仍然勉强。

两人分手。回到车上，展锋还在琢磨韩冬的话，总觉得哪里怪怪的。韩冬到底是足够坦诚，还是城府极深？但他今天还是提供了一条有用的信息，就是那次他们去爬鹧鸪山，遇到了偷窥的流氓。这会不会跟梁军留下的那张石头照片有关？另外，韩冬还让展锋明白了一件事，他一直恨着张松等人，有足够的杀人动机。

展锋摸出电话来，想打给邵勇再问一下李娅琳父母那边的情况，夏薇的电话却先打了进来。夏薇说："皮五让人给劫了，我跟师父正在追踪劫他的车……"

下午，皮五兜了挺大一个圈子，又去见了两个人，都没聊多长时间，便散了。那俩人老商也认识，都是当年曹金龙的手下。皮五这段时间频繁与当年曹金龙手下这些人接触，看着就让人生疑。

天擦黑那会儿，皮五晃悠到利民街，找了家面摊点了碗面，还没吃上几口，一辆金杯车忽然停在不远处，车上下来七八个流里流气的社会人，为首的是个大块头，膀阔腰圆，脸上的横肉多了点，看着有点傻。

这帮人目标明确，直奔皮五而去。皮五反应过来想溜，已被围在中间，正想说什么，傻大个一拳过来，直接打得他背过气去。然后上来俩人，把他架到金杯车上，车子很快开走了。

老商和夏薇目睹了这突发情况，夏薇下意识想上前，但还是先问老商怎么办。

"那些都是杨阿四的人。"老商说。

夏薇这才想起刚才有几个人确实面熟，上回在麻记面馆见过。随后，她想起傻大个是谁了："杜刚，杜超的哥哥，前些年被人打坏了脑子。脑子都坏了还不老实在家待着。"

俩人很快就把事理顺了。皮五欠了杨阿四的高利贷，不还钱，就只能等着被收拾。杜超生前曾跟皮五起过争执，然后杜超被人杀死。杜刚这二傻子，大概把仇记到了皮五头上。

老商决定跟着去瞧瞧，杨阿四的手下倒好说，顶多暴揍皮五一顿，催他还钱。就怕杜刚下手太狠伤及皮五性命，那这些天的辛苦可就全都白费了。

途中，夏薇联系了展锋，向他简单说了这边的情况。展锋问清楚车子行驶的方向，立刻驱车往这边赶，两边随时保持联系。

金杯车一路向北，没多会儿，停在了龙尾河边，老铁桥旁。这里算是近郊，四处都是田野，到了晚上，黑灯瞎火的，很少有人来。

老商和夏薇怕被发现，车子停得稍远些，再徒步折回来，蹲在草丛后面观察。那边，皮五已经被杜刚等人围在中间，一顿拳脚过后，直挺挺趴在地上不动弹了。

这时，有辆小车驶来，车上下来一个人，正是杨阿四。

杨阿四，当年也算跟过曹金龙，不过一直在曹玉虎手底下做事，不太起眼，只算个小喽啰。曹玉虎负责地下赌场那一摊子事，杨阿四也就跟着在赌场里混。1996年警方捣毁地下赌场，抓了一批人，这里头就有杨阿四。但他那会儿实在不起眼，没查出啥大问题，关了几个月就出来了。随后，整个曹金龙犯罪团伙覆灭，外面混的厉害人物，差不多一网打尽。谁都没料到，杨阿四趁着这空当，没几年的工夫便混得风生水起，成了海州道上拔尖的人物。

现在的杨阿四今非昔日，今晚他出现在这里，有点出乎意料。

杨阿四让人把皮五架起来，说了些什么，皮五扭过脸去，一言不发。杨阿四摆摆手，傻大个杜刚上前冲着皮五又是一顿拳脚。

很明显，杨阿四在逼问皮五些事，皮五是个硬骨头，不配合，所以又遭了顿打。如此反复几次，杨阿四没了耐心，亲自上前扇了皮五俩耳光，一扭头回到车上，走了。手底下那帮人随后也丢下皮五，上了金杯车，很快驶离。

皮五一动不动在地上躺了挺长时间，这期间，夏薇几次想开口，但看老商凝重的表情，话到嘴边又咽了回去。老商锁紧眉，目不转睛盯着那边的皮五，好像很紧张。直到皮五开始动弹，缓缓爬了起来，他才松了口气。

皮五摸出手机，拨了个电话出去，然后再次躺倒。他显然被打得不轻，伤得挺重。

这时，展锋打来电话，夏薇征询老商意见。老商让展锋在前面路口等，这边的事已经结束，他过来怕会惊扰到皮五。

又过了一会儿，一道刺眼的光亮射过来，耳边响起马达的轰鸣声。有人骑着摩托赶来，还大声叫“皮哥”。皮五挣扎着举起一只手，摩托很快停在了他边上。骑车人似乎被皮五的样子吓着了，迟疑了一下，这才搀扶着皮五起身，把他架到车后座上。

摩托车很快驶离，夏薇和老商来不及赶往停车处，夏薇打电话，告诉展锋摩托车车牌，让他继续追踪。

最后，老商和夏薇在家私人诊所外面，与展锋会合。展锋告诉他们，皮五正在诊所内处理伤口。那个骑摩托车的人，这会儿摘下头盔，正站在门边抽烟。

这人老商和夏薇见过，几天前他跟皮五碰过面，就是老商唯一不认识的那个人。

“这人叫纪远，今年36岁，跟人倒班开出租，也跑摩的。”夏薇已经调查过这个人，“据说早些年也混过社会，但档案资料显示，他与曹金龙犯罪团伙并无瓜葛。”

皮五能在最危急的时候找他过来，显然他是皮五信任的人。

夏薇向展锋讲述了今晚发生的事，展锋也觉奇怪：“杨阿四亲自去老铁桥见了皮五？皮五现在都落魄成这样了，杨阿四不至于这时候落井下石，就为了过来显摆一下威风吧。”

“杨阿四明显在逼问皮五些事。”

“曹玉虎。”一直沉默的老商忽然说，“我听到杨阿四说了曹玉虎的名字。”

隔了那么远，老商如何能听见杨阿四说话，是个谜。但他这样说，展锋跟夏薇只能听着，还不敢质疑。像是察觉到了俩人的心思，老商抓起车上的保温杯，喝了一大口水，这才沉声道：“当年，捣毁鹧鸪山地下赌场时，曹玉虎丢了笔钱。”

在山洞里开赌场，安全措施最重要。山下每个路口都安排了人，有点风吹草动立刻就会通知山洞里的人。那次警方虽经过周密部署，但在行动中，还是不慎被放风的人发现。消息传到赌场内，所有人立刻作鸟兽散。警方随即展开抓捕，抓了一批人，免不了也有些漏网之鱼。

要知道，鹧鸪山只是云台山脉里的一座山，整个北坡，都跟云台山脉的其他山连着。警方可以控制下山的每个路口，却不能完全阻隔鹧鸪山与云台山的连接。当时接到消息，赌场内的人四处逃窜，大多数人只想着能逃下山，离开这是非之地，这些人一个没跑，全都被警方抓住。有些人脑子灵光，反方向往山里逃，反而成了漏网之鱼。

赌场里每天都有大量现金，出事时，曹玉虎把这些钱装到两个箱子里，安排两个心腹，带着它们往山里逃。这俩心腹，后来都被抓了，但有个箱子却不见了。事后，据那心腹交代，本来他逃得好好的，不知道身后从哪儿窜出来个人，一棍子把他打晕。他醒过来，箱子就没了。此人被抓时，确实处于昏迷状态，因而警方也没有在这件事上为难他。

事情很明了，有人在逃跑时，悄悄跟在那个心腹后面，伺机打晕了他，带走了钱。这个人是谁，后来成了警方和曹玉虎都在找的人。随后不久，曹金龙犯罪团伙覆灭，曹玉虎被通缉，这事也就没了下文。

“后来，有人怀疑抢走钱的人，就是杨阿四。”老商说。

警方行动那晚，杨阿四也在赌场，逃了半天，还是被抓了，因而当时谁都没有怀疑过他。直到数年之后，他混得风生水起，才有些传言。很多人都说，杨阿四起家，靠的就是当年曹玉虎丢的那笔钱。都说当年他抢了钱，在山中找个地方藏了起来，然后故意往警察枪口上撞，主动被抓。事后，曹家兄弟调查抢钱的人，自然不会怀疑已被警方抓住的人。

“咱们为什么要盯梢皮五？”老商忽然问。

“怀疑他跟曹玉虎有联系。”夏薇随口道。

“如果曹玉虎真的回来了，他会不会找杨阿四算当年那笔账？”老商又问。

“会，也可能不会。”展锋接过来道，“但杨阿四若听到风声，一定会担心曹玉虎找他。所以，他找上皮五，目的就是逼问曹玉虎的下落。”

“当然，这些都是猜测。”老商说。

展锋忽然笑了笑："杨阿四逼问皮五什么事，究竟跟曹玉虎有没有关系，咱们不知道，但在场还有那么多人，肯定都听到了。那些人出来混，没几个底子干净的，随便拘一个，不怕他们不说。"

那边纪远搀扶着皮五从小诊所里出来，皮五头上缠着绷带，眼睛鼻子全都肿了，看起来特别狼狈。俩人上了摩托车，向着街道一侧驶去。

"这个叫纪远的人，跟皮五什么关系，也得查。"老商说。

29

炸鸡铺的生意，傍晚前后最好，韩蓉通常要忙到8点左右，才会关了铺子回家。

下午，弟弟跟那个警察同学走了，此后一直没有回来。韩蓉不放心，几次想给弟弟打电话问问，几次又都忍住。他们俩是同学，看起来关系还不错，也许，这警察同学只是找弟弟聊聊天，了解点情况，不用担心。

魏敏出事之后，她就觉得弟弟有些不一样了。最初几天的悲伤过后，他好像彻底放松下来，也从不主动提起魏敏。如果他真能忘了魏敏，倒是件好事。

韩蓉不希望弟弟再跟她扯上什么关系，这十多年，姐弟俩的生活虽然平淡，却能平平安安，这就是她向往的生活，她不希望任何人任何事来改变这一切。

这大半年，看到弟弟接到魏敏的电话，立刻开心地出门而去；看到弟弟带着璐璐回来，笨手笨脚却又无比殷勤地照顾孩子，她就隐约开始担心，担心弟弟会因为魏敏惹上麻烦。

果真是担心什么来什么，魏敏遇害，警方不可避免地会查她身边的人。这半年多，弟弟跟她接触频繁，自然会成为警方的调查对象。

现在，韩蓉只希望弟弟跟魏敏之死，不要有任何的关系。

她还是不放心，今天比平常提前二十分钟关了铺子。回到家，警察同学已经走了，弟弟又在厨房忙活。他说送同学走时，顺便去边上小超市买了些吃的，都在冰箱里。晚饭挺丰盛，糖醋排骨、水煮虾、蒜蓉西兰花，居然还有瓶本地产的山楂酒，度数不高，甜的，喝着像饮料。

难道，有什么开心的事?

韩冬说，没事，就是想吃顿好的。折腾了这么些日子，现在，都过去了，还是回到了以前的生活，姐弟俩相依为命，彼此陪伴。

他们倒上些酒，喝了，果然甜甜的，带些酸，带些涩。

看到弟弟没事，韩蓉也放下心来，但她还是要问下午跟那警察同学都聊什么了。韩冬说就聊了些以前上学那会儿的事，他想知道什么，全告诉他，这样，他们查清楚了，就不会怀疑他了。

“他们怀疑你跟魏敏的死有关系？”韩蓉挺吃惊。

“放心吧姐，魏敏遇害的时候，我跟璐璐在一起。”

“璐璐。”韩蓉想起那孩子，叹口气，“也不知道那孩子怎么样了，刚到一个陌生的地方，总会有些不习惯吧……”

吃完饭，韩蓉还在厨房收拾，韩冬在外头叫她。韩蓉探出头来，看到他又将那副牌拿了出来。韩蓉便笑，说等会儿，她这边很快忙完。

小猫钓鱼，陪伴了姐弟俩无数个不眠的夜晚。

韩蓉越来越不喜欢回忆往事，这个家里，已经清除干净了所有那个男人存在过的痕迹。事实上，韩卫平已经多年没有消息，有人说看到他坐上火车离开了海城，也有人说他彻底疯了，不知道流窜到了什么地方。反正韩卫平神奇地消失了，姐弟俩对此都备感庆幸。韩蓉离家数年后，也在1996年的夏天，重新回到了这个家里。

都是为了弟弟。韩冬那年再次住进四院接受治疗，时间长达半年之久。他在抑郁与躁狂之间来回转换，时而数天躺在床上不说一句话，时而又会愤怒得冲每一个靠近他的人嘶吼。他的思维变得天马行空，开始出现幻觉。他说他在水里，能看到鱼，那些鱼狰面獠牙，丑陋恐怖。他对水无比恐惧，就连洗澡都变得异常艰难。

唯有韩蓉守在他身边时，他才会安静下来。于是，那些日子，韩蓉便住在了四院里，病房里搭床，陪着他。晚上，韩冬睡不着，俩人便一起玩牌，小猫钓鱼，从深夜玩到日出，从夏天玩到冬天。

那年冬天，韩冬终于出院回到了家里，他把自己关在屋里哭了好长时间，然后，抹干净眼泪，开始收拾屋子，打扫卫生。他把屋里每一处都擦得异常干净，很多旮旯里的陈年污秽都不放过。他把韩卫平所有的东西堆在客厅中央，然后把它们抱到外面的垃圾堆里，一把火点燃。

那次，韩蓉跟弟弟一起，在垃圾堆边站了很久，看着那团火焰熊熊燃烧，直到它变成小小的一团，继而熄灭。

希望过去的阴霾能就此消散，希望她和弟弟能有一个平平安安的未来。

千禧年时，大庙巷里重修老君堂，香火也变得鼎盛。每逢初一十五，韩蓉会学那些年迈的老人，去焚香、叩拜。那些温暖又沁心的香火味，暖暖地包裹着她，她让自己沉浸在那份温暖中，感谢着上天的眷顾，感谢曾经的噩梦渐渐远离，感谢神明赐予他们姐弟俩平淡且宁静的生活。

直到弟弟再次遇到魏敏，魏敏就像平静的湖心落入一枚石子，荡起的涟漪久久不能消散。韩蓉虽对魏敏并无恶意，却仍然懊恼在过去那些日子里，为什么没有想着替弟弟介绍个女朋友。弟弟已经长大，不再是个懵懂少年，他这些年生活简单，缺乏起码的与异性交往的经验。因而当曾经迷恋的女孩再度出现在身边时，他才会瞬间沦陷。

好在魏敏已经成为过去，弟弟像走出了悲伤。今晚，她再度提起，隔壁卖戗面馒头的阿婆过些日子会带个女孩过来，还让他这两天抽空去剪个头，再买身新衣服，跟人姑娘头回见面，第一印象很重要。

韩冬这回竟不反对，还说好，这让韩蓉感到些奇怪。

韩冬忽然说："姐，你也该有个能关心照顾你的人了。"

韩蓉心上一紧，有个人影在脑海里闪现。她摇摇头，很快就让自己变得淡然："我觉得现在这样就挺好。大家都好着，比什么都好……"

于是，韩冬便不再说什么。今晚韩冬的手气非常好，这一局只花了个把小时，便赢光了韩蓉手里所有牌。韩冬很开心，韩蓉带些嗔意，脸往前伸了伸，韩冬伸手刮了下她的鼻子，很轻，算是惩罚。韩蓉说："下回，看我赢你。"

这一刻，韩冬转过脸去，声音有些怪，说："姐，有点累，睡吧。"

那就睡吧，韩蓉在卫生间里洗漱，思绪因为韩冬的一句话变得氤氲。她擦干净脸上的水渍，与镜中的自己对视。岁月已在她的眼角留下些痕迹，肤色看起来虽仍白皙，却早已失去了少女才会有的光泽。

她穿着件短袖睡衣，此刻，慢慢将右臂的袖口捞到肩膀。在她右臂上方，清晰可见一朵莲花的文身。粉色的莲花半开，下面有纤长的叶柄和卷起的叶。细看，有些怪，好像文身没有完工，莲花也并不完整。

时光回溯到许多年前，那是个阳光明媚的春日上午，一对少年男女牵手走进小巷深处一处小店，同样年轻的文身师是个着装前卫的女孩，她将一本图样送到这对少年男女面前。俩人翻开，很快便选定了一款半开的并蒂莲。

忙碌了一整天，半开的并蒂莲赫然绽放在两只胳膊上，一根叶柄两朵花，只有合在一起时，莲花才会完整。离开时，那对少年男女笑得灿烂，爱情在最美好的年纪，在他们之间盛开，宛如胳膊上的莲花。

今晚的韩蓉，又想起那时的少年，竟再也按捺不住。她走到弟弟房前，能听到他轻微均匀的鼾声。她回屋取了件东西，来到院里。

今晚又是月华如水，适合怀念。时间来到11点，韩蓉点燃了准备好的一枚烟花。烟花腾空而起，无声绽放在夜空，并不璀璨，只有小小的一朵，如果不留意，你甚至都不会察觉到它。

虽然是夏末，午夜时的庭院里还是多少有些凉意。韩蓉环抱双臂，遥望远方。今天并不是约定的日子，她并不奢望能得到回应，但片刻之后，看到远处天空绽放出另一朵小小的焰火时，她还是激动到热泪盈眶——原来，他一直都在。

于是这一夜，她睡得异常香甜，在梦里，又重回青葱岁月，往昔时光。

第二天韩蓉醒来，家里很安静，起床，猜想弟弟应该还在睡。去厨房煮了粥，煎了鸡蛋，端到桌上，看时间不早了，便去弟弟房里叫他起床。

推门进到房里，床上空着，弟弟已经不在了。

韩蓉想，弟弟出去一定会跟自己说的，他能去哪儿呢？

30

展锋刚到队里，老傅就来找他。去到老傅办公室，关上门，老傅问他老商那头怎么样了？展锋装糊涂："什么怎么样？"

"别瞒我了，真把我当老糊涂了？"老傅说，"老商这次回队里，是不是有曹玉虎的消息？这么些年，他心心念念就这点事，这回主动往前冲，肯定嗅到了曹玉虎的味。"

"您既然知道了，还问我干吗？"

"你觉得靠谱吗？"老傅皱眉头，"老商对这件事太执着，难免会草木皆兵。我也想他能亲手抓住曹玉虎，就是有点不放心，所以问问你，这事能不能行。"

老傅这就是想打探消息，展锋可不上他的当："老傅同志，我们得相信老商。还记得你让我去找老商时，怎么夸他的吗？这才多大点工夫，就对他没信心了？"

老傅白他一眼："我这是没信心吗？我就是想知道他在忙活什么，需不需要我帮忙。"

"放心吧，老商做事向来靠谱。我想，应该很快就会有证据……"

"那行，我让黄明那组人这段时间跟着他。"

安抚了老傅，刚出办公室，邵勇一溜小跑过来，兴奋地说："李娅琳那边有消息了。"

展锋立刻带着邵勇再次赶到李娅琳家。老两口显然已经跟李娅琳商量出了结果，满脸担忧地先提条件：“警察同志，你们可得保证，找我们家娅琳，就是了解点情况，不会找她的麻烦。”

“我们能找她什么麻烦？”展锋无语，“她这样躲躲藏藏不露面，倒让我怀疑她是不是做了什么见不得光的事。”

老两口欲言又止，最后，还是拨通电话，那头的人，正是李娅琳。

“找你可真不容易，连警察都敢忽悠。”展锋没好气地道，“要不念在同学一场的分上，我真就给你上手段派人堵你去了。”

那头的李娅琳挺沮丧：“我也没办法，我哪知道你找我干吗呀。”

她这样说，展锋马上猜到她摊上事了。果然，李娅琳解释了这段时间不接电话的原因，她让人骗了，那个声称要带她移民出国的男人，是个骗子，不仅骗了她的感情和她的人，还用她的名字注册了公司，骗了好多人的钱。现在，男人丢下她跑了，被骗的人满世界堵她。这时候警察找她，就算是老同学，她也担心。

展锋哭笑不得，一场乌龙耽搁了这么些时间。很显然，李娅琳在她的麻烦事里，必定不像她说的那般无辜，所以才会这么草木皆兵。

那些事，他不关心，他只想知道当年他们一帮人在鹧鸪山上，遇到流氓的事。

李娅琳很好奇他为什么会问起这个，而且，还要说得越详细越好。已经过去了那么些年，很多细节记不太清了，好在这事印象深刻，整个过程大概都还记得。

那天午饭过后，韩冬喝了两罐啤酒，倚着石头墙睡着了。张松他们几个提议去老龙潭玩水，玩水本在计划之中，李娅琳和魏敏也都提前备好了泳衣。她俩起身去石头房子后面换衣服，张松他们四人去老龙潭边等她们。

换衣服时，魏敏听见小树林里有动静，扭头看到有人躲在树后往这边偷窥。那时恰好是她们换衣服的关键时刻，白花花的身子被人尽收眼底。先是魏敏叫了一嗓子，李娅琳也跟着叫。石头房子跟老龙潭中间还有段距离，也不知道张松他们听到没有。

树林里偷窥那人也是色胆包天，按说被人发现就该逃，他居然冲了上来，不知是想阻止两个女生尖叫，还是鬼迷心窍打算做点别的什么。俩女生慌乱中套上衣服，虽仍衣衫不整，但至少关键部位全遮上了。魏敏动作稍微慢了点，直接被扑倒在地。

魏敏嘶声尖叫，像只愤怒的刺猬，拳打脚踢，那小流氓根本近不了她的身。李娅琳这回也算仗义，本来已经跑出老远了，回头看到魏敏遇险，又折回来拉扯那流氓。就这样互相厮打了会儿，俩女生又抓又挠，小流氓没占到丁点便宜。他转身想跑，此时反倒是俩女生拉扯着他，不让他逃。

老龙潭边玩水的张松等人听到尖叫声，立刻赶来，他们哪能瞧着魏敏和李娅琳让人这么欺负，再说这辈子理直气壮揍人的机会没多少。因而，他们围住那小流氓，开始揍他。

李娅琳跟魏敏穿好了衣服，一人扯根小树棍，也加入揍人的队伍中。殴打到后来已经变成了戏弄，所有人都放松下来，李娅琳和魏敏也不例外。那小流氓被众人驱赶着，四处逃，又被四处堵，后来更是放弃了抵抗，抱头蹲在地上，任他们处置。

小流氓年纪不大，顶多20岁出头，却极有心机。他抱头蹲在地上不反抗，只是为了迷惑对手。待到众人放松警惕，他找准了时机，突然一下子蹿出包围圈，拔腿就跑。

张松等人还没玩过瘾，没想到这货居然敢逃，不知谁吆喝一嗓子，众人随后追了下去。

李娅琳和魏敏自然也跟在后面，李娅琳跑得慢，很快就被落下。后来，她放弃了，坐在路边石块上等，过了挺长时间，才看到他们五个回来。

还是让那小子跑了，回知青点的路上，杜超和吴龙辉绘声绘色向李娅琳讲述刚才有好几次差点抓住那小子，李娅琳问那怎么还让人给跑了？吴龙辉说真是奇怪，那小子突然之间就不见了，肯定躲哪犄角旮旯了。杜超还插一句，没准从哪儿摔下去了，摔死了才好……

“等等。”展锋两眼放光，有点小激动，“那小流氓后来究竟哪儿去了？”

“不知道，就是突然没了。张松他们几个追着追着，转过一个弯，人就不见了。他们四处找了会儿，没见着人，就回来了。”

“那你接着说，后来呢？”

后来的事已经从韩冬那里听说了，但展锋还想从李娅琳这里证实一下。

“后来就没这小流氓什么事了，咱们一帮人回了石头房子，聊了会儿刚才发生的事。大家都挺兴奋，我跟魏敏虽然差点让人占了便宜，但终究没让他真的占成，所以也没觉得有啥不开心的。然后，张松他们几个就架着睡着的韩冬去了老龙潭。韩冬看来真没喝过酒，两罐啤酒就睡成那样，人到水里才醒过来，也不知是不会游泳，还是天生就怕水……”

李娅琳的讲述，与韩冬说的基本一致。那次，张松他们玩得确实挺过火，害得韩冬差点被淹死，最后，还是魏敏下水把他救了上来。

“还有什么想问的吗？”说了这么多，李娅琳明显有点不耐烦了。

“还记得偷窥你们的小流氓长什么样吗？”展锋问。

“不记得了。”李娅琳回答得挺干脆，“这都十多年了，换谁都记不住。”

“那就想想，他身上有啥特征，身高、年龄、穿着打扮、五官有没有什么与众不同的地方，或者，当时看到这人，第一印象是什么？”

“不记得了，就觉得这人挺猥琐的，看着像山里人……”

李娅琳也算尽力了，实在想不起来的事，也不能逼着她瞎说。

结束通话前，展锋担心她的安危，问她，现在海州有谁知道她的行踪。李娅琳想了会儿说没有，连她的父母都只知道她所在的城市，不知道她具体的位置。展锋放下心来，叮嘱她，这段时间最好藏得严实点，别露头。李娅琳那边说就算我想露头，可哪敢呀。

离开李娅琳父母家，展锋一直不吭声，坐到车里还在那儿发呆。邵勇问他想什么了，他让邵勇闭嘴，他得好好琢磨下李娅琳电话里说的那些事。

他忽然问邵勇：“你觉得当年那个小流氓，怎么会突然一下就不见了？”

“躲起来了，或者腿脚利索，跑得快。”邵勇回答得倒挺干脆。

“有没有可能真的摔了？”展锋犹豫。

“除非当场摔晕过去，否则，肯定得扯着嗓子叫唤。”邵勇说。

“万一不是摔晕，而是……”展锋话到嘴边又咽了回去。

邵勇却听明白了，瞪大眼睛：“你是说……”

这想法有点大胆，着实惊到了邵勇。但继而又想，也不是没有这种可能。

想了想，邵勇挠头：“可这里头还有问题，很多问题。如果真摔了，而且人摔没了，那么尸体呢？鹧鸪山又不是什么深山老林，不会没人发现尸体吧。”

“这倒是。”展锋点头，“李娅琳今天说的，只是给我们提供了一种可能。问题多不怕，问题就是拿来解决的。方向很重要，没有方向，就像无头苍蝇，方向错了，那就越忙活离真相越远。偷窥那小流氓突然消失，现在看，至少存在三种可能性：跑得快，藏起来，失足摔到山崖下。到底是哪个，光靠猜肯定不行，得有证据支持。”

“这都过去十多年了，上哪儿找证据去。”

找证据，当然得去鹧鸪山。鹧鸪山地处驼峰乡，如果当年有人死亡或失踪，派出所里一定可以查到报案记录。看来，必须跑一趟鹧鸪山了。

去鹧鸪山之前，展锋还打算再去趟梁军家。

31

赵强绰号“二骡子”，去年夏天带俩朋友在利民街排档吃小龙虾，不知怎么回事，跟隔壁桌起了冲突。对方人多，把他打了，打得还挺重。赵强在家躺了好几天，腿脚利索了，四处打听那晚打他的人。很快得到消息，对方混西城的，是金三的人。金三在西城名头挺大，赵强肯定不敢惹，挺郁闷。就在这时，他碰到了以前的邻居杜超。杜超挺仗义，听说他被人揍了，当晚就领着几个人打了埋伏，帮他报了仇。完事还劝他，这年月出来混，没个靠山可不行，不如你就来四哥这边吧。

杜超带着赵强见了杨阿四，杨阿四简单问了他的情况，杜超在边上又美言几句，他就成了杨阿四的人。此后，果然平时不怎么待见他的人，见他都客气了许多。

赵强平时跟着杜超混，主要就是讨债。一般人根本不用动手，一帮人围过去，立马就吓尿了，拍两巴掌再扇俩小耳光，问题就解决了。偶尔碰到不开窍的，才开打。打也是一帮人围殴，赵强只要跟在后面装装样子就行。就这么混了小一年，活轻松，拿的钱也不少，他挺感激杜超给了他这个机会。

他做梦都想不到，有一天杜超会让人给杀了，横尸街头。最近这几天他的心一直揪着，右眼皮还老跳，总觉得要出事。还真是越怕什么越来什么，这天他从公司出来，想去找个朋友混时间，半道就让人给拦下了。

拦他的是个中年男人，上来就亮身份，警察。

听到警察俩字，赵强下意识就想跑，刚转身跑两步，发现退路被人堵了，这回是个漂亮姑娘，还笑眯眯地盯着他：“你这犯多大事，见了警察就想跑。”

赵强想想，还真是，我又没杀人放火作奸犯科，打架也都是跟后面起哄架秧子，根本就没值得跑的事。于是，他不跑了，老实了，乖乖跟这俩人进到了车里。

这两个人自然就是老商和夏薇。

夏薇和颜悦色地问：“前天晚上干吗了？”

赵强回答：“溜达。”

夏薇摇头：“说实话，不把情况了解清楚，我们能找你？”

既然都知道了，那就没啥好隐瞒的了。前天晚上，他劫了一个人，带到老铁桥那儿，揍了一顿。赵强说我其实就踹了两脚打了两拳，我肾不好，人也虚，打人都没劲。

“杨阿四后来也去了？”夏薇问。

“去了，又打了那人一顿，还亲自抽俩耳光，完事就走了。”

“杨阿四是不是在问那人什么事？”

赵强想了想：“好像是吧，四哥亲自到场，肯定得有重要的事。他问了什么，我没注意听，好像问什么人，问那人在哪儿。”

“好好想想。”老商瞪眼，吓唬他，“想不出来就跟我们回局里。”

赵强害怕了，没多会儿就想起来了：“杨阿四要找的人姓曹，叫曹什么虎。”

老商一巴掌拍椅背上：“我就说我没听错……”

赵强走后，看看略显激动的老商，夏薇也挺开心。老商熬了这么多年，总算把机会等来了。杨阿四不会无缘无故逼问皮五，肯定听到了什么风声。那么，曹玉虎回来，差不多就是板上钉钉的事了。

现在，只要找到曹玉虎回来的证据，就能上报局里，得到支援。

夏薇问：“师父，现在怎么办？”

老商道：“去找杨阿四，问问他到底都知道什么……”

杨阿四听说又来警察了，赶紧迎出去，没想到这回来的是老商。

他认识老商，当年跟过曹金龙的人，没人不认识他。杨阿四还知道老商早些年离开刑侦队，去了果城里派出所。跟老商来那女警，才是货真价实的市局刑侦队刑警。

杨阿四不敢怠慢，把二人让到接待室，让手底下人赶紧泡茶，泡最好的茶。然后他小心翼翼地问老商来找他有事？当然有事，老商开门见山，直接问他是不是有曹玉虎的消息。

杨阿四脑子转得快，立刻想到老商跟曹玉虎之间的恩怨，明白老商这是冲着曹玉虎来的。他还知道搁老商这种人面前，玩心眼那就是缺心眼，于是便照实说了。

大约半年前，他接到一通电话，那头的人就是曹玉虎。曹玉虎问他当年鹧鸪山赌场那笔钱的事：“就地下赌场被查封那次，曹玉虎丢了笔钱，他把这笔账赖我头上了。”

杨阿四哭丧着脸，连声叫屈：“天地良心，那笔钱跟我没半毛钱关系，当时警察都围到门上了，我只想着能逃命，哪还有心思去想钱的事。再说，那会儿我就是一打杂的，就算有那心，也没那胆不是。

“甭管我怎么解释，曹玉虎就是不听，非把这屎盆子扣我头上，还威胁我，他会回来跟我算这笔账。我当时吓坏了，曹玉虎被警方通缉了这么些年，都没落网，属于亡命之徒，真要让他盯上，我肯定没得好。所以，这半年，我处处小心，但凡有点风吹草动，就吓得睡不好觉。您不知道，这半年，我都抑郁了……”

老商不想听他废话，让他说前天逼问皮五的事。

“皮五跟曹玉虎的关系，您肯定比我清楚。他从大牢里出来这两年，混得挺惨，前些日子从我这里借了点钱，到日子还不上。还不上就还不上吧，你别那么嚣张，背后老笑话我当年有多磕碜，还口出狂言，总有一天要我好看。我这正让曹玉虎整得抑郁着呢，有人传话给我，我就想，皮五该不会知道曹玉虎要回来吧。”

老商很失望，杨阿四巴不得警方能抓了曹玉虎，要有他消息，不会瞒着不说。折腾了一圈下来，还是没法确证曹玉虎是否回了海州。

离开时，杨阿四再三保证，但凡有丁点曹玉虎的消息，都会第一时间通知老商。

回到车上，夏薇瞧出老商情绪不太好，安慰他：“师父，没事，不是还有皮五吗，咱们只要盯紧他，曹玉虎肯定跑不了。”

老商锁着眉，看了眼夏薇：“你真相信盯着皮五就能找到曹玉虎？”

夏薇愣一下，想了想，说：“让我说实话，我会说，不知道。但我相信师父您，只要您认定盯着皮五就能揪出曹玉虎来，我就觉得，肯定能。”

老商收回目光，神情有些黯然：“你就不担心我错了？”

夏薇摇头：“我要说不担心，您肯定会有压力。但咱们干警察的，谁都不能保证跟进的每条线索最后都有结果。只要存在可能性，咱们就不能放过。”

这回轮到老商怔住了，夏薇的话，竟然让他感到些羞愧。没错，这么浅显的道理，他怎么就忘了呢？必须承认，刚才从杨阿四那里出来，他心里非常沮丧，甚至对正在做的事感到怀疑。盯着皮五真的就能找到曹玉虎吗，仅仅因为皮五在曹家老宅外晃悠了两趟？如果错了呢，自己无非耗费些时间，但夏薇和老傅派来的那组人，因为自己的一个念头，错过了侦办眼下这起连环凶杀案的机会。要知道，碰上这种大案的概率有多低，有些人即使干一辈子刑警，都难碰上一次。错过了便是损失，甚至多年以后回想，还会成他们难以弥补的遗憾。

夏薇的话打消了他的顾虑，谁也无法预料还未发生的事，如果放弃皮五这条线错过了曹玉虎，那么，只怕他这辈子都没法原谅自己。

“走吧师父，该咱们换班盯皮五了……”夏薇启动车子。

老商没有应声，紧锁的眉却舒展开来。他很想夸赞夏薇几句，或者对她说声谢谢，话到嘴边又咽了回去。他真心觉得，这丫头，不错，是个好警察，未来可期。

32

技术队赵禹那边对照片的鉴定结果出来了，根据照片表面的氧化情况，推断出照片冲印时间不超过半年。现在流行数码相机，拍出来的照片存在电脑里，很少有人会去冲印。全市目前还在经营的彩扩店剩不下几家，逐一走访，得知每台彩扩机冲印的照片都不相同，行家一眼就能看出来。很快找到冲印那张石头照片的彩扩店。根据照片后面的编码，以及相纸的批次，彩扩店给出冲印照片的时间为今年的5月中旬。

梁军7月病逝，5月时，病情应该已经非常严重了，那时候，他还能去到山上拍照片？又或者，照片是之前拍的，只是5月底送去冲印？当然，还有种可能，照片是别人给他的，拍照片的另有其人。

但不管怎么说，梁军5月份去冲印照片，多少有些奇怪。

展锋带着邵勇，又去了趟梁军家。路上，展锋说："梁军房间里，有排带门的书柜，最右边第三层隔断上，摆了个杂志大小的草编置物篮，里面是些钥匙、眼镜、充电器等小玩意儿。"

邵勇很好奇他想说什么。

"置物篮里还有把车钥匙，带四个圈，是辆好车。"

梁军在国企工作多年，收入不菲，开辆这样的车不奇怪。邵勇却马上听明白了，梁军是否在5月去过鹧鸪山，也许汽车能给他答案。

他们已经是第三次来梁军家，梁军父母没有表现出不耐烦，还是很礼貌地请他们坐，给他们倒茶。展锋开门见山说明来意，问梁军是否有辆车，是否有台数码相机。梁军父亲很快把车钥匙和相机取出来，先看相机，储存卡是空的，梁军生前清空了照片。照片不在相机里，还可能存在电脑中，梁军父母又去取了台笔记本来，这是梁军生前一直在用的，去世后，没人动过。

展锋提出带走电脑，取证完毕后，再送回来。老两口很爽快地答应了。

再去车库看车。梁军夫妻俩都有车，梁军去世后，妻子回了南方老家，开走了自己那辆，梁军这辆，留给了梁军父母。老两口不会开车，车便一直停在车库里没动过。车子长时间不动，亏电，打不着火。展锋用他们车上的电池搭了电，才将车子启动。

车内有导航，导航里还保留着最近五次的行车轨迹。最后两次轨迹，正是市区与大竹乡村的往返记录，时间显示为5月18日。这证实了之前的猜想，梁军5月去过大竹乡村，那张石头照片，很可能就是那天拍摄的。

老两口对展锋连着来家里，心下多少有点忐忑，展锋好言劝慰，才让他们放下心来。他们先是说起梁军的病情，今年过完年后，梁军的身体便每况愈下，隔上一两个月，就要住院接受治疗。所谓的治疗也只是通过药物把各项生理指标降下来，这样做的好处就是能让患者出院后，有一段时间看起来精神还不错，还能像正常人那样活动。

这些话听韩冬提起过，那次梁军打电话约韩冬见面，便是在一次出院之后，趁着精神尚好之时。

“你们还能记得，5月份的时候，家里来过一个梁军的同学吗？”展锋问。

老两口很快想起来，梁妈妈说：“梁军那天还到门口等他半天，来了，俩人就关起门来，聊了挺长时间。”

“还能记得具体日期吗？”展锋此时，心里已经有了一个小预感。

究竟哪天，老两口真不记得了，但梁爸爸想起来：“就在那同学来过的第二天，梁军一早就开车出去了。那会儿，梁军的身体已经不适合再开车，我们劝他，他也不听……”

来见梁军的那同学，自然就是韩冬。他们见面的第二天，梁军便不顾病体开车出门，这是否跟韩冬的那次来访有关？他们关在房里聊了挺长时间，都聊了些什么？

“那次梁军回来后，情绪特别低落，以前住一次院，出来能扛一两个月，但那次，没到一个月就再次进了医院，而且，再也没能回来……”梁母面上又现悲戚。

谢过老两口，展锋和邵勇出门离开。

开车去果城里，展锋现在就想找韩冬问个明白。梁军跟他见面，一定不止道歉那么简单。展锋还想问他，第二天梁军开车出去一整天，是不是跟他也有关系。

半道上，展锋接到队里来电，戒毒所那边，有个叫钱四奎的，说有情况想汇报，还点名要见展锋和老商——钱四奎，果城里出了名的无赖，还是个毒虫，魏敏遇害的目击者，至今唯一看到过凶手的人。

"钱四奎说，他的情报很重要，不来你们会后悔的。"

钱四奎就是个满嘴跑火车的货，但展锋犹豫片刻，还是决定相信他一回。他把车子停路边，赶邵勇下车，让他先去果城里，把韩冬带队里去，等他回来。

他又给老商打电话，老商那头正跟夏薇盯皮五。展锋说："再给夏薇再派个人过去，您跟我跑趟戒毒所，我过去接您……"

接了老商，开车往戒毒所去。途中，展锋说了这两天的调查情况，老商也觉得韩冬身上疑点很多，虽然他不具备作案时间，但不排除他跟凶手之间有联系，或者向凶手提供帮助。

"他对水有恐惧症？"老商忽然问。

"没错。"展锋把韩冬畏水的事说了，从他的母亲投河自杀，到关在地窖里差点淹死，再到鹧鸪山上被张松等人架到老龙潭，"医生说，水是他应激障碍的刺激源。"

"那还记得第一次见到他吗？"老商问。

老商说的第一次见，肯定不包括以前上学那会儿。毕业之后第一次见，就是魏敏遇害当晚，展锋听到有人叫他的名字，抬头便看到了撑着黑伞的韩冬，还有璐璐。

展锋知道老商想说什么了，那天傍晚起，就开始下暴雨，到半夜都没停。如果韩冬畏水，怎么会若无其事地带着璐璐走进雨中？

"难道他对水的恐惧是假的？"展锋惊道，"医生确实说过，对水有恐惧症的人会害怕下雨天。"

老商摇头："他的经历以及医生的诊断结果，畏水肯定不会假。”

“那为什么？”展锋使劲想，想到了龙湖山庄同学会那晚，韩冬拿着刀，逼着自己朝向一个水潭走去，可惜最终还是失败了，半道上丢了刀转身跑了。

“难道他真的做到了？”展锋震惊，“水是他的噩梦，摆脱噩梦的唯一办法，就是让自己再无畏惧地面对噩梦。”

他究竟都做了什么，才能战胜自己，无惧噩梦之源？

幸好，很快就能再见到他，所有的疑问，都能得到解答。

电话适时响起，是邵勇。

“韩冬不见了。”他说。

“什么叫不见了？”展锋纳闷，“昨晚才从他们家出来，今天人就不见了？”

“韩冬姐姐说，一早韩冬就出去了，也没说去哪儿。打他电话，关机了。”

“那就找，不管用什么办法，都得把他找出来……”

此刻，展锋已有了些不好的预感，难道韩冬未卜先知，算到今天他会去找他？

来到戒毒所，顺利见到钱四奎。钱四奎已经过了戒断期，身子虚得厉害，坐那儿像堆泡烂了的面条，整个人都是蔫巴的。展锋心里惦记韩冬那头的事，说话便有些不耐烦，让他有事说事，没时间这儿跟他纠缠。

钱四奎谈条件，就抽一口。展锋拍桌子，这里是戒毒所，想什么呢。钱四奎可能也意识到这是个不可能达成的条件，退而求其次，说给包烟也行。

“一包烟没有，三根，就三根，想说就说，不说拉倒。”

“我这消息，至少得五根烟。五根，就五根。”钱四奎又摆出副无赖样。

展锋不想耽搁时间，出门跟人讨了五根烟，摆在面前。先说事，看到底值不值这五根烟。钱四奎又是一番软磨硬泡，讨了一根点上，一口烟就让他活了过来。

“咱们以前聊到过，我有次跟到魏敏家，被那小子撞上，就后来跟我打架那个……”

他说的是韩冬。钱四奎想要强迫魏敏，恰好韩冬带着璐璐回家，赶跑了他。

“这小鳖崽子，坏了爷的好事，我当时就想找机会收拾他。没过两天，我溜达到惠民街那三岔路口，巧了，一眼就看到他从辆出租车上下来。”

话到这儿，钱四奎故意留了半截，深吸一口，烟从嘴里出来，又从鼻孔里进去，他眯着眼，一副极享受的表情。

展锋上去一巴掌扇他后脑勺上：“别磨叽，接着说。”

“看到那小子倒不稀奇，关键是车上还下来一人，看着年纪挺大，头发都白了不少，至少得奔六十去了，块头挺大，身子骨也壮实，手上拎着一个大包，跟在那小子后面，往街里去。”

展锋心跳加快，面上的慵懒也一扫而光，他小心翼翼地问：“那人有什么特别的？”

“有什么特别我不知道，反正那天看那小子既然身边有人，肯定不是修理他的好时候，我就没再管他，自己走了……”

“就这事，你把我们大老远找过来？”展锋已经极不耐烦了。

钱四奎笑笑："那人，瞧着像凶手。"

钱四奎本来已经忘了这事，昨晚睡不着，脑子里胡思乱想，忽然间，那天的事就冒了出来。大块头，差不多，走路姿势，也像。当时他手里拎着包，看着挺沉，身子往一边歪挺正常。可再想想，万一不是因为包呢，万一他走路就是往一边倾呢？

"我只能说像，究竟是不是，就得你们自己去查了。"钱四奎挺得意，"我这多重要的情报，再加两根烟吧，加一根也行……"

话没说完，门"砰"的一声关上，面前的展锋和老商，已出门而去。

展锋已经想到，排查那么多天没有结果，问题出在哪儿了。如果那天跟韩冬在一起的这人真是凶手，那么他的年龄显然比预想的要大许多。凶手连续杀死四人，谁都不会想到，他会是个花白了头发的老头。这个年龄段的人，只要故意佝偻着背，手上再拄根手杖，便能很好地掩饰走路侧倾的问题，而且，有谁会留意这样一个老人呢？

没出戒毒所，展锋就打电话给老傅，让他尽量多地安排人手，调用一切可利用的资源，立刻对惠民街进行拉网式排查，务必不漏一人一户。同时，给韩冬开一张传唤证，要带他回队里接受调查。

那头的老傅有点小激动："这么严肃，看来有新发现。惠民街，我亲自带队排查……"

既然老傅去了惠民街，那展锋就去果城里。现在，他比任何时候都想见到韩冬，他想听听韩冬还能再给他讲些什么故事。

33

直到邵勇出现在炸鸡铺，韩蓉才真正开始担心起来。

邵勇上来先亮明身份，警察，市局刑侦队刑警，来找韩冬。家里没人，打他电话也不接，知道他在哪儿吗？韩蓉当时后脊就发凉，说一早起来就没见到他人。然后，又小心翼翼地问：“警官，找韩冬，有事？”

邵勇根本不答她的话，走到一边打电话，应该是向上级汇报，猜测就是弟弟那个同学警察。挂断电话，邵勇沉着脸又过来，让她把一早的事详细说一遍。

还能怎么个详细法？每天都是她先起床，做好早饭，再去叫韩冬。今天早饭上桌，才发现他不在屋里，电话也打不通。她这还纳闷着呢，弟弟作息时间一向挺准时，今天怎么出去得这么早。起初还没太当回事，看到警察来，想起前段时间魏敏被人杀死的事，韩蓉立刻头皮发麻，整个人都惶急起来：“警察同志，韩冬不会有事吧……”

没人知道有没有事。

展锋赶到果城里，来到炸鸡铺。他对韩蓉印象挺好，特别温柔的小女人，说话永远细声细气，见到生人还会红了脸。他让韩蓉关了铺子，有话回家说——菜市街本就是市井之地，瞧热闹不嫌事大的人多，丁点事都能给你传出朵花来。

去她们家路上，邵勇过来汇报，已经联系了果城里派出所，对韩冬家周边治安探头进行排查，视频拍到了韩冬早上6点10分背着一个双肩包，由西向东离开了大庙巷，再沿着小街向北走，此后便没出现过。他们怀疑他打了出租车或者机动三轮，也可能为了避开探头，转入了街边的其他小巷。目前正在扩大监控排查的范围，暂时还没有结果。队里派来的两组人，正在周边走访群众，希望能找到见过韩冬的人。

展锋对此没抱多大希望，韩冬在果城里生活了几十年，这里的情况比谁都清楚，想要避开探头，肯定不是难事。而且，这人城府深，行事必定谨慎，都说疯子和天才总是结伴而行，只怕说的就是他这种人。

展锋很想听听韩蓉嘴里的韩冬是个怎样的人，但当务之急，还是得尽快找到韩冬，所以，进门之后，先去韩冬房间查看。房间不大，收拾得特别干净整齐，床上的被褥也叠得整整齐齐，一看就知道，离开之前，韩冬没少花时间收拾。这也意味着，在这房间里，找不到什么有用的线索。四处翻看查找，果然一无所获。

回到外面，韩蓉坐在沙发上，因为紧张，身子都在轻微地抖。

“别紧张，韩冬也许出去有点事，过会儿自己就能回来。”展锋安慰她。

“平时他去哪儿都会跟我说，手机也不会关机。”

“那他平时出去，会去哪儿？”

“除了炸鸡铺，他也没别的地方可去。”韩蓉犹豫着，“我这弟弟，跟别人不太一样，性格有点闷，没啥朋友，也不喜欢出去玩。”

这倒是，韩冬的性格何止闷，简直算得上孤僻了。

“这大半年，他常上魏敏那儿帮她带孩子，有时候也会带璐璐出去玩上半天。”韩蓉忽然想到什么，“他会不会想璐璐了，去福利院看璐璐？”

看璐璐不会瞒着韩蓉，更不会手机关机。但展锋还是让邵勇联系福利院那边，看今天有没有人去探视璐璐。打完电话，邵勇冲他摇头。

“最近，发现韩冬有什么异常没有，特别是昨天。”展锋又问。

韩蓉回想，立刻发现弟弟昨天确实有很多反常行为。平时姐弟俩吃饭挺简单，昨晚却有虾有排骨，算得上丰盛，而且，还喝了酒；晚饭后玩小猫钓鱼，只玩了一局他就说累了，要去睡，平时他可特别能熬夜；还有，以前说要给他介绍女朋友，他都挺排斥，昨晚竟一口答应，好像故意在哄她开心。

听韩蓉说完，展锋心里叹口气，猜到今天韩冬的出走一定早有预谋。

韩蓉显然对韩冬的出走并不知情，她坐立不安，惶急到眼里噙满了泪水，口中还兀自喃喃念叨着：“不会出事吧，不会出事吧。”

她跟弟弟相依为命这么些年，连个男朋友都没有，这个弟弟，对她自然无比重要。

展锋不想在这里耽搁，要忙的事还有很多。他叮嘱韩蓉，如果有韩冬的消息，一定第一时间通知警方。韩蓉上前惊恐地抓住他的手：“韩冬他不会，不会像他那些同学一样……”

她哽咽着说不下去了。

展锋赶紧摇头：“根据我们现在掌握的情况，应该不会。”

警察走了，韩蓉呆呆地坐在房间里，想弟弟能去哪儿呢？为什么一声不吭地就离开？为什么他刚走，警察就找上门来？难道魏敏之死，真的跟他有关系？

无数念头纷至沓来，她能听到自己急促的呼吸声。她想到了许多年前的那个夜晚，她惶急地在果城里的小巷中来回奔走，逢人便问你看到我的弟弟了吗？

她有种极不祥的预感，她再一次弄丢了弟弟，而且，不知道能否再将他寻回。

离开韩冬家，展锋立刻赶去惠民街。

老傅把队里能带的人全带上了，还动员了辖区派出所、街道居委会，对惠民街展开拉网式排查。惠民街的情况有些特殊，这里始建于20世纪80年代初，大多是些五六层的老式筒子楼。两年前开始棚户区改造，共分三期进行，前两期顺利完成，那些已完成搬迁的区域，楼房门窗都被拆卸下来，楼还立在那儿，平时罕有人迹。三期拆迁出了点小状况，暂时搁置。惠民街上大部分人家都已搬走，只有最西边搁置拆迁的区域，还住了些人家。这些人家的原住户，很多都已搬离，老房子用来出租，所以这里人员情况相对复杂。

要完成对惠民街的排查，不仅要走访西区剩下的那些住户，还要对每幢空置楼房逐一查看，工作量巨大。

老傅身先士卒，爬了两幢楼，就坐路边喘粗气。展锋赶到，坐他边上，给他递瓶水，让他找地方坐镇指挥就行，别把自己累出点毛病来添乱。老傅感慨，年纪大了，就得服老，当年咱也是猛男一个，现在不成了，啥事都得指望年轻人了。

展锋跟他说了自己的想法。

现在所有的判断，都建立在那天跟韩冬一块下车的人就是凶手的前提下——韩冬并不避讳对张松等人的憎恨，有充足的杀人动机。钱四奎又看到他跟一个与凶手特征相符的老头在一起，这很难不让人想到，韩冬跟那老头协同犯罪。

韩冬为什么会跟凶手出现在惠民街？

展锋想到的是，惠民街的棚户区改造，这里有众多出租屋以及大片空置楼房可以藏身。钱四奎看到他们的时间，尚在凶手第一次找上张松之前。那时候，凶手还没开始行动，他需要为自己找一个藏身之地，避开警察日后的排查。

不得不承认，惠民街确实是个适合藏身的好地方。

"那么，你那个同学，韩冬呢？他跟凶手是什么关系？"

"暂时还不知道，但他确实挺可疑。"展锋顿了下，又道，"更神奇的是，韩冬好像料到今天我们会去找他，一早就离开家，电话也关机。"

"逃了？"老傅失声道。

展锋摇头："不知道，也许吧，他是这几起案件里的关键人物，必须找到他。"

老傅点头："他肯定跑不了……"

"惠民街这边的排查也很重要，找到凶手的藏身地，或许就能找到能确定凶手身份的线索。"展锋说。

老傅拍胸脯："放心吧，你继续查你的案子，这边交给我。我这就继续爬楼去。"

老傅像个老小孩，他那点心思全用在了案子上。只要对案件侦破有利的事，不管你让他做什么，他都会乐呵呵地配合你。

警方很快就有发现，在空置楼里，相继发现三个房间明显有人居住过的痕迹。

每个城市多少都有些流浪汉，他们会把这些已搬迁的空置房当成自己临时栖身的地方。这些房间里虽然门窗都已拆掉，但屋里大多会留下些原房东丢弃的家具及生活用品，还能遮风挡雨，且在工程正式开工前，都不会有人过问。

发现这样的地方，就需要找到住在这里的人，逐一排除。可万一住在这里的人离开了，再不回来，就会对排查形成干扰。

展锋忽然想到，这城市里可以藏身的地方其实还有很多，如果一个人真要躲起来，想找到他，还真不是件容易的事。就像韩冬。

展锋再次找到老傅，说自己明天一早，会跟邵勇去趟驼峰乡，韩冬家里这摊子事，得他盯着。除了继续排查惠民街，还得派人盯着韩蓉，如果韩冬回来，立刻将之拿下。

34

市区到驼峰乡有三十多千米，开车一个多小时就能到。展锋和邵勇到达驼峰乡派出所，所长已经等他们半天了。简单寒暄过后，所长指派了个叫王海鹏的中年民警，这几天专门协助他们开展工作。

“我们要找的是1996年夏天，主要是6月之后，所有跟死亡或失踪相关，涉案人员为二十到二十五岁之间男性人员的报案记录。”

1996年，电脑还没有普及，档案资料多是手工填写登记。王海鹏带他们去到档案室，找到存放那年案卷的柜子，略带歉意地说两年前派出所搬过一回，有些年代久远的档案资料，归档可能不是很规范。

这是件麻烦事，乡派出所一年难得碰到几起大案子，多是些鸡毛蒜皮的治安案件。如果案卷规整，查找起来会很快，但现在所有案卷都混到了一起，不想错过，只能逐一翻看。

中午，所里几位领导要请展锋和邵勇吃饭，被婉拒，最后他们只去附近小饭馆打包了两份盒饭，俩人在档案室里对付了一顿。下午，接着忙活。王海鹏也来帮忙。直到傍晚，才把所有案卷都过了一遍。

1996年下半年，驼峰乡涉及死亡的案件共有四起，两起打架斗殴致人死亡，一起夫妻吵架女方想不开喝了农药，还有一起喝多了酒回家途中猝死，明显都与他们要查的人不符。

涉及失踪的案子倒挺多，符合条件的失踪者，共有三人，都属未结案件。王海鹏解释，派出所每年这种所谓的失踪报案其实挺多，大多都是虚惊一场。要么失踪的人自己离家出走，要么没几天自己又回来了，碰到这些情况，报案人也不会主动来派出所销案。

话是这样说，这三起失踪案，都需要逐一核实具体情况。

此时天色已晚，展锋和邵勇虽然不愿意多耽搁，也只能决定明天去各村走访核实。王海鹏却说这种小事，不用跑现场，几个电话就能解决。

王海鹏是驼峰乡土著，常往下面几个村子跑，地头熟，人更熟。一般村里的事，村里人都知道，就算年代久远，一时想不起来，让治保主任跑一趟，就能打探来结果。

展锋说那敢情好，要真能这样，就省了好多事。

王海鹏当即给那三起失踪报案人所在村子的村委会打电话，很快就有了结果。其中两位失踪人员，都在村里活得好好的，甚至他们都不记得有失踪这回事。最后只剩下一位大竹乡村的失踪人员，至今下落不明。也就是说，真正失踪的，只有这一个人。

于是他们仔细查看案卷，失踪人员名叫赵磊，失踪那年二十二岁，高中毕业，在县城一家汽修厂打工，失踪前半个月，从厂里辞职，说是打算跟同乡好友一起去南方城市打工。报案人名叫赵斯任，是赵磊的父亲。赵斯任1948年出生，当过兵，退伍后，一直在家务农。

赵斯任妻子多年前病逝，家里只有赵磊一根独苗，对他非常溺爱。儿子连着好几天没回家，他四处找过，没找着，这才到派出所报了案。

再看报案日期，1996年6月23日，正是张松他们爬鹧鸪山的后几天，时间也吻合。

展锋和邵勇面面相觑，都有些小兴奋。当警察这么些年，办过众多案件，这么好的运气，还是头回碰上。当然，这个赵磊是不是他们要找的人，还需要明天去大竹乡村核实。

晚上在宾馆，老傅那边传来消息，找到并确定了凶手藏身的空置房。

这事多少也有点运气的成分，本来一通忙活下来，又发现好几处有生活痕迹的房间，蹲守到晚上，“住户”归来，大部分都被排除，还有两处，“住户”迟迟不肯现身。在两处空置房里检查，都差不多，利用原户主丢弃不用的家具，再添置些极简的生活用品，没什么特别的东西。

队里人走访周边群众，然后运气就来了，有人曾在其中一处空置房楼下，看到过和嫌疑人体貌特征相符的人，也是六十多岁年纪，块头挺大，生面孔，只是没留意他走路的姿势。老傅当即把技术队召了过来，架起灯勘查现场。

现场采集到的几处脚印，与凶案现场的脚印一致，都是右脚外侧的花纹较浅，由此确定这里就是凶手在海州的藏身之地。另外，现场还采集到了众多指纹和毛发，这回凶手的生物特征可谓翔实。

技术队曾在张松的车里提取过一些毛发，现在，正在连夜与空置屋内采集到的毛发样本进行比对，相信很快就会有结果。

展锋这边也不示弱，要比运气，咱没怕过谁。

于是他说了今天在派出所查阅案卷的收获，明天就去大竹乡村，重点查一下这个赵斯任，没准明天就能确定犯罪嫌疑人身份。老傅那头一迭声叮嘱他们小心，万一这赵斯任真有问题，他们面对的，可是连续犯下四起命案的凶手。

老傅不放心，催着他们挂电话，他要连夜找所长，让他明天安排足够的人手，跟他们一道去大竹乡村。

“看出来了，老傅这是真担心咱们。”邵勇感慨，“我都快感动了。”

展锋也说：“老傅其实不错，就是太能唠叨了，像个碎嘴老太婆……”

第二天一早，他们先去派出所，所长这边调派了四个人，包括王海鹏，跟他们一起去往大竹乡村。大竹乡村的治保主任接到消息，早早就在村口等。王海鹏跟治保主任熟，上来就问赵斯任在村里吗？治保主任说今天一大早就去探过了，家里没人，也没在山上的石头房子里，听村里人说，有些日子没见他了。

他们有些失望，还是立刻赶去赵斯任家。家里就是普通的农村老房子，三间堂屋，门口有个小院子。屋里普通家具，没啥特别的。展锋进门就找鞋，床底门边找到好几双，看鞋底，右脚外侧果然磨损程度较重。展锋心跳加快，现在几乎可以确定，这个赵斯任就是他们要找的人。

“这老赵的右腿是不是有啥毛病？”展锋问。

治保主任立刻点头：“年轻时候跟人打架，伤了腿，后来走路稍微有点跛，不严重，一般人看不出来。我想想，没错，是右腿。”

展锋立刻冲邵勇使眼色，邵勇会意，到外面给队里打电话，找老傅，让他立刻把技术队调过来。

屋里墙上挂着个大镜框，里面是混在一起的十几张老照片。看展锋盯着看，治保主任就过来介绍，指着一对青年男女合影说：“这就是老赵年轻那会儿，边上这是他老婆，死了好多年，病死的，那时候赵磊还小。”主任又指着个年轻小伙说，“这就是赵磊，老赵那失踪的儿子。”

照片显然都有些年头了，夹在镜框里，表面跟玻璃黏合在一起，好多地方都变了颜色。

“老赵十多年前没了儿子，就不在家住了。”治保主任说，“他在山上茶田边上还有幢石头房子，平时都住那儿。”

石头房子看起来有些年头了，屋顶的瓦与石墙上都有修补过的痕迹，外头是矮墙围起的小院子，堆了不少杂物。门上了锁，治保主任不讲究，上前三两下把锁打开，展锋示意大家留在屋外，他给自己套上脚套，慢慢进到屋里。屋里家具物品挺简单，都是些过日子必需的家伙什，瞧着挺乱。展锋简单查看过后，从里头出来，吩咐留个人守在这里，谁也不让进，一直守到技术队的人来。

王海鹏给治保主任递了根烟，就打开了治保主任的话匣子。

“老赵在村里就是个普通人，没什么特别的。年轻时候复员回家，镇上照顾退伍军人，安排他去了镇上一家食品加工厂保卫科，干了没俩月，就在厂子里跟人打架，被开除了。打架的原因嘛，据说是厂子里保卫科科长欺负新人，换别人就忍了，偏这老赵是个犟脾气，不仅没服软，还动了手。对了，他右腿的伤，就是那会儿落下的。

“回村后的老赵要么留在村里种地，要么像别的年轻人一样出门打工，他选择了留在村里。种地辛苦，而且赚不了什么钱，老赵后来从别人手里接了山上这十几亩茶田。咱们乡的云雾茶品质好，挺有名，一直不愁卖，就是打理茶田太辛苦，年轻人不愿干，年纪大的又干不动。老赵不怕累，能吃苦，一年下来，收入增加了不少。

“老赵复员回来没多久，就娶了邻村一个姑娘，俩人婚后感情还挺好。可惜没过多久，老婆病死了，给他留下个几岁大的娃。老赵独自把儿子拉扯大，不容易，当年的小赵也变成了后来的老赵。接着就是十多年前儿子失踪那事，简直让老赵操碎了心。老赵找了半年多，没找着，终于死了心，就搬到山上茶田边的老房子里住，很少在村里露面。”

“说说他儿子赵磊失踪的事。”展锋道。

“过去这么些年，很多事记不清了。知道你们来要问，我一早就在村里打听了一圈，算是把忘了的那点事，又全找了回来。怎么说呢，赵磊这孩子吧，被老赵宠坏了，打小就是要什么给什么，在外头跟别的孩子打架，老赵也都护着他。长大些，赵磊不学好，跟着乡里一帮小痞子鬼混，老赵想管，又下不去狠手，有段时间，父子俩关系闹得挺僵。这赵磊吧，在村里名声不好，偷鸡摸狗那些龌龊事不值一提，这小子还扒人窗户偷看小媳妇洗澡，让人发现，追得满山跑，差点没让铁锨拍死。

“失踪前两年，赵磊在县里一家汽修厂找了份活，也不知是改邪归正学好了，还是长了点岁数懂事了，这小子发了工资也能给老赵拎两瓶酒回来，父子关系缓和了不少。到了1996年夏天，就是失踪前半个月，赵磊辞了县里的活，说要去南方城市打工。老赵也不拦他，儿子大了，想拦也拦不住，再说，村里大部分年轻人都在外打工，赚得都比在家多。

“辞了汽修厂的活，赵磊就住在家里，说是最后好好陪陪老赵。老赵当时还挺高兴，逢人就夸儿子懂事。但接下来连着好几天，都不见他人影，晚上也不回来。起初老赵也没当回事，只当儿子打工前，出门找朋友玩去了。直到跟赵磊约好一起打工的俩人上家里来找，这才意识到有点不对劲了。于是老赵开始四处找，最后实在没辙了，才去乡里派出所报了案。

“乡里派出所也来人查过，但这种事，查不出啥结果。大家都说，兴许就是赵磊外头闯了祸，自己跑了。”治保主任瞅了瞅王海鹏，说话明显挺有分寸，“后来老赵就自己找，各个村，乡里，县里，甚至是市区，到处贴寻人启事。当时村里好多人还劝他，小孩丢了才贴那玩意儿。他不听，折腾了半年多才消停。那以后，他就彻底从村里搬到了山上……”

情况差不多就是这些了，更多的细节那得慢慢了解。

展锋问起今年5月的时候，村里是不是来过一辆车，车上的人找过赵斯任。治保主任说这哪想得起来，不过他可以到村里帮着打听一下。

展锋又拿出那张石头照片，给治保主任看，问他见过这石头没。治保主任盯着看半天，摇头说没印象，山上的石头都差不多。展锋把照片交给他，让他找村里人问问看，有没有人见过。

到了下午，赵禹带着技术队的人到了……

35

今晚坐皮五对面那人叫张斌，俩人推杯换盏，已经喝了快俩小时。还是在一家小酒馆，几道家常菜，一人一瓶本地产的廉价白酒，皮五就算替张斌接风了。

张斌刚从大牢里出来，十二年，时间够长的。老爹老妈在他坐牢期间相继去世，老婆早带着孩子跟了别人，现在不知在哪儿快活。好在张斌看得开，起码自由了，想吃就吃想睡就睡，想上哪儿溜达也没人管。跟牢里那些年比，在外头的每一天都是天堂。

皮五是他出来后唯一主动来找他的老弟兄。当年俩人交情不算深，皮五跟着曹金龙时间多，他则帮着曹玉虎打理地下赌场。皮五喜欢赌，常上曹玉虎的场子玩，一来二去就跟张斌熟了，俩人私底下喝过几回酒，泡过几回澡，平时有事没事，也能联系着。

张斌挺感慨，过了这么些年，还能记住他的，没想到会是皮五。他开心，喝得就有点高。酒多了话就多，翻来覆去说的都是当年那些风光事。说到兴起时，抹一把脑门上的汗，直接脱了上衣，赤膊上阵。听说皮五前两天被杨阿四收拾了一顿，胸脯拍得啪啪响，信誓旦旦地保证，皮哥哪天想干杨阿四，打个招呼，兄弟肯定拎刀冲最前头。

皮五是老江湖，哪能不知道酒话当不得真，听听就好。但有人陪他一起骂杨阿四，还是挺开心。最后，他问张斌，往后有什么打算。张斌说不想在海州待了，过些日子，换个没人知道他底细的城市，重新开始。皮五听了便感慨，往后这海州城，能喝酒的人是越来越少了，以后甭管去哪儿，联系着，没准哪天又能凑一块儿去，咱们接着喝。

于是杯子咣咣碰一块儿，啤酒沫溅起，满满的兄弟情谊。

他俩里头唠，老商和夏薇在外头盯着。车子还停马路对面，隔着酒馆的窗玻璃，能看到皮五和张斌的影子。老商说这个张斌，当年有点小聪明，算是曹玉虎的狗头师爷，深得曹玉虎信任。曹玉虎大大咧咧，干不得精细的活，地下赌场的大事小情，基本上都是张斌拿主意。1996年6月10日晚，警方突袭地下赌场，便是这张斌跟另外一人，分别带了一箱现金逃，结果让人背后敲了黑棍子。等他醒来，手上已经多了副铐子。后来他听警察问才知道，那箱现金没了，背后敲他黑棍的人，目标就是那箱子钱。

这事之前老商说过，很多人都怀疑敲黑棍的人是杨阿四，但杨阿四叫屈，说这事跟他没半毛钱关系。当晚山上黑灯瞎火的，那么些赌客满山跑，就算面对面撞上，谁也看不清谁。警方当时查过这笔钱的下落，折腾了挺长时间，也没找出敲黑棍的人。

今晚看来又没啥收获，这皮五整天除了溜达喝酒，就没见他干过啥正经事。今晚他又喝得五迷三道找不着北，回去除了睡觉也干不出什么别的事。

又喝了快一个小时，皮五跟张斌才散。俩人在小酒馆外头又扯半天，才各奔东西。

夏薇开车远远跟在皮五后面。皮五没在路上多耽搁，直接回了家。车子停在可以看见他们家楼洞的地方，虽然明知今晚不会有啥收获，但还得坚持。幸好老傅体恤他们辛苦，还给他们派了另一组人来替班。

另一头的张斌今晚真喝高了，看啥都重影，走路直打晃。好在他定力强，一路念叨着回家再睡回家再睡，居然能强撑着回到家。

他现在的家，其实就是父母留下的一套老房子，在底层。摸出钥匙，捣鼓半天才打开门，晃晃悠悠进去，直接就把自己摔床上。不知道过了多久，他隐约听到些噼啪声，还察觉出哪儿疼，费力睁开眼，刹那间，酒醒了一多半。

他的手脚都被绳子绑上，口中也不知塞了什么东西。屋里没开灯，只能看到面前有个黑影，正不停扇他耳光。他想叫唤，声音被挡在喉边出不去。他拼命扭动身子，马上就是一记重拳砸脑门上，满天都是小星星。

黑影摸出把刀，抵在他的胸口。他心知不妙，但此刻脑子还晕乎乎的，想求饶又开不了口，无奈何，只能全力发出唔唔声。这当然无法阻止黑影的动作，刀子在他胸口划了道口子，不深，也不长，血瞬间渗了出来，他疼得抽搐，身子晃得更厉害了些。

黑影凑过来，嘴巴都快贴到了他的耳朵上了，声音很轻，说：“咱们兄弟又见面了。”

张斌立刻惊到忘了疼，眼睛瞪到夸张的程度，满脸都是恐惧。

刀子抵在了他的喉咙上，黑影慢慢拉出了他嘴里的布条。张斌剧烈咳嗽，好一会儿才缓过来些，结结巴巴地道：“虎哥，虎哥，听我说……”

黑影抬起头来，窗外透进来的一抹月光刚好打在他的脸上。

张斌看清了，熟悉的脸，熟悉的人，虽然看起来比那会儿沧桑了些，但确定无疑，正是曹玉虎。

“虎哥你听我说，咱们之间，是不是有啥误会？”

刀尖刺入喉间的皮肤，又一阵刺痛传来，但张斌不敢叫，甚至不敢转动脖子。他相信，曹玉虎真的会把刀子扎进他的喉咙。

“咱们的账，该好好算一算了……”曹玉虎说。

技术队赵禹他们昨晚从大竹乡村回了市区，连夜对采集到的样本进行勘验。展锋和邵勇在大竹村乡逗留了一晚，今天一早也赶了回来。派出所的王海鹏留在村里蹲守，以防赵斯任回村，同时，帮着查找照片上那块石头的相关信息。

回到市区，直奔果城里。邵勇奇怪，不回队里？老傅他们可都在等。

“让他们等，不差这一时半会儿。”展锋说。

车停在大庙巷口，俩人去了韩冬家。这才两天没见，韩蓉憔悴了许多，开门见是他们，既期待又紧张，小心翼翼地问：“韩冬，有消息了吗？”

展锋摇头：“今天来，是想采集些韩冬的生物信息。”

韩蓉没听明白，展锋解释：“就是指纹和头发……”

展锋和邵勇进到韩冬房里，很快选取了一个杯子，邵勇又在枕头下找到几根头发，全部装到采样袋里。韩蓉站在门边，看起来更加惶恐：“韩冬，他犯了什么事吗？”

展锋面无表情：“还在调查中，作为他的同学，我现在能给出的最好建议就是他主动来找我们，把事情说清楚。”

“我不知道他在哪儿。”韩蓉提高了声音，呼吸也变得急促。

展锋沉默了一下，这才道：“如果他联系你，让他找我……”

离开，韩蓉一直跟到门边。回头，她还眼巴巴地盯着他们看。她是迫切想要知道点什么吧。展锋有些不忍，但还是狠下心，冲她挥挥手，算是告别。

回队里，途中，展锋给赵禹打电话：“知道你忙了一宿，但还得再给你加点活。”

赵禹说：“脱氧核糖核酸今天肯定来不及出结果，但指纹对比，问题不大……”

到了队里，邵勇把韩冬的生物样本给赵禹送去，展锋则去老傅办公室，进门发现赵副局长也在。赵局听说案件侦破工作取得重大进展，一早就来了队里，跟大伙儿一块等技术队那边的勘验报告。

老傅当着赵局的面，一迭声夸展锋能干，这么大的案子，四条人命，这么快就取得了重大突破。展锋赶紧佯装腼腆和羞涩，说这都是老傅领导有方，他都是按照老傅的指示在行动。赵局瞪眼，说刑侦队啥时候流行互相吹捧这歪风习气了？

老傅和展锋听了都特委屈，说实事求是咋就成歪风习气了。

赵局不搭理他们，问怎么没看到商铁城，他最近不是给咱队里当顾问吗？老傅跟展锋对个眼色，展锋赶紧说老商忙得头疼病都犯了，在家歇着呢。老傅接过来道，顾问顾问，顾得上就问，顾不上也没办法，咱总不能要求他每天按时按点来上班不是。

赵局说：“我不管那么多，给我把案子破了就行……”

展锋找个借口出去，队里留在家里的同志都在等，都挺期待的。到了上午九点半多点，赵禹终于带着勘验报告，推门进来。

有人叫了一嗓子，所有人都停下手中的活，眼巴巴瞧着赵禹。老傅和赵局也从办公室出来，略显紧张地瞧着他。

赵禹成为焦点，有点不自在，赶紧把报告递给展锋。展锋接过来看，笑了。

展锋宣布，经检验，从大竹乡村赵斯任家采集到的毛发指纹样本，与惠民街疑似赵斯任藏身地的空置屋内采集到的毛发指纹一致，确定为同一人。另外，在张松的车内曾采集过一些毛发，其中一组，与以上两地采集的样本一致。

众人欢呼，老傅和赵局也满面堆笑，技术队这边的结果，坐实了赵斯任就是犯下四起连环杀人案的凶手。剩下要做的，就是将他抓捕归案，案件便算成功告破。

赵禹将展锋拉到一边说："我们在惠民街的空置屋与赵斯任家采集到生物样本不止一份，其中都发现了早上送来的韩冬的指纹。"

虽有预期，展锋还是愣了一下。

赵禹接着说："韩冬去过空置屋，去过赵斯任家的石头房子。"

展锋点头，预想中的结果，他却高兴不起来。韩冬，真的是赵斯任的帮凶？

现在，韩冬正式成为连环杀人案的犯罪嫌疑人，对他的抓捕工作也将展开。

就在这时，指挥中心那边传来消息，有群众报警，浦河路上发生命案。

老傅和展锋都是一惊，老傅脱口而出："凶手又杀人了？"

接电话的邵勇明白他的意思，赶紧摇头："这回应该是个独立案件，跟前面几桩案子没关系……"

36

案发现场在浦河路一幢旧楼的底层，报案人是名老太太，住隔壁楼。

老太太家里就她一个人，老伴前两年走了，儿女都不在身边。家里养了条比熊犬，宝贝得不得了，每天都要带它出门遛几次。今天早上出门，小狗罕见地撒着欢儿跑，把老太太落后面。老太太气喘吁吁紧着追，嘴里还“宝贝宝贝”地叫。

小狗跑进了隔壁楼，对着一楼左边的房门汪汪叫，还不停地拿脚掌挠拿脑袋顶。老太太当时就动了好奇心，耳朵贴门上，听不到一点动静。想牵着比熊走，小狗死活赖在门口，继续叫，继续挠，继续撞。

老太太更好奇了，这屋里有啥好东西，这么吸引小比熊？

于是绕到窗户根，探头朝里看。窗帘没拉严实，露出两指宽的缝。老太太眼神不好，看见了什么又怀疑看错了，揉了揉眼睛接着看，还叫上路过的一个姑娘一起看。

姑娘脑袋刚凑上去就叫了一嗓子，老太太这才知道自己没看错，赶紧报了警。

市局刑侦队接报后，老傅亲自带队赶到现场，法医技侦进场干活，邵勇跟同事走访周边群众，老傅跟展锋进到屋里。进门，扑鼻而来的就是一股酒味与血腥气混合的怪味。死者手脚都被麻绳绑住，像只虾般蜷缩在满是血渍的地板上。尸体嘴巴被布团塞住，全身上下只穿条大裤衩，裸露的上半身，遍布刀痕，目测至少有二十处以上，深浅不一，创口处渗出来的血，将他整个上半身都染红，现在变成了黑紫色。

老海指着死者脖颈处，示意那里是致命伤："凶器宽约2厘米，是把双刃匕首，直接扎进脖子里，刺断了颈动脉。"

老海一般不多话，但这回加了一句："没深仇大恨，下不了这狠手。"

就算毫无经验，也能看出死者生前受尽了折磨，身上那二十多道创口，简直惨不忍睹。这得多大的仇多大的恨，才能在杀死他之前，还要这么虐待折磨他。

地板上，有明显的一组血脚印，猜测可能是死者出血太多，凶手在折磨他时，脚掌不可避免地沾上血迹。根据脚印的纹理，凶手穿的是双运动鞋，42码。脚印在卧室门边消失，边上还有死者的上衣，揉成一团，沾了不少血迹。怀疑凶手走到门边时，用上衣擦干净了脚掌上的血渍，然后才离开卧室。

门锁并无撬凿的痕迹，但那种老式弹簧锁只有一个锁舌，安全性极差，展锋至少知道十种可以轻松打开这种锁的办法。

死者的身份很快调查清楚，张斌，男，45岁，是名刑释人员，一个星期前刚刑满释放。张斌曾是曹金龙犯罪团伙成员，1996年犯罪团伙覆灭后，他因罪获刑十二年。

张斌，这名字耳熟，展锋想起老商跟他提过这人，在曹金龙犯罪团伙里也算一号人物。

这个事，有必要知会一下老商，他熟悉曹金龙犯罪团伙里的人和事，应该能给出些建议并指出案件侦破方向。

老商一早就跟夏薇去换昨夜蹲守的另一组人，接到展锋电话，听说张斌死了，吃了一惊，昨晚张斌还跟皮五喝了一晚的酒，怎么就突然让人杀死了？

老商当即让夏薇开车去现场。夏薇问：“皮五这边呢？”

“他中午之前醒不过来，咱们先去案发现场。”

看到老商来，老傅心里踏实了，陪着他进到现场。老商站在尸体边，皱着眉，挺长时间都不动一下。展锋想说什么，被夏薇拉到一边。夏薇说了昨晚张斌跟皮五一块儿喝酒到深夜的事，展锋没想到这么快就有了线索，难道这事跟皮五有关？

“皮五离开小酒馆就回家了，再也没出来过。”夏薇说。

“那这什么情况，张斌刚从大牢里出来，就算有深仇大恨，也应该是坐牢前结下的。凶手这耐心够大的，等了他十二年……”

张斌当年跟着曹玉虎混赌场，没少干缺德事，有人记他的仇，不奇怪。

“为什么一定得是深仇大恨？”那边的老商显然听见了他俩的谈话。

展锋赶紧凑过去：“没有深仇大恨，把人杀死就算了，至于在他身上划这二十多刀吗？”

“凶手折磨死者，除了泄愤，还有一种可能。”

在场的人都在想，还是展锋先想到：“逼问。凶手特别想知道一件事，死者又死扛着不松口，也可能是不知道。”

大家都点头，确实存在这种可能性。

“张斌出来没几天，凶手要逼问的，肯定是他坐牢以前的事。曹金龙犯罪团伙当年被剿灭，公安机关曾经公开设置了举报窗口，但凡这些年遭受到该团伙欺压的人，都可以来举报。如果跟张斌有仇，正常情况下，不该向公安机关举报吗？还用得着苦等十二年？”老商神情有些怪怪的。

“没错。”老傅接过来道，“十二年前该团伙覆灭时，就是有冤报冤、有仇报仇的最好时机。”

“也就是说，凶手如果真的逼问张斌什么事，那这事，是秘密，是不能拿到台面上公开说的。”展锋脑子飞快地转，忽然想到了什么，神情蓦然一凛，再看向老商，立刻懂了他现在为何面色如此凝重，还有种费力抑制的激动。

展锋立刻安排人行动：“调取案发地周边方圆一公里内，所有的监控视频，查找犯罪嫌疑人。”

老傅有些糊涂：“这现场还没勘察完毕，就有嫌疑人了？”

展锋想说话，又闭了嘴，目光落到老商身上。老商沉默，慢慢从兜里掏出一张叠起来的纸，展开，举到众人面前。大家赶紧凑上去看，是张通缉令，纸质已经发黄，显然有些年头了。通缉令上的人，不是别人，正是曹玉虎。

“曹玉虎？”老傅惊住，“人是他杀的？”

老商神情越发凝重：“警方当年捣毁鹧鸪山地下赌场时，曹玉虎丢了一笔钱，数额巨大。随后不久，曹金龙犯罪团伙就被警方连锅端了，这笔钱的下落也就成了谜。后来外头都在传，是杨阿四劫了这笔钱，事实上，剿灭地下赌场当晚，杨阿四是最早被警方抓获的一批人，根本没有时间去劫钱藏好，再主动被抓。不是杨阿四，那就是其他人。如果我是曹玉虎，我最怀疑的人会是谁？”

“张斌。”展锋接过来道，“当年得知警方来袭，张斌带着赌场的钱离开。事后，他称被人偷袭，醒来钱就不见了。试想一下，在那种情况下，被警察追，人人都是惊弓之鸟，谁都会非常警觉。特别是张斌，带着那么一笔钱，更是非常小心。被人偷袭，一棍子敲晕，那势必得先绕到他的背后且不被发现，偷袭他的难度相当高。”

“最大的可能，就是张斌监守自盗。警方夜袭地下赌场，他自知大势已去，趁着混乱，将钱藏好，然后敲晕自己，等着被警方抓。”展锋接着道，“这样，就算被关个十年八年，出来以后，还有那笔钱等着他，下半辈子还有着落。”

“当然，这只是一种可能性。在真相揭露之前，取决于你相信哪一种。”老商回身，指着张斌的尸体，“我想，这就是曹玉虎选择相信的。”

“就算这样，为什么是曹玉虎，而不会是别人？”老傅再问。

“可能是任何人，只是曹玉虎的可能性大些。不是自己的钱，一般人不会惦记十二年，更不会在不能百分百确定跟张斌有关的情况下，就来折磨他，最后再杀死他……”

老傅不言语了，可能这会儿也琢磨出点味儿来了。曹玉虎可是重点通缉的在逃人员，如果真是他回来杀了张斌，拿下他的意义不言而喻。

老商又道：“我们现在必须假设曹玉虎已经从张斌这里知道了藏钱的具体位置，那么，他现在要做的，就是立刻赶往鹧鸪山……”

这挺好理解，张斌当年从逃出赌场到被抓住，就没离开过鹧鸪山，倘若真是他监守自盗，钱只能藏在山上某处。

“现在马上联系鹧鸪山所在辖区派出所，队里再派组人过去，让他们务必动员山下各村，以最快速度，封锁进山的各出入口，对来往人员严加盘查。”老商的语气已经变得急迫。

得知藏钱的具体位置，曹玉虎接下来要做的，就是取钱离开海州。现在距离张斌死亡已经过去了十多个小时，必须赶在他前头，封锁鹧鸪山。

老傅立刻紧张起来，赶紧到边上打电话安排。

展锋有些担心：“十多个小时，足够曹玉虎赶到鹧鸪山了。”

老商想了想，倒也不是没有这种可能。但张斌被逼之下，即便告诉了他藏钱的地方，位置说得也不会太详细，而且过了十多年，鹧鸪山的变化也不小，想短时间内拿到钱，也不是件容易事。曹玉虎行事谨慎，否则也不可能逃亡十多年还未落网，他多半不会贸然上山。

这种事，只能赌一把了。

老傅安排好鹧鸪山封山事宜，回来对老商和展锋道：“现在，只要能有曹玉虎回到海州的确凿证据，便能在全城展开抓捕行动。”

老商说：“要想找证据，得从两方面着手。排查周边监控是一个方向，还有个办法，咱们得去找个人。”

“谁？”老傅问。

“皮五。”

展锋和夏薇愣一下，已经盯了皮五这么久，难道就这么放弃了？不过目前情况下，要想拿到证据，找皮五，确是最便利快捷的方式。如果皮五跟曹玉虎并无联系，至少往后也不用再盯着他了。

37

在车上，老商显得有些犹豫，最后，还是向夏薇说对不起：“我原本以为盯着皮五，就能找到曹玉虎，没想到，却是用现在这种方式，确定曹玉虎回了海州。对不住了，让你跟我白忙活了这么些天。”

夏薇赶紧摆手：“您这说哪的话，皮五这些日子频繁接触曹金龙以前的手下，这里头肯定藏着事，怎么能说是白忙活呢。”

老商叹口气：“希望能从皮五嘴里问出些有用的线索吧。”稍顿，又道，“我算错了一件事，我一直以为，曹玉虎会回来看他的父母，所以才在小马巷待了这么些年，没想到，曹玉虎回来，却是为了那些钱。”

“甭管为什么回来，回来就好，回来咱就让他有来无回。”展锋故作轻松地道，“谁都不是完人，永远做正确的事。您就稍微降低些标准要求自己，也能拉近些您跟我们这些年轻人的距离。”

夏薇暗中冲展锋竖大拇指，夸他马屁拍得不错。他俩明显能感觉到老商的郁闷，他花了十二年的时间来做一件事，结果却证明是错的，换了谁，心里都不会好受。现在，他们只希望能从皮五身上挖到些干货，这样或能稍微弥补一下老商心中的遗憾。

夏薇在楼下守着，老商和展锋上楼敲门。过了挺长时间，皮五才懵懂着开门。皮五认识老商，当年就是老商拘的他。他马上清醒了，脸上堆出些笑：“我说谁呢，原来是咱商队，有日子没见了，现在好吗？怎么想起来到我这小破庙里来了，有事？”

老商沉着脸：“想找你聊聊。”

皮五心里嘀咕，警察上门，肯定没好事，但脸上还得强作镇定：“那您请进，我这地方乱，您别嫌弃就行。”

老商不动：“我嫌弃，咱们还是换个地方聊。”

皮五还想说什么，展锋已经上前一步，给他出示传唤证：“别磨叽了，走吧……”

皮五在讯问室里待了一个多小时，甭管你说什么，他都咬死没跟曹玉虎联系过，更别说见过他了。这些日子他是见了些老朋友，哪条法律规定不能跟老朋友一块儿吃饭喝酒？至于去过曹家老宅，无意中溜达到那儿，想起曹家兄弟，随便多瞧了几眼。

“张斌死了？我这昨晚还跟他一块儿喝了顿酒，真是天有不测风云。我哪知道他怎么死的，喝完酒我就回家了，不信你们可以查……”

碰上这种老油条，又拿不出实锤来捶死他，他肯定不会松嘴。

老商明显有些急躁，偏急切间，又拿他没办法。

皮五这头遇阻，只能寄望于对张斌家周边监控探头的排查。过了这么些年，谁也不知道曹玉虎变成了什么样，只能拿着他以前的照片去比对。治安探头的分辨率都不高，想把人瞧清楚，不容易。老商发话，但凡发现有疑似曹玉虎的人，做好信息登记，他来鉴别。

“别人瞧不出来的，您就能瞧出来？”展锋故意拿话逗老商。

其实，他又岂能不知，无论曹玉虎变成了啥样，都难逃老商的法眼。老商对他的恨，深入骨髓，他的模样，早已烙印他脑子里。

排查视频的过程中，老商继续去盘皮五。他掏出小本，把皮五这段时间见过的“老朋友”名字，逐一念给他听：“这些人，我保证都给你找齐了，一个都不缺。我会好好问问，你都跟他们聊什么了。”

皮五还是满不在乎：“发发牢骚不违法吧。”

“发牢骚不违法，可总能发现点别的事。”老商的手在几个名字间来回移动，停在了一个名字下面：“高永顺，绰号‘骆驼’，你的这些老朋友里面，就数他现在混得还不错，开了家物流公司，生意不怎么样，赚的钱却不少。抽空得去查查他的车里都装了啥，万一真查出来点什么，我一定不会忘了告诉他，这全是你的功劳。”

皮五愣住，随即哭丧着脸：“商队，你不是这样的人，你不能这么干。”

老商手指继续移，再停下：“张前进，前段时间刚去了趟外地，带回来一帮小姑娘，安排到了几家按摩馆和桑拿馆，自称干的是劳务中介。这人也得查，当然，查出来点啥，功劳也得记你头上。”

皮五急了：“我有啥功劳呀，这跟我有啥关系呀，他们的事，我都不知道。”

“刘华勇，当年曹金龙手下第一打手，出来后得了黄疸肝炎，瘦得没了人形，小日子过得抠抠搜搜的。两个月前忽然出手变大方了，恰好那段时间，市郊连续发生几起拦路抢劫案，我猜八成跟这刘华勇有关。要真他干的，这也记你头上。”

皮五瞪着老商："看出来了，您这是存心想毁我。"

"那你就没看出来，我对你其实没兴趣？"

"可我真没见过虎哥。"

"知道你没见过，我们这都盯你多少天了。你每天干什么，见过什么人，在哪家小酒馆喝的酒，喝到几点回的家，我这儿全给你记得明明白白。你见没见过曹玉虎，我比谁都清楚。"

老商还把小本往皮五跟前推："别不信，自己瞧瞧。"

皮五目光狐疑不定，哑了火。

"你当我吃饱了撑的，全天候24小时盯着你？你也老江湖了，肯定知道咱们警方一般都给什么样的人才上这种手段。"

皮五显得特别委屈特别无奈："你们警察盯错人了，虎哥真没跟我联系过……"

他话没说完，老商已经起身往外走："你再好好想想吧。"

会议室里，大屏播放筛选过一轮的视频。老商聚精会神地盯着看，不断排除。边上的展锋和夏薇都替他发愁，就这画质，能看清吗？

到了晚上，还没结果。老傅下班时经过会议室，冲着展锋和夏薇招招手，俩人出门。

"张斌这案子很重要，事关曹玉虎，但前面的连环杀人案，也不能放松……"老傅说。

俩人明白他的意思，展锋说连环杀人案的犯罪嫌疑人已经确定，就等着抓人了。等这边老商确定曹玉虎回了海州，捎带手，两边一起抓。

老傅安排工作，连环杀人案，还由展锋跟进，抓捕曹玉虎，就让夏薇配合老商。

那边老商特别精神，忙到现在，一点疲态都没有。夏薇点了一堆好吃的，老商没胃口，全都便宜了展锋。

又过了挺长时间，老商终于有了发现。他固定住画面，盯着看了好几分钟。大家全都紧张起来，跟着一起看。应该是傍晚，在条小街上，天还没黑透，有个瘦削的中年男人，戴着眼镜，白衬衫牛仔裤，就是寻常装扮。脸部暗，看不太清。

“能把画质加强些吗？”老商问。

“这得送技侦，我们这里不行。”展锋说，“我给技术队打个电话，看有没有人值班？”

赵禹还没走，让把视频送过去，但就算现在开始处理，最快也得到明天上午才能完成。”

老商说：“行，那送过去。”

夏薇凑过来，又盯着画面中的男人看：“师父，这跟曹玉虎不太像吧。”

“十多年了，他变成啥样，咱们谁也猜不到，但他走路的姿势不会变，每个人走路姿势其实都不一样，都会有些细微的差别。”老商说。

夏薇连连点头，曹玉虎的事，老商是专家，他说了算。

到了这会儿，老商才瘫坐在椅子上，露出疲态。夏薇要送他回去歇着，明天等结果就行。老商说皮五还在传唤室呢，还得接着盘问。

皮五趴在桌上，好像睡了，听见动静，一个激灵抬起头。

“商队，啥时候放我走，关我再长时间，我也没法给您把虎哥变出来呀。”

老商慢条斯理坐他对面：“不着急，等你那些老朋友都来了，让你们在这儿聚聚。”

皮五沮丧地再趴下，脑袋埋胳膊里。

“曹玉虎回来，杀了张斌，你觉得这回，他能跑得了吗？现在所有出城的路口，全都设了卡，车站码头，到处贴着他的通缉令，他顶多也就躲两天，抓到他，迟早的事。”

皮五不动弹，却竖着耳朵听。

“曹玉虎完了，别再对他抱有不切实际的幻想。哥们义气那一套，在这更行不通。曹玉虎杀张斌，为的是当年鹧鸪山赌场那笔钱，拿到钱，他唯一要做的事就是远走高飞，你以为他还会顾念你们这帮人，能给你们留点？指望他，还不如买彩票去。

“曹玉虎落网，要被当场击毙，算你运气，万一落下活口，他回海州之后的所有事，我们肯定都能查清楚。这里头但凡跟你沾点边，你这就是包庇罪。你都多大岁数了，自己估算一下，还能再坐几年牢，出来头发都白了，这辈子也就算交代了。

“这回找你来，只是传唤，没拘你，还不明白吗？这是给你机会，正式拘你之前，不管你说什么，都算你主动坦白。知道你这两年过得不容易，还欠了一屁股债，杨阿四那样的，都能随便折腾你，要知道，他当年替你提鞋都不配。

“我这同情你，才给你这机会。要不要，就看你了……”

老商静待片刻，看皮五还埋着脑袋，起身便往外走。拉开门，听见皮五的声音：“等等……”

38

韩蓉的炸鸡铺关了两天，第三天又开门了。韩蓉很憔悴，却还跟往常一样站在炸锅后面忙活。请来帮忙的老阿姨，很快就发现韩蓉心不在焉，或者说心思根本没有生意上。她经常出错，炸的鸡柳和鸡叉骨混到了一起，油炸的时间老掌握不好，不是没熟就是老了。最后，还让油溅到胳膊上，烫出了几个泡。

老阿姨想起上回警察上门的事，便问韩蓉，弟弟回来了没？韩蓉失神地摇头，说会回来的，总会回来的，不回来他能去哪儿呢？

韩蓉不愿再待在家里，家里太安静，安静到让她害怕。她睡着觉，忽然就能被这安静惊醒。她躺在床上，耳朵竖起来，试图听到些动静，随便什么动静都行。可是，没有，仍然是死一样的寂静。有时醒了，她却不敢睁眼，睁眼，怕看到什么不好的东西。

寂静本身就很可怕，那些能在寂静中靠近你的东西更可怕。比如，韩卫平。

韩卫平好多年没消息，但他仍然活在韩蓉记忆里，时不时跳出来，吓她一回。其实，在这家里，唯一不怕韩卫平的就是韩蓉，韩卫平每次试图殴打韩蓉，都会遭到激烈的反抗。韩蓉就像只小野猫，冲着他又抓又挠，虽然最终在绝对的力量面前韩蓉还是会吃亏，但她绝不会像妈妈和弟弟那样，逆来顺受，只会忍，只会哭。

后来又是什么时候，开始害怕韩卫平的呢？不知道，大概在韩卫平消失之后。关于韩卫平的消失，有很多传言，有人说看到他混上辆火车，离开了海州，有人说他彻底疯了，不知道流窜到了什么地方。还有人说，他在1996年汛期时，掉进龙尾河里淹死了。更离谱的说法是，韩卫平让人杀了，杀他的人，正是韩蓉姐弟。

对这些传闻，韩蓉向来懒得辩解，但从那以后，她莫名其妙就怕上了韩卫平，怕他变成鬼回来，怕他来打破姐弟俩安静的生活。有那么一段时间，她睡觉都不敢关灯，就算再黑的夜里，她都能看到影子。

韩家姐弟杀死韩卫平的谣言，最后被街道的人捅破。韩卫平流窜到外地，差点放火烧了人房子，被公安抓了，送去专门关押脑子有问题的犯人的精神病院，这辈子恐怕出不来了。得知这消息，韩蓉轻松了些，但黑暗中的影子仍在，她仍然怕黑。

幸好，家里还有弟弟。出院后的弟弟看起来挺正常，还学会了照顾她。知道她怕黑，还把上学那会儿的高低床收拾出来，让她睡上铺，他睡下铺。她害怕时，探头就能看到下铺的弟弟，她的怕便少了些。

某种程度上，韩蓉姐弟俩是彼此陪伴，互相照顾。

多年以后，他们的生活渐入正轨，韩蓉看见影子的次数少了，就算关了灯也能睡着。而且，即使家里没有一点声响，只要想到弟弟就在隔壁，她并不是一个人，她就能平静下来。而韩冬，这么些年，几乎从不在外面留宿，就是不想丢下她一个人在家。

所以，韩蓉坚信弟弟肯定会回来，她只要耐心等，说不定哪天回家推开门，就能看到他。

弟弟不在家这几天，黑暗里的影子又冒了出来，屋里光线本来就不好，无论白天黑夜，她都开着灯，就算出门，灯也亮着。躲避那份安静的办法，就是去炸鸡铺。去了，她却又心不在焉，胳膊上烫出了水泡，隐隐地痛。

到了晚上，炸鸡铺关门，老阿姨跟她打声招呼，颠着小碎步走了。她又独自在铺子里守了会儿，喧闹的街道变得冷清，周边的铺子大多已经关门。在这条街上做生意，赚的本来就是一日三餐的钱，过了饭点，也就没了生意。

就算再拖延，还是得回家。韩蓉先洗澡，洗去一身油烟味，肚子饿，却没胃口。她坐沙发上看电视，播的什么，看在眼里，全没记住。过了会儿，她拿起手机，想给什么人打电话，又放下。纠结了一会儿，索性换了身衣服，是件翠绿色小碎花的长裙，五分袖，刚好能遮住胳膊上的文身。

出门，离开大庙巷，沿着小街往前走。走了挺长时间，可能累了，她停在建设路上交通银行门口的公交站台。公交车来了一辆又一现，还有出租车停在她边上，司机隔着窗户招呼她，她佯装不见，一动不动。

夜已深，夏末初秋的夜里，多了些凉意。她环抱双臂，瑟缩了一下，恰好又一辆出租车停在她面前。这回，她没有犹豫，开门上了车，坐到后座。

车里灯黑着，司机的面孔在阴影里。

“去哪儿？”司机问。

“不去哪儿，随便转转。”韩蓉说。

于是司机便不再说话，车子很快汇入车流中，再也寻不见了。

就算深夜，街边的霓虹仍灿烂，它们划过车窗，留下一道道彩色的线条，流动着，又恍惚着。经过淮海路，窗户仅留一道缝，还是能闻到股刺鼻的气味。韩蓉关上车窗，脑袋贴到玻璃上，可以看见外面高耸的烟囱。

那是已经搬迁的化肥厂，刺鼻的怪味盈荡在厂区上方，经年不散。

韩蓉皱着眉，忽然想起有天晚上韩冬回来得挺晚，进门后，她闻到他身上有股怪味，当时就让他衣服脱下来扔洗衣机里。现在，她闻出来了，韩冬身上就是化肥厂这味。

难道他那晚来了化肥厂，还是来了淮海路?

海州市化肥厂始建于20世纪70年代，曾一度因为效益好工资高，引得无数海州人脑袋削尖了往厂里扎。你要没有相当的关系，根本进不去。后来生活好了，开始注重环保，加上设备老化，产品滞销，化肥厂逐渐开始没落。再后来，长年刺鼻的气味引得周围群众群情激奋，多次自发组织上门围堵。经过漫长的协商谈判，化肥厂终于在两年半前整体搬迁到了远郊。多年老大难问题解决，但搬迁过后的废弃厂区仍留有刺鼻的气味，周围老百姓都说，这厂子让化肥腌入味了。

化肥厂设备都已搬走，车间厂房还在。厂房本来跟设备连在一起，现在没了机器，厂房就只剩下半截，深夜时看去，就像一只只张着大嘴的怪兽。

韩冬就在怪兽的嘴里，他坐在消失的半截厂房边上，两条腿悬空，俯瞰整个厂区。厂区里疯狂生长蒿草，据说它原本只能生在盐碱地里，高处看去，它们就像麦浪般随风摆动，异常整齐。

韩冬已经在这里待了3天，因为提前准备了足够的食物和水，所以，他还打算在这里再待几天。这里是个绝佳的藏身地，3天里，厂区没见到一个人，就是这味儿实在难闻，戴上口罩也不行。3天下来，他已经偶尔感到头晕，还会犯恶心。

他要给展锋足够的时间，以便能弄清楚整件事的来龙去脉。如果他去了大竹乡村，就会查到赵斯任是这四起杀人案的凶手。展锋必定能想到，赵斯任需要一个帮手，才能杀死张松等四人，而他，就是这个帮手。

当开始这个计划时，他就已经预料到了最终的结局。

那还是7月，他早早来到了黄沙路上的殡仪馆。他没有参加梁军的告别仪式，只是在场外远远地站着，直到那一缕青烟从烟囱里袅袅升空，他才毅然转身离开。

他答应过梁军，会在他去世之后，再将真相告诉赵斯任。

事隔十二年，他再次来到大竹乡村，穿过村里的小道，来到半山茶园边的石头房子里。那个叫赵斯任的男人，因为长时间离群索居，与人缺乏交流，眼神看起来空洞且木然。唯有听到赵磊的名字时，眼中才倏然迸射出道光来……

大幕缓缓拉开，有些人粉墨登场，有些人直到死，都不知道自己已是戏中的角色。

39

昨晚下半夜，展锋才送老商回小马巷。老商睡下前头就开始疼，强忍着。照以往经验，这种疼，都是神经痛，睡一觉就能缓解。可他偏偏就是睡不着，两边太阳穴位置像藏着两条虫，拼了命往外钻。直到天快亮时，老商才恍惚了会儿，也不知睡着了没。早上被闹钟叫醒，昏沉沉的，脑子里一团糨糊。但他还是起床，冷水洗脸，稍清醒些，出门去刑侦队。

赵禹那边也是忙了一宿，视频的清晰度加强了些，但仍然看不清脸。队里一大家子人盯着大屏幕看，还是没人敢吱声。最后，目光都落老商身上。

老商有备而来，U盘里带了几段视频，交给夏薇，投到大屏上。这还是当年侦办曹金龙犯罪团伙案时的调查资料，这几段视频，都是截取的曹玉虎走路片段。

“注意看，曹玉虎走路有个习惯，就是打响指。他的右手落下时，拇指和中指会搭在一起，打过响指的人都知道，这是准备动作。右臂上抬过程中，完成响指。”

夏薇来回重复播放这个动作，果真如老商所说，几段视频里，曹玉虎都有这动作。

“打响指不一定要打响，仅是完成打响指的习惯性动作。”想了想，老商又道，“它就像有些人只要拿到笔，就会旋转，拿到硬币，就会让它在指缝间移动。”

再让夏薇播放那段画质加强的监控视频，这回，大家知道该看哪儿了。

监控视频中的男人，走路时手上的动作，与曹玉虎一模一样。窃语间，也有不同的声音，仅凭习惯性动作，恐怕仍不能确认此人就是曹玉虎。

展锋起身，走到台前：“昨天，我们传唤了一个叫吉建波的人，也就是皮五，他两年前刑释出狱，曾是曹金龙的手下，与曹家兄弟关系都挺好。我们怀疑近期他跟曹玉虎有过联系，却并无实锤。昨晚盘到半夜，他终于撂了，承认跟曹玉虎通过两次电话，一次让他去曹家老宅踩点，并给他一份名单，让他打听一下名单上那些人的近况。第二次电话，则指明了时间，让他去找张斌喝酒，至少要保证张斌喝到七分醉。”

“电话里曹玉虎虽然没有明说已经回到了海州，但第二通电话，已经可以证实，他就是杀死张斌的凶手。曹玉虎回了海州，已是不争的事实……”

老傅平时瞧着有些面，在面临重大决策前一点都不含糊。当即去向领导汇报，用最快时间完成相关流程。调动一切可用警力，在全市范围内抓捕曹玉虎，以及连环杀人案的犯罪嫌疑人赵斯任及韩冬。

老商那边，终于还是撑不住了，抱着脑袋趴在桌上。展锋赶紧让夏薇送他回去歇着，老商从兜里取出药来吃了，说找个地方歇会儿就行。拗不过他，展锋带他去了休息室。展锋和夏薇忙完手头的事，赶紧过来看他。

“现在真没您什么事了，回去歇着，等我们把曹玉虎擒了送到您面前就行。”展锋说。

老商从小本上撕下页纸来：“这是曹玉虎电话里，让皮五打听的人，也是这段时间，皮五见过的人，得派人重点盯着。”

曹玉虎打听这些人的目的，就是筛选其中可以信任的人，以便在需要时向这些人求助。现在已经到了生死存亡的关键时刻，他很可能会去找这些人帮忙。

夏薇看名单上，纪远的名字画了圈，刚想问，随即便想到，这些人里，只有这个纪远相对干净，没有前科，也没跟过曹金龙。上次皮五被杨阿四的人揍了，也是这个纪远骑着摩托送他去的小诊所。显然，皮五跟他关系不错。这个人什么底细，得好好查。

“趁着皮五还在队里，纪远的事，咱们可以先问问他。”夏薇说。

老商坚持要跟夏薇一起去见皮五，夏薇只能答应。皮五昨晚说完了之后，也就彻底放松下来。你想知道什么，他都立马痛快地全告诉你。

“头回见到纪远，还在鹧鸪山的地下赌场……”

皮五的第一句话就让老商和夏薇警觉。又是地下赌场，当年的案卷里可没提到过纪远这个人。

“当年，我常去虎哥的局上玩，跟看场子的张斌也挺熟。上了赌桌，有赢有输，虽然我是龙哥的人，也不能坏了规矩，输了就得给钱。有回手背，身上带的钱全输光了，可时间还早，兴致正高，不想那么快回去。张斌就给我找来个人，局上放水的，我从他那儿拿了钱，接着玩。”皮五说。

“放水，都知道吧，就是在局上借钱给别人，赚利息。局上有好多人输光了，还想玩，想翻本，兜里又没了现金，怎么办？就找这些放水的人，从他们那儿拿钱继续玩，当然，是要给利息的，还很高。在局上放水，也有风险，钱借出去，那人赢了，一切都好说，当晚连本带利一块儿把钱还上，万一输光了，就得盯着要。碰上个破罐子破摔，或者躲起来不露面的主，很可能连本金都要不回来。所以，能在局上放水的人，要么自己有本事，要么就是有关系。”

“那晚借钱给你的人，就是纪远？”夏薇不想他废话太多，赶紧把话题拉回来。

“没错，就是他。纪远能在虎哥的场子里放水，肯定不简单，后来我才知道，他其实就是个小毛仔，虎哥家远房亲戚。虎哥兄弟俩小时候家里穷，没几个亲戚愿意跟他们家走动，纪远家可能帮过他们，这好处，虎哥就记下了。

“纪远那会儿才二十出头，是个愣头青，跟人合伙在局上放水。做事倒挺有分寸，眼皮也带水。那次借他钱，我又输光了，临走时本想给他打个借条，他知道我是龙哥的人，愣是说不要，信我。第二天，我就把这事给忘了，直到下回再到局上，看到他，才想起来这事。局上放水的利息，都论晚算，隔了这么些天，真要算起来，那可多了去了。可纪远那次只收了我一晚的利息，我当时就觉着这小子不错，是个明白人。

“纪远不算是虎哥的人，他只在局上放水，没参与过其他事。你们当年端了虎哥的局，放水这种事，根本入不了你们眼，所以，也就没跟他照过面。”

这就好理解了，为什么警方这边并无纪远的资料。

“关于这个人，你还知道什么？”夏薇接着问。

皮五想了想：“没啥了吧，后来我蹲了大牢，一晃就过了十年，出来后听说纪远当年可能被吓着了，不再捞偏门，老老实实打工，现在跟人倒班开出租。他还有辆摩托车，不开出租的时候，就上火车站拉客，是个本分人。”

“被吓着了？”老商忽然接过来问，“捣毁鹧鸪山赌场那晚，他也在场？”

皮五点头：“我也是坐完大牢回来，跟他说起以前的事，才知道那晚他也在鹧鸪山。那晚真把他吓着了，侥幸没被你们警察抓住，回去后就老老实实过他小日子，再不出来混了。”

“对了，那时候他有个小女朋友，常到局上陪他，挺漂亮，看着感情挺好，有事没事腻一块儿。这次回来，问他，他说早分了，我还挺替他惋惜的……”

皮五这边，该说的都说了，老商提议放他回去，但要他随时跟警方保持联系，倘若曹玉虎再找他，一定第一时间通知警方。

皮五答应得挺爽快，态度也诚恳：“我既然已经交底了，那肯定一路到底……”

40

才半天的工夫，街上已经能感受到紧张的气氛。市区主要路口都有巡警的身影，不时能看到警车鸣笛呼啸而过。进出市区的所有路口都设卡盘查，车站码头，更是重点防范区域。各分局派出所也都行动起来，在辖区范围内，展开拉网式排查，重点是宾馆旅店出租屋、网吧桑拿等场所，曾与曹金龙犯罪团伙有过关系的人员，也都被找去问话。

展锋和邵勇开车去果城里找韩蓉。

选择惠民街的空置房作为藏身地，可以看出韩冬擅长的还是“藏”，排查力度再大，这城市可藏身的地方太多，找个隐蔽的地方躲起来不露头，短时间还真难找到。

韩冬的社会关系极其简单，属于一眼可以看到头那种，你想查，都找不到方向。

唯有韩蓉，是他不可割舍的亲情。想找韩冬，必须从韩蓉身上着手。

韩蓉仍在炸鸡铺忙活，快到中午饭点了，正是生意最好的时候。展锋在不远处停步，想等她稍微闲点再过去。韩蓉抬眼看到了他，跟边上的老阿姨交代了句，擦了手，便往这边来。

“有韩冬消息了？”韩蓉仍然是急切的神情。

展锋摇头："来找你，是想告诉你，经过调查，确认韩冬涉及四桩凶杀案，我们警方正在抓捕他。"稍顿，又道，"现在不跟你说，你很快也会知道。"

韩蓉极度惊愕，连连摇头："不会的，你们肯定搞错了，韩冬不会杀人，肯定错了。"

"就算错了，也必须找到他，由他来澄清。"

韩蓉摇头，一点清凉飞溅到展锋手上："我不知道他在哪儿，真的不知道。"

展锋同情地看着她："我们还是找个僻静些的地方聊吧……"

去到车里，韩蓉仍然满脸惶恐，她连声说着不相信韩冬会杀人："他一直是被欺负的那个，他怎么会杀人呢？"

"魏敏。"她突然想起魏敏来，"韩冬打小就跟魏敏一块儿玩，多少年都没忘记她，半年前跟她重逢，开心得不得了。他怎么会杀死魏敏，不可能，绝对不可能。"

展锋也觉得从情理上讲不可能，但人心莫测，韩冬既然决意向张松等人报复，便已经让他有别于常人。谁也不知道他究竟还藏着多少事。

"昨天晚上，你出门了？"展锋问。

韩蓉愣一下，立刻紧张起来："你怎么知道……"

话说完，立刻便想明白了，随即低下头，紧张得手掌不停摩挲膝盖，非常不安。

"你在街上走了挺长时间，后来停在建设路交通银行边的公交站台，你又在那儿坐了将近半个小时，才搭上辆出租车。出租车沿着建设路向东，兜了挺大一个圈子，途经苍梧路、绿园路、淮海路、振华路，最后回到大庙巷巷口。我想知道，昨晚你为什么会出门，有事，还是打算去见谁？”展锋问。

韩蓉深呼吸，竭力让自己平静。

“既然我去过哪儿，你们知道得这么清楚，难道不知道我干了什么？”

展锋从她的话里，听到了些抵触的情绪。

“我没打算做什么，更没想要去见谁。我只想见到弟弟，可我不知道他在哪儿。”韩蓉突然激动起来，“我只是想出去透透气，家里太安静了，安静到让我怕，让我要发疯。我知道这样说，你们肯定不信，但我就是想出去走走，随便去哪儿……”

展锋信。昨晚蹲守的同事一路跟着韩蓉，她的动机虽然令人生疑，但一晚上下来，并无可疑之处，其间，唯一接触的人就是那个出租车司机。司机的身份经核实，就是个普通人，确定与韩蓉姐弟俩毫无关系。

“我知道你们来找我，就是想通过我找到韩冬。可我真不知道他在哪儿，如果知道，我早就去找他了，我真的没法帮你们。”韩蓉终于还是哽咽了。

展锋沉默了一下，这才道：“我知道你们姐弟俩感情很深，当年要不是你从地窖中把韩冬救出来，他恐怕早就不在这世上了。毕业那年夏天，又是你送他去四院，日夜陪着他达半年之久，他才能康复出院。此后十多年里，你们姐弟俩相依为命，为了他，你甚至连男朋友都不找，炸鸡铺隔壁卖戗面馒头的老太太，几次要为你介绍男友，都被你拒绝。我想，你应该是担心没有哪个男人能接受这个曾患有精神疾病的弟弟。我不知道你打算这样坚持多久，如果是一辈子，这样的代价未免太大。

“你为他付出了这么多，他一定全都记在心上。你应该是他在这世上最难以割舍的人。像你离不开他一样，他也同样离不开你。所以，我们相信，他一定会想办法跟你联系。今天我们来找你，只是想让你知道，你唯一真正能帮到这个弟弟的，就是劝他投案自首。”

韩蓉在竭力控制情绪，但展锋这些话，还是让她的身子忍不住轻微颤动。

“韩冬的病情，我们去四院询问过主治医生，这些年，韩冬一直在坚持服药，定期去复查，非常配合治疗。但从今年5月份起，他就再没去过医院。医生给他打过电话，刚开始，他还会想些理由推诿，后来直接就拒听电话。医生担心他的病情会反复，我们去调查时，还嘱托我们见到韩冬，一定要劝他去医院复诊。

“韩冬涉嫌参与的四起凶案，他并非主犯，只是协同凶手犯罪，考虑到他的精神病史，就算归案后，也未必会被判刑。但他在外面的时间越久，越可能造成难以估量的后果。他的病情会不会复发？躲避警方的过程中会不会有意外发生？”

韩蓉终于再次哭出声来，那些后果，显然都是她不能承受的。

展锋说这些话的目的，就是为了刺激到她，让她有所触动。现在看，显然达到了目的，只是不知道她是否愿意配合警方，寻找韩冬。

韩蓉下了车，独自离开的背影，让展锋和邵勇都对她充满同情。

这个小女人，这些年，为韩冬付出了太多……

当晚，展锋忙到10点多，实在太累，想着去休息室眯会儿。这躺下还没几分钟，邵勇就闯进来，粗着嗓门说韩蓉不见了。展锋吃了一惊，翻身坐起，立马精神了：“不是有人盯着她吗，她怎么就不见了？”

“大意了，没想到她还能跟咱们玩这手……”

差不多10点钟时，韩蓉再次出门，蹲守的同事也没太当回事，晃晃悠悠跟在她后面。谁知这回她刚出大庙巷，就进了另外一条巷子。这些巷子到了晚上没什么人，同事不好跟得太近，只能远远落在她后面。岂料她在小巷里越走越来劲，越走速度还越快，等到同事发现不对劲时，她已经没影了。

“果城里那些巷子，简直就是盘丝洞，不熟悉地形的人进去，立马就得蒙圈。”邵勇跟那同事关系挺好，不忘替他开脱，“小刘这会儿正在果城里派出所查看监控。”

展锋心中恼火，但现在不是发脾气的时候。韩蓉故意甩开跟着她的警察，唯一目的，就是要去见韩冬。展锋更恼火的是看走了眼，根本想不到，韩蓉竟然扮猪吃老虎，一副可怜巴巴的模样，却一直在跟警方玩游戏。

当务之急，必须找到韩蓉。打她电话，已经关机。果城里派出所那边，正在查看那一时段附近的几处治安监控，但果城里区域太大，探头根本无法完全覆盖，发现韩蓉的可能性不大。夏薇邵勇联系交巡警支队，将韩蓉的照片及体貌特征发给他们，让此时仍在工作的巡逻执勤人员留意此人的行踪。考虑到韩蓉步行，倘若去较远的地方，很可能会打车。夏薇又联系了几家出租车公司，让他们统一给公司运行车辆发消息，希望能得到些线索。

现在，展锋等人能做的，唯有等待。此时，展锋反而冷静下来，拉着夏薇和邵勇坐下。

“韩蓉去找韩冬，只有两种可能，要么她本来就知道韩冬在哪儿，凭着高超的演技，耍我们玩；要么就是她突然收到韩冬的消息，或者突然想起了韩冬可能在的地方。你们觉得哪种可能性大些？”

“要是演，她演得也太好了吧，不拍电影，可惜了。”邵勇说。

夏薇则摇头：“不好说，有些女人，天生就是戏精。”

展锋说：“咱们先假设她一开始就知道韩冬在哪儿，昨晚出门，就是想去找韩冬。她并不知道我们派人盯着她，在街上溜达了那么长时间，最后还是回了大庙巷。唯一的解释，就是她发现了被人跟踪。

“昨晚，她只是怀疑被人跟踪，便放弃了去找韩冬。今天，我明确告诉她有人一直盯着她，这种情况下，她又怎么会冒险甩开跟踪的人，去见韩冬？”

“除非有什么紧急的事，逼着她去冒险。”夏薇说。

“有吗？今天唯一发生的事，就是我去找她，跟她说了一堆希望她能协助咱们找到韩冬的话。难道她当真被我说动，要去找韩冬商量？但这又算什么紧急的事，值得她去冒险？”

夏薇和邵勇都不吱声了。

“那么，还有一种可能，韩蓉突然想到了韩冬可能会在哪儿。”展锋继续分析，“韩冬的不辞而别，已经让韩蓉非常焦虑，甚至可以说备受煎熬。而突然之间想到了韩冬可能藏在哪儿，她便迫不及待想要去见他，想问问他发生了什么事，问他这四起杀人案是否跟他有关系。她是带着这种冲动，才不惜冒险甩开跟踪她的人，去找韩冬。”

夏薇和邵勇皱着眉，显然在认真想。

“从发觉韩冬离开家的那一刻，韩蓉就会一直不停地想，想韩冬能去哪里。如果她能早点想到，一定不会等到今晚才去找韩冬。也就是说，她很可能是今晚才突然想到。那么，会不会是什么事给了她触动？”

“昨晚到现在，除了去炸鸡铺，她就做了两件事。昨晚出门散心，以及中午时我跟邵勇找她谈话。你们觉得，这两件事，哪件会触动到她？”

显然昨晚出门散心的可能性会大些。

“会不会昨晚她无意中经过某个地方，触及记忆中某个点，她当时并未察觉，或者察觉了并未多想。今天再次想起，忽然想到了韩冬可能藏身的地方。”展锋说。

夏薇飞快起身，找来张市区地图展开，三人脑袋都凑了上去，邵勇还拿了支笔，在昨晚韩蓉经过的路段画上线。很快，三人全都注意到了一个地方，淮海路上的原化肥厂旧址。

化肥厂搬迁后，原来的厂区荒废了两年多，因散发刺鼻难闻的气味，平时人迹罕至。厂区的机器全都拆卸搬走，但厂房还在。

三人面面相觑，忽然一齐转身，奔出门去。

展锋开车，载着夏薇和邵勇，奔着淮海路方向疾驶。对于适才的推理，展锋自己都不确定能有几成的把握，他只是在等待时，给自己找点事做。但看到地图上的化肥厂，他们三人几乎同时想到，还有比那里更合适的藏身地吗？只要能忍受难闻的气味。

车行途中，出租车公司那边，汇总了几条出租车司机回馈的消息，都是载了差不多年龄的单身女人，其中有一条，终点赫然就是淮海路。

这消息让三人信心大增，为了稳妥，夏薇还打电话回去叫了支援。

很快，车子便停在了原化肥厂已锈迹斑斑的大门前。

41

韩蓉心情不好，不想去炸鸡铺，给老阿姨打了个电话，放她半天假。整个下午，她大部分时间都坐在靠窗的位置，窗户开着，阳光直射进来。九月，暮夏时节，天气仍酷热，韩蓉被阳光晒到出了汗，仍然坐在阳光里。

她喜欢阳光的味道，喜欢窗外流进来的风。

外面院子里有根晾衣绳，上面挂着几件韩蓉的衣服。

韩蓉随意看去，那些衣服在她眼中，忽然变成了韩冬的。

她又想起那天深夜，韩冬回来，身上那股刺鼻的味道。现在，她知道了，那味道来自化肥厂。

她确定弟弟一定去过化肥厂，问题是，他去那儿干吗？而且，一定在里头待了挺长时间，身上才会留下这么大的味儿。

当某个念头生出来，便像种子萌芽，你很难再摆脱它，除非，弄清楚原委。

晚上随便吃了点，她还是坐在窗户边，窗户仍开着。抬头，便能看到静谧的星空。

她忽然有些冲动，很想去院里升起一朵焰火，小小的，不需要很灿烂，在所有人的视线之外，寂然无声地绽放。

但是，她不能，她没忘记，外头有警察守着，她不能有任何异常举止，为自己，也为他招惹麻烦。

今晚，她异常孤单，她陪伴十多年的弟弟走丢了，答应要守护她的那个人，还在这个城市里，她时刻能感受到他的气息，却无法走到他的身边。

回想昨晚，建设路交通银行前的公交站台，一辆辆出租车来了又去，她都没有等来她要等的。

多年前，他说过，他每晚都会去建设路的公交站点拉客。此后的很多时候，她会在站台上等，等他的车，等他来。有时候俩人只隔着车窗，彼此看着，有时候，她还会进到车里，去往某个地方。车子缓慢行驶，途中，他们的手握在一起，就像握住了多年前的时光。

昨晚，她等了很久，就在不抱希望地打算离开时，他却出现了。

无法形容那时的欣喜，她起身，向着他走去，瞬间却又停步。她看到车子的双闪急速闪烁，虽只片刻间又恢复了正常，但她已经明白那传递来的消息。

另一辆出租车正好停在她面前，司机还隔着窗户问她去哪儿。没有多想，她便上了面前这辆车。车子驶在街道上，她的心忐忑着，不明白为什么。双闪在任何时候都预示着异常和危险，难道在这平静的夜色之下，真的藏着些什么意想不到的危险？

直到今天中午，弟弟那个同学警察来找她，她才知道，有人一直跟在她的身后。当时她紧张到手心脚心里全是汗，身子都在瑟瑟抖动……

那么，今晚外头一定也有人守着吧，所以，她只能待在家里，独自忍受让她恐惧的安静。而恍惚间，她仿佛又闻到了那股刺鼻难闻的怪味。她去到弟弟的房里，打开衣橱，找到那天他穿的衣服，放到鼻子跟前闻。有味吗？好像有，隐隐约约，又不确定。

那个念头又冒了出来，弟弟会去化肥厂？叫展锋的警察说，弟弟现在就躲在这城市的某个角落，难道，他早就为今天的躲藏在做准备？

难道，他真的藏在化肥厂？

韩蓉蜷缩起身子，各种念头纷至沓来。一会儿看到弟弟拿着刀刺向魏敏，一会儿又看到他在水中挣扎。她还看到了弟弟无数次说起的怪鱼，獠牙狰目，邪恶凶猛，它们扑向弟弟，很快就将他吞噬。

她忽然跳起来，再也没有任何事能阻止她去见弟弟，就算是警察也不能。

她执着地坚信，弟弟此刻身陷危机之中，只有她能拯救他危在旦夕的生命。

她换了身运动装出门，果然，稍微留神，就察觉到了身后有人跟着。没关系，果城里的小巷，会帮她很轻松地甩开跟踪的人。

走得快了些，微喘，身后的人已经不见了。又走了一会儿，再次确定无人跟踪，这才到路边打了辆车，去淮海路的化肥厂。

淮海路其实算不得偏僻，只是因为化肥厂，周边的住户越来越少，到了晚上，更是异常冷清。站在化肥厂锈迹斑斑的大门前，韩蓉稍犹豫，还是从右侧那道小门进去。

厂区里，很荒凉，过膝的蒿草在风里晃。稍远处，残破的厂房如蹲伏在黑暗中的怪兽。韩蓉有点怕，刺鼻的味道，更让她犯恶心想吐。她拿手掩着口鼻，凝望着远处的几只“怪兽”，像在观察，又像在感受弟弟的气息。

很快，她就涉过蒿草，向着最高的那幢楼走去。

如果是她，她会选择最高处，这样，可以俯瞰整个厂区，她相信，弟弟也会。

到了楼前，这回犹豫的时间稍微长了点，但还是毅然进到楼里。她坚信弟弟会在楼上等着她，只要能见到弟弟，还有什么好害怕的呢?

楼梯破损严重，需要特别小心。每一层，都是车间，虽然没有灯，却因为星月的光看得很清晰。车间很空旷，最东面是空的，就像被人一刀斩断，失去了整面墙。

脚下踉跄，差点摔倒，慌乱间稳住身子，忽然隐约听到些动静，还是来自身后。

瞬间惊出身冷汗，下意识想要回头，有个影子已经冲到了她的跟前，脑袋上传来剧痛，楼开始晃，黑暗掩过星光，她一头栽倒在地，失去了知觉……

睁开眼，头还痛着，像要裂开，刺鼻的味道熏得她连声咳嗽。韩蓉不知道这算不算醒，视线却仍模糊，一切都变得恍惚。星光的方向，站着两个人，看不清模样，一个强壮些，一个瘦小些。强壮的那人此刻正将一把刀插进另一个人的小腹。

韩蓉大惊，想要看清他们都是谁，忽然又一阵晕眩，眼前再次变成了黑暗。

不知道过了多久，再次慢慢睁开眼，这回感觉好了些，能强撑着坐起身，环顾四周。南侧的墙边，靠近断口的位置，坐着一个人，上半身隐在黑暗里，看不清面孔，却能听到他的呻吟。

韩蓉立刻认出那人正是韩冬，韩冬的呻吟，让她整个人都变得惶急起来。她挣扎着起身，口中一迭声叫着弟弟的名字，踉跄着到他跟前。

韩冬的脸隐在黑暗中，他气息微弱，费力地睁开眼，嘴唇颤抖着叫："姐姐……"

韩蓉低头看见他的肚子上，插着一把刀，血正不停地渗出来。她吓傻了，吓哭了，手足无措，想伸手去捂住创口，又怕碰到刀。她只能抱住韩冬，发出撕心裂肺的哭号。

似乎听到些动静，她立刻抱紧韩冬，蜷缩身子，满眼惊恐地盯着楼梯方向。

声音虽轻，还是能听出是踮着脚尖上楼的脚步声。来人是谁？是否就是打晕自己，刺伤弟弟的人？很快，楼梯口快速冲出两道人影，前面那人，正是展锋。

来不及去想为什么警察会出现，此刻，她心中陡然生出些希望来。

"救命……"她嘶声叫，蓦然间又一阵晕眩，身子倒地，竟再一次晕了过去。

醒来，睁眼，已经在医院中。她蓦然翻身坐起，一把拔掉手腕处的输液针，口中叫着韩冬的名字，冲出病房……

42

刚进入厂区，就看到稍远处，最高的那幢楼前，有道黑影摔落下来。展锋等三人立刻警觉，伏着腰，向黑影坠落处疾奔而去。还没到跟前，就已经看到楼前水泥地上趴着一个人，一动不动，脑袋下殷红一片。

夏薇和邵勇两边警戒，展锋上前查看。此人侧脸趴在地上，面上虽满是血渍，展锋想到了在大竹乡村赵斯任家墙止看到的照片，认出此人正是四起凶杀案的犯罪嫌疑人赵斯任。

展锋又惊又喜，此行最大的预期就是找到韩冬，没想到撞上了更大的瓜。只是，赵斯任为何会从楼上坠落？韩蓉与韩冬姐弟是否仍在楼上？

伸手去试，还有气息，当即打电话叫救护车。留下邵勇守在楼下接应，展锋与夏薇拔出枪来，轻手轻脚进到楼里。

沿着破损严重的楼梯上楼，刚到三楼，就听见撕心裂肺的哭号，听声像是韩蓉。二人立刻加快速度，很快来到顶楼，抬眼便见南侧靠近断口的墙边，韩蓉正抱着一个人，瑟缩且恐惧地盯着楼梯的方向。她看清来人后，叫了声“救命”，忽然身子一歪，倒在地上。

展锋与夏薇赶紧上前查看，只见韩蓉抱着的那人，正是韩冬，已经气若游丝。他的小腹上，赫然插着一把尖刀。韩蓉的头上，亦是殷红一片。

众多疑问涌入脑海，这里究竟发生了什么？但眼下救人要紧，展锋脱下衬衫，贴着刀子捂压住伤口。夏薇扶起韩蓉，试到她鼻息平稳，这才放下心来。

韩冬伤势严重，且失血过多，随时都有生命危险。但此刻，他还醒着，费力睁开眼，手哆嗦着，向展锋伸去。展锋赶紧抓住他的手，这才发现他的手里紧攥着一个U盘。

展锋抱住他，让他倚在自己肩上："撑住，救护车马上就到。韩冬，坚持住，想想你的姐姐，你可千万要撑住了……"

鸣笛的救护车一路疾驶到楼下，韩冬却永远闭上了眼睛。

韩冬小腹上那一刀本不致命，却因失血过多引发失血性休克，继而死亡。

赵斯任被送至医院，他全身多处复合性骨折、内部器官破裂，头部受撞击致颅内出血，经抢救，虽暂时保住了性命，却仍处于昏迷状态。医生说他大脑半球受损，就算活着，也可能会成为植物人，不知是否还能再醒来。

韩蓉后脑遭到重击，致头皮血肿及轻微脑震荡，并无生命危险，经救治，很快便苏醒过来。醒来后，她直接冲出病房，要找弟弟韩冬。守在病房外的夏薇虽然心有不忍，但还是狠心告诉她，韩冬死了。

韩蓉瞬间石化了般，呆呆地站在那里，眼神空洞且茫然。夏薇上前想扶住她，被她一把推开，她嘶声叫着弟弟，拔腿向着走廊那头狂奔，没跑多远，身子再次软软地倒下。

这次，韩蓉足足昏迷了好几个小时，醒来后的她仿似没有了灵魂，不会哭，不会笑，不会悲伤，也不知道哭泣。她就那么面无表情地躺在床上。如果不是还有呼吸，眼睛偶尔还会眨动，她就像个死人。

或许，当知道弟弟死去的那一刻，她就真的已经死去。

展锋已经数次来到病房探视，韩蓉目前的状态，根本无法接受问讯。因而，当晚化肥厂里究竟发生了什么，只能结合现场情况，进行合理推测。

“韩蓉怎么知道赵斯任和韩冬躲在化肥厂，现在还无法知道。当晚，我们追踪韩蓉去了化肥厂，赶到时，恰好看到赵斯任坠楼，后来又在车间大楼里，见到了受伤的韩冬韩蓉姐弟。目前韩冬因失血过多死亡，赵斯任尚处于昏迷中，韩蓉因弟弟之死受了极深的刺激，无法接受讯问。

“现场勘察，除了咱们自己人，只有三个人的足迹，分别来自韩蓉韩冬和赵斯任。在大楼一间封闭尚好的小房间里，发现了被褥及一些简单的生活用品，还有些食物和瓶装水，技术队在房间内只提取到了韩冬的指纹和毛发。另外，在化肥厂仓库的边上，还有个地下室，地下室里有很多小房间，在这里同样发现了有人生活过的痕迹，经勘验，确定是赵斯任居住的地方。韩冬和赵斯任同在化肥厂，却分别在两个地方藏身，猜想应该是出于安全考虑。”

还是在老傅的办公室里，展锋带着夏薇和邵勇向赵局汇报案件情况。

“韩蓉韩冬姐弟感情很深，不管在什么情况下，韩冬都不会对姐姐下手。所以，打晕韩蓉的，只能是赵斯任，且赵斯任在动手前，并未告诉韩冬。等到韩冬发现姐姐被打倒，与赵斯任起了争执，引发内讧。最后的结果就是一死一伤，赵斯任坠楼，韩冬死亡。

“韩冬死于腹部的戳刺伤，插在他身上的那把刀，是把伪军刺，也就是民间按照军刺的模样仿造的，模样差不多，但材质及工艺却明显粗糙，与正品差别极大。这种伪军刺并不罕见，在农村集市的刀具摊位上，经常看到。”夏薇接过来道。

“经检验，这把伪军刺与前几起凶案死者的创口吻合，且在刀刃的凹槽及刀刃与刀柄衔接处，发现残留其他人的血渍，比对过后，确认来自前面四起凶案中的受害者。由此可以确认，它就是杀害张松、魏敏、吴龙辉及杜超的凶器。伪军刺上仅检测到赵斯任一个人的指纹，这也证实，赵斯任便是之前四起命案的凶手。”

老傅挺开心，他留在这位置上的时间已经不多，能用这样一起大案谢幕，足以告慰平生。但是，他还是不忘提醒展锋，两名嫌疑人一死一伤，都无法提取口供，所以证据一定要充分。现在还缺失其中最关键的一环。

“赵磊。”他说，“赵磊如果当真死于十二年前的意外坠崖，那么至今为什么没有人发现他的尸体？找不到尸体，便无法证明赵磊已死，赵斯任为子报仇的动机便不能成立。”

“没错，案件侦破工作取得重大突破，是件值得高兴的事，但大家不能因为凶手伏法，就松懈下来。案件里还有许多疑点，需要大家一鼓作气，找出答案。”赵局也是明白人，当然能看出这案子里，还缺失什么。

夏薇和邵勇的目光此时一齐落到展锋身上，展锋慢慢从兜里掏出一个U盘："韩冬在临终前，把这个U盘塞到我的手里。这个U盘中，有我们想知道的所有答案……"

U盘里，是韩冬录下的六段视频。

2008年5月17日晚上，韩冬坐在电脑前，第一次录制视频。

透过未拉严实的窗帘，可以看出这是夜晚，周围很安静。韩冬穿件白色圆领衫，刚洗过头，头发还是湿的。

坐在摄像头前，他显得有些局促。

"今天，没想到梁军会给我打电话，他说，想跟我见个面，想跟我聊些以前的事。我本来没打算见他，但他跟我说，他患了癌症，肝癌，也不知道还能再活多久，他要为当年在鹧鸪山上做过的事，向我道歉，希望得到我的原谅。还有些憋在心里很多年的话，只怕现在不说，以后就再没机会说了……"

梁军在张松他们的小团体里是个小透明般的存在，他在班里向来低调，从不张扬，平时只跟在张松他们后面当个背景板。韩冬回想当年鹧鸪山上的遭遇，竟然想不起来梁军都做过什么。梁军的一句道歉，立刻就让他的心软了，于是答应跟他见面。本来梁军想出去找个地方，韩冬顾及他的病情，主动提出可以去他家里。

拿着梁军给的地址，来到他家，梁军早早就在门边等候。过了十二年，他的变化很大，整个人瘦得厉害，两边颧骨都凹陷下去，混浊的眼睛里，再没有了一点光亮。

这是个已经病入膏肓的人，他还活着，但任何人都能预见他不久之后的死亡。

梁军上来便握住韩冬的手，一迭声说着对不起。因为当年的无知与顽劣，给他造成了那么深的伤害，这些年，每每想起，他都会心怀愧疚。

韩冬感受到了他的真诚，而且，活了这么些年，还是头一回有人向他道歉。他略感不适，还有些惶恐，很快便原谅了梁军。他甚至想到，他的癌症，或许便是上天对他的惩罚。

既然已经接受了惩罚，他又何必再去责怪他呢?

来到梁军房间，第一眼，就看到了桌上摆放着当年鹧鸪山上的六人合影，他的心情瞬间黯淡下来。梁军立刻感觉到了，他将合影拿在手里，凝望片刻后，说："有桩秘密，已经在我心里憋了十二年，我只把它告诉你……"

接下来，梁军说了那次在鹧鸪山上，魏敏和李娅琳换泳装被人偷窥的事。

"偷窥的人被我们暴揍一顿后，逃了。我们在后面追，追着追着，他的人就没了。我当时就有一些不好的预感，但别人不说，我也不敢多想。当晚回到家，越想越不对劲，我便去找了张松，告诉他，我好像看到了些什么，虽然只是一闪而过。当时只当眼花，加上大家谁也没提这事。现在越想越觉得不对劲，万一那人真的从崖边摔下去呢? 他没有发出声响，如果因为已经不能发出声响呢? "

"张松根本不当回事，还怪我多想，多事，还说他当时从崖边探头朝下看过了，根本没人，那小子肯定找地方躲起来了。"

张松的话，让梁军稍微放下点心来。朝崖下看过，没人，那么，也就没人摔下去。但张松的话是否可信？梁军思来想去，还是决定第二天，自己再去鹧鸪山看看。

第二天，梁军没有告诉任何人，独自又去到山上，到了老龙潭边，沿着昨天追赶偷窥者的路线向前，停在偷窥者消失的地方。站在崖边往下看，果真没人，他彻底放下心来，暗笑自己多虑。后来又想，既然已经来了，不如下到崖底瞧瞧。

下到崖底，他吓得直接瘫倒在地。他看到了尸体，正是昨天那个被他们追打的偷窥者。尸体位置较为隐秘，可能是下坠过程中，被崖间凸起的石头弹到了一片草丛中。

韩冬听到这里，惊到脑子里一片空白。那天，竟然还发生了这么大的事。

韩冬试图去感受那一刻梁军的心情，无论他如何惊慌失措都在情理之中，甚至要是换了别人，必定仓皇而逃。所以，韩冬更加难以理解后面梁军做出的事。

梁军恐惧慌乱过后，竟然悄悄把尸体埋了……

“我们刚刚参加完高考，我自觉考得很好，不出意外，夏天过后，我将进入我心仪许久的那所大学。我不想因为这件事毁了我的未来……”这是梁军给出的解释。

如果尸体被发现，那天在场的所有人都脱不了干系。虽然坠崖是场意外，但追打却是导致这场意外最直接的原因，更不要说他们之前还殴打过他。他们都已年满十八岁，所有人除了要接受法律的制裁，还会陷入舆论的旋涡，他们的人生必将经历至暗时刻，而这些，是他们无论如何都不能承受的。

事后，梁军纠结了挺长时间，还是决定不把这事告诉任何人。这既是为了那天在场的人，也是为他自己。跟别人说，除了可以多个人分担，再没有任何好处，而且，一个秘密知道的人越多，越容易败露。最终，他选择了独自承受这件事，让其他人去过他们正常人的生活。

这份秘密在他心里埋藏了十二年，可以想象，无论他生活得有多好，看起来有多风光，未来有多好的前程在等着他，他内心始终被这个秘密煎熬着。而现在，他的时日无多，他不想带着这个秘密死去，因而，他想到了韩冬。

除了对韩冬心怀歉疚，还因为韩冬那天也在山上，却并没有参与追堵殴打偷窥者。他把最后的选择权交给了韩冬，无论他是继续保守这个秘密，还是将它公之于众，他都没有任何意见。唯一的请求，就是倘若公开这件事，最好等他离世之后。

当晚，坐在电脑前的韩冬无比激动。突然间手握极重要的秘密，会让人一下子变得手足无措。韩冬难以平复自己的心情，又觉得该做点什么。因而，他打开了电脑，坐到了摄像头前，录制下这一天里发生的事。

他还不知道接下来会发生什么，却察觉到了心底有朵小火苗开始燃烧。

最后，镜头前的韩冬说：“明天，梁军将带我去鹧鸪山，带我去看当年的埋尸地……”

43

邵勇带了一组人奔赴鹧鸪山。驼峰乡派出所的王海鹏早已带人守在山下，景区管理处、大竹乡村村委会也都派了人来。大家来到山上一个叫孔雀沟的地方，邵勇分发翻拍冲洗的照片，让大家在孔雀沟里，寻找照片上的那块石头。

孔雀沟地方并不大，位于一处山谷中，生满了高高的水杉，四周怪石嶙峋，还有很多散落的石头。寻找很快就有了结果，众人围立在那块石头四周，选定几名壮汉，开始在石头后的一小块空地上挖掘。

随后，一具骸骨出现在众人视线中。

骸骨被带回市局刑侦队法医科，经检验，骸骨相对完整，颅骨有明显的裂纹，身体伴有多处骨折骨裂，符合高空坠落的特征。另外，邵勇在大竹乡村赵斯任家老宅里，找到了多件赵磊当年的衣物，从中采集到了些毛发样本，比对过后，骸骨的身份得以确认，正是赵磊。

能如此顺利找到赵磊的骸骨，当然也是因为韩冬的视频。

2008年5月18日晚，韩冬再次坐到了摄像头跟前，这天的他，看起来很疲惫。

“我很担心梁军的身体状况，但他显然做好了准备，前一晚还专门挂了瓶白蛋白，今天看起来，精神还好。他开着车，带我去了大竹乡村。不想让村里人看见，我们沿着村边的小道上山。梁军的体力明显不行了，没走几步就气喘吁吁。我只能架着他的胳膊，后来，更是直接背起了他。就这样一路走走歇歇，不算远的路，走了挺长时间。后来，我们来到一处茶田，茶田边上，有幢看起来有些年头的石头房子……”

梁军告诉韩冬，住在石头房子里的单身老人，名叫赵斯任，他有个儿子叫赵磊。赵磊就是当年坠崖死去的偷窥者。韩冬很奇怪，问他怎么会知道。

“埋了尸体，并不是说这事就过去了，特别是刚开始那大半年，梁军就像惊弓之鸟，任何一点风吹草动都能吓个半死。”摄像头前的韩冬说，“偏偏越想逃避的，你反而会下意识地去关注它，留意它的消息，梁军就是这样。事情没过去几天，他就看到了寻人启事。”

赵磊失踪之后，赵斯任花了很多心思找儿子，除了去派出所报案，还在各处张贴寻人启事，有人把寻人启事拍下来发到网上。那时候的网络还没有现在这么发达，海州地区的门户网站叫作海州信息港，里面有个论坛，海州本地的大事小情，一般人都爱往那儿搬。

“梁军看了寻人启事，知道摔死的人叫赵磊，还知道他的父亲叫赵斯任，住在大竹乡村。他专门去了大竹乡村，远远偷看过赵磊家，看过赵斯任。后来，每年寒暑假回来，他都会忍不住去趟大竹乡村，看看赵斯任生活得怎么样……”

最后，梁军又带韩冬去了孔雀沟，来到一块石头前，还拍了照。

2008年5月30号凌晨，韩冬很绝望，他赤红着眼睛，眼中甚至还闪着泪花。

“今天很崩溃，我差一点杀了人，差点杀死了魏敏……”

同学会过后，魏敏已经有些日子没跟他联系了。这晚半夜，忽然接到她的电话，问他能否现在过去，把璐璐接回来过一宿。

这么晚了，难道她还要出去？虽然心里多少有些抗拒，但韩冬还是出门去了洋桥巷。魏敏开了门，并没有多说，直接将他带进卧室。璐璐已经睡了，韩冬略有些迟疑，魏敏直接抱起璐璐，交到他的手上。

看魏敏的神情，显然不想多说什么，韩冬只能抱着璐璐回家。途中，璐璐醒了一回，睁眼看到他，叫了声叔叔，又睡了。

回去将璐璐送到姐姐房间，回屋后的韩冬却不能平静。今晚的魏敏看起来有些怪异，不仅焦虑，而且眉宇间好像在隐忍着什么，甚至连起码的寒暄都没有，迫不及待便把璐璐塞给他，最后更是直接把他推出门去。

韩冬不放心，害怕魏敏会出什么意外，再次出门去往洋桥巷。站在门边，不待敲门，先听到铁器掉落到地的声响，接着便是低低的呻吟声——就算没有经验，韩冬也能听出来，那些呻吟只能来自痛苦而不会是别的什么。他敲门，里面没有反应，便直接掏出钥匙将门打开，进去便看到魏敏倒在地板上，身子怪异地扭动，胳膊上还有两道血痕。她的表情异常狰狞，就像正与什么看不见的恶魔在对抗。

韩冬立刻便知道魏敏正在经历什么了。他赶紧上前，抱住魏敏，魏敏的神情近乎疯狂，嘶声冲着韩冬叫："给我，给我……"

韩冬当然没法给她想要的。

她在韩冬怀里挣扎，扭动，嘴里也含混不清说着些呓语。韩冬用力将她抱得更紧，这一刻，只觉心痛，或者痛心。

"杀了我，杀了我，你不杀死我，我也会杀死我自己……"魏敏的声音里带些卑微，带些乞求，她还抓起韩冬的手，将它抵到自己的脖子上，"太难受了，求求你，杀了我吧，死了，就解脱了……"

韩冬并不相信她的话，看着地上掉落的水果刀，看着她胳膊仍在渗血的创口。如果她真的想死，没有人能拦得住她，但她只是用刀割了胳膊，她只是想用一种痛，来取代另一种痛，显然，这并不奏效。活着对于她，只能是不停地痛着，无休无止，循环往复。

不知何时，韩冬的手已经死死掐住魏敏的脖子，直到她面红耳赤，双手不停拍打，他才醒悟过来，骇然松手推开魏敏，惊恐地看着双手，不相信自己刚才竟真的差点掐死了她。

难道，这才是他真正想做的？

韩冬头回丢下魏敏，仓皇而逃。他不再去想此刻的魏敏是否仍在痛苦着，不再回想与她曾经的那些青春时光。他的脚步踩在小巷里的青石板上时，脑中居然会浮现出同学会那一晚，开灯过后她苍白、干瘪、粗糙的身子。他仍然喜欢她，或者说爱，但他如何也无法把自己的爱跟那样一副身子联系起来。

他蹲在路边干呕了好一会儿，这才心情沉重地回到家里。

坐在电脑前，打开摄像头，他说："我差点杀死了魏敏。"

他还说，能感觉到心底的那团小火苗，已经越烧越旺。

2008年7月16日晚上，韩冬很累，坐在电脑前，整个身子都瘫倒在椅子里。

"今天一早，去了黄沙路的火葬场。梁军的遗体告别会在柏翠厅。来了好些人，大多是他以前的同事，还有家里亲戚。我没有进去，站在外面的花廊下。我在心里和梁军告别，完成跟他的约定……"

他和梁军之间的约定是，如果公开那段往事，必须在梁军去世之后。他没打算公开，只是想把真相告诉一个人，死者赵磊的父亲赵斯任。他不知道赵斯任知道真相后会有什么样的反应，却对此隐约有些期待。

坐在前往大竹乡村的中巴车上，他的心情竟没有想象中那般激动，平静得就好像一次寻常的郊游踏青。这次仍然没有进村，直接从村边小道上山，来到半山茶园，看到了在茶园里忙活的赵斯任。

赵斯任明显比同龄人要苍老许多，头发白了一多半。这些年他离群索居，独自生活得挺不容易。韩冬慢慢走到石头房子边，也不叫他，就这么静静地等待。后来，还是那边干活的赵斯任看到了他，走了回来，问他找谁，有事吗？

这一刻，韩冬已经在心里预想过很多回，因而他很冷静，说："找你，我想跟你说说赵磊的事……"

已经过了这么些年，赵斯任其实早已预感到了儿子的结局，但当真的有人告诉他儿子死了时，他仍然会失魂落魄，好一会儿才反应过来。他恶狠狠地瞪着韩冬，那一刻，竟让韩冬感到了些恐慌。

“为什么要来，为什么要把这些事跟我说。”赵斯任压低嗓门吼，“你不来，我还能有点念想，你来了，还让我怎么活？”

韩冬立刻便理解了他此刻的绝望，却并不后悔告诉他真相。懵懂且无知地活在虚假的希望里，那何尝不是另一种折磨。

赵斯任要报警，韩冬拦下了他：“你有证据吗，就算我能作证，但我所知道的，都是听人说来的，而且，说这事的人，已经死了。”

赵斯任呆呆地坐在那里，好像没有了主意，又好像是具失去了灵魂的躯壳。

“现在，我倒想跟你说说我的故事，说说我梦里那些丑陋的鱼……”韩冬最后说。

那天韩冬临走时，给赵斯任留了一个号码，让他想好了给他打电话，并再三叮嘱，最好使用公用电话。山上没有公用电话，村里也没有，赵斯任如果想找他，便只能去乡里、县里，或者市区。

当晚回到家，韩冬异常疲惫，却有种如释重负的轻松。大火已经熊熊燃烧，现在，他还不知道这团火，将会烧向哪里。

2008年8月16日晚上，坐在电脑前，韩冬在兴奋之中夹杂着些不安。

“今天，终于接到了赵斯任的电话。离我去找他已经过了一个多月。我本来以为，这事已经过去了，赵斯任终究还是认命了，不管他再做什么，都不能改变赵磊已死的现实。没想到，赵斯任还是打来了电话，为此，他专门去到了乡里，找了公用电话。我让他给我些时间准备，我们还约好，三天之后，他来市区，我去接他……”

44

赵华成现在是搓澡工，在市北街的大众浴池工作。这里都是老街坊，大家知根知底，看到他胸前的猛虎下山图，不会怕，有时候还会调侃几句，他听了也不恼。混社会那是早些年的事了，坐了八年牢，回来就安心领着老婆孩子过日子。来澡堂给人搓背，实属无奈，赚过快钱，再赚这种小钱，心里总有些不甘，但这样的日子，过得踏实。

这晚忙到11点多，澡堂里人全走光了。帮着老板刷了池子，打扫完卫生，他这才换衣服出门回家。半道上手机响了，是个陌生号码，他没当回事，随口喂了一声。

“兄弟，现在还好吧？”

赵华成吓得一哆嗦，立刻便镇定下来。虽有预期，却没料到他真能找上自己。

半个月前，皮五来澡堂子洗澡，赵华成免费替他搓了背，还专门请了假，找家小酒馆跟他喝了一场。当年都是社会人，现在眼瞅着年过半百，却混成了这德性，难得能有个人一块儿说说心里话。赵华成起初还挺开心，后来聊着聊着，就觉得有点不对味了。

皮五话里话外，都不离当年跟着曹家兄弟混的那点事，还试探他，如果有机会，是否还有风云再起那雄心壮志。赵华成心想都这岁数了还雄个屁，嘴上还得硬着，胸脯拍得啪啪响。最后，皮五神秘兮兮地凑过来说等着吧，会有机会的。

那时他就有了些不祥的预感，此后，只想离得皮五远远的。

几天前，他正搓着澡，老板在外头叫他，说有人找。他腰上裹着块大浴巾，晃着胸前的下山虎，到外面抬眼看到一人，立马矮了半截，脸上硬挤出些笑。话还没出口，那人一脚踹过来："把衣服穿好再出来。"

赵华成这才发现他边上还有个年轻姑娘。

趁穿衣服那当口，他把最近的事脑子里过一遍，没干啥坏事呀，姓商的怎么找上门来了？

没错，来找他的，正是老商和夏薇。当年跟过曹金龙的人，没人不认识他。

老商和夏薇来，只是给赵华成提个醒，最近如果碰上什么人，撞见什么不好的事，立马通知警方。赵华成这还纳闷呢，能碰上谁，撞上什么事？老商临走时，意味深长地来了一句："不管你现在做什么，我们都知道。"

赵华成的汗毛竖了起来，庆幸这段时间老老实实给人搓背，没干过啥违法乱纪的事。老商那话已经说得很明白，他这是让警察给盯上了。

这几天，街上老见着巡警四处走，街道居委会的红袖箍也重现江湖，但凡在社会上混过的人，都能感觉到空气里弥漫的紧张气息。赵华成打听过了，公安找的人是曹玉虎。曹玉虎逃了十多年，难道回来了？怪不得老商找上门来，赵华成当年就是因为跟着曹玉虎打理赌场，才坐了八年大牢。

那时赵华成就暗中祷告，千万别让他撞上曹玉虎。

没想到，这还没过几天，就接到了陌生来电。挂断电话后，他发现手脚都有点哆嗦，坐路边连抽了三根烟，才有了决定。

赵华成摸出电话来，给老商挂过去。“商队，虎哥，曹玉虎给我打电话了……”他说。

这地方不陌生，龙尾河畔老铁桥，上回来，还是杨阿四教训皮五。这次，老铁桥周边看似风平浪静，实则暗藏伏兵。赵华成提供的消息，曹玉虎约他今晚10点，老铁桥碰面。老商把这消息告诉夏薇，夏薇脑门上立马堆出几道褶子，脱口而出：“又来这出？”

这已经是曹玉虎第三次约人见面，前两次是程振江和刘华勇，约的地点一次是市民广场，一次是大润发超市。

程振江和刘华勇也像赵华成一样，事先就被老商警告过，同样第一时间联系了老商。刑侦队这边接到消息，不敢怠慢，立刻提前部署，安排警力在见面地点设伏。结果两次都是曹玉虎摆的乌龙，他压根就没现身。

“这曹玉虎有点意思。”展锋说，“全城抓捕这风口上，他不找个旮旯躲起来，反而四处给咱们散烟雾弹，摆明了要搞事，他这跟咱们在玩明修栈道，暗度陈仓的把戏吧。”

明知道如此，可曹玉虎的“陈仓”到底在哪儿呢？

警方调取了曹玉虎使用的号码，每次都不相同，且并未实名登记，因而无法追踪。

赵华成提供的情报，明知道可能还是乌龙，但还得准备，就怕曹玉虎玩一出狼来了的故事。部署完毕，所有人各就各位，赵华成也在约定时间，来到了老铁桥上。

这一等就是俩小时，别说曹玉虎，连个人影都没见着。就连展锋都泄了气，又让曹玉虎摆了一道，老让他牵着鼻子走，肯定不是个事。

老商也露出隐忧之色。曹玉虎这么做，目的只能是扰乱警方视线，他则暗中偷偷谋划着什么。如果让他成功，只怕他就能逃出海州，再也不会回来。

收队回去途中，老商电话又响，这回打来电话的人是纪远。纪远紧张地说："商警官，还真让您猜对了，曹玉虎刚联系过我，约我明天中午在朐阳门见面。"

众人俱都头大如斗，这曹玉虎是玩上瘾了吗，这边还没结束，他那边又来。

两天前，老商刚带着夏薇找过纪远，同样是给他提个醒，最近碰上什么人，撞见什么不好的事，立马通知警方。纪远很不解警察为什么会找上他，老商也不明说，只叮嘱他关键时候，别站错队。

现在，那头的纪远终于知道会碰上什么人，撞上什么事了。

老商当即问纪远现在在哪儿，纪远说刚交完车回到家。

"明天上午你在家等着，我们会派人过去找你。"老商说。

纪远答应，还说："你们可得早点来，你们可不能丢下我不管……"

挂断电话，边上的展锋感慨，以前办案，就愁没有线索，现在倒好，看到线索来，头就疼："这曹玉虎太贴心了，每回至少提前半天打电话约人见面，给足咱们准备时间。”

“越是这样，越得当心，他这肯定给我们挖坑了，兴许就是要让我们养成惯性思维，再来个突然袭击……”老商心情特别沉重，虽然不知道曹玉虎在打什么算盘，但折腾这么几回，大概他要真正开始行动了。

晚上设伏时，老商的脑袋就隐约开始疼，这会儿疼得更厉害了些。展锋让夏薇送老商回小马巷，不用再回队里来回折腾了。老商也没拒绝，上了夏薇的车，直奔果城里。车停在小马巷巷口，夏薇看老商还坐那儿发愣，以为他打瞌睡，小声提醒他：“师父，到了。”

“不对。”老商说，“咱俩那天去找纪远，跟他提过曹玉虎吗？”

夏薇摇头：“咱们把皮五名单上那一串人挨个找了一遍，没跟任何人提过曹玉虎。”

“那刚才纪远电话里，为什么会说‘还真让您猜对了’，我有猜过什么吗？”

夏薇想想，也觉得奇怪，但又不奇怪，一般人说话不会太讲究逻辑：“会不会他说的让您猜对了，指的是果真碰上了什么人，发生了什么事。”

“也可能吧。”话这样说，老商仍然狐疑，“皮五那串名单里，我始终觉得曹玉虎最有可能找上纪远，他不算曹金龙犯罪团伙的人，没有前科，底子清白，曹玉虎认识的人里头，没几个他这样的。”

“要不，我打个电话过去，试探一下。”夏薇说。

于是夏薇打电话给纪远，那头提示已经关机。老商这下更按捺不住了，无论怎么想，纪远都没有关机的理由。他问夏薇，纪远的地址你那儿有吗？夏薇说我记着呢。老商说，不管怎么样，咱们得过去瞧瞧。

“要不您回去歇着，我打电话回队里，找个人一起过去。”

“还是我去吧，没凭没据的，兴许就是我多虑。这种事，咱就不麻烦别人了。”

夏薇拗不过他，只能跟他一起往城北方向去。纪远的家在城北近郊太平庄的城乡接合部，小街边上一幢四层小楼的二楼。刚到门边，夏薇一眼看到门锁上插着把钥匙，立刻警觉，拔出枪来，与老商左右站在门边，聆听里面动静。老商轻轻敲门，半天没人应门，且门里一片寂静。老商慢慢转动钥匙，推开门的瞬间，夏薇持枪疾冲进去。

他们四处查看一番，确定无人。这套房的格局是两室一厅，但显然只有纪远一人住在这里。

“门上的钥匙，难道是纪远故意留下的？”夏薇收起枪，不禁心中生疑。

“仔细找，纪远一定在房里给咱们留下了线索。”老商道。

四处查看的同时，夏薇拨通了展锋的电话：“我们推测，纪远刚才那个电话，应该是在曹玉虎逼迫下打的，纪远假装配合，却在电话里故意留下破绽。他猜到我们会来找他，所以偷偷将钥匙留在锁上。”

“也就是说，纪远电话里说的，曹玉虎约他明天朐阳门见面是个烟雾弹，实际上打电话时，曹玉虎就跟他在一起，而且，他们今天晚上就要行动？”展锋分析道。

这也正是老商和夏薇现在搜查的目的。

里里外外查了个遍，最后，还是夏薇在卫生间镜子的右下角，发现了“龙运物流”四个字。字是用香皂写的，只有些浅浅的痕迹，不注意根本看不到。夏薇变换不同角度，才认出这四个字。

她叫来老商，老商立刻断定，这正是纪远给他们留下的线索。

还记得前些日子传唤皮五时，老商曾提到过一个叫高永顺的人吗？高永顺开了家小物流公司，生意不见得有多好，钱却没少赚。他的物流公司，就叫龙运物流。

高永顺跟纪远根本就是不搭边的人，镜子上出现龙运物流这四个字，一定是纪远刻意留下的。因为要避开曹玉虎，所以写得很隐蔽。虽不知这龙运物流到底有什么猫腻，但他们生意一般，钱却没少赚，这里头肯定有问题。而物流公司的问题，大多会跟偷运些违禁品有关。

莫非，曹玉虎想利用高永顺的龙运物流，逃出海州？

45

展锋召集队伍，立刻赶赴龙运物流公司。途中，他们拿到了龙运物流的相关资料，公司仅有三台自有车辆，都是集卡车。车辆的型号牌照均已发送给各卡口及出入海州的三个高速路口，发现后，立刻拦停。

海州西郊丁字路有个物流园区，好几十家物流都在一块儿，其中便包括龙运物流。浩浩荡荡十几辆警车鸣着笛杀将过去。警察分工明确，很快封堵住整个物流园区的出入口，展锋带着一队人，直接将车停在龙运物流大门口。

公司有个货场，有两个篮球场大小，此刻，透过铁栅栏大门，可以看到里头黑灯瞎火的，只有边上一排平房里，还亮着灯。值班人员很快过来开了门，警方冲进去四处搜寻一番未果，于是问高永顺今晚是否来过，值班人员说刚走半个多小时，今晚发了两车货，都是高老板亲自过来检查的货物。

展锋挺懊恼，看来还是晚了一步。他赶紧找来发货单，弄清楚两辆车的去向，判断出它们要走的高速口，联系卡口的同事，拦截这两辆车。随后，兵分三路，除了追踪两辆集卡车，另一路人马则由展锋亲自带队，去往高永顺家。

他们顺利地在高永顺家找到他，高永顺明显心怀鬼胎，问起曹玉虎，他却一脸迷茫，使劲摇头，坚决否认曹玉虎来找过他，更别提利用公司的集卡车帮他逃离海州了。

高永顺的话真假难辨，目前只能寄望于另外两组人。

很快传来消息，两辆集卡车均在高速路口被拦停，检查过后，在车上发现了违禁货品，但并无曹玉虎。展锋纳闷，难道这又是曹玉虎的烟雾弹？

那边的老商和夏薇得知这一情况，老商坐在车里，头又开始疼，特别疼。他已经想到问题出在哪儿了。如果曹玉虎拉上纪远，打算今晚逃出海州，凭着他多疑的性格，怎么会在行动之前便将计划告诉纪远？而且，如果真打算借助龙运物流的集卡车离开海州，他根本不需要纪远帮忙，又何必多此一举找上纪远？

只怕纪远家门上的钥匙，以及镜子上的四个字，根本就是曹玉虎留下的。他把警方耍得团团转，全力追查他留下的“线索”，他则带着纪远，从另一条线离开海州。

曹玉虎打算怎么离开海州，目前尚无迹可循，可以确定的是，他已经开始行动，就算警方找到线索，只怕也已经晚了。

就在这时，指挥中心接到一起群众报案，拦海大堤上发生交通事故，一辆摩托车失控撞向护栏，车上共有两人，骑手当场倒地昏迷，后座上的乘客，则拖着受伤的身体自行离开。

海州市地处中国东部沿海地区，多年前曾修筑中国最长的拦海大堤，连接起了陆地和海上的羊山岛，此后上岛，不需坐船，开车即可。深夜时，往返大堤的车辆很少，摩托车出事时，恰好有辆施工的翻斗车经过，目睹了整个过程。摩托车前方并无障碍，也无其他车辆，车子就这么突然失控，撞上了水泥护栏。

本来这种交通事故，只需交警部门处理即可，但最近全市抓捕曹玉虎，所有可疑情况都会转到刑侦这边，刑侦这边的留守人员会酌情进行筛选。

摩托车后座上的乘客，不顾伤势，不听劝阻，仍要强行离开，这本身就让人怀疑。

交警、急救中心人员、岛上派出所警察，均已赶赴现场，骑手被送往医院救治，目前仍处于昏迷之中，但性命无忧。根据骑手随身携带的身份证及驾照，证实该骑手正是纪远。

这情况算得上柳暗花明，至此，已经与展锋会合的老商、夏薇等人再无疑虑，曹玉虎这是打算通过水路逃离海州。羊山岛在海州最东部，距离市区50多千米，沿途还有卡口盘查，他需要纪远的摩托车，载着他从小路绕行至岛上。

羊山岛上，大大小小码头加一块儿得有七八处。警方立刻对所有码头进行封锁，暂停所有船只出海，同时，关闭拦海大堤的出入口。

曹玉虎聪明反被聪明误，这回算把自己绕进去了。羊山岛面积不大，被封闭后就是个孤岛，岛上的曹玉虎插翅难逃。

市局方面立刻组织警力，上岛展开抓捕行动。羊山岛面积虽然不大，却地形复杂，其中有三个村子，两座海滨浴场，还有座海拔500多米的小山，搜寻起来并不容易。次日清晨，大批特警武警赶赴羊山岛，协助市局的这次抓捕行动。

老商和夏薇赶往羊山岛前，先去医院，见到了已经醒来的纪远。

纪远经医生检查，侥幸伤得并不重，只有肋骨及左臂骨折，脑袋也受到撞击致轻微脑震荡，此外就是些皮外伤，并无大碍。他向老商讲述了当晚发生的事。

他当晚交班后回家，曹玉虎已经提前进入屋内等他。此后发生的种种，都是曹玉虎所为。给老商打电话，在门上留下钥匙，在镜子上写字，都是为了误导警方。随后，曹玉虎搭乘他的摩托车，一路向北，直到快出市区，才告诉他目的地为羊山岛。那时纪远知道，自己一定得做点什么，否则，就算被逼迫，他也是协助了曹玉虎外逃。一路上，他实在想不出办法通知警方，驶上拦海大堤后，牙一咬心一横，直接撞向了大堤护栏……

他这一撞，算是给警方撞出条明路来。夏薇让他好好养伤，在应对曹玉虎外逃这件事上，他做得非常好，等到曹玉虎被抓获，兴许还能给他颁个好市民奖什么的。而纪远关心的，则是能不能抓住曹玉虎，什么时候抓住。他开车撞护栏算是跟曹玉虎彻底表明了态度，倘若曹玉虎逃脱，只怕他这辈子都再难有安生日子过。

夏薇笑："都被困在孤岛上了，他还能逃哪儿去。"

封岛第三天，警方终于发现了曹玉虎的踪迹，围堵过后，将他逼入山间一幢老宅内。曹玉虎挟持了在此独居的一位老人，与警方展开对峙。

身在岛上的展锋、老商等人当即赶到现场。展锋这边还在忙着部署如何突袭，如何搭救人质，没留神老商已经越过警戒线，径自走进了屋里。

大家都有些无措，替老商担心。展锋能理解老商，苦等了十二年，终于等到面对曹玉虎的时候。可是，就算如此，也不该如此莽撞吧。于是，立刻带人，闯了进去。进门他便见持刀的曹玉虎扑向老商，老商枪响，曹玉虎应声倒地。

展锋赶紧扑到老商面前，只见他仍保持双手握枪的姿势，脸上已是涕泪纵横，此后的哽咽，更是让他整个身子都在不停颤抖。

展锋忽然也有些辛酸，忍不住将他紧紧抱住……

此役，曹玉虎毙，人质无恙，老商被人带出石屋后，头疼病发作，忽然晕厥，被送往医院救治。至此，同学会连环杀人案及张斌案均成功告破，且击毙了在逃多年的通缉犯曹玉虎。老傅和局里几位领导，专程去医院看望老商，感谢他在案件侦破过程中，特别是张斌案及抓捕曹玉虎行动中给予的极大帮助，并向他征询是否有意愿重回刑侦队。老商婉拒，他自知自己的身体情况，无法胜任刑侦队这种一线战斗部门，但表示往后仍然会以顾问的身份，常“回家”看看。

一切都很圆满。

老商在医院住了三天便要求出院。他这是老毛病，无法根治，只能静养。在医院里养，还不如回小马巷，至少行动能自由些。

展锋跟夏薇接他出院，开车送他回小马巷，途中接到电话，得知仍在医院接受治疗的韩蓉不见了。韩蓉身体上的伤早已痊愈，只是精神创伤未见丝毫好转，院方已经建议转四院接受治疗。她整天躺在病床上，醒着，却对周围的一切恍然不觉，也无任何反应。韩冬之死对她的打击实在太大，不知道她还要多久才能接受这样的现实。

韩蓉不见了，只能是偷跑出了医院，且不论她是如何做到的，展锋等人最关心她逃出医院想要做什么。

很快又有消息传来，韩蓉回了大庙巷里的家。

展锋和夏薇打算去瞧瞧，老商坚持要跟着。小马巷与大庙巷隔得不算远，车子很快停在大庙巷巷口。三人来到韩蓉家，推开院门，就见到韩蓉正蹲在院子里，在放烟花。

她面前的地上，已经有好几个放过的烟花，此刻，刚点燃那枚，一朵焰火无声绽放在碧蓝的天空中。白天，阳光灿烂，焰火在空中只留下些淡淡的白色痕迹，看起来毫不起眼。

夏薇上前扶住韩蓉，韩蓉依然神情呆滞，目光盯着空中那点淡淡的焰火痕迹，口中还在喃喃自语："看到了吗，看到了吗……"

46

已经入秋，天还热着，蝉鸣却渐消，街上穿裙子的姑娘少了些，早晚的空气中多了些凉意。中午时，展锋打电话来，说晚上和夏薇要过来蹭饭，他们算准了老商今天休息，有空。老商说那咱们出去吃，找家饭店，地点你挑。展锋坚持要在家吃，说饭店谁没吃过。实在拗不过，老商下午去了趟菜市场，也不知道该买什么，那就拣贵的来。买了排骨，鱼和虾，再来只鸡炖汤，蔬菜瞧着顺眼就捎点。两手拎着十几个塑料袋，有点沉，还勒手。

出了菜市场，他想起韩蓉的炸鸡铺，犹豫了一下，还是慢慢踱过去，却见卷帘门拉下来，门上还贴着转租的字样。老商有点失望，又不觉意外，没了弟弟，韩蓉肯定一时半会儿缓不过来，肯定没心思经营铺子。

回到小马巷，老商犯了愁，菜倒是买回来了，怎么做又成了难题。他这边正愁着，展锋和夏薇已经提前到了，每人手上都提着一堆菜。老商一看，这倒好，买了两茬菜。展锋说菜不怕多，搁冰箱慢慢吃。夏薇在厨房忙活，老商和展锋也没闲着，打下手。

天擦黑那会儿，展锋把桌子搬到天台上，菜上桌，不能喝酒，就用饮料代替。展锋举杯，先自嗨一下，案子破了，都开心。特别是老商，隐忍十余载，终守得云开见月明，曹玉虎伏法，大仇得报，于公于私，都值得庆祝。

局里已经开过了表彰会，老傅在会上意气风发，风光无限。局里这次给刑侦队记了个集体二等功，展锋和夏薇等个人也受到了嘉奖。有传言说，老傅副局的位置稳了，展锋副队的位子也坐实了，夏薇接了展锋的班，成为六组组长。全队上下士气高涨，人人欢欣鼓舞。

“表彰会早就提前通知了，师父您怎么没来？局领导会上专门提到您了。”夏薇说。

“案子是你们破的，我就不去凑那热闹了。”老商笑笑道，“往后，我还是干我的派出所民警，我得做好本职工作，继续发光发热。”

“您这光和热，全发给偷鸡摸狗、家长里短那些事上，可惜了。”展锋感慨。

聊着聊着，话题又回到了案子上。对于张斌案，大家心里都还有个疑问，就是当年是否是他监守自盗，地下赌场那笔钱是否至今仍藏在鹧鸪山上。

“这消息要是传开，估计漫山遍野都得是寻宝的人。”展锋道。

张斌和曹玉虎都死了，只怕这事，再没有人能给出答案了。

“鹧鸪山正在搞开发，没准哪天挖掘机大铲子这么一挥，就能把这些钞票给挖出来。”夏薇感慨，“这事要真是张斌干的，那他亏大了。”

“鹧鸪山景区还给咱队里送了面锦旗来，要不是咱们提前在孔雀沟找到了赵磊的尸体，开发到那儿的时候，挖到骸骨，肯定得停工，那损失就大了。”展锋道。

“孔雀沟也在开发范围内？”老商忽然问。

“二期，这一期眼看马上就完工，秋天二期就上马，快得很。”

老商点头，不言语了，也不知在琢磨啥。

扯了会儿闲篇，话题又转到赵斯任案子上。

“赵斯任在医院躺了半个月，最后还是死了。死了对他倒是种解脱，没了儿子，又摔成那样，就算醒了，这辈子也得躺床上。”展锋感慨，“就是没能从他嘴里拿到口供，有点遗憾。幸好我那老同学，韩冬够贴心，留下那么些小视频。”

“那些视频赵禹分析过了，拍摄时间与视频中提到的时间一致，也就是说，韩冬从一开始，就用视频记录下了案件的整个过程。”夏薇说。

“韩冬要么体恤咱们当警察的辛苦，要么早就算到了最后的结果，留下这些视频，让咱们明白这案子到底怎么回事，特别是其中一些细节。”

“你是说，他一开始就算到了自己会死？”老商问。

“如果不死，这些视频完全没有意义。”

“那他这就不是算到自己会死，而是一开始就抱着必死之心。”

“保险。”展锋笑道，“这就跟买保险一样，不怕一万，就怕万一。拍视频时，他兴许想的是，万一死了呢。再说，韩冬是个精神病人，他想什么、怎么想，肯定跟咱们正常人不一样。”

想想也是，精神病人的行事风格，又岂是常人所能揣度的。

“赵斯任勒索张松那五万块钱，在化肥厂找到了，就在他随身行李里，只花了不到一千块。跟我们猜想的一样，韩冬视频里说了，勒索张松，主要是为了打探吴龙辉、杜超以及李娅琳的近况，否则，就算想杀人，都不知道上哪儿找他们去。”

老商默默听着。

“魏敏的行踪，也确实是韩冬透露给赵斯任的。那晚，韩冬既心痛又庆幸，心痛这世上再没有他所爱的人，庆幸的是魏敏终于得到了解脱。他对魏敏的爱，既真挚又畸形，脑子要没点毛病，都爱不成他那样。”

“赵斯任杀人期间确实藏身在惠民街空置房，杜超死后，才转移到了化肥厂旧址……”

“韩冬离家，是因为预感到警察很快就会怀疑到他，所以才躲到化肥厂跟赵斯任搭伙做伴。他想劝赵斯任跟他一块儿自首，又害怕接下来将要接受的惩罚……”

“等等。”老商摆手打住了展锋的滔滔不绝，“韩冬的这些视频里，有提过韩蓉吗？”

展锋和夏薇都愣一下，显然之前没想过这问题。

“韩冬录这些小视频，说的都是跟杀人有关的事，他兴许不想把韩蓉牵扯到案子里。”

老商点头，说：“小夏这手艺真不错，赶上外头饭店大厨了。”

“兴许拍了，只是没搁这U盘里。”夏薇终究是女生，心思细腻些，“韩冬都能想到把犯案经过拍下来，肯定不会忘了跟他相依为命的姐姐。”

展锋说：“我觉得也是，这姐弟俩的感情，不是一般人能比，韩蓉为这个弟弟，操碎了心，这么些年，连男朋友都不找。现在韩冬没了，真不知道往后她这日子该怎么过。”

“那天咱们仨去韩蓉那儿，她从医院偷跑回来，还记得吗？”

老商忽然问。

展锋和夏薇一齐点头。夏薇说：“就是她在院子里放烟花那回吧。”

“她干吗放烟花，大白天的？”老商问。

“受刺激了呗。”展锋道，“兴许以前他们姐弟俩就爱玩这个，现在弟弟没了，她想起跟韩冬一块儿放烟花的事了。”

夏薇赞成：“差不多，八成就是这样。”

老商点点头，端起杯子，主动跟他俩碰了下：“当时吧，瞧韩蓉放那烟花，我就觉得有点眼熟，好像在哪儿见过。”

展锋和夏薇一起回想，韩蓉放那烟花除了小点，也没啥特别的。俩人对个眼色，都没吱声，猜到老商既然提到这话题，后面肯定有下文。

“过了几天，我忽然想起一件事来。小夏，还记得那晚咱们一块儿去纪远家吗，门上插着钥匙，咱们进屋四处找线索，后来还是你在镜子上发现了香皂写的几个字。”

夏薇点头，不久前的事，肯定记得。

“找线索，免不了四处翻，我记得当时打开过卧室里一个小柜子，没发现什么，随手又关上。后来我突然想起来，就在那个小柜子里，看到过同款烟花，至少十几个，堆在一起。”

展锋和夏薇面面相觑，有点没跟上这节奏。展锋问：“然后呢？”

“然后吧，然后我就又去了趟纪远家。”

展锋感慨：“我看您这就是闲得，以前老绷着，现在突然闲下来了，还不习惯了。就为这点事，您大老远跑太平庄去？这回，纪远锁眼上给您留钥匙了吗？”

“那倒没有。”老商自嘲地笑笑，“这回我没进他们家。”

“大老远跑一趟，就家门口晃悠一圈？”

“那倒不是。纪远家那种老式楼房，顶楼过道里有个小天窗，从天窗上去，就到了楼顶。楼顶是个大平台，各家的太阳能热水器都摆上面，还堆了些杂七杂八的物件……”

“您溜达到屋顶上去了？”夏薇脱口而出，又捂着嘴笑，“精神真好。”

老商继续说：“我当时就一个念头，有烟花就得放。要么楼前空地上，要么就是楼顶平台上。结果你们猜怎么着，我还真在楼顶发现了放过的烟花。不是一两个，而是一堆，目测至少上百个。有些被水泡过，有些外面的花纸颜色都褪没了，也有些看起来还很新……”

展锋与夏薇面面相觑，他们已经感觉到这里头藏着事，但一下子还没反应过来。

“您这基于什么目的，闲到去查人家放烟花？”展锋话里明显带上了些小情绪。

“没啥目的，就像你们说的，闲了，想给自己找点事。”老商倒不在意，继续往下说，“看到那堆烟花，换你们肯定也得好奇，谁这么无聊，放这么些烟花，而且都是一个品种？那天时间还早，我就在周边问了些人，还真让我问着了。有个摆摊卖馄饨的安徽人，说是看到过几回半夜有人放烟花，时间都差不多，夜里11点钟左右，那烟花挺怪，没声，升到天上，就只有小小的一朵，一点都不好看……”

展锋和夏薇同时想到，那天看到韩蓉点燃的烟花，也是这样，无声，只绽放一朵焰火。

“回来后是半夜，我就到外头守着，连守了三天，终于让我守到了。先是大庙巷的方向，天空升起烟花，接着，没多会儿，太平庄那边的天上，也升起一朵一模一样的。”

“就是说，纪远和韩蓉约好了，半夜一起放烟花玩？”展锋道。

“他们俩，什么关系？难道……”夏薇显然想到了什么。

“记得皮五当时怎么说纪远的吗？跟曹玉虎是亲戚，常去鹏鸪山的地下赌场放水，当时，跟他在一起的，还有个漂亮姑娘。”老商道，“算算时间，韩蓉那几年恰好因为韩卫平家暴，离家出走，完全有可能跟纪远混到一起。”

“当然，这还只是猜想，有个办法可以确定。”

老商想到的办法就是皮五。他领着皮五，去了大庙巷，外头守了挺长时间，终于见到韩蓉出来。皮五盯着她瞧了半天，终于点头，无比坚定的口气说：“就是她，她就是当年纪远那个小女朋友……”

47

1992年夏天，韩蓉独自游荡在街头。她刚刚离家出走没几天，还没适应流浪的生活。现在，她每天心中所想，都是如何吃饱肚子，今晚睡在哪里，对未来充满迷茫和绝望。每次看到街边蓬头垢面的流浪汉，她都会特别惶恐，害怕有一天自己也会变成这样。

活下去，得赚钱。她去打工，别人一看她瘦小的身子骨，就猜到她是个学生妹，只有家饭店愿意收留她，当服务员，工资不多，包吃住。韩蓉挺开心，终于可以靠自己活下去了。某天晚上，饭店老板闯进她的房间，向她扑将过来。

韩蓉不是那种柔弱的女孩，面对韩卫平的家暴都能奋起反抗，又岂会甘于受辱。而且，她早对老板有所警惕，每晚睡觉时，床边总会放着一把折叠刀。

老板捂着肚子瘫倒在地，看着指缝中涌出的血，他不敢相信会折在这么个小姑娘手上。

韩蓉仓皇逃离，那一夜，她蜷着身子，瑟缩地躲在一个角落里，睁着眼睛到天明。

此后，她干过零工，捡过破烂，吃过别人的剩饭，睡过桥洞，一番历练过后，逐渐适应了当下的生活。她还结识了一帮跟她有着相同境遇的人，大家会找那些废弃的房子栖身，白天睡觉，晚上四处活动。韩蓉后来只用几秒钟，就能打开自行车锁，车子送到旧车市场，就能换来好几天的食物。这样的生活也挺自在，只要不去想未来。

有天晚上，正在干活的韩蓉被人发现，只能撒开脚丫子开溜，后面的人紧追不舍，连续跑了两条街都不能甩开他们。韩蓉专拣小巷钻，后来实在跑不动了，弯腰停下喘粗气。后面的脚步声渐近，韩蓉已经猜到他们其实是帮联防队员，落他们手里，肯定得蹲监狱。

就在这时，听到阵摩托车的轰鸣，接着，一辆车停到了她的面前。

那是韩蓉第一次见到纪远，第一次，纪远便向她伸出手来。她怔了片刻，实在已经没了别的选择，只能坐到后座上。摩托车飞快驶离，她下意识就抱紧了他。

后来，车停在龙尾河边，韩蓉手在兜里攥紧了刀，问他："你就不怕我是个坏人？"

纪远笑："你到河边去照照自己，就你这样的，又能坏到哪去呢？"

纪远还说，看到她偷车了，当时就在想，这丫头胆太大了，大庭广众之下，就敢当街动手。他还说，其实这不是他第一次见她，上次是在文化宫后面的巷子里。

韩蓉歪着头回想，最近一次去文化宫，被一帮小痞子盯上了，还打了起来。她抄起一把铁锨，愣是凭着一己之力，打跑了那帮人。

"我觉着你挺有意思，不是跟人打架，就是在偷车。"纪远笑得很开心。

韩蓉有些恼怒，还有些羞涩，怎么每次让他撞见都这种出大糗的时候。他还在那儿笑，笑得不加掩饰，笑得带些讥诮，笑得让她的心，如小鹿乱撞般，怦怦乱跳……

纪远比韩蓉大两岁，初中毕业没考上高中，在职业学校里混了三年。本来说好毕业分配到一家机械厂，可还没等他毕业，机械厂就倒闭了。于是他开始混社会，刚开始为些蝇头小利跟人争强斗狠，三天两头打架斗殴，幸好没出什么大事。当同伴们还在摩拳擦掌继续玩他们的街头争霸时，纪远已经率先意识到这样混下去迟早得完蛋，早早便退出了江湖，渐渐不再与那些狐朋狗友厮混。他喜欢摩托车，有人送了他一辆，送他车的人就是曹金龙。曹金龙念着当年纪远父亲对他们家的关照，对他颇多照顾。

纪远本来能去曹金龙的场子里谋份差事，但他既知江湖险恶，好不容易抽身出来，又怎会轻易再陷进去，因而平时离得曹家兄弟远远的。至于摩托车，实在太喜欢，顺水推舟也就收下了。

此后，韩蓉成为摩托车后座上的常客，纪远带着她，风驰电掣驶过海州城的每一条大街小巷。刚开始韩蓉还只是轻轻揽着他的腰，到后来，已是紧紧将身子贴着他的背。

那时候，纪远在一家汽修店打工，认识韩蓉之后，经常主动要求晚上留在店里值班。天黑后，关上门，汽修店就成了他们两人的世界。他们在店里涮火锅，看球赛，在不同的车里转动方向盘，想象着驾驶它们，去往所有想去的地方。

后来有一晚，俩人在车里睡着了，第二天来上班的同事发现了他俩，还告到了老板那里。此后，老板晚上再也不让纪远踏进汽修店。没关系，纪远带韩蓉回家。

纪远家在太平庄的一幢小楼里，二楼，不高，顺着排水管就能爬上去。纪远家里还有个多病的老爸，每晚喜欢喝两盅，喝完9点不到就得上床睡觉。纪远待他睡着后，打开窗，楼下的韩蓉敏捷地顺着排水管往上爬，翻过窗户，进到房里。

此后，纪远的房间，就成了韩蓉的家。她会把这里收拾得干净整齐，还会买些小物件来把它装饰得特别温馨。夏天，纪远带她登到楼顶，去看远方的万家灯火；冬天，俩人早早躺在一个被窝里，因为彼此的温度，再寒冷的冬夜，也会变得特别暖。

那时候，韩蓉还会让纪远送她回家看弟弟，每次都是纪远先去侦察，确定韩卫平不在家后，韩蓉才会进去。看到弟弟身上的伤痕，她更是对韩卫平充满憎恨。

她让纪远帮他教训一个人，俩人埋伏在暗处，看着韩卫平晃晃悠悠从小巷那头过来。纪远最后再次确认："那可是你老爸，真的要下手？"

韩蓉无比坚定地点头，最后又加一句："别把他打残就行。"

看着纪远一棍子打倒韩卫平，韩蓉心里畅快极了。那时的纪远，就是她的英雄，他来拯救她脱离苦海，她相信，他就是她的未来。

他们在一起的第二年，韩蓉学会了骑摩托车，她也能骑车带着纪远，像风一样驰骋了。她喜欢上了速度，喜欢上了自由掌控方向，喜欢上了超越的快感。车子劈开风，车上的她就变成了风，没有什么可以阻止她去向远方。

那年冬天，纪远与人发生争斗，对方给他打了埋伏，几个人将他掀翻在地，为首的那人心狠手辣，一刀砍在他的肩上。纪远倒地，那帮人还不想放过他，执刀者再度挥刀。那一次，纪远以为自己要死了，却不料危急时刻，有人扑到他身上，替他挡下了那一刀。听到韩蓉发出撕心裂肺的惨叫，他便知道，自己这辈子，注定要跟这个女孩牵绊在一起，再无法分开了……

相识的第三年春天，在一个阳光明媚的春日上午，他们慕名去了后街深巷中的一家文身小店，在胳膊上纹下了一对并蒂莲。一根叶柄两朵花，只有合在一起时，莲花才会完整。

他们开始规划未来，韩蓉最大的心愿就是有一天，能带上弟弟去往一个遥远且陌生的城市，开一家自己喜欢的小店，每天悠闲地生活。

任何梦想都需要金钱来支撑，那天夜里，纪远骑着摩托车，第一次带她去了鹧鸪山……

48

那晚直到最后，老商也没说清楚为什么去查烟花。展锋问，他也顾左右而言他，好像心里藏着什么事，不愿意让他俩知道。

离开小阁楼，回到巷口的车上，展锋纳闷老商这葫芦里卖的什么药？夏薇说怀疑纪远和韩蓉呗，不怀疑就不会去查。展锋说："问题就在这儿，他俩到底有啥可怀疑的？你得有事，比如钱包让人偷了，半道让人敲了黑棍，然后才能怀疑这事谁干的。老商因为啥事怀疑他们俩？"

夏薇摇头："你都猜不出来，我哪能知道。"

展锋说："那咱们就从纪远和夏薇身上可疑的地方开始分析。他们俩身上啥最可疑？十多年前有过那么一段，后来分了。分了又没分干净，隔三岔五约好了半夜放烟花玩。"

夏薇说："放烟花哪里可疑了？"

展锋说："俩人处对象，觉得不合适，分了挺正常。分了以后，后悔也正常。当时年少无知，多年以后，回过头来看，还是觉得你最好。正常人碰上这事会怎么办？大不了吃回头草，就算回不了头，打电话叙个旧，约出来抱头痛哭，追忆一下曾经的似水年华。纪远和韩蓉都是单身，也不存在道德问题，可他俩偏不这样干，非得半夜三更，偷偷摸摸放烟花，你放一个，我放一个，君住长江头，我住长江尾，日日思君不见君。”

夏薇说：“就算你背诗，我也没觉出哪儿可疑。感情这种事挺玄学的，有种爱，叫爱而不得，只能深埋在心底。纪远和韩蓉，当年也许因为什么事没法走到一起，但互相还惦记着，所以，这些年，就借着烟花来告诉对方，我还想着你。想想还挺让人感动的。”

展锋咂嘴，感叹这世间事，但凡扯到感情，那就没道理可讲。

夏薇说：“等等，咱们是不是跑偏了。你觉得师父会对纪远和韩蓉这些情情爱爱的事感兴趣？就算他再闲，肯定也没这么八卦。”

展锋拍大腿说：“对，我都没兴趣，老商那么大年纪了，肯定更没兴趣。”

他们回过头重新捋。

“当年剿灭鹧鸪山地下赌场时，纪远和韩蓉也在现场。他俩没出现在之后的抓捕人员名单里，只能说明他们运气好，侥幸漏网。

“鹧鸪山赌场现在唯一未解之谜，就是丢的那笔钱。之前，老商怀疑张斌监守自盗，但一直没有证据，难道他现在又怀疑上了纪远和韩蓉？理论上确实存在这种可能性，纪远和韩蓉在局上放水，只能挣些小钱。警方围剿，混乱之际发现带着大量现金的张斌，俩人动了邪念，趁其不备将其打晕……”

夏薇又叫停，说：“纪远家和韩蓉家咱们都去过，像有钱人家吗？”

抢了钱不敢花，倒是一种可能。可过了十多年还不敢花，那你当初抢钱干吗呀？

纪远和韩蓉当年分手，难道也跟这些钱有关？有难同当，有福不能同享的例子太多了。老商查烟花，实际上就是查纪远和韩蓉当年为什么分手，这也许就是问题症结所在。

琢磨来琢磨去，这是他俩能想到的老商唯一可能感兴趣的地方。但是，问题又来了，夏薇最后提出灵魂拷问，再次将这一结论推翻。

“如果打算查地下赌场丢的那笔钱，师父有必要瞒着咱们吗？”

展锋蒙了，还真是。当时皮五在曹家老宅外晃悠一圈，老商开始查曹玉虎，都没瞒着他们。现在查个小小的纪远，却搞得这么神神秘秘的，有必要如此吗？

那就还是分析方向出了错，得从有什么事，能让老商瞒着他们开始琢磨。

首先可以肯定，不会是老商自己的事，这么些年，除了想抓曹玉虎，他就没想过别的事。

“会不会师父并不是想瞒咱们，只是有些事，他现在不方便说……”

展锋显然已经想到了，既不是老商自己的事，又不方便说，答案呼之欲出，就在嘴边，可是，它又缥缈着，让你抓不着。

过了两天，下班后，展锋叫住夏薇，说想去韩蓉家瞧瞧去。他一个男同志，去单身女人家里，不方便。夏薇知道他的心思，他还是放不下老商查纪远和韩蓉的事。

俩人又去了果城里，半道上还买了些水果带上。

到韩蓉家，敲门，里头响起脚步声，门打开，展锋和夏薇都怔住，门里站的人，是纪远。他不是住长江尾吗，怎么跑长江头来了？

他脸上的伤还没好利落，胳膊还吊在胸前。

展锋戏精上身，装出很惊讶的样子：“你怎么在这儿？”

韩蓉闻声从屋里出来，依然能从她脸上看到憔悴，气色却好了许多。见到展锋和夏薇，勉强还能笑笑，说：“来了，屋里坐吧。”

相比韩蓉的淡定，纪远面对两位警察，多少有些局促。

进屋，展锋继续装糊涂：“你们俩这是，认识？”

韩蓉点头：“嗯，认识，认识十多年了，对，十六年。”

“那这交情深了。”展锋感慨，“十六年，算得上老朋友了……”

“展警官。”纪远忽然打断他，“前几天，我碰到皮五了。”

“皮五说什么了，他这人，就是嘴欠。”

“皮五问我，警察找我问过当年在局上放水的事没有。”

“放心吧，咱们警察还没闲到那份儿上，这都过去十多年了，那事也不大。往后乱七八糟的事咱别碰，好好过日子。”正好借着这话题，展锋问，“咱们警方捣毁地下赌场那晚，听说你也在？”

纪远看了眼韩蓉，点头。韩蓉忽然跟了句：“那晚我也在。”

韩蓉这么直接，有点出乎意料。夏薇问：“你们俩那会儿是男女朋友？”

韩蓉点头：“我们就是想以后在一块日子能过得好些，才去局上放的水。”

“都已经开始规划未来了，挺好。”夏薇好奇地道，“后来呢，为什么没在一起？”

俩人对视一眼，韩蓉明显开始不安，目光低垂，两手不停在一起绞揉。纪远也是面色深沉，就好像这是件很难开口的事。

看他们不愿意说，展锋也不想勉强，毕竟这种事，随便编个理由，你也没法查去。他接着刚才的话题问："你俩够能耐的，居然能从警察眼皮子底下溜了。说说，那晚怎么避开警方抓捕的……"

俩人对视一眼，纪远在下面抓住她的手。

"那晚我们很怕，很慌，别人都往山下跑，我们跟他们反着来，往山上跑。"纪远说，"其实当时脑子里特别乱，就想着，山很大，躲到山上去，就没人找得到我们了。不知道跑了多久，实在跑不动了，我们就找个隐蔽点的草窝躲进去，一动都不敢动。"

"我们在草窝里一直待到天亮，还是不敢下山，就往山那边去，一直到当天傍晚，才从柳河那边下了山。"韩蓉接着道。

"我们在家躲了好几天没敢出门，后来才知道，整个赌场都让你们给端了。"

"张斌认识吧？"看到纪远点头，展锋接着道，"张斌那晚逃跑时，带着赌场一笔钱，不知让谁给敲晕过去，钱也不见了，到现在都没找到。曹玉虎这次回海州，差不多就是为了这笔钱。"

展锋盯着纪远："曹玉虎找上你那晚，跟你提过钱的事吗？"

纪远立刻摇头："没有，这种事，他怎么会跟我说。张斌丢钱，我听皮五说过，大家都猜杨阿四吞了这笔钱。"

这样说，就是否认他们跟这笔钱有关系了。

又聊了会儿，看出他们两人坐那儿都有些局促，展锋施个眼色，跟夏薇起身打算走。纪远对韩蓉说："你歇着，我送送两位警官。"出了门，纪远回头往门里瞧了瞧，这才低声道："我知道你们好奇我跟韩蓉之间的事，刚才当着她的面，没好说，怕再刺激到她……”

纪远说起当年他和韩蓉分手的原因，竟是因为韩冬。

鹧鸪山地下赌场的事后没几天，韩冬就进了四院。起初，纪远跟着韩蓉一块儿去四院照顾他，后来韩冬看到他就犯病，还抱着姐姐不停地呜呜哭，说不想看到姐姐跟别人走。不管韩蓉怎么解释，韩冬都不听。医生说，韩冬这是对韩蓉产生了依赖症，只要谁跟韩蓉走得近，他就会觉得这人要夺走他的姐姐。

“就因为这，你跟韩蓉耽误了十多年？”夏薇惊叹，“韩蓉原来也是个扶弟魔。”

“当时我们决定分开一段时间，等韩冬病好了，再在一起。谁知韩冬出院回家后，看见我就暴躁，韩蓉怕刺激到他，也让我走。”纪远苦着脸叹气，“那会儿我也年轻气盛，觉得自己为她这个弟弟，做得够可以了，可韩冬要老这样没完没了，谁扛得住。”

夏薇同情地看着他，这事搁谁身上都要命，还没处讲理去。

“我跟韩蓉为这事吵了好多次，冲动之下，提出了分手。分了之后，心里又都割舍不下对方，憋了段时间，我实在忍不住，又去找她。她抱着我哭了挺长时间，最后还是说，她放不下她的弟弟，如果非要逼她在我跟韩冬之间选一个，她只能选弟弟。”

“也怪我没出息，当时真要狠下心，也就没后来这么些事了。我是真的放不下韩蓉，我们在一起四年多，我们一块儿经历了太多事……”

纪远忽然冲动地把领口的衣服往外拉，露出肩上宛若蜈蚣样的伤疤：“要不是韩蓉，我早就死了。人这辈子，能碰上几个替你挡刀的女人？碰上了，就不能错过。”

展锋浮夸地凑上去看刀疤，啧啧赞叹："真没看出来，这韩蓉现在看起来温温柔柔的，当年那么猛。"

"后来，我们就想了个折中的办法，那就是背着韩冬，偷偷在一起。"

"地下情？"夏薇脱口而出，随后感慨，"真是难为你们俩了。"

"我们隔上些日子，短则十天半个月，长点个把月，就会见上一面。也不能说是偷偷摸摸，就是背着点人。毕竟都知道韩蓉单身，让认识的人撞见不好……"

展锋连连点头："都能理解。"

"后来，我们还约好了放烟花，都是半夜11点。看到烟花，我就知道，她又想到了我。我随后也会放一朵，告诉她，我在，我一直都在……"

本来觉得放烟花是挺神秘的事，没料到纪远如此轻描淡写就说了出来。想想老商为此煞费苦心，大老远跑太平庄去，还偷摸爬人楼顶上，忽然就挺同情他。

"本来想着，这种情形最多三两年，等韩冬好差不多了，我们就结婚。没想到韩冬一直反复着，而且吧，我们渐渐习惯了现在这种生活，事情就这么一直拖了下来，直到，直到这次韩冬出了事。"

没了韩冬，纪远和韩蓉之间自然再无障碍。刚才在屋里，夏薇问起他俩当年分手的原因，俩人都沉默，除了这事不是三言两语能说得清的，还因为纪远怕提起韩冬，会刺激到韩蓉。

"这姐弟俩精神都挺脆弱的，现在韩蓉看着挺好，跟正常人差不多，但只要想到韩冬，就会彻底变了个人。她会把自己关在屋里，整宿地哭，谁劝都不行。”纪远叹气，“真替她担心，不知道她啥时候才能真正从韩冬这事里走出来……”

展锋和夏薇竟觉无言以对，只能象征性地安慰他几句，便走了。

出了大庙巷，展锋瞅眼夏薇，说：“要不你去趟老商那儿，把今天这些事向他汇报一下，免得他又偷摸上人楼顶，自己瞎琢磨。”

夏薇不乐意了：“那也是你师父，你怎么不去？”

展锋说：“我主要是给你机会，增加下师徒情分。我跟老商多少年了，你才多长时间。”

说着话，俩人仍一块儿往小马巷去。

到了小阁楼上，门锁着。展锋算了下日子，说老商都这样了，所里还给他安排晚班，得抽空去找所领导说道说道去。夏薇摸出电话给老商挂过去，很快，那头老商接了电话。

“我没在所里值班，请了假。”老商说。

“那您在哪儿，我跟锋哥都在您门边了。”

老商犹豫了一下，这才说：“我在大竹乡村……”

大竹乡村？鹧鸪山？展锋和夏薇都愣住了。老商不声不响跑大竹乡村，用脚丫想都知道因为什么。这段时间，唯一能和大竹乡村扯上关系的，就是赵斯任连续杀人案。案件已经侦破，凶手已经伏法，他这会儿去大竹乡村，难道觉得这案子还有疑点？

怪不得他昨天心里好像藏着事。展锋太了解老商了，案子侦破，全队上下欢欣鼓舞，大家也都因此受到了嘉奖，这时候，他若提出异议，未免有些煞风景，特别是在还没有什么证据的情况下。所以，老商才会瞒着众人，自己查。

这跟他当初发现皮五绕着曹家老宅晃悠时的状况如出一辙，只是，那时候他还能有展锋和夏薇两个帮手，现在，却只能孤身一人前去查探。

展锋和夏薇面面相觑，心中竟是五味杂陈，不知道这回该盼着老商对，还是错。

展锋忽然又想到，老商既是对连续杀人案有异议，且又去太平庄查纪远，那么，是否意味着，纪远就是老商的怀疑对象？

“明天，你去趟大竹乡村，老商现在还是咱队顾问，咱不能让他有什么闪失。”

展锋稍顿，又道：“调查有任何进展，随时向我汇报，只向我汇报……”

49

老商那次在羊山岛晕厥，随后被送去了医院。因为亲手击毙了曹玉虎，大仇得报，老商心上绷了十多年的弦终于松懈下来。进到医院，他非常配合医生的治疗，全身做了一次检查。检查结果出来后，医生很郑重地把他找到了办公室。

情况非常不乐观，简而言之，他脑中残留的弹片，已经开始压迫中枢神经，直接的后果就是会出现各种感官障碍，最终，失去意识，成为一个植物人。

老商问医生，能治吗？医生沉默半天，还是摇头。十二年前就是因为弹片所处的位置比较敏感，手术风险极大，才没取出弹片。隔了这么些年再想取出弹片成功率极低，很可能下不了手术台。

老商问，那我还有多少时间，医生说这事谁也说不准，快则三两个月，幸运的话，还能撑个小半年。老商请求医生为自己保密，既然这已是无法改变的结果，他不想给别人增添负担。

出院后，老商去了趟青龙山墓地，妻子唐宁就长眠在这里。那次，老商很仔细地擦干净了墓碑，拔掉了墓边的杂草，然后陪着妻子坐了很久。他把这段时间发生的事，一五一十全都告诉了妻子。曹玉虎死了，他用不了多久，就会去陪她，一切都是如此圆满。

此后，他仍会去所里上班。他剪了头发，每天都会很仔细地刮胡子，把自己收拾得干净利落。他还专门找出了今年新发的崭新制服穿上，站在镜子前，连他都觉自己看起来年轻了许多。在所里，他认真处理每一件事，跟同事们相处也变得随和，甚至还参加了两次他们私底下的聚会。

市局那边，邀请他参加表彰会，侦破赵斯任连续杀人案与张斌案，再加上击毙在逃多年的通缉犯曹玉虎，他都有参与。所里的同事纷纷向他表示祝贺，他也特别开心，能在生命的最后时刻，协助侦破这样两起案子，他的人生也算圆满。

表彰会那天，他其实去了，只是，在会场外。隔着门，能听到掌声，还有颁奖时激昂的音乐。他的心情与此时场内的人同样激动，能享受这样的时刻已经足矣，形式并不重要。如果生命就是舞台，他的大幕已行将落下，舞台上的光亮，必定属于那些年轻人。他只需要背后看着，笑着，然后再转身默默离去……

那天，是他去医院复查的日子。他非常听话地按照医嘱做了检查，医生又给他新开了一种药，效果尚待验证，希望能延缓些他将来的那些症状。

从医院大楼里出来，他看到了纪远。纪远协助警方击毙曹玉虎，自己也在拦海大堤上摔得够惨。这么些天过去，他的胳膊还吊在胸前，却已能行动如常。他还穿着医院的病号服，去的地方应该是医院的超市。老商紧走几步，想追上他，跟他寒暄几句，想了想，又停住。

也没啥好说的，案子过后，想必与他也从此再无交集。

老商转身往医院大门方向去，忽然脑子里一阵隐痛，他抚着前额，慢慢转身。此刻纪远已经离他很远了，但仍能看到背影。老商盯着看，还下意识地往前走，想离得他近些。

老商的神情已经变得凝重，脑子里抽着疼，一跳一跳的，心跳也随之加速。老商慢慢靠近超市，却不进门，而是站到拐角处。过了好一会儿，纪远打里头出来，拎着装了些物品的塑料袋，回病房大楼。老商默默地跟在他后面，隔着几米远的距离。

快到病房大楼门边时，纪远或许感觉到了些什么，下意识地回头，恰好与老商的目光相遇。他愣一下，面上随即挂出些笑，极敷衍。

老商脚下未停，只冲他挥了挥手，算是打个招呼，便往另一个方向下去了。

老商赶到刑侦队，展锋和夏薇都不在，留守在家的同事特别热情，问要不要电话召展锋回来。老商赶紧摆手说不用，他不是来找展锋。老商又去了技术队办公室，正好赵禹在，老商跟他商量，想看看吴龙辉案中从物业调取的监控视频。

赵禹马上照办，看老商在屏幕前聚精会神的模样，心里还嘀咕，案子不是已经结了吗？

临走时，老商想拷贝一份带回去，赵禹给他拷到一个U盘里，还凑过来问，是不是有啥新发现？老商笑笑说没有，就是随便看看。

这话说得老商自己都不信。

回到小马巷阁楼上，老商再次点开视频。画面中，嫌疑人——也就是赵斯任慢慢离开小区大门，往外走。因为右腿受过伤，他走路姿势有点怪，身子会微微往右侧倾，不是很明显，必须留神仔细观察，才能看出来。

反复看，来回重复看，画面中的赵斯任，也走了一遍又一遍。

老商回想起白天在医院，纪远向着超市走去。他的双腿在拦海大堤撞车中并没有受伤，因而走路看起来没有任何异常。但是，忽然间，他的身子微微往右侧倾了一下。

这并不能说明任何问题，所以，老商才会在后来，躲在超市边上等他出来，跟在他后面，仔细观察。随后，老商心中狂跳，从超市到住院大楼，差不多八百多米，在这段距离内，纪远又出现了三次身子右倾的情况。

也许只是自己多想了，纪远在车祸中，难免右腿会受到些轻微的擦拭伤，影响走路挺正常。但怀疑的种子一旦种下，便势不可挡地会萌芽生长。对比了吴龙辉案中的监控视频，竟愈发觉得俩人的背影如此相像。

只是像，仍然说明不了任何问题。赵斯任连续杀人案，证据确凿，已经是板上钉钉的事。赵斯任杀人动机充分，案发现场留有他的足印、毛发，最后发现的凶器上残留四名死者的血迹。韩冬留下的视频中讲述的犯案经过，也能在现实中得到印证。

纪远跟这件案子完全不搭边。

老商试图说服自己，事实上，他也真的很快关了电脑，并在接下来几天里，强迫自己忘了这件事。忘了这件事，又想起别的事。烟花，没错，就是烟花。韩蓉点燃的烟花，竟跟他在纪远家里看到的一模一样。他忍不住去了太平庄，上到顶楼，那些大量胡乱堆积在一起、已经燃放过的烟花，让他极度震惊。

总算是找到些联系了，怀疑的种子，倔强地破土而出，萌出新芽。

那时起，老商就知道，自己再也避不开这件事了。

当年曹玉虎潜逃，老商专门研究过他的行为特征，特别是走路打响指的习惯性动作，专家称之为肌肉记忆，即一个动作重复的次数多了，肌肉就会形成条件反射，会在下意识状态下，做出这种动作来。就像在电脑上打字，当你想到一个字时，根本不用经过大脑，便会下意识地在键盘上敲出这个字。

假设怀疑是真，那么事情就有点可怕了。当你假扮成另一个人，模仿他的走路姿势，想要逼真，就必须长时间或者高频率练习，那么，你就会产生肌肉记忆，即使不用再假扮成那个人，肌肉记忆仍然存在，仍然会在你不经意间显露出来。

当然，仅凭这一点，仅凭纪远和韩蓉的关系，根本不具任何说服力，毕竟刑侦讲究的是证据。而且，老商深知这件事，会影响到很多人，包括跟他并肩作战的展锋与夏薇，包括刑侦队里那么些为了案子奔忙多日的同志们。

而就此罢手，则意味着他从警生涯最后参与侦破的案子，并不完美，甚至可能是错的。

各种纠结交织，老商陷入新一轮的焦虑。

那晚，展锋和夏薇来他这里吃饭，几次话到嘴边又咽了回去。他只说了纪远与韩蓉的关系，希望能给他们些触动。他们走后，他又在脑子里仔细梳理了整个案情，警方目前掌握的各种证据，无不指向赵斯任就是凶手。同志们都是专业的，证据的真实性不容置疑，如果案子存在其他一些可能性，那必须从另外的方向着手调查。

老商思来想去，还是决定从案件的源头开始查起。

他还想到，调查，未必是为了推翻案件的结论，还可以是排除疑点。因而，他也无须对自己的行为感到不安，更不用对谁心怀歉疚。

第二天一早，他便去所里请了假，坐上了前往大竹乡村的中巴车。

50

半夜时，纪远被哭声惊醒，睁开眼，屋里黑着，月光透过窗帘的缝隙落进来，隐约可见韩蓉抱膝坐在床前的地板上。她在哭，哭声绵长，身子也随哭泣不停地抽搐。

纪远沉默了片刻，这才起身，坐到她边上，拥住她的肩膀。

任何安慰的话对韩蓉都不起作用，每次她想到韩冬，都会哭上很长时间。

警察已经将韩冬涉案的来龙去脉告诉了她，随后她便在病床上躺了三天，不吃不喝，睁着眼睛，醒着，却像没有了知觉。所有人只当她是受了极深的刺激，与他朝夕相伴的弟弟惨死在她的怀中，这样的经历，只怕这一生都会牢牢跟随着她。

警察们却知道，韩蓉真正难以释怀的，是韩冬为她而死。

倘若那晚，她不去化肥厂，韩冬与赵斯任便不会起争执，俩人都非亡命之徒，或许韩冬真能说服赵斯任自首，那么，韩冬的精神病史会在量刑时起到决定性作用。不管如何，韩冬不会死。

幸而不久后纪远便回到了她的身边——如果不是那个姓商的警察，他也许会再等上些日子。那天碰到皮五，皮五的话让他警觉。姓商的警察，已经知道了他跟韩蓉当年的关系，还有他在局上放水的事。皮五安慰他，那些陈芝麻烂谷子的事，警察才没兴趣了。

纪远当时恨不得照着他的脸上来两拳。

皮五的一番话，让他跟韩蓉隐忍这么些年的辛苦，变得毫无意义。

回到韩蓉身边，在她深夜哭泣时，纪远会紧紧抱住她，在她耳边低语，韩冬走了，她一定要好好活着，只有这样，才能不辜负韩冬的期望，才能让他死得其所。纪远还会带她到窗边，指着满天的繁星，告诉她，找到最亮的那颗星，她就找到了弟弟。

此刻的韩蓉像个孩子，真的睁大了眼睛去寻最亮的星。她找得认真，以至忘了哭泣，忘了悲伤，后来，竟能在他怀中慢慢睡去。

纪远低头凝望她，心中泛起些莫名的酸涩。这个与他痴缠了十余载的女人，此刻看去，脸庞仍如少女般光洁，身上仍散发着年轻时让他着迷的气息。

他并不后悔为她所做的一切，毕竟，韩冬承担起了所有，而他，此刻还能幸运地抱着她。如果再多些幸运，他们还将拥有一个美好的未来。

纪远已经决定，尽快带着韩蓉离开海州，离开这个是非之地。

十多年前，他们便有一个梦想，去寻一个陌生的城市，开一家自己喜欢的小店，悠闲地度过此生。为了那个梦想，他们付出了太多，包括这十多年的时光。而今，终于到了实现梦想的时候，如果不是怕引起警方怀疑，他连一刻都不愿再等。

那一晚，黑暗里，曹玉虎的手搭着他的肩膀，说："兄弟，家里老爹老娘就拜托给你了。这趟回来，本想回去看看他们，给他们磕个头，现在，肯定不行了。这次我要能侥幸离开海州，这辈子应该都没机会再回来。”

纪远赶紧忙不迭地道：“虎哥放心，家里的事全交给我了。二老百年之后，我替您给他们摔老盆，给他们送终。”

曹玉虎的手在他肩上拍两下：“海州城这些老兄弟，我最信任的就是你。你帮我，不会让你白帮，我这里有桩富贵事，思来想去，只能交给你了。若你有心，分一半给我老爹老娘送去，那咱们下辈子，还做兄弟……”

接下来，曹玉虎的话，听得纪远瞬间绷紧了身子，紧张到呼吸都变得异常急促。

“当年赌场丢的那笔钱，还在鹧鸪山上……”

夏薇一早便开车去了驼峰乡，三十多千米路，用了快一个半小时才到大竹乡村。车子停在村口，给老商打电话，老商说他在村委会前面的小广场上。夏薇赶去，见到村里的老头围成好几拨在玩牌，老商赫然也在其中，脸上还贴了几张小纸片。

夏薇有点蒙，老商这是提前过上退休生活了？

看她来，老商远远冲她招手：“正好替我会儿，我去趟洗手间。”

围在一起那几个老头见到姑娘，立马来了精神，冲着夏薇抱怨老商就是个臭牌篓子。夏薇尴尬地笑，接过牌，老商立马一溜烟跑没影了。

一把牌玩完，夏薇跟对家输了，赢牌俩老头嚷嚷着要夏薇贴纸，就贴一会儿，等老商回来就转他脸上去。眼看是躲不过了，夏薇倒也不扭捏，落落大方地把小纸条贴下巴上。没多会儿，老商回来，还冲她笑，说：“就这点工夫，长胡子了？”

又玩了几把，夏薇终于还是找个借口，把老商拉到了边上。

“师父，我得批评您，大老远跑这玩牌，您这叫不务正业。”

老商笑笑：“村里人，你得跟他们混熟了，他们才愿意跟你唠。你要正儿八经找他们谈话了解情况，一个个全都成了闷葫芦。”

“那您想跟他们唠什么呢？”夏薇问，“赵斯任的案子，您觉得还有疑点？”

老商知道既然夏薇都追这儿来了，这事肯定瞒不住：“案子没啥问题，至少目前看，凶手犯案动机明确，证据确凿。我只是碰到些事，看到了案子另外一些可能性。我来这儿，就是为了印证这个猜想。当然，仅是猜想，我希望它是错的。”

夏薇说：“不管您的猜测是什么，我都想知道。”

老商想了想，将自己对纪远的怀疑说了：“目前为止，没有任何证据表明他跟这案子有关系，仅凭走路时的一个动作，便怀疑他，谁都觉得牵强，包括我。但是，这就像擦得干干净净的玻璃上突然多了个黑点，看到了，你是把它给擦了，还是留着它？”

夏薇略显迟疑：“您怀疑纪远，来大竹乡村能查出什么呢？”

“案件侦破工作已经结束，纪远在这案子里，从头到尾都没露过脸。要不是机缘巧合，恰好曹玉虎回了海州，根本就没人会注意到他。倘若他真跟案子有关，一定做了充分的准备，直接查他，很难。我就想，不妨另辟蹊径，倘若我的怀疑是对的，赵斯任便不会是凶手。那么，赵斯任在这案子里，到底扮演的是什么角色？”

夏薇这回明白了，老商的假设如果成立，整个案子都得被推翻重来。所以，老商才会如此慎重，一个人不声不响来了大竹乡村。

一时间，夏薇竟不知道该说什么，心里还有些怅然。

她希望这回老商错了，否则，全队那么些人，忙活多少天，竟然忙出了一个错误的结果。而且，表彰会都开过了，所有的荣誉都会变成一个笑话，这是她无论如何都不想看到的。

“那您这两天，查出什么了？”她心里生出了些小抵触。

老商苦笑摇头：“没有，这两天尽忙着跟人打牌了。而且吧，在市区，我这头疼病老犯，到了这儿，竟然神清气爽，看来山里空气还是不一样。我每天都会抽时间到山上去转转，到山上我就想，没准我运气好，曹玉虎丢的钱，一下子就能冒出来。那样，就发财了……”

夏薇糊涂了，不知道老商是故意瞒她，还是真的喜欢上了这里。

“既然来了，就不忙着回去。我先带你到山上晃一圈，咱们去看看老龙潭……”

夏薇知道，老商带她到山上，肯定不止晃一圈那么简单。二人沿着村后小路上山，走了挺长时间，才到老龙潭。站在潭边，潭水清澈，掩映着山林的苍翠。风从树梢掠过，如水般流淌在身边。难怪爬野山的人都喜欢来这里，当真是个好去处。

而此刻，夏薇想到的却是当年张松等四人就是在这里将韩冬架入水中。

“昨天我就来过一趟，四处转悠了一圈，前面有个叫‘憋死猫’的地方，只有那里，边上是悬崖。而且，离着知青点的石头房子不算远。”

那里，应该就是赵磊摔下悬崖的地方了。

老商带着夏薇，绕行到悬崖底下，抬头看去，离着上面的“憋死猫”足有十多米高，且崖底到处都是大大小小的乱石。倘若真有人从上面摔下来，肯定落不了好，非死即伤。

“现在，咱们再去孔雀沟。”老商说。

夏薇其实已经挺累了，但想想不能在老同志面前露怯，只能打起精神跟在他后面。这次走了十多分钟便到了孔雀沟。夏薇之前来过这里，挖掘赵磊骸骨那次，上次挖掘的痕迹还在。弯腰喘息的工夫，夏薇已经想到老商为什么要带她兜这么大一个圈子了。

“当年梁军在憋死猫崖底发现赵磊的尸体，一个十八岁的孩子，惊慌失措之下，能想到掩埋尸体，已经非常难得了，他居然又扛着尸体，一路来到孔雀沟。”

老商也在喘粗气，接着道：“咱们空手从刚才的崖底到这儿，用时十多分钟，扛着尸体得走多久？这梁军的胆多大，体力有多好，才能做到这些事？”

听着确实不太靠谱，要知道，一般人看到尸体，就算不跑，腿也得吓软了。

“就算想掩埋尸体，这一路上多的是地方，梁军干吗非得把尸体带到这儿？”老商问。

确实可疑，但夏薇已经替梁军想好了理由。梁军能想到埋尸，必定心思缜密，把尸体带这么远，也许，是不想让人发现死亡的第一现场，也就是憋死猫那处小悬崖。毕竟，谁也不能保证他们一帮人上山玩没人看见。有人看见，就会怀疑到他们。

老商怔一下，也不争辩，点头说也是，梁军已经去世，没有人知道他当时脑子里想的是什么。

走了这么久，坐下休息。老商这一刻看上去稍显落寞，夏薇忽然有些同情他。来村里两三天了，难道这就是他目前发现的唯一疑点？

“跟村里人聊，好多人都说，赵斯任自从丢了儿子，脾气变得特别暴躁，经常为些小事跟村里人起争执，好几次还动了手。听说他杀了人，很多人都不觉得奇怪，都说他为了儿子，什么事都能做得出来。”老商说。

“村里人还说，赵斯任一直相信儿子会回来，谁跟他说儿子死了，他就跟谁急。赵磊刚失踪那两年，只要听到消息，有人说在哪儿看到过赵磊，他立马就会过去找，再远的地方也去。他相信儿子只是闯了什么祸，躲起来了，等到风声过后，就会回来。”

夏薇默默地听着。

“韩冬找上赵斯任，告诉他赵磊十二年前就死了，就算他打算为儿子报仇，在那之前，他不该先找到赵磊的尸骨吗？而且，埋尸地就在孔雀沟，就在鹧鸪山上，离他这么近。”

夏薇皱眉，之前怎么没想到这个问题呢？

“如果见不到尸骨，赵斯任怎么会轻易相信韩冬的话？要知道，之前谁跟他提到赵磊死了，他都会跟人急。这回赵斯任不仅信了，还因为韩冬的话，杀了四个人。”

“当然，这算不得证据，仍然是猜想。”老商沉吟片刻，目光落到夏薇身上，“我希望我是错的，但既然看到了玻璃上的黑点，我们就得把它给擦了……”

那边的夏薇看着有些失神，显然老商的话触动到了她。过了好一会儿，她才说：“师父，您看，有什么是我们能做的……”

51

“从大竹乡回来之后，我就去了梁军家。”夏薇说。

坐她对面的展锋愣一下：“去梁军家干吗？”

“我不仅去了梁军家，还去了梁军的工作单位。不管梁军父母，还是他单位的同事，都说梁军是个乐观开朗的人，他喜欢唱歌，常拉着同事去唱卡拉OK，有一年单位组织交谊舞比赛，他还拿过一个三等奖。他跟妻子感情也挺好，每年都要出去旅游，梁军家里还留有他的相册，每张照片上的梁军，都笑得挺开心。”

展锋愣愣地听着，已经知道夏薇要说什么了。

“怎么看，梁军都不是那种心里藏着秘密的人。按照韩冬视频里所说，他当年为了让其他人过上正常的生活，一个人扛下了所有，这些年，一直活在煎熬中。可看看他的生活状态，他乐观开朗，热爱生活，哪里有一点背负枷锁的样子？”

“这能说明什么呢？”展锋明显开始不耐烦，“也许梁军就是隐藏得好，就是想让大家觉得他是个乐观开朗的人。”

夏薇不跟他争辩，展锋说的也没错，没准梁军就是想故意营造快乐开朗的人设。

夏薇继续说：“当年赵斯任去驼峰乡派出所报案时间为6月23日，韩冬等人爬鹧鸪山的时间是6月20日，也就是说，赵磊在20

号那天失足坠崖致死，3天以后，赵斯任便去派出所报了警。”

“没错，赵磊3天没回家，赵斯任担心儿子，就去报了警。”

“当时赵磊打算跟2名同乡去南方城市打工，其中一人，现在就在村里，据他回忆，他们提前买好了车票，时间正是6月20号晚上。因为18号那天他的姐姐出嫁，所以时间记得很清楚，不会出错。”

展锋没听明白，示意她继续。

“治保主任说，起初赵磊几天没回家，赵斯任也没当回事，直到同乡来家里找，赵斯任才感觉不对劲。约好一起出去打工那同乡回忆说，他们一直联系不上赵磊，所以出发的前一天晚上，去了他家找。”

展锋脑袋转一圈，才听明白怎么回事。

如果赵磊20号失足坠崖致死，那么之前为什么会好几天没回家？同乡为什么19号之前就联系不上他？这说明至少19号之前赵磊就已经失联。

“没准赵磊躲哪里鬼混了，他在县城打工，有几个狐朋狗友挺正常。”展锋说。

“那么20号呢，20号是他跟同乡一起外出打工的日子，而且提前买好了车票。这种时候，他大中午还有心思晃悠到老龙潭，偷看两个女生换衣服，不觉得奇怪吗？”

“确实奇怪，但这都不是证据。没准赵磊改变主意，不打算出去打工了呢？”

夏薇盯着展锋：“在大竹乡村，师父跟我提出他的疑点时，我也是你现在这种态度。咱们干刑侦的，需要用证据说话，以上这些都是推测，都可能有其他解释。但这么明显的疑点，我们不该去弄清楚吗？师父说，本来擦得挺干净的玻璃上，忽然出现一个小黑点，我们是把它擦干净，还是假装看不见……”

“师父师父，咱能不能把师父放一放？”展锋突然之间就爆发了，“师父说的都没错，当警察的，最重要的是破案抓凶手，你看到了玻璃上的小黑点，我看到的却是确凿无疑的证据。难道为了那个小黑点，我就要无视全队上上下下几十号人，辛辛苦苦搞来的证据？”

“那为什么不能眼界放宽点，证据咱们看，小黑点咱们也去擦。”

“我倒是想，谁不想鱼和熊掌兼得，就怕做不到。你倒是说说看，就为了你那个小黑点，咱们就把案子推倒重来？”

夏薇其实能理解展锋的烦躁，好不容易侦破的案子，证据确凿，不可能因为这些疑点重新调查。可这些疑点却像扎在肉里的小刺，不会让你很疼，却能时刻困扰着你。

她想给展锋些时间，像自己一样。就算千般不愿，但当这些疑点真的摆在面前，一名有责任感的警察，都会忍不住要去探寻真相。

“回来之后，我还做了一件事。”夏薇说。

两天前，太平庄，夏薇带着邵勇在车内守了挺长时间，终于见到纪远出门。邵勇开车悄悄跟在后面，夏薇用台借来的摄像机，拍摄他的背影视频。

展锋明白她的用意，只要将拍摄的视频与吴龙辉案中小区物业的监控视频做比对，再运用些技术手段，差不多就能判断出二者是不是同一个人。

赵禹那边如果能给出确定答案，那么，就能重启赵斯任连续杀人案。

这天晚上，展锋忽然收到驼峰乡派出所王海鹏的电话。

“展队，赶紧过来吧，商警官出事了……”

老商在大竹乡村，暂住治保主任家。农村稍微条件好点的人家都盖小楼，房间多，大多空着，再来俩人也住得下。老商住了正好一周，跟治保主任家人及周边邻居混得特熟，见人就夸村里空气好，每天早上都会去山上晃悠一圈。

今天早上七点多点，他像往常一样上了山，正常应该个把小时就能回来，但这天直到中午，都没见他人影。治保主任也没当回事，知道他来村里，肯定带着任务，没准下山后又晃到哪儿搞调查去了。就这样一直到了下午三点多，还不见老商，打电话也不接。治保主任稍有些担心，组织了些人，先在村里找，结果不仅人没找着，这一天都没人见过老商。治保主任心想可能要坏事，这老商虽然不老，但看着病歪歪的，不会早上上山出啥事吧。

于是他赶紧召集村里人上山去找，找到天黑，还是不见人。治保主任这才开始慌了，打电话给乡里派出所。所长当时就领着帮人开车赶来，组织人手在更大范围内展开搜寻。在这期间，老商的手机一直打得通，就是没人接，最后，还是有人听到手机铃声，循声而去，发现了老商。

老商被抬下山时，早就没了气息……

听到这消息，展锋脑子里嗡嗡响，根本不敢相信这是真的。闭上眼，仍是老商鲜活的面容，眼睁开，泪水便止不住地流了出来。展锋拼命抑制，还是哽咽到身子都在颤抖。

老商，真的不在了吗?

连夜赶往大竹乡村，车上的夏薇一路都在抑制情绪，一路都在流泪。

村委会门前搭起了帆布棚，老商的尸体就躺在棚中。展锋只带夏薇及法医队的人进到棚里，只一眼，泪水再次涌出，赶紧伸手拭去。边上夏薇也同样竭力隐忍，泪水拭去，很快又再涌出。

老商的头上满是已经凝固的血渍，老海检查过后，很快得出初步结论。老商身上有多处防御伤，显然生前与人发生过搏斗。致命伤为头部遭到的重击，推测为颅脑损伤致颅内出血，颅内压增高，造成死亡。头部创口较为复杂，创口深浅不一，呈现多种形态，属标准的石头伤形态，可以判断凶手用来击打老商头部的是块石头。

展锋能听见自己剧烈的心跳，愤怒和悲伤同时在心中奔腾。边上的夏薇此刻也已停止了抽泣，神情变得冷峻且坚毅。此时，他们心中都有同一个念头，抓住凶手，以告慰老商在天之灵。

他们找来发现老商尸体的村民，在他的带领下匆匆赶到现场。村民缺乏常识和经验，贸然搬动尸体，现场破坏严重，加上此时已是半夜，现场又在密林深处，架设照明设备有难度。所以，技术队在现场周边拉起了警戒线，留人守护，待到明天再全面排查取证。赵禹等几名技术队骨干，在下令收队后，仍执着地拿着手电筒在现场徘徊。

老商的尸体已经连夜送回队里，展锋和夏薇彻夜无眠，在车里过了一宿。

老商之死，现在很难判断凶手的动机。但可以肯定，必然是由突发事件引发。老商在山上撞见了什么人，导致双方爆发冲突。而老商发现的，必定是凶手不能被人知道的秘密，寻常的盗挖盗采这种小事，基本可以排除，约会偷情这种，老商看都不会多看一眼。那么，有什么事能导致双方发生搏斗？必定是老商闯入了犯罪现场，作为警察，出手制止是责任，然后与凶手发生争斗。

具体情形，还得等明天的现场勘察，看是否能有发现。

“我想到了一个人。”夏薇说，悲伤仍在眉宇间。

“我知道。”展锋拧眉看向车窗外的黑暗。

山里的秋夜，凉意已重，但展锋却浑身燥热，心里燃烧着火。

如果老商撞见的是不相干的犯罪事件，必须依靠现场勘察的发现，来推进案情。而此刻的展锋和夏薇，却不得不去想可预见的一种情形。

他们不愿意说出来，全都憋在心里。他们是警察，他们需要证据来验证自己的猜测。

第二天，排查工作全面展开。现场周边发现大量足印，大部分来自大竹乡村村民。现场明显留有搏斗过的痕迹，多处树枝藤草出现新鲜断口。沾血的石块也被发现，沾血的部分，与老商头部的创口基本吻合。扩大搜索范围，周边有多组足印延伸，大部分都是昨晚上山搜寻的村民留下的。对其中一组展开追踪，最后来到一个墓园。

据治保主任介绍，这片墓园起初就是几个坟包，20世纪90年代初，有人把坟包修成了水泥墓地，随后有人开始跟风，墓地也越建越多。那时候对这种事管控不严，民间又信奉死者为大，根本无人过问，慢慢这里便形成了一个小墓园，目测墓地多达三十多处，都是水泥修建，墓碑风格差不多，墓穴形态却迥异。早些年流行坟包，后来就是方形墓穴，上面加盖水泥板。

进入墓园，很快发现多处墓穴被破坏，都是墓穴上的水泥板被掀开，露出里面已经破损风化的骨灰盒。

展锋和夏薇得到消息，立刻赶来。二人对视的目光中，都坚定了之前的猜测。

有村民闻讯赶来，哭天抢地地咒骂破坏墓园之人，还有人试图阻挠技侦人员对墓园勘察，都被强行带离现场。对被破坏的墓穴进行检查后证实一处墓穴里有物品被取走的痕迹——这些墓穴大多年代久远，墓穴虽处于封闭状态，仍积满灰尘，如果有人从中取走物品，必定会留下清晰的印痕。而且，在墓穴里，他们还发现了大量皮质碎片，直观判断应该是牛皮包风化后的残留。

被取走的物品会是陪葬物吗？这需要找到墓穴的主家核实。如果不是，谁会将物品放置于这墓穴之中？谁又会在多年以后，来此取走物品？

此时，展锋和夏薇，想到的都是同一个人，同一件事。

没错，就是曹玉虎。当年鹧鸪山地下赌场丢的那笔钱，至今仍下落不明，大概率仍在鹧鸪山上。曹玉虎此番回海州，杀死张斌，动机很可能就是逼问那笔钱的下落。

张斌会不会将那笔钱藏在这墓园之中？要知道大多数人都对墓地颇为忌惮，平时看见了会绕道，或者直接避开。这里倒不失为藏钱的好地方，只要你并不忌讳墓地。

曹玉虎生前，唯一主动接触过的人就是纪远。他能找上纪远协助他逃离海州，至少说明他对纪远的信任。这就存在了一种可能性，他自知没有机会拿到那笔钱，便将藏钱的地方告诉了纪远。那么，纪远很可能是唯一知道那笔钱下落的人。

回到山下，展锋留下全队人继续在现场及村里排查，他只带邵勇赶回市区。临行前，他把夏薇叫到一边，郑重地叮嘱她，不要放过老商在村里见过的每一个人，尽量搜集老商生前了解到的所有信息。

老商是为赵斯任连续杀人案而来，他的努力不应该被无视，即使他已经不在了。

52

纪远自从拦海大堤的车祸过后，便推了跑出租的活。他的胳膊还没好利落，就算不推，也没法开车。现在，他大部分时间都在大庙巷韩蓉那里，偶尔才回趟太平庄。前些日子，他找了家房产中介，两边的房子全都挂牌出售。他已经跟韩蓉商量好，近期便打算离开海州。

去哪里还没有想好，只要能离开海州就行。

展锋带着邵勇从大竹乡回来，就把纪远堵在了韩蓉家里。俩人都对展锋来访多少有些意外，特别是韩蓉，眼神中透着些抵触与戒备。

展锋开门见山，沉着脸上来就问纪远昨天上午的行踪。

“昨天上午一直在家睡觉。”纪远想了想，又解释，“这儿，不是太平庄那边的家。一直到十点多才醒。前一晚喝多了，跟几个朋友在盐河巷排档，还吐了，最后还是朋友把我送回来的。”

“醒来后宿醉，头疼，继续在床上躺着。到饭点，韩蓉做好了饭，吃饭时接到了中介的电话，说下午有人去太平庄看房……”

这样的回答意料之中，展锋转向韩蓉。

“你呢，也说说。”

“说什么？”韩蓉不知是故意，还是真的脑子有点木。

“他前天晚上几点回来的？”

“下半夜，我已经睡了，被吵醒。”

“早上呢？”

“早上我起得早，去了老君堂，大约六点半回来，他还在睡。”

“然后呢？”

“十点多，他醒了，我做饭。吃完饭，一点半左右，我们一起去了太平庄。”

“你确定，这中间，他没出去过？”展锋凌厉的眼神，已经毫不掩饰自己的怀疑了。纪远和韩蓉对视一眼，韩蓉还是摇头，反问：“他一直在睡，怎么出去？”

当然不会承认了，他们俩人的话，展锋一句都不信。

来之前，展锋已经推测过凶手的行动时间和轨迹。老商七点多上山，正常情况下应该九点左右回到村里，也就是说，他在那期间遇见了凶手。如果凶手从市区出发，开车大概需要一个半小时，骑摩托的话，可以走小路，避开路上的交管监控，差不多也需要这么长时间，再算上登山时长，寻找墓园时间，那么，他天不亮就得从市区出发。假设老商遇害时间为八点到九点之间，凶手回到市区的时间则为九点半到十点半。

展锋认定韩蓉说了假话，现在要做的，就是找到线索，推翻纪远的不在场证明。

结果令人沮丧。纪远提供了一份名单，经核实，确证了前一晚，纪远跟他们在盐河巷排档喝酒到深夜，最后，还是其中俩人将他送回了大庙巷。

韩蓉一早去老君堂，也得到了证实。韩蓉这些年一直都有去老君堂的习惯。老君堂里年轻人很少，大家对她印象特别深。中介那边也核实过了，纪远和韩蓉当天下午两点多点，一块儿出现在太平庄的老房子里。

调取大庙巷巷口红旗街的监控视频，可以看到纪远和韩蓉下午1点35分一块儿出了大庙巷，并在红旗街上打了辆出租车。根据车牌找到司机，证实车子直接去到了太平庄，中间没有停。

调查结果证实了纪远与韩蓉二人的话，难道，纪远当天果真没有离开大庙巷?

其实不然。大庙巷向西，便是小巷纵深处，地形复杂，出口众多，看似是个死胡同，只要翻越矮墙，便又是另一个巷口。熟悉地形的人，很容易便能避开街口的监控。纪远完全可以借助这些小巷，神不知鬼不觉地去往鹧鸪山。

只是，如果不能推翻韩蓉替他做的不在场证明，警方也奈何不了他。

留在大竹乡村的夏薇那边，却有收获。

逐一核实老商生前在村里谈过话的村民，得知老商曾跟一个叫孟祥志的人通过电话。孟祥志就是当年跟赵磊约好一块儿外出打工的两人之一，现在已在南方城市定居，好多年没回来过。

夏薇跟他取得联系，他告诉夏薇，之前确实有个警察给他打过电话，问起当年外出打工的事。他记得最后一次见到赵磊，是出发的三天前，也就是16号的晚上，他跟赵磊在村里小卖部边玩台球。赵磊说他搭上了县城巴啦啦夜总会的小棉花，还说别看小棉花一口港台腔，其实就是隔壁六道口村的。听说他们过几天要去南方城市，她也想跟着一块儿去。他们明天约好了山上约个小会，先培养下感情。孟祥志当时好生羡慕，哈喇子差点流了出来。

到了第二天晚上，孟祥志去赵磊家，想八卦一下他俩的事，结果他不在。那之后，他就再没见过他，最后，只能丢下他，跟另一个同乡外出打工。

夏薇再去六道口村，费了些周折，找到了施红霞也就是小棉花的父母家，得知施红霞目前也在外地生活。要了她的电话，打过去，施红霞明显不愿意回忆往事，夏薇再三强调不会打扰她现在的生活，她这才愿意配合。十多年前的事，已经忘得差不多了，但她记得很清楚，那次并没有见到赵磊。俩人约好了上午九点半在一个叫船石谷的地方见面，但她等了快一小时，都没见到人。她只当被赵磊耍了，负气离开，此后，与他再没有联系过。

能搭上施红霞，在赵磊眼里是件值得炫耀的事，所以前一晚才会向孟祥志吹嘘。第二天他却放了施红霞鸽子，这实在有些奇怪。而且，当晚孟祥志去他家里找，也没有见到他。

什么原因导致赵磊没有去赴施红霞的约会？主动放弃，显然不可能。只能是被别的事耽搁了，而且是重要的事。

真像赵斯任猜测的那样，赵磊闯了祸，找地方躲起来了？前一晚赵磊还好端端的和孟祥志玩台球，第二天一早就要上山去和施红霞约会，这么短时间内，又在村里，赵磊能闯什么祸？

因而，夏薇更倾向于，赵磊那天一早出门，打算上山去找施红霞，却在途中遇到突发事件，导致他不仅误了约会，而且，此后数天都未能出现。

赵磊遇上的突发事件，也许就是解开所有谜题的关键。

回到市区，已经是晚上，展锋不在队里，夏薇打他电话，得知他在小马巷。

夏薇立刻赶去，进到阁楼里，看见展锋坐在老商以前常坐的位置，神情木然，不知已在这里坐了多久。

再次涌出的悲伤，让夏薇眼中噙了些泪，她竭力忍住。

阁楼内，处处都能感受到老商的气息，但他已经不在了。

“医生说，老商脑子里的弹片，开始压迫中枢神经，留给他的时间不多了。他却在最后这些日子里，去了大竹乡村。”展锋低声说，随即眼神变得坚毅，“他没做完的事，我们来做！”

夏薇重重地点头。

坐到展锋对面，二人交换了这两天各自的调查结果。展锋在已经擦干净的白板上，写下赵磊和纪远两个名字，这就是接下来，他们调查的方向。

先分析大竹乡村那边的情况，俩人还是用问答的方式来捋清思路。

“就是说，赵磊放了施红霞的鸽子，实际上17号就已经失联。然后，20号中午又冒了出来，在老龙潭偷看女生换衣服，后来被追打逃窜时，从憋死猫那里摔下去，死了。”

夏薇点头：“没错。失联那三天，赵磊在哪里，经历了什么，20号怎么又会突然出现，这些都是问题。”

“我们是怎么知道20号赵磊又出现的？”展锋明知故问。

“韩冬视频里告诉我们的。”夏薇老老实实配合他。

“他当时喝了酒，睡着了，他怎么知道偷看女生换衣服的人就是赵磊？”

“他说，是梁军告诉他的。”

“可梁军已经死了，无论韩冬说什么，我们都无法验证真伪。”

“那么，韩冬会撒谎吗？”夏薇提出疑问。

展锋沉吟了一下，忽然话题跳转开来：“你相信老商吗？”

夏薇毫不犹豫地点头：“我信。”

“错了你也信？”展锋问。

这回，夏薇犹豫了一下，说：“如果师父错了，我们更要去验证，看他到底错在哪儿。”

“没错，老商怀疑的事，我们都要认真对待。”展锋道，“老商觉得纪远的背影和吴龙辉案监控视频里凶手的背影很像，他就是从这里，开始怀疑起整个案子。”

“技术队那边最近事多，视频比对结果还没出来。”

“咱们不妨假设一下，只是假设，万一老商是对的呢，会怎么样？”

“那么赵斯任就不是凶手，整个案子都得推翻重来。”

“还能证明韩冬一直在撒谎。”展锋又把话题转回到了韩冬身上，“是他告诉我们，赵斯任为了给儿子报仇，来到市区杀死了张松等人。实际上，真正的凶手却是纪远，他模仿了赵斯任的走路方式，配合韩冬的谎言，让我们确信，赵斯任就是凶手。”

“也就是说，韩冬和纪远一起策划并实施了连续杀人案，赵斯任只是被他们利用的工具人。”夏薇说，“不仅韩冬在撒谎，纪远也在撒谎，韩冬对他没那么大的敌意。他跟韩蓉当年分手，也肯定另有原因。”

“既然到处都是谎言，那么，韩冬告诉我们的赵磊失足坠崖致死，还能相信吗？”

“如果赵磊20号并没有出现，偷窥女生换衣服的人不是他，那么……”夏薇略显迟疑。

“赵磊其实17号上午便已失踪，也可能，那时候他就已经死了。”

夏薇点头，这也正是她心中所想：“那么，韩冬又怎么会知道赵磊的埋尸地？”

“除非，他知道赵磊死亡的真相。编造出赵磊偷窥，失足坠崖致死的谎言，目的就是掩盖赵磊的死亡真相。”

说到这里，就连他们自己都有些惊诧，这一路分析下来，竟觉之前所有的调查，都被众多谎言包裹着。而他们现在，需要在这一堆谎言里抽丝剥茧，找出真相。

而所有的推理，都是建立在纪远是凶手的基础上，那么，视频比对结果就变得尤为重要。夏薇当即电话赵禹，请他务必抓紧时间，出视频比对报告。

现在，他们又面临诸多新的问题，赵磊之死的真相究竟是什么？它跟韩冬和纪远又有什么关系？如果赵斯任不是凶手，又怎么解释化肥厂里发生的事？是谁杀死了韩冬？这些问题就像锁链，一环扣着一环。

“有个人，也许能帮我们确认，20号偷窥女生换衣服的人，究竟是不是赵磊。”展锋说。

夏薇立刻便想到了，脱口而出：“李娅琳。”

没错，她是当年偷窥事件的当事人，自然能确定，偷窥者是不是赵磊。

53

敲门声响起，恰逢韩蓉被噩梦惊醒。

梦里，她不停地跑，后面有人追。她逃到一处悬崖上，闭着眼睛跳下去。睁开眼，已经沉入水中，几条黑影迅速向她靠近，看清了，那是几条硕大无比、獠牙狰目、邪恶凶猛的大鱼。这些鱼，也曾出现在韩冬的梦里。她想游开，身子却不听使唤，而且，她不能呼吸，几近窒息。突然间，离她最近的两条鱼变成了韩冬和纪远……

睁开眼，大汗淋漓。她下意识蜷缩起身子，就好像梦中的怪鱼仍在身边。

房间里很安静，只有她一个人。纪远昨晚没有过来，他说太平庄的房子已经有了买主，他要抓紧时间回去收拾一下。晚上，韩蓉独自待在家里，死一样的寂静再次吞噬了她。她打开所有灯，却又在房间里，处处都能看到韩冬的影子。

纪远说，等把手头的事处理完，就带着她离开海州，再也不回来。

她希望能在一个陌生的地方，重新开始生活。只是不知道，时间能否让她忘记过往的那些人、那些事。这一夜，她辗转反侧，历经煎熬，不知何时睡去，却又被噩梦困扰。

清晨，听到敲门声。她穿过院子，开门，外面站着展锋和夏薇。

看见警察，她的心会怦怦跳。

“有事？”她小心翼翼地问。

“想请你去个地方。”夏薇说，“当然，我们不能勉强你，你可以拒绝……”

韩蓉没想到，警察带她去的地方，是殡仪馆。不久前，她刚从这里带走了弟弟的骨灰。跟在展锋和夏薇后面，进入一处吊唁堂，她立刻看到了老商的照片，还有被鲜花簇拥的遗体。

她认识老商，多年前，就是他带队捣毁了鹧鸪山地下赌场，铲除了以曹金龙为首的黑恶势力团伙。她不知道的是，后来老商都经历了什么。

“……曹玉虎丧心病狂，杀死了他的妻子，还开枪打中了他的头部。经抢救，虽然侥幸活了下来，有块弹片却永远留在了他的脑子里，经常头疼，严重时甚至会晕厥。那时的老商心里唯有一个念头，那就是抓住曹玉虎，为妻子报仇。

“为此，他提出申请，去了果城里派出所，住到了曹家老宅边上的一个简陋阁楼里，他相信，曹玉虎总有一天，会回家看望父母。就这样，他整整坚守了十二年，直到不久前，曹玉虎终于回了海州，他也终能在最后时刻击毙曹玉虎。这时候，医生告诉他，他脑子里的弹片开始压迫中枢神经，不久之后，他会出现各种感观障碍，接着就会失去意识，陷入昏迷，成为植物人。

“在这种时候，他仍然没有忘记他最后经办的案子，独自去往大竹乡村调查。一周之后，他被人杀死在了鹧鸪山上……”

韩蓉的心揪了起来，这个警察原来死在了鹧鸪山上。

此刻，庄严肃穆的哀乐声忽然响起，告别仪式开始。身着制服的警察们列队进入，站满了整个会堂，大家跟随礼仪的引导，三鞠躬过后，在一声嘹亮的“敬礼”声中，所有人齐刷刷抬起右臂，向着老商的遗像和尸体敬礼。

站在韩蓉身边的展锋和夏薇，眼中早已噙满泪水，亦是挺直了胸膛，敬礼的手因为太过用力，都在轻微颤动。

这一刻，韩蓉忽然明白了展锋和夏薇带她来这里的目的。他们是要让她看到决心，看到势不可当的力量。

而她确实被震撼到，藏在心底的恐惧悄悄开始蔓延，瞬间弥漫全身。

视线变得模糊，眼前好像有白光闪过，接着周遭忽然安静下来，又是那种让她无法忍受的死一般的寂静。

她的身子软软地倒了下来，仿佛又沉入水底，无法呼吸……

睁开眼，已经在车上，开车的正是展锋，夏薇在后座半抱着她。

“再坚持会儿，马上就到医院了，让医生好好给你瞧瞧。”前面的展锋说。

“我不去医院，送我回家。”韩蓉说。

“还是去医院瞧瞧吧，你这精神头有点不对……”

“我要回家！”韩蓉忽然狂躁地厉声吼。

展锋吓一跳，回头看她一眼：“行，听你的，咱们回家。”

车子停在大庙巷口，韩蓉迫不及待去推车门，锁了，没推开。展锋回身盯着她，忽然道：“再问你一次，那天纪远真的在家待了一上午？”

韩蓉愣住，狂躁的神情居然平静下来。

“他一直都在睡觉，直到十点多才醒。”她木然地道，“我们等了十二年，才又重新走到了一起，我们很珍惜现在的生活，所以，我们不会再让任何人把我们分开，就算你们警察也不行。”

展锋愕然，悻悻地开了车门，看着韩蓉摔门而去。

后座的夏薇无奈叹息，说：“这条道，行不通。”

纪远回来时，韩蓉正坐在沙发上。纪远看起来心情不错，说忙活一天，太平庄老房子的过户手续可算弄完了，还抱怨房地产交易大厅的效率实在低，排个队就得个把小时，好容易轮到你了，不是缺这个就是少那个，来回跑。

韩蓉把面前茶几上一个塑料袋打开，纪远探过头去看，是烟花。

“今天收拾屋子，还剩这么些。反正以后用不上，咱们一起放了吧。”韩蓉说。

“现在？”纪远有些迟疑。

“嗯。”韩蓉点头，“现在放，没人会注意到……”

正是阳光最灿烂时，烟花无声绽放在碧蓝的空中，看起来只是些白色的影子，不留意，根本察觉不到。韩蓉和纪远抬头仰望，看那些白色影子，渐渐消弭于蓝天之上。

此刻，他们都想到了那些在深夜燃放烟花的日子。那些不起眼的焰火，在一个个漫长的夜里，温暖了他们的身子，他们的心。

“你杀人了？”韩蓉忽然说。

纪远愣一下，以为听错了："什么？"

"你杀人了？那个姓商的警察。"韩蓉直勾勾盯着他，语气居然很平静。

纪远沉默，目光重新回到天空上。韩蓉又点燃了一枚烟花，又一朵焰火无声绽放，那些淡淡的痕迹，完全被阳光淹没。

"今天，我去参加他的告别仪式，看到了警察，好多好多警察……"

韩蓉神色木然，身子却瑟缩了一下。纪远赶紧将她抱住，拥着她回到屋里。

老房子采光不太好，只有一道窗户能照进阳光。韩蓉坐到窗前，纪远则坐在不远处的沙发上。俩人沉默着，过了好一会儿，纪远才说："我没想到会在鹏鸪山上撞见他。他追我，把我摁倒在地。我只想摆脱他，没想打死他……"

"又要开始了吗？"韩蓉忽然打断他。

"不会，我很小心，没有落下任何证据，就算警察怀疑，他们也没办法。"纪远犹豫了一下，"只要你不松口。那天上午，我一直在家睡觉。"

"知道了。"韩蓉淡淡地回答，起身回了卧室。

韩蓉的表现让纪远诧异，她太冷静了，冷静到让人想到暴风雨的前夜。纪远很想进屋跟她说点什么，门却关上了。

纪远在门边站了挺长时间，心中无比懊丧。十二年了，他始终念着她，朝思暮想能回到她身边。现在，终于不用再躲藏，可以每天跟她在一起，可突然发现，有些事，跟想的不一样了……

去鹧鸪山取钱，原本计划周详。纪远告诉韩蓉，曹玉虎那晚告诉了他，当年地下赌场丢的那笔钱藏在哪儿。

离开海州，重新开始生活，他们需要钱。有了钱，才能去想去的地方，开想开的店，过想要的生活。韩蓉当然知道钱的重要性，但还是向纪远再三确认，拿到那笔钱不会有任何风险。

“钱藏在墓地里，只要上山，找到墓园，拿钱走人，不会惊动任何人。”纪远说。

就算这样，他还是做足了准备。协助警察抓捕曹玉虎，警察一定会怀疑曹玉虎向他透露了那笔钱的下落。他本应该多等些日子，再去取钱才安全。但他已经不愿意再等，只想尽快拿到钱，带着韩蓉离开海州。

纪远事先早已准备了一辆摩托，用两千块钱在二手市场买的。他走小路，避开沿途监控，从两个村子中间的野路上山，没有碰到人。之后顺利找到墓园，在打开第三个墓穴时，便发现了已经腐烂的背包，包里的钱裹着塑料布，也有损坏，不算严重。他小心地将钱装进背包，很多，很重。就在这时，他听到身后传来脚步声。回头，便看到了老商。

脑袋里一团蒙，老商怎么会这时候出现在这里？完全是下意识地，他立刻拔腿便逃，老商大声让他停下，在后头追。

原本，他应该轻易便能摆脱老商，但包里的钱太重，影响了他的速度。一个逃，一个追，他不小心摔了一跤，老商扑了上来。与其说是厮打，不如说是一个急于想摆脱，一个牢牢抓住不放。缠斗良久，他居然被老商摁倒在地。慌乱中，他随手摸到一块石头，想都没想，便砸到老商的头上。老商身子晃了晃，向后仰躺到地上。倒地后，脑袋上的血才渗出来……

纪远很想告诉韩蓉，老商的死是个意外，自己只想摆脱他，不想被他抓住。可说了又能怎样，老商的死，还是得算到他头上。警察死了，是件了不得的大事，他相信，现在全海州的警察都在查找凶手，自己就算再小心，也难免会在哪个环节出点纰漏。

他忽然有了个念头，现在就走，现在就带韩蓉离开海州。手上有钱了，可以去任何想去的地方，甚至出国都不是问题……

他起身，往卧室门边去。就在这时，屋内传出撕心裂肺的一声哭号。

纪远大惊，推门，门从里面锁上了，他不及多想，一脚踹开，冲进去。只见韩蓉身子蜷成一团，瑟瑟抖动，脸上已是涕泪纵横……

54

这是交管部门提供的海州市最新道路交通图，图中包含海州市全部的道路，标注了所有交通监控探头的位置。图上还有些手工画出的红线，都是市区通往鹧鸪山的一些小路。

展锋给老傅介绍情况。

连着几天，队里的同志在交管部门的配合下，对市区通往鹧鸪山的所有道路监控进行排查，不放过案发前后往返市区的任何车辆。同时，找出地图上未标注的一些小路，派了几组人，来回巡查，走访道路两侧的住户以及案发时段出现在这些路段的群众，寻找可疑车辆。

展锋承认，这样的调查耗时耗力，且工作量巨大。但只要有一线希望，就不能放弃。

“纪远有一辆黑色老式新大洲摩托，不久前，为了配合我们警方抓捕曹玉虎，在拦海大堤上主动撞向护栏，损毁严重，后送往市区一家修车铺，基本上已经修好，但纪远一直没有去取，至今仍留在修车铺中。”

“纪远从市区去往鹧鸪山，一定会搭乘其他交通工具，排查的目的，就是找出案发时段他前往鹧鸪山的证据，这样，就能打破他案发时不在场证明。”

“纪远是杀害老商凶手的可能性有多高？”老傅问。

“很高。通过对现场足印的分析，可以确定老商和凶手都曾出现在墓园。墓园里一处墓穴中残留的皮革残片，已确定是只大号的旅行包，在墓穴中至少放了十年。我们怀疑，这里存放的，就是当年地下赌场丢失的那笔钱。而目前，最有可能知道这笔钱下落的人就是纪远。事情的经过，应该是纪远来墓园取钱，恰好被老商撞见。二人发生搏斗，纪远杀害老商后，带着钱逃离。”

老傅重拳击在桌上，查，光查监控查交通工具还不够，鹧鸪山上继续找，我就不信，都在山上打起来了，会不留下点东西……

赵禹那边视频比对报告结果出来了，展锋和夏薇原本对此抱以厚望，但结果却让他们失望。相似度达到60%，但不能确定就是同一个人。赵禹解释，如果静止不动，背影看起来相似度很高，但走路姿势却有明显区别，更不存在老商说的，纪远走路会出现右倾的现象。

难道老商错了？可身子右倾这么明显的动作，根本不可能看错，除非出现了幻觉。

展锋和夏薇难掩沮丧之色，这样的比对结果，对他们的信心是种打击。

夏薇忽然想到了什么：“师父说，那天在医院里，纪远从超市出来回病区，曾发现师父跟在他后面。那时，他一定已经开始警觉，意识到自己不知不觉间犯了错。”

“所以，那以后，他会特别留意，不再犯错。”

“等到我们再去拍摄时，他已经改变了走路姿势，避开了身体右倾的习惯性动作。”

虽然想明白了其中原委，却已无能为力，这条线，显然是废了。

幸好，李娅琳那边，算是有了突破性的进展。

展锋连着好几天联系李娅琳，她的电话不是打不通，就是没人接，猜想她这段日子过得也不顺心。这天展锋再打她电话，她居然接了。

“就是想让你看看，这个人是不是当年鹧鸪山上偷看你们换衣服那人。”展锋随后把赵磊的照片给她发过去。

那头的李娅琳很快便说不记得了：“这都过去多长时间了，谁还能记得。”

不记得其实挺正常，十多年前，只照过一次面，正常人应该都不会记得。但展锋还是让她再好好看看，万一能记起来呢。

“真不记得了，一点印象都没有，看再多也没用。”李娅琳也挺无奈，“除非让我说瞎话，那没问题，你想让我怎么说都行。”

展锋快快挂断了电话，调查再次遇挫，拿不到证据，之前所有的推测都无法落到实处。纪远那边已将太平庄和大庙巷的两处住宅，委托了中介挂牌出售，离开海州的企图已经非常明显。必须在他们离开前，取得证据。

第二天一早，展锋意外收到李娅琳来电。

“照片上的人，记不清了，但我昨晚忽然想起件事来。”李娅琳说，“跟那小子扭打在一起时，他一只手掐我脖子，后来被魏敏给掰开。我突然想起来，那人的右手腕朝上面去一点点的位置，刻了一个‘忍’字……”

“再好好想想，确定吗？”这属于意外惊喜，展锋还要再确认。

“肯定错不了，那小子掐我脖子，那个刺青就在我眼皮底下。说来也怪，那人什么模样，一点印象都没有，偏偏胳膊上这个字，记得倒清楚。”

那个年代，文身店不多，有些小青年刚踏入社会，为标榜自己是个社会人，会自己拿针蘸了墨。在胳膊上刺字，翻来覆去也就“忍”“义”“龙”那几个字。也不知是字写得丑，还是技术不行，刺青看上去全都丑得一塌糊涂。

李娅琳那边说完，展锋已经大概想到了那个“忍”字的模样。

得到确认后，展锋立马来了精神。这条线索非常重要，将对重启连续杀人案起到决定性作用。他当即去队里，安排夏薇再跑一趟驼峰乡，临行前再三叮嘱，用最快速度确认当年赵磊胳膊上是否有“忍”字刺青。

夏薇赶到大竹乡村，询问了好多人，大家都确定，赵磊胳膊上没有刺青。

展锋和夏薇一颗悬着的心落地，至此，可以确认，赵磊并非当年偷看魏敏李娅琳换衣服的人，更不存在被殴打追逃后，失足坠崖致死这回事。

韩冬的第一个视频就撒了谎，梁军根本不会告诉他莫须有的事，甚至，是韩冬用这个谎言欺骗了梁军，让梁军此后背负沉重的包袱。

梁军心地善良，根本不会想到，竟会有人欺骗他一个将死之人。得知当年无意之举竟酿成如此惨祸，心中必定会生出许多罪恶感来。这时候韩冬只要稍加诱导，便能让梁军按照他的意愿，去做一些事。比如，第二天开车去大竹乡村，看望赵磊的父亲赵斯任，去拍摄赵磊埋尸地的石头，将当年六人游玩鹧鸪山的合影摆在房间里。

韩冬对梁军，只在一件事上没有撒谎，就是等他去世之后，才将赵磊之死告诉赵斯任。

而梁军去世，本就是他计划中不可或缺的环节。

夏薇那边，在驼峰乡派出所民警的协助下，对鹧鸪山下几个村子进行拉网式排查，查找胳膊上有“忍”字刺青的中年人。派出所的王海鹏有经验，发动各村治保主任，第一轮下来便找到二十多位符合条件的人选，夏薇带人对他们稍加盘查，很快就找到了当年偷看女生换衣服的人。

当年，他被张松等人追打时，只是找地方躲了起来。

至此，有了确凿的证据，对赵磊死亡案件调查正式展开，同学会连续杀人案的调查也将重启。因为两起案件间诸多的联系，展锋正式申请并案调查。

老傅心情略显沉重，重启同学会连续杀人案，对他多少会有些影响吧。但他并没有退缩，只是提醒展锋，这回务必查尽查实，不要再有任何的疏漏。

案情分析会上，展锋直接锁定纪远为这两起案件的犯罪嫌疑人。

“根据韩冬视频中提到的信息，我们在孔雀沟找到了赵磊的尸骨。那么，韩冬一定知道赵磊的真正死因。他费尽心思编造了赵磊偷窥女生换衣服，后失足坠崖的谎言，其目的，只是为了隐瞒赵磊死亡的真相。”

“那么，他为什么要撒这么大一个谎呢？”展锋问。

这问题显而易见，就连老傅都已经想到了。

“保护杀死赵磊的凶手。”老傅给出自己的答案。

“没错。”展锋赞同，“韩冬连个朋友都没有，只有个姐姐跟他相依为命。姐弟俩的感情极深，当年他被困地窖差点淹死，正是韩蓉及时赶到救了他。后来，他在四院住院治疗，时间长达半年，又是韩蓉从头到尾守护在他身边，才让他此后过上了正常的生活。如果说这世上有一个人值得他舍命保护，这个人一定就是韩蓉。

“韩冬编造了赵磊失足坠崖致死的谎言，把他憎恨的张松等人，伪装成了间接造成赵磊死亡的凶手。接下来剧情的走向，有两种可能，赵斯任相信了韩冬的谎言，杀死张松等人，为儿子赵磊报仇；另一种可能，杀死张松等人的并非赵斯任，而是另有他人。此人伪装成赵斯任杀人，最后再杀死赵斯任，替自己脱罪。”

“如果是后一种，那么韩冬一定还有一个帮手，这个人只能是纪远。”

“韩蓉高中时因遭家暴，离家出走，其间结识了一个男友，就是纪远。后来，凭着纪远跟曹家兄弟的亲戚关系，他们得以去到鹧鸪山地下赌场内，做起了局上放水的买卖。

“地下赌场和赵磊失踪的地方，都在鹧鸪山上，只是地下赌场10号那晚就被咱们警方捣毁了，赵磊失踪却是17号，所以现在还无法确定，赵磊之死，究竟和韩蓉、纪远有什么关系。但根据韩冬知道赵磊埋尸地这一情况来看，他只能通过韩蓉或者纪远知道这一线索。因而，韩蓉和纪远，杀死赵磊的可能性非常高。”

“倘若赵磊之死真的跟韩蓉、纪远有关，那么，纪远成为韩冬的帮手，便在情理之中了。”

“地下赌场都被抄了，韩蓉跟纪远侥幸没被抓住，此后应该离得鹧鸪山越远越好，他们又怎么会过了一周，再去鹧鸪山？”老傅提出疑问。

展锋沉吟：“这就是我们现在要弄清楚的关键问题……”

55

行李已经打包好，明天一早韩蓉和纪远就将离开海州。下午，韩蓉坚持要去趟福利院，有些日子没见璐璐了，临走前，她想去看看孩子。

她买了好多礼物，衣服、食物、玩具，还有璐璐最喜欢的图画书。纪远已经取回修好的摩托车，骑车载着韩蓉到福利院门口，忽然不想进去了。璐璐不认识他，见了他，孩子会不自在，而且，他想给韩蓉和璐璐留些独处的时间。

纪远在外头晃悠，去小商店边看老头打牌，蹲河边看人钓鱼，傍晚时，天忽然阴了下来，好像要下雨的样子。纪远给韩蓉打电话，始终没人接。纪远有点不放心，跟传达室的大爷打个招呼，进到福利院里。

打听韩蓉和璐璐，有人给他指了道。上到二道，很快停在一道门边，透过门上的窗户，能看到韩蓉将璐璐抱在怀里，他们面前是打开的《安徒生童话》，韩蓉正给璐璐读故事。

“……就在这时，十一只野天鹅飞来了，它们在艾丽莎的头顶上盘旋。艾丽莎用力把十一件大衣都抛到了天上，刹那间，野天鹅纷纷变成了英俊的王子。王子们得救了……”

纪远一时看得呆了，他从韩蓉脸上，看到了久违的笑容。

有多久没有见她笑过了？在记忆中搜寻，竟要跨越漫长时空，追溯到多年以前。

原来那些笑容还在，只是，她把它们深埋在了心底。

韩蓉抬眼，看到了门外的纪远，笑容随即变得有些勉强。

俩人离开福利院，韩蓉说，她想再骑一次摩托车。纪远犹豫："多少年没骑了，行吗？"

刚开始，韩蓉骑得有些跌跌撞撞，没多久，便再次风驰电掣起来，后座上的纪远，下意识揽紧了她的腰。时间仿佛出现断层，就像什么都不曾发生过。纪远忽然有些伤感，那些斑驳的时光，竟是再也回不去了。

半道上，接到中介电话，中介约了人看房，就现在，让他们赶紧回去。于是掉转车头，回大庙巷里的家。果城里时不时就传出要拆迁的传闻，有人手上有点闲钱，便想来果城里拣个漏子。韩蓉的房开价低，这位买家挺感兴趣，但还是照例四处挑毛病，打算把价格往下再打点。韩蓉忽然开始发作，嚷嚷着不卖了，把买家和中介全都赶了出去。

纪远有些恼，问韩蓉怎么回事，咱们得尽快把房子出手。

韩蓉怔怔地瞪着他："你觉得离开海州就没事了？"

纪远愕然，不待他反应，韩蓉已经转身进了卧室，重重关上门。

纪远知道，韩蓉这是恼了他，从她被警察带去参加老商的告别仪式后，她就变得有些神神道道了。其实，自己何尝不是？在鹧鸪山上，看到老商倒在血泊中时，他便知道，世界坍塌了，所有关于美好的愿望，都在那一刻湮灭。

仿佛又回到了多年前的那个上午，他的面前是个死人，身上背着一笔钱。兜兜转转之后，命运竟再次将他带到了这个十字路口，让他再次陷入同样的困境。

上一次，他用了十二年的时间来躲避。这回呢，他还能有那么好的运气吗？

所有的挣扎，都是心存侥幸，其实，他无比清楚自己最终的结局，只是不甘心。苦苦坚守了十二年，本以为终能苦尽甘来，去过自己想要的生活，孰料一场意外，仅仅一场意外，便让这一切灰飞烟灭。

晚上，纪远做好了饭菜，去卧室找韩蓉。韩蓉身子蜷成一团，闭着眼睛，身子在微微颤抖。纪远瞧出有些不对劲，伸手去拭她的脑门，很烫。纪远晃她肩膀，叫她名字，要送她去医院。她却抱住了他，说我不会跟你走了。

纪远一愣，听到了，似乎又没听明白。于是韩蓉再说："我不会跟你走了。"

纪远愣住了，韩蓉的决定，显然出乎他的意料。

"你知道韩冬为我们做了什么吗？他用他的命，让我们摆脱了噩梦，让我们能重新走到一起，你却为了那些钱，辜负了他为我们做的一切。"

纪远赶紧抱住她，她的身子很烫，像团火。

"韩冬死了，死了，为我死了。我再也没有弟弟了……"

韩蓉忽然又哭出声来，拉长了尾音，神情也变得怪异。她在流泪，但看起来却像在笑，她说："纪远，我不能跟你走，我走了，韩冬就等不到我了。他说，他可以为我这个姐姐去死，我不能让他死，我要他好好活着，我要他陪着我……”

纪远终于确认韩蓉神志不清了，也许因为发烧，脑子糊涂了。

“杀死那个人的凶手，找到了，不是你，也不是我。我们可以重新开始生活，去做我们十二年前就该做的事。我们会结婚，我们会到一个陌生的地方，我们会开一家喜欢的小店，我们这辈子都会在一起。你干吗要去鹧鸪山，那钱又不是我们的，你为什么要去……”

纪远听得心酸，心里更是泛起些绝望。

“你亲手毁了这一切。”韩蓉忽然一把推开他，厉声吼叫起来，“我看见了，那晚，我看见你杀死了韩冬……”

纪远怔住，身子变得冰冷，彻底陷入绝望。他看着披头散发、状若疯癫的韩蓉，想辩解，话到嘴边又咽了回去。

“我看见了，你拿着刀，刀子刺进了韩冬的身体……”

韩蓉愈发疯癫，她哭着，又笑着，泪流满面。她指着纪远，不停地念叨：“你是凶手，你是凶手，你杀死了韩冬，你是杀死韩冬的凶手。”

她终于还是看见了。

那天晚上，去化肥厂，她的头上遭到重击，失去了知觉。中间，她醒过，又或者没有。模糊的视线中，不远处站着两个人，其中一人拿刀，刺进了另一个人的小腹。她不知是幻觉，还是真的看到了，待她真正醒来时，只看到韩冬倚在墙边，已经气息奄奄。

警察告诉她，杀死弟弟的人名叫赵斯任，他还杀了四个人，是连续杀人案的凶手。

于是，她便信了。

在梦里，她又回到了化肥厂，又闻到了那股刺鼻的怪味。地上很冷，头很疼，头发上黏糊糊的，有股血腥味。模糊的视线中，她又看到了那两个人。一个人手中拿着刀，刺向另一个人。她知道被刺中的人是韩冬，她想提醒弟弟小心，却叫不出声，她只能拼命扭动身子，试图发出些声响。

刀子还是刺中了弟弟，弟弟的身子慢慢倒了下来。持刀的人忽然转头看向她，随即，视线变得清晰起来。她看清了，那人居然会是纪远。

倏然醒来，纪远躺在身边，他在睡梦中仍皱紧眉头，就像在梦里也要不停地挣扎。

韩蓉恍惚了，不知道哪些是梦境，哪些是真实发生的。

真的是纪远杀死了弟弟？梦中的画面，时不时就会出现在脑子里，无论白天黑夜，醒着或是睡了。更要命的是，她现在每天一睁眼，都会看到他。她还爱着他，他却在梦里杀死了她的弟弟。她不敢问，甚至不敢提及任何关于化肥厂的话题。她怕知道答案，那样，她就真正失去了他。

而当她终于失控崩溃时，这个困扰她许久的念头终于脱口而出。

“你是凶手，你是杀死韩冬的凶手……”

后来又说了什么，已全然记不清了。只知道纪远强行喂她吃了退烧药，还死死抱着她，她拼命挣扎，却根本挣不开。挣扎得累了，脑子里乱起来，无数不相干的画面纷至沓来。不知什么时候睡去，又醒来，房间里死一般的寂静，她竖起耳朵，能听到外面客厅里纪远的呼吸声。

韩蓉赤脚下床，蹑手蹑脚走到门边，想开门，却没了勇气。她倚靠在门上，掩住嘴，让那些哽咽和啜泣，消弭于这一刻的黑暗中。

她回到床上，睁着眼睛开始想，这一切，究竟是什么时候开始的呢？

也许是春天，韩冬去龙湖山庄参加同学会，一宿没回来。第二天早晨，天刚蒙蒙亮，她还没起床，就听到外面响起开门声。弟弟回来得这么早？她想去问问出了什么事，韩冬却已经回了自己房间，还锁了门。

到了晚上，关了铺子回到家，韩冬看起来跟平时没什么不同，还像往日一样做好了晚饭。她几次想问同学会上发生了什么事，话到嘴边又咽了回去。吃完饭，韩冬坐在沙发上看电视，她收拾桌子。

手中的碗忽然掉到地上，摔成了好几瓣。韩冬起身过来，问她没事吧，还把地上的碎碗捡起来扔到垃圾桶里。而那时，她的目光死死盯着电视机。

那是档没多少人看的本地新闻，此刻，正在播报文旅局招商引资开发鹧鸪山的消息。鹧鸪山一期工程预计在8月竣工，随后，二期工程将在秋天正式开工建设，二期施工范围包括老龙潭、仙人谷、小天门、孔雀沟、船石谷等地……

韩冬也注意到了正在播报的新闻，他的神情，也随之变得凝重起来。

没错。韩蓉想起来了，那天，就是所有事情的起点。

56

5月中的一天傍晚，纪远拉了一天活，临交班时，后门又上来个人。纪远刚想劝他换辆车，后视镜里看到那人居然是韩冬，到嘴的话又憋了回去。

车子慢慢悠悠从天然居跑到了丁字路，后来车停路边时，纪远紧张到双腿双手都在不停地颤抖。韩冬那天对他说了很多话，并在最后说希望得到他的答复。纪远强忍着极度的不适，说自己需要考虑，毕竟这种事不是儿戏。

就从那天起，原本平静的生活被打破。

那天过后，纪远满脑子都是韩冬说的那些事，从开始的极度震惊到慢慢接受，只用了短短三天时间。他太渴望改变现在的生活了，明明与相爱的人只隔着几条街的距离，却咫尺天涯。她就像夜空中无声绽放的白色焰火，只能远远地注视，始终无法触碰。

已经多久了呢？十二年，四千多个日日夜夜，除了思念，还必须忍受噩梦的煎熬。如果时光能够倒流，让他再回到那年的鹧鸪山上，他一定不会拦下那个人，这样，他跟韩蓉就不会分开，就能像所有人一样，走在阳光里，去过他们的生活。

煎熬仍将继续，只要活着，永远走不出心上的囚牢。而忽然间，有人为你打开一扇窗，告诉你，你可以走到外面，去往更广阔的天地，而且，可以牵着她的手。

他还有什么理由拒绝这样的邀请呢?

于是，他再次走进鹧鸪山，走进他曾经的噩梦之地，见到了那个名叫赵斯任的老人。

然后，他每天交班回家，都会顺着天窗爬到楼顶平台上，不停地走，来回兜圈子。他提醒自己腿上有旧伤，走路时身子会微微往右倾斜。他还试着把自己想象成六十岁的老人，虽然还很强壮，但腰不用挺得那么直，走路时要稍微佝偻些背。

整个夏季，他都在这样的行走中度过。他对即将发生的事心怀恐惧，却又隐隐有些期待。

时间一晃到了8月，有一天，韩冬再次拉开车门，坐到了后座上。

“可以开始了。”韩冬说。

韩冬带他去了惠民街的空置房，还有化肥厂的车间大楼。韩冬已经购买了必需的生活物资，被褥、应急灯、食物和水，准备充分。现在，他们还剩下最后一件事，就是去往大竹乡村，把赵斯任带到市区。

那是个可怜的老人，站在他面前，纪远甚至不敢直视他的眼睛。

赵斯任的儿子死在他的手上，现在，他还要狠下心，拉着这个老人一步步走向深渊。他感觉到了自己的残忍，甚至对将要做的事生出些动摇。

那一次，哪怕赵斯任稍微露出一点警惕，纪远都可能放弃。但是，赵斯任看到韩冬，立刻脸上堆满了笑，丢下手中正忙着的活，迎着他奔过来。

“儿子，你终于回来了……”他说。

皮五还在拘留所里，他的事不算大，不焦不愁，每天吃喝睡觉混时间。这天管教进来点了他的名，提审，他还挺纳闷，他那点事，不早就交代清楚了吗？

来人正是展锋和夏薇，他们还有点事，想向皮五打听。

“你说刚认识纪远那会儿，他还是个愣头青，跟人合伙在曹玉虎的局上放水。”

皮五点头说没错。

展锋说：“我想知道跟他合伙的人是谁。”

皮五想了想，说：“我只知道他的绰号叫‘包子’。”

有回皮五又去局上玩，看到纪远跟个小胖子勾肩搭背混一块儿。纪远看到他，还领着小胖子过来打招呼，他管那小胖子叫包子。后来，皮五又听张斌冒过一句，包子出钱，纪远出人，俩人合伙在局上放水。

“好好想想，现在去哪儿能找到这个包子。”

“你去杨阿四那儿找，准保能找到他。”皮五说，“去年碰上点事，实在没招了，从杨阿四那儿拿了点钱应急。当时在杨阿四公司走廊里看到过那小子，过了这么多年，还那么胖，一眼就能认出来……”

杨阿四是熟人。展锋和夏薇立刻赶去杨阿四的公司。杨阿四跟个小姑娘在办公室里玩，被搅了兴致，但还是很热情地招呼他们，还凑过来打听。

“都说曹玉虎杀了张斌，真的吗？”

展锋说：“这事我们警方没对外公布，你消息倒挺灵通的。”

“当年局上丢的那笔钱，找着了吗？”

“别瞎打听，外头都在传钱让你给劫了。”

杨阿四立刻义愤填膺：“所以我才想闹明白，那事到底谁干的。这屎盆子扣我头上这么些年，也该到了沉冤昭雪的时候。”

不想跟他多纠缠，展锋说找包子。包子？杨阿四一脸疑惑：“展队什么时候对这种小角色感兴趣了？”

还是给了包子电话，夏薇当即打过去。包子听说警察找，立马紧张起来。夏薇说别紧张，你没犯啥事，就是想找你了解点情况。

约了地方见面，包子果然很像包子，像发酵过的面团。展锋问起他当年跟纪远合伙局上放水的事，包子明显有点蒙，警察真够闲的，十几年前的事，还追？

“我跟纪远上职业学校那会儿认识的，他在机电班，我在厨师班。毕业后不知怎么就跟他混一块儿了，算是哥们儿。我们家老爷子那会儿开个饭馆，手上有点钱，他常上我们家饭馆蹭饭。我们那会儿都没上班，在社会上散混。大概是1995年年底，纪远骑摩托车带我去了鹧鸪山，进到一个防空洞，里头是曹玉虎打理的地下赌场。纪远说在局上放水能赚钱，想跟我搭伙一起干。那会儿我们关系特别铁，我信他肯定不会坑我，再加上，大家都知道他跟曹金龙、曹玉虎兄弟俩是亲戚，赌场管事的张斌都对他挺客气。于是，我就回去，从我们家老爷子小金库里拿了点钱，开始去局上放水。”

“纪远找我搭伙，那是因为他有门路，但手上没钱。他们家老爷子是个老药罐子，每年打针吃药就得花不少钱。他还有个小女朋友，谈恋爱嘛，总归是件花钱的事……”

“他那个小女朋友，认识吗？”夏薇插了一嘴。

“何止认识呀，特别熟。她叫韩蓉，我至今还记得。那真是一好姑娘，长得漂亮，跟纪远还特别投脾气。纪远跟人打架，她愣是冲上去替他挡刀。这样的姑娘，哪找去。”

“那姑娘还有个弟弟。”夏薇说。

“我想想，叫什么来着，韩冬。韩蓉带他过来吃过几次饭，纪远还领着我去过两回他们家，给他送吃的。那小子有点傻，看着呆呆的。听纪远说，韩蓉特别疼她这弟弟。”

“听说韩冬跟纪远关系不好，纪远特烦这小子。”展锋道。

“哪有，谁这么瞎传，那哥俩好着呢。”

展锋和夏薇对视一眼，已经不觉得奇怪了。处处都是谎言，再撞上一个也不稀奇。现在，他们要做的，就是刺破这些谎言，寻得背后的真相。

“那小子，韩冬，见谁都木木的，像脑子里少根弦，就只有跟他姐，还有纪远在一块儿，才会笑。纪远对他也是真不错，送东西咱就不说了，周末或者节假日，还常领着他们姐弟俩出去玩。那小子见纪远，一口一个哥叫着，亲着呢。”

“那后来，他俩怎么分了？”夏薇露出挺感兴趣的神情。

“谁知道。”包子也不解，“但我估计跟那次警方捣毁地下赌场有关。那天晚上，纪远和韩蓉都在局上，我第二天听说局让你们抄了，抓了不少人，就特别担心他们俩，当然，也是担心我那钱。

局上放水这大半年，虽说没少赚，但赚的钱一半花了，一半又都投了进去当本金。

“我找了他们一整天，去他们的住处，给他们传呼机发消息，直到天都黑了，他们俩才露面，看起来挺狼狈，说是在山里头躲了挺长时间，翻到柳河那边，才下了山。人既然没事，我就问钱呢，没丢吧。纪远说钱没事，钱比他们命都重要，让我放心。他们这样说，我悬着的心才落下。局没了，往后自然也没法再去放水了，那就赶紧把钱分了吧，这档子生意也算完美收官。可他俩支支吾吾，说得过几天才能分钱。我以为钱让他们放出去了，局都没了，放出去的钱就是笔烂账，而且，当晚局上的人，让警察收了一多半，人要进去了，只有傻子才认这笔账。

“可他俩再三向我保证，钱肯定没事，让我放宽心。这么大的事，不说清楚哪行，不说清楚，我能放心吗？在我再三逼问之下，他们才说了实话。昨晚躲警察的时候，他们特别害怕。人被警察收了，问题倒不大，放水这种事，最多也就蹲几个月，关键是他们身上的钱，那可咱们全部家当，其中还有借来的。人要被抓，钱肯定也得没收，所以，他们思来想去，把钱藏了起来。这样，就算人让警察收了，至少钱还在，三五个月后出来，照样是好汉……”

原来如此，事情到这儿，就算能连上了。

“后来那钱，拿回来了吗？”展锋问。

“拿回来了，分了。分了钱之后，纪远整个人都好像变了，对我爱搭不理的，好像对我提出分钱有了意见。你们说，局都没了，还留着放水的钱不分，留着下崽吗？因为心里有这个疙瘩，我们往后越走越远，也不知什么时候就没了联系。”

“还记得分钱的时间吗？就是多久之后，他们上山把钱取了回来。”

“具体时间记不太清了，总得有个把星期吧。那几天我天天催他们，他们总说等风声稍微平息点再上山。”

警方突袭地下赌场的时间为1996年6月10号晚，当晚逃窜时，纪远和韩蓉将放水的本金藏在了山上某处，一个星期后，上山取回，时间差不多就在17号前后。

至此，已经大致可以推测出发生了什么事：纪远和韩蓉上山取钱时，遇到了赵磊……

1996年6月17日，纪远和韩蓉在路边摊上吃了早餐，随后，一路驱车直奔驼峰乡。昨晚下了场小雨，他们一宿没睡，担心雨水会把山上的土冲开，露出他们藏起来的钱。

那晚他们实在太害怕了，慌慌张张把钱埋了，也不知道埋得是否严实。这些天，他们时刻关注鹧鸪山那边的动态，并没有得到啥实质性的消息，只知道警察抓了很多人。曹玉虎手底下那帮人差不多被连锅端了。曹玉虎倒没事，那晚他不在山上，事后躲了起来。

事发之后的第三天，他们便去了趟鹧鸪山，路上碰到两辆警车呼啸而过，虽不知是否跟赌场的事有关，他俩还是吓得赶紧掉头回了市区。又过了几天，实在憋不住了，他们决定无论如何今天要把钱取回来，如果在山上被人发现，就说是来游玩的小情侣。

那笔钱对他们很重要，一半是合伙人包子的，另一半，是他们全部的家当。

他们换了条道上山，鹧鸪山小道多，进山口也多。摩托车停在草窝里，俩人徒步上山。因为对道路不是太熟，耽搁了些时间，但还是找到了他们藏钱的地方。就在这时，迎面过来一个人，年纪跟他们差不多，经过他们身边时，神色略显慌张。起初他们都没在意，跟那人擦肩而过后，韩蓉忽然拉住纪远，回身，示意他看那人身上的包。

纪远瞪大了眼睛，立刻向着那人冲了过去，韩蓉随后也跟了下去……

后来，他从那人随身携带的身份证上得知，他的名字叫赵磊。

再后来，纪远在街头看到了寻人启事。那段时间，他时刻处于惊恐之中，就连做梦都会梦到警察上门将他带走。时间一天天过去，什么事都没发生，平静得连他都不敢相信。怀着些好奇，他悄悄去了大竹乡村，去了半山茶园，偷看那个独自在茶园里干活的男人。

男人的目光忽然落在他的藏身处，他吓得一个趔趄，随即转身狂奔而去。

此后，他再也没有去过驼峰乡和鹧鸪山。

57

韩蓉从阳光里醒来，身边是空的，纪远不在。她恍惚了一下，想纪远去哪儿了呢？

头很疼，嗓子特别干，床头柜上有水，还有药。她起身到外面，发现昨天整理好的行李少了一件，院子里，摩托车也不在了。

她忽然意识到，纪远已经离开了，泪水忽然抑制不住地奔涌而出。

他真的走了吗？

今天，本就是他们说好离开海州的日子，是她说不会跟他走了。她想起了那晚在化肥厂，亲眼看到纪远将刀子插进了弟弟的小腹。为什么呢？那晚纪远为什么会在化肥厂，他又为什么要杀死弟弟？

韩蓉确信这里头肯定藏着些她不知道的事。

她忽然又想起，昨晚自己发烧了，纪远给她喂了药。后来，她醒着，又好像睡了，处于半梦半醒之间。她还记得下半夜纪远终于进到卧室，躺到了她的身边。

他一直在喃喃低语，说了很多很多。

她很着急，纪远说的一定都是很重要的事，可她全都想不起来了。她摸出电话给他打过去，想问问他昨晚都说了什么。电话通了，却被挂断。他现在一定不方便说话，才会挂她电话吧。韩蓉已经能想到他骑着摩托车，疾驶在旷野中的孤单身影。

眼泪又不可抑制地流了出来。

她回去躺到床上，闭上眼，使劲想昨晚纪远都说了些什么。

头很痛，眼皮很重，身子很烫，她还烧着。很快，意识便有些模糊了。睁开眼，便看到纪远躺在身边。她很惊喜，很想抱住他，说她想他了。但她却不能动，无法说。

月光透过窗帘的罅隙，冰冷地落在她和纪远的中间。

纪远说："知道吗，是你的气息，让我留在这座城市。每天，无论是开出租载客，还是骑摩托穿行在大街小巷间，只要抬起头，深呼吸，就能闻到你的味道。活着，只是为了有一天，能重新回到你的身边，和你开始新的生活。

"你知道为此，我都做了些什么吗？

"那一晚，在化肥厂，韩冬说：'求求你，快点动手。'

"拿刀的手在颤抖，站在我面前的是韩冬呀，是你的弟弟，我怎么能伤害他呢？

"韩冬说，本来他想自己动手，可是，他做不到，就算勉强做了，警察也会看出破绽。他说，求求你了，我们已经做了那么多，现在就差这一步了。只要这个计划成功，我们所有人都会得到解脱。

"我还在迟疑，厂区里传来些动静，应该是警察，否则，不会有人这么晚来。

"韩冬着急起来，他说，没有时间了，你想让我们所有的努力都白费吗，你想让警察抓住，这辈子都在大牢里度过吗？我死了，这世上就没人知道你做过什么了。

“刀子终于插进了他的身体，我骇然地松开手，没想到，我真的做到了。

“你说的没错，是我杀死了韩冬。他求我杀死他，他让自己得到了解脱。可是，我还活着，你知道吗，如果不是因为这世上还有你，我宁愿死去的人是我。

“我杀了人，除了韩冬，还有四个我不认识的人，他们是韩冬的噩梦，困扰了他很多年。韩冬还说，他们，都是杀死赵磊的凶手，只要他们死了，我们就得到了解脱。

“韩冬的计划到底有多疯狂，用更多的死亡来掩盖一桩死亡，没有人知道结果会是什么。韩冬死了，他得到了解脱，沉重的枷锁需要活着的人独自背负。

“好在，很快就要结束了，是我搞砸了所有事。我不该去鹧鸪山，不该贪图那笔钱。看到那个警察倒在地上抽搐时，我就知道，这场戏要落幕了，我将坠向深渊，我无处可逃。

“看到你哭，听到你说不会跟我走。起初我很失落，我终于还是失去你了。可是，我想了很久，如果我不能给你一个美好的未来，那么，便不该带你一道走进深渊。

“天就要亮了，天亮时，我会独自离开，背负着我们相识以来所有的美好，以及困扰我们多年的噩梦。此后，你尽可以坦然地走在阳光里，去结识新的朋友，开始新的生活，过往的那些阴霾，都会被阳光驱散。你将在没有我的世界里，幸福地生活……”

韩蓉听得早已泪流满面，而面前的纪远却在微笑。

他为什么会笑呢？分别明明是件很悲伤的事，他却能笑得如此开心。他的笑让韩蓉想起多年前那个夜晚，她被人追赶，有个骑摩托车的少年出现在她面前，向她伸出手。

那少年冲她笑，如此纯净爽朗。

她想再看看他的笑，面前的纪远却瞬间消失了，连同那道横在他们中间的月光。已经是白天了，阳光灿烂，她独自躺在床上，外面整理好的行李少了一件，院子里的摩托车不见了。

韩蓉想起，纪远已经丢下她，独自离开了……

韩冬说他找了很久，才在淮海路上原来的老化肥厂里找到这么一处合适的地方。纪远跟他去看了，不由得啧啧称奇，这么隐蔽的地方，居然都能被他找到。

那是一处地下室，紧挨着已经破败不堪的仓库，猜测应该是当年存放特殊原料的地方。地下室入口是个三角形的小房子，看起来毫不起眼。红色的铁门早已锈迹斑斑，进到门里，顺着向下的阶梯，便能到达地下室中。因为早已断电，韩冬打开携带的应急灯，纪远这才看清，地下室居中是条走廊，两侧分布着七八个小房间。他逐一推开小房间查看，布局大小都差不多，其中一间，已经打扫干净，角落里还堆放着些食物和矿泉水。

后来，这里便成了囚禁赵斯任的地方。没错，赵斯任来到市区后，只在惠民街空置房里住了一宿，留下些他的痕迹后，便被转移到了化肥厂。他喝了韩冬递给他的一瓶矿泉水，很快便昏睡过去。接下来的这十多天，他大多数时间处于昏睡状态，就算醒了，也意识模糊，身子软绵绵的没有力气。

韩冬和纪远不能时刻留在这里看着他，平时把他留在地下室的小房间里，锁上门，就算醒了，叫破喉咙也没人听见。

他在睡梦里，成为四起命案的“杀人凶手”。

最后那一晚，纪远赶去化肥厂，韩冬说，时间差不多了，该结束了。

纪远知道这意味着什么，心情有些沉重。但还是去到地下室里，跟韩冬一道将赵斯任叫醒。赵斯任迷糊着，不知道发生了什么事，也不知道睡了多久。

韩冬说：“今晚，你终于能见到赵磊了。”

赵斯任还很开心，迷迷瞪瞪地跟在韩冬后头，去到了最高那幢车间大楼的顶层。而纪远，则需要小心地踩着地上的碎石子，远远跟在他们后面。

化肥厂的碎石子是韩冬发现的，他当时眼前一亮，好像解决了道困惑他许久的难题。他领着纪远，一趟趟取了碎石子，撒在车间里，从一楼入口处一直撒到最高层。碎石子撒得看似随意，实际上颇费了些心思。此后，纪远进到这幢楼里，必须每一步都踩到碎石子上，这样，就能不留下任何足印。

这也是后来警方勘查现场，只发现韩冬韩蓉及赵斯任三人脚印的原因。

这晚，他们的计划进入收尾阶段，这也意味着，赵斯任将在今晚死去。只有他死了，他才能成为杀死张松等人的凶手。

看着浑然不觉危险临近，仍沉浸在即将见到儿子喜悦中的老人，纪远心中竟生出些胆怯——算上赵磊，他已经背负了五条人命，不在乎再多加一条，但是，当这个懵懂中的老人已经站到了断层的边上，只需轻轻一推，便能结束这一切，他却迟疑了。

就在他迟疑间，忽然看到下面厂区里，出现条人影，正往车间大楼的方向来。

隔得远，又有晃动的蒿草遮挡视线，但是，他还是一眼认出，那是韩蓉。

边上的韩冬显然也认出了韩蓉，他跟纪远二人面面相觑，竟瞬间失了主意。韩蓉为什么会出现在这里，已经不再重要，无论如何，他们都不能让韩蓉发现他们的秘密。

发现了，她必然会替他们隐瞒，这样，她就变成了参与者。这种情况，是他们无论如何不愿意看到的。因而，他们实在没了别的选择，只能打晕韩蓉。

动手的是韩冬，纪远眼睁睁看着他打倒韩蓉，心中不得不承认，韩冬的决心比他来得要大。后来，他心痛得将韩蓉抱起，查看她头上的伤时，忽然听到一声沉闷的撞击声。抬头，那边的赵斯任已经不见了。

这天，鹧鸪山上来了几个登山者，他们去赵斯任半山茶园的石头房子里找他。石头房里没人，他们出门后找人打听，碰到的人就是夏薇。有个人说，他们专门来买赵斯任的云雾茶，新鲜，价格比市面上要低很多。

他们还说，今年清明过后的五月，偶然路过半山茶园，从赵斯任那里买过一回茶。春茶很贵，动辄单价千元，赵斯任只卖一半价。回去后一尝，口感特别好，只是略淡，不经泡，春茶都这样。现在到了秋天，秋茶味足耐泡，他们特意过来买。

夏薇下意识向他们打听赵斯任的情况，登山者说那老头其实挺好，就是沉默寡言，不爱说话，还老摆着张臭脸。夏薇试探着说赵斯任是个杀人凶手，杀了四个人。

连续杀人案的消息，前段时间已在坊间传开，登山者挺震惊，没想到凶手会是赵斯任。

茶自然是买不成了，临走时，他突然冒了句，其实那小老头，挺可怜的。

夏薇当然不会错过，立刻追问这话从何说起。登山者说，赵斯任不知是眼神不好，还是脑子出了问题，见到小年轻，会上前管人家叫儿子，还问人家这些年都去哪儿了，怎么也不给家里来个信。说这些话的时候，他还会抹眼泪。

“他在给我们泡茶试喝的时候，手会抖，第一次茶叶撒了一半到杯子外面……”

赵斯任长期离群索居，加上脾气不好，早些年没少和村里人闹，近些年更是和村里人没什么往来。他的这一情况，村中居然无人知晓。

夏薇向老海咨询，老海判断，赵斯任的这些症状，有阿尔茨海默病和帕金森病的特征，但也可能只是轻微的认知障碍和低血糖、特发性震颤等疾病所致。

赵斯任从中年苦苦熬到了老年，一直没有儿子的消息，但他仍固执地坚信赵磊还活着。这信念，支撑了他的生活。时间久了，精神恍惚，并不让人觉得意外。

夏薇将这一信息及时告知了展锋，二人同时想到，韩冬是否可以利用赵斯任的认知障碍，将他诱骗到市区？赵斯任的手会抖，则再次佐证了赵斯任并非凶手的推测。老海说，四名死者的创口平整，根本不是一个手抖的人能做到的。

至此，同学会连续杀人案的整个犯案过程已经清晰。基本上可以确定，韩冬和纪远合谋，制造了同学会连续杀人案，只是，还缺少直接的证据。

纪远和韩蓉那边，离开海州的企图已非常明显，队里专门有人24小时蹲守盯着他们，在找到直接证据前，不会让他们脱离视线。

留在大竹乡村的夏薇，每天都会跟技术队的同志们继续在鹏鸪山上，特别是老商与凶手行动轨迹周边进行排查。关键证据终于被夏薇发现，那是一截被折断的树枝，断口沾着些已干涸的血渍。根据现场情况判断，断枝很可能来自老商跟凶手的搏斗。

这一发现令所有人振奋，夏薇当即带着断枝赶回市区。赵禹一刻都没耽搁，将样本送至法医检验鉴定中心。赵禹电话里说，鉴定结果，要到明天上午才能出来。

老傅赶大家回去休息，在这耗着也没用，回去早点睡，明天早点来。

58

展锋去了果城里，跟蹲守纪远的同事碰了面。同事说，上午纪远去修车铺取了摩托车，下午跟韩蓉去了福利院，傍晚回来时，韩蓉骑的摩托车，那叫一个快，风驰电掣，差点没跟上。他们回了大庙巷里的家，中介领了人来看房，最后吵吵嚷嚷的，好像闹得挺不愉快。

展锋陪着同事，一直等到换班的人来，才离开。离开后，去了小马巷。

阁楼上，因为少了老商，特别冷清。坐在老商常坐的窗前位置，泡上一壶老商留下的茶，那些氤氲的水汽，湿润了他的双眼。

墙上挂着老商的遗像，周围一圈黑纱还未撤去。展锋冲照片遥遥举杯，说："师父，喝茶。"

墙上的老商冲他笑，于是，他也笑，伸手拭去眼角的泪……

外面响起脚步声，不用问，也知道是夏薇。夏薇进门，手里拎着袋子，说："知道你肯定在，还知道你没吃。"

袋子打开，花样挺多，奶茶、炸鸡、寿司、烤鱿鱼，居然还有小龙虾。

夏薇说："第一次跟师父蹲点，盯皮五。晚上饭点，师父守在车里，我去买吃的。我想，头回跟师父出来，咱得整点好的。我当时买的就这些，买了四个人的量，打算吃不完，打包让师父带回去。你猜怎么着，我就吃了一点，师父把剩下的全吃了，我当时都看呆了。”

展锋说：“想起来了，那晚我在这阁楼上等你们，怕你们饿着，还叫了三碗面。我那边话没说完，老商就冲我打饱嗝……”

俩人都笑了，笑得湿润了双眼。

夏薇说：“那以后，每天到饭点，师父都眼巴巴地看着我，眼神特别温柔，像个孩子。我现在还能想起他的眼神，不知道为什么，我当时就觉着特心酸。”

夏薇看向墙上的照片：“师父，这些都是您爱吃的，跟我们第一次在车上吃的一模一样。师父，您要想吃，以后我天天给您买，您吃得越多，我越开心。师父……”

夏薇哽咽了，隐忍的泪水夺眶而出——师父，再也不能吃她买的食物了。

展锋给她递去纸巾，她擦了泪，重新笑。展锋说：“你比我强，至少能叫他声师父。知道为什么老商不让我管他叫师父吗，他说怕我叫了，丢他人。

“那时候，我就是个派出所的小民警，对工作，不热情不推辞，该我做的事不少干，不该我做的事也绝不多看一眼。老商来了所里，我跟他成了搭档，就在外面吹牛说做了他的徒弟，在同事间骗吃骗喝，有人告他跟前去，他就跟我急了眼，再不让我管他叫师父。”

夏薇听得认真，这回是真心笑：“原来你还有这段黑历史。”

“后来，我一直管他叫老商，再后来，去了刑侦队。有人说，我办的那些案子，都是老商在背后帮我。还真没错，接了案子，我就去找老商商量，每次他都冲我摇头叹气，骂我不争气，还说幸亏当时没让我管他叫师父。骂归骂，最后，他还是会给我建议，告诉我，这个案子，换了他来办，他会怎么做。

“直到这次，袁队去了省厅出任务，老傅把我提溜出来做了这个副队长，我才感觉到了压力。同学会连续杀人案刚出来，我就下定决心，这回，要自己破案，不能再指着老商给我出主意。案子很快就破了，我还挺得意，还想着能来老商这里炫耀，想着能听到他夸我一声，你小子真行。”

后面的事，夏薇已经知道了。

“老商重新开始调查，查纪远和韩蓉，我特别不开心。要知道，那可是我完全靠着自己侦办的第一个案子。我希望老商是错的，证据确凿，板上钉钉的事，还能有问题？”

展锋神情黯淡下来：“如果一开始，我相信他，他就不会独自一个人去大竹乡村，也不会一个人在山上遇到该死的凶手……”

“这不关你的事，你让我去了大竹乡村，我不该留他一个人在那边，自己回来。”

展锋苦笑摇头：“不说了吧，老商肯定不想看到咱们这样。该跟老商说点高兴的事。”

他起身，走到照片前：“老商，师父，明天，我们就能抓住杀害你的凶手了。还有案子，也查得八九不离十了，虽然现在还缺少确凿的证据，但明天只要把人摁住，不怕他不交代。”

夏薇也起身站过来：“师父，放心吧，这回，我们准保把案子办好，不给您丢脸……”

天色渐晚，夏薇离开时，本想跟展锋一块儿走，展锋却说今晚就住这儿，离大庙巷近，明天万一有啥动静，行动起来方便。

这话还真让自己说着了，展锋大清早起床，也顾不上收拾，去外面早餐铺吃俩包子，便打算回队里。他这边刚坐到车上，电话响了，是昨晚蹲守韩蓉家那同事。同事说纪远大清早就骑着摩托车出了大庙巷，车后座上还绑着个大旅行包，看着像要出远门。

展锋赶紧问了他现在的位置，他正驾车跟在纪远后头，往新城方向去。同事说，纪远的车骑得并不快，新城在东头，不是出城方向。现在他也闹不清纪远到底想干吗，所以打电话向展锋请示。

展锋让他先盯着，他打电话回队里，得知鉴定中心的报告还没出来，还得再等会儿。他想还是先跟盯梢的同事会合，盯紧纪远。这种关键时候，可不能让他跑了。

说着话的工夫，车停在一条小街的十字路口，绿灯后车子向前走，一辆黑色摩托从他左侧驶过。展锋忽然觉出些异样，又有了那种错过了什么的感觉。摩托车骑手戴着头盔，看不见脸，但展锋就是觉得熟悉，肯定是认识的人。

不容多想，他已经做出选择，瞬间掉转车头，追赶前面那辆摩托车。

打电话给盯梢的同事，同事说，不久前，纪远进了一家修车铺，摩托车就停在店门口，后座的包都没取下来，现在人还在铺子里。

“放心吧，车在，人就在，我这盯着呢。”同事说。

“立刻去店里，看看他还在不在。”

“车都在门口，人能去哪儿……”

话虽这样说，同事还是进到店里，很快，声音变得沮丧：“纪远这厮，跑了。”

修车铺的人说，两天前纪远来取车的时候，存了包东西在这儿。老板跟他认识十多年，算是好哥们儿，还专门给他把锁，把包锁柜子里。今天纪远来取了包，就从后门走了。

同事那边彻底傻了眼，怎么都没料到纪远跟他玩了个障眼法。车和包留在修车铺外头，就是为了迷惑他，他存在铺子里的包，八成就是从鹧鸪山墓园里取走的钱。

早就料到纪远还有辆车。他的车在拦海大堤上摔了，送修期间，还能神不知鬼不觉偷上鹧鸪山不被别人发现，必须借助其他交通工具才行。摩托车在海州最容易搞到，走私车和二手车都不贵。

展锋驱车追赶，前头的纪远很快便察觉到了，立刻加快速度。市区路上车多，摩托车相对灵活，加上纪远是玩车老手，技术也好，很快就把展锋抛在了后面。展锋这边已经联系了队里，将纪远摩托车的信息发送给了交管部门。沿途交巡警立刻行动起来，设卡拦截。但凡前方遇阻，纪远立刻改变方向。一路奔驰下来，已经有好几辆警车加入追逐的行列，纪远也被迫驶入了近郊一条小路。

小道很窄，摩托车可以畅行无阻，汽车遇到点沟沟坎坎就得小心驾驶。后面的车很快跟摩托车拉开距离。这条小道的尽头是个村子，村子后面，是海州近郊的白虎山。白虎山就是几个独立的山头，不算大，整个山体方圆也就五六平方千米。往这个方向去，除了在山边绕，就是躲到山上去。纪远跑得再快，也是相当于进了条死胡同。

快到山脚，过一个弯道后，路面忽然收窄，路上有急刹的痕迹，随后发现摩托车倒在路边麦田里，车后座上的大包还在，纪远人却没了。很显然，纪远驶到这里时，车子失控，冲进了麦田，他甚至顾不上车后座的包，便仓皇逃窜。

前方唯一的去路，就是白虎山，纪远已经是瓮中之鳖，逃不掉了。

他当即联系队里，调派警力过来。展锋下到麦田，查看车后座上的大包，里头果然是捆扎好的钞票。拆开，全都是第四版的人民币，而现在市面上流通的大多已经是第五版。这应该就是鹧鸪山地下赌场丢的那笔钱，展锋悬着的心落地，有了这证据，纪远算是没跑了。

展锋跟几个半道上加入进来的巡警向前追捕纪远。

纪远已经逃到了山上，展锋等人搜寻一番未果。白虎山植被茂盛，沟沟壑壑特别多，很难追踪。此时，山下警笛长鸣，更多的警车赶来。老傅带着队里的同志赶到，白虎山周边已经被封锁，巡特警正在山下集结，第一轮搜山行动即将开始。

展锋非常满意这效率，当即退回到山下，与老傅碰了面，安排部署进山搜捕行动的细节。这时，赵禹那边传来消息，法医鉴定中心的报告出来了，断枝上的血渍，正是来自纪远。这回证据确凿，可以确定纪远就是杀害老商的凶手。

展锋四处看，没见到夏薇，老傅说，夏薇去了大庙巷，盯着韩蓉。

展锋这才感到些奇怪，按说纪远做的这些事，都是为了能跟韩蓉走到一起，他此次出逃，为什么独自一人，落下了韩蓉？

难道他已经预感到自己的结局，为了不连累韩蓉，这才独自外逃？

此刻，山上的纪远，肯定知道这是他最后的挣扎，放弃抵抗，被抓还能留条小命，倘若拒捕甚而使用暴力，被当场击毙都有可能。

展锋不想纪远死，同学会连续杀人案的很多细节，都还需要他的口供才能做实。

他忽然想到了个主意，赶紧打电话给大庙巷里的夏薇："立刻带韩蓉过来……"

韩蓉面色煞白地从车上下来时，很多人都不知道展锋打算干什么。纪远那边的手机已经关机，就算想打感情牌，韩蓉也得能联系上纪远才行吧。

韩蓉带了一个包，她蹲下身，将包里的烟花取出，全是上次在院里放剩下的。

烟花一字排开，逐一点燃。

在大家诧异的眼神中，烟花无声地冲上云霄，在湛蓝的空中绽放。大白天，阳光灿烂，空中的焰火极不起眼，看起来就是些白色的影子，如果不留意，你根本就不会察觉到。

韩蓉此刻已是泪流满面，她的目光投向不远处的白虎山。

纪远就在山上，她相信，这些焰火，他能看得到。就算隔着千山万水，隔着生死，他也能看得到……

尾　声

天气预报说，今冬第一场寒流两天后来袭，届时会气温骤降，伴随着雨雪天气。

韩蓉惦记福利院里的璐璐，去商场买了两身保暖内衣，一件羽绒服，一双保暖鞋，给她送去时，小班的孩子们正在开故事会。璐璐站在讲台上，手里捧着那本《安徒生童话》正在给大家讲野天鹅的故事。

韩蓉在教室后面，跟孩子们一道听得很入神。

当艾丽莎承受了众多的痛苦，终于解救了十一位变成野天鹅的哥哥们，全场的孩子开心地拍起了手，而韩蓉也微笑着拂去眼角的那点湿润。

下了讲台的璐璐向她奔来，她俯下身，紧紧将她抱住。

她去宿舍给璐璐换上新羽绒服，领着她去小花园里玩。这天阳光灿烂，根本看不出一点寒流将来的迹象。小花园的角落有些儿童游乐设施，韩蓉跟璐璐坐在跷跷板的两边，起落间，看到展锋和夏薇不知什么时候站到了小花园的边上。目光对视间，夏薇还冲她挥手示意。

让璐璐跟其他小朋友玩会儿，韩蓉慢慢走到两人身边。

“我申请了福利院义工，以后，就能经常看到璐璐了。”韩蓉跟他们打招呼。

“今天来找你，想跟你聊聊案子的事……”夏薇说。

从白虎山上下来，纪远就已经彻底放弃了抵抗，非常配合接下来的审讯工作。他承认1996年在鹧鸪山上杀死了赵磊，并埋尸孔雀沟。十二年后，鹧鸪山旅游开发，二期工程施工范围便包括孔雀沟。为了掩盖当年的罪行，他与韩冬合谋，制造了同学会连续杀人案，杀死四名死者，并在最后，嫁祸给赵斯任，以图脱罪。再后来，他去鹧鸪山墓园内取钱，意外撞上老商，失手杀死了他。

纪远涉及多桩命案，身上背负了六条人命，他的结局，不言而喻。

“我们主要想跟你核实一下，当年你跟纪远去鹧鸪山取钱的事。”夏薇说。

纪远承认他杀死了赵磊，却坚称韩蓉跟此事并无半点瓜葛。

能感觉到韩蓉的身子瞬间绷紧，面上，却仍然是副平静的表情。

“说过好几次了，那天在山上，我们碰到了赵磊，他背着我们藏起来的包。我们当然不能看着他拿走我们的钱，所以，纪远就追了过去……”

赵磊跑得飞快，他是本地土著，常在山里转，至少比城里人更适应在山地奔跑。纪远就算体力比他强，要想追上他，也不是件容易的事。至于后面的韩蓉，很快就被落下。转过一个弯，她停步弯腰大口喘息，前面的纪远和赵磊已经不见了。

韩蓉担心纪远，稍微缓过点劲来，便继续向前去。很快，她停在了一个四岔路口。

她凝神去听，四处查看地上的脚印，在几条小道间来回转圈子，最后，还是只能凭直觉，选了一个方向。往前走不多远，便开始怀疑。

“事实上，我还是选错了道，越往前走，我就离得纪远越远……”韩蓉说。

她确定走错了道，再折返回来，已经耽搁了不少时间。她在山林间茫然无措，却又不愿放弃，索性闭着眼选择一个方向，向前狂奔，希望能多些运气，找到纪远。

如此不知折腾了多长时间，最后她能想到唯一找到纪远的办法，就是回到停放摩托车的地方等。

“那天，等了挺长时间，纪远才回来，他看起来特别狼狈，身上还有伤。他说跟那人打了一架，费了好些事，才把钱拿回来。我看人没事，钱也没事，终于放下心来……

“也就是说，你那天根本不知道纪远是怎么拿回那个包的。”夏薇问。

韩蓉毫不犹豫地点头。

“我知道你们不相信，可这就是事实，除非，你们能拿出别的什么证据，证明我撒谎了。”韩蓉木然地道，“我也希望我撒谎了，这样，我就能跟着他们去了……”

他们，都是些她曾经爱着的人，他们也深爱着她。当一份爱变得执着，就会过于沉重，以至于在最后成为灾难。看着此刻韩蓉脸上的悲戚，便知她的内心早已千疮百孔。

展锋和夏薇走了，他们来之前，便已经知道这样的结果，知道韩蓉会这样说。

现在韩蓉在他们眼中，就是擦得干干净净的玻璃上，多出来的那个黑点。老商说，看到了，你是把它给擦了，还是留着它？

展锋和夏薇已然明白自己的选择，所以，他们不会放弃，调查仍将继续。

转眼就到了除夕，零点钟声敲响后，整个夜空都变得五彩缤纷起来，耳边尽是绵延不绝的鞭炮轰鸣声。韩蓉站在院子里，燃放了一枚烟花。白色的焰火很快融入绚烂的夜空，任凭韩蓉如何寻找，都看不到它……

图书在版编目（CIP）数据

无声绽放 / 成刚著. — 北京 ：现代出版社，2025.9. — ISBN 978-7-5231-1230-4

Ⅰ. I247.5

中国国家版本馆CIP数据核字第2025DA4366号

无声绽放
WUSHENG ZHANFANG

著　　者　成　刚

责任编辑　赵海燕　马文昱
责任印制　贾子珍
出版发行　现代出版社
地　　址　北京市安定门外安华里504号
邮政编码　100011
电　　话　(010) 64267325
传　　真　(010) 64245264
网　　址　www.1980xd.com
印　　刷　大厂回族自治县彩虹印刷有限公司
开　　本　880mm × 1230mm　1/32
印　　张　12.875
字　　数　274千字
版　　次　2025年9月第1版　2025年9月第1次印刷
书　　号　ISBN 978-7-5231-1230-4
定　　价　59.80元
